루쉰전

지은이_ 왕스징(王士菁)

장쑤 성(江蘇省) 수양(沭陽)에서 태어났다. 1953년에 국립 시난연합대학(西南聯合大學) 중문과를 졸업했다. 주쯔칭(朱自淸), 원이둬(聞一多) 밑에서 고전문학을 공부했고, 인민문학출판사 부총편집인으로 있으면서 루쉰 작품을 편집했다. 루쉰박물관 관장, 베이징사범대학 교수 등을 역임했다. 현재 퇴임하여 연구에 종사하고 있다. 저서에 《루쉰전(魯迅傳)》, 《취추바이전(瞿秋白傳)》, 《당대문학사략(唐代文學史略)》 등이 있다.

옮긴이_ 신영복

서울대학교 경제학과 및 동 대학원 경제학과를 졸업했다. 1968년에 통일혁명당 사건으로 구속되어 무기징역형을 선고받고 복역했다. 1988년에 특별가석방으로 출소했다. 1989년부터 성공회대학교에서 정치경제학, 중국고전강독을 강의했으며, 1998년 3월 13일 사면 복권되었다. 지은 책으로 《감옥으로부터의 사색》, 《강의》 등이 있으며, 옮긴 책으로 《사람아 아! 사람아》 등이 있다. 현재 성공회대학교 석좌교수이다.

유세종

한국외국어대학교 중국어과를 졸업하고 동 대학원에서 문학박사 학위를 취득했다. 옮긴 책으로 《청년들아 나를 딛고 오르거라》, 《호루라기를 부는 장자》, 《들풀》이 있다. 현재 한신대학교 중국지역학과 교수로 재직하고 있다.

루쉰전

왕스징 지음 | 신영복 · 유세종 옮김

기꺼이 아이들의
소가 되리라

다섯수레

루쉰 '이후'의 루쉰

　1992년에 《루쉰전》이 나오고 15년이 흘렀다. 1990년대 초 세계는, 소련의 개혁개방 정책이 실패로 돌아가고 동구 사회주의 국가들이 무너졌다. 국내에선 1980년대에 치열하게 진행되던 민주화운동을 어설피 반성하면서 탈사회주의운동, 탈마르크스주의의 분위기가 급속하게 확산되고 있었다. 정치계에선 오랜 민주투사이던 인물이 정권을 창출하기 위해서는 삼당합당도 감행할 수 있다는 '고도의 정치술'을 발휘하여 그야말로 또 다른 야만과 혼란과 좌절감을 많은 사람들의 가슴에 안겨주었다. 5·4운동이 실패한 뒤, 중국 사회에 만연하던 시대적 절망감과 좌절이 이런 것이었을까를 떠올리기도 했다. 그런 와중에 나온 《루쉰전》은 기대한 것보다 큰 호응을 받았고, 수많은 독자들의 관심과 전화가 이어졌다.

　루쉰이 죽은 지 70년이 흘렀고, 그는 이미 20세기의 고전이 되어버렸다. 고전의 생명력은 시대를 달리하고 공간을 달리해서 끊임없이 읽히고 재해석될 수 있는, 삶의 어떤 비의 같은 것, 마르지 않는 위로의 샘 같은 것, 존재의 방법론 같은 것이 아닐까? 루쉰에게서 역자는 방법론, '길'을 읽는다. 세상을 인식하는 길, 고통을 이겨내는 길, 문제와 갈등을 해결하는 길, 해결이 난감한 문제에 봉착할 경우 포기하지 않고 직시하는 길, 그 고통과 절망을 인내하는 길⋯⋯. 그에게는 다 배우지 못한 수많은 길이 있다.

루쉰에게는 세계를 인식하는 방법론으로 도저한 부정(否定)과 회의(懷疑)의 정신이 있다. 그것은 지식인으로서 자신을 반성하고 부정할 수 있게 하고, 통찰과 참회에 이르게 한다. 그것은 눈앞에 보이는 것, 기존의 가치, 편안한 관행, 기정 사실, 대다수가 가고 있는 방향을 '과연 그럴까?' 하며 뒤집어보고, 회의하고 연구해보고, 그리고 부정하게 한다. 그것은 혁명의 정신이다. 자아와 자국, 자민족과 자기 역사를 부정해보지 않은 개인과 국가와 민족은 너무 위험하다. 우리 주변에는 여전히 위험한 개인과 국가, 위험한 민족이 도사리고 있고 도도하게 힘을 행사하고 있다.

루쉰에게는 세계를 살아가는 방법론으로서 반항과 실천이 있다. 그것은 만물의 변화 속에 살아가는 생명체로서 인간이 어떻게 세상에 존재할 것인가에 대해 묵시적으로 제시되는 방법론 같기도 하고 참다운 용기의 실천론 같기도 하다. 루쉰에게서 그 길은 반항과 저항으로 점철된다. 옳지 않은 것은 반드시 말하되 때론 거침없이 폭로하고, 그것을 고치기 위해서는 몸을 아끼지 않고 움직였다. 꼼꼼하게 진행된 논쟁과 그 기록들, 두려움 없는 발언과 행동, 쉼 없는 싸움과 격려, 뉘우침 없는 인간에 대한 분노와 응징, 그것은 때로 안락한 삶의 반납과 안전의 포기를 의미했다.

루쉰이 보인 이 모든 방법론이 지향하는 궁극의 정점에는 인간, 공존, 평화, 자유, 생명, 여린 것의 존엄함이 빛나고 있다. 약자들의 복권과 행복, 그들의 자유와 평화에 대한 염원이 있다. 우리에게 길이 된 루쉰의 전 생애는 한마디로 '약자를 위한 노래'였다. 그의 모든 문장은 여린 생명의 자유를 위한 노래였으며, 그것의 좌절로 인한 분노와 절망의 노래였으며, 그것의 성공을 위한 희망과 갈망의 노래였다.

루쉰은 살아서 '이후'의 문제를 곳곳에서 거론하였다. 활쏘기의 영웅인 예가 재해를 물리친 '이후'의 일상, 묵자가 전쟁을 막고 돌아온 '이후'의 처지, 우 임금이 치수에 성공하여 태평성세가 된 '이후'의 광경, 혁명이 성공한다면 그 성공의 '이후'에 일어날 일들, 약자들의 복수가 성공한다면 그 복수의 '이후'에 올 상황, 예수가 민중을 위해 죽었다면 그 죽음의 '이후'에 일어날 일 등. 이제 우리는 루쉰의 화법으로 '루쉰의 이후'를 말해야만 한다. 루쉰의 현재적 의미와 현재적 가치를 확신하지 못한다면, 이 전기의 개정판은 아무 의미가 없을 것이다. 시중에 이미 루쉰에 대한 좋은 평전들이 여러 종 소개되었다. 그것들과 다른 왕스징 선생 특유의 '루쉰을 보는 시선'이 있다고 생각하기에 감히 다시 출판하기로 하였다. 아직 살아 있는 루쉰의 아들 저우하이잉(周海嬰)은 수많은 평전 가운데 왕스징 평전을 제일 좋아한다고 했다. 그것은 아마도 왕스징 선생의 시선이 루쉰과 객관적 거리를 두지 않은 점 때문인지도 모른다. 만약 그렇다면 그것은 평전 작가의 오점일 수 있다. 그러나 《사기》에서 사마천이 애증을 가지고 역사 인물을 기록한 것처럼 그것은 이 평전을 계속 읽게 만드는 어떤 매력을 말해주는 것인지도 모른다.

옮긴이들은 이 전기의 개정판이 약자를 위한 루쉰의 노래와 그가 보여준 수많은 '길'들을, 다시 한번 온전하게, 독자들에게 전달할 수 있기를 바란다.

2007년 8월
옮긴이

루쉰의 양심

책을 배우는 것보다 사람을 배우는 것이 훨씬 쉽다. 쉬울 뿐 아니라 사람 배움에는 가슴에 와 닿는 절절함이 있다. 이것은 책에는 없는 것이다.

한 그루 나무가 그 골짜기 물과 바람을 제 몸 속에 담고 있듯이 사람 삶 속에는 당대 사회와 역사가 남긴 자취가 각인되어 있다. 사람 속에 각인되어 있는 이 사회성과 역사성은 책 속에 정리되어 있는 사회 분석이나 역사 고증에 비해 훨씬 더 친근하고 생동적이다. 그렇기 때문에 사람을 통해 도달하게 되는 사회와 역사에 대한 인식은 쉽고도 풍부한 것이다.

그러나 개인 삶 속에 체현되어 있는 경험은 사회와 역사의 폭넓은 실상을 고루 담지 못할 때가 많고, 그나마 핵심에서 어느 정도 벗어난 것일 수밖에 없다는 점이 항상 아쉬움으로 남는다. 그러나 드물기는 하나 그렇지 않은 개인의 일생이 있을 수 있음은 물론이다. 루쉰의 삶이 바로 그러한 예라고 할 수 있다. 루쉰의 생애는 널리 알려진 대로 숨 가쁜 중국 근대사 한복판을 걸어간 삶이었다. 루쉰의 고뇌와 애증(愛憎)은 바로 근대 중국의 고뇌와 애증이었으며, 루쉰이 남긴 수많은 글들은 당시 중국을 가장 정직하게 보여준다.

루쉰은 결코 길지 않은 50여 년 생애를 통해 참으로 상상을 초월할 업적을 남겼다. 이 책에 소개된 대로 "한 사람이 도대체 조국과 민중을 위해 얼마나 일할 수 있는가" 하는 청년들의 질문은 언제나 루쉰의 혁명적이고 전투적인 일생을 전제로 하고 있을 정도이다.

"간추린 통계에 따르면, 소설 3권, 산문회고록 1권, 산문시 1권이 모두 합해 약 35만 자에 이르고, 잡문 16권이 650여 편, 135만 자에 이른다. 중국 고전문학 작품을 연구한 저작으로 이미 출판된 것이 약 80만 자이고, 아직 정리가 되지 않은 것들도 있다. 러시아, 프랑스, 독일, 일본 고전작가들의 작품과 소련, 불가리아, 루마니아, 체코슬로바키아, 헝가리, 핀란드, 네덜란드, 스페인 등 십여 개국 현대 작가들의 작품을 번역해 소개한 것으로 중장편소설과 동화가 모두 9권, 그 밖에 단편소설과 동화가 78편, 희곡이 2권, 문예이론 저서가 8권, 단편논문이 50편으로 모두 합해 310여만 자에 이른다. 루쉰은 청년들 500여 명을 친히 접대했으며, 전국 각지에서 그리고 해외에서 2200여 명의 청년들이 보내온 편지를 손수 읽어보고 3500여 통의 답장을 썼다. 유감스럽게도 이런 편지들은 지금 어디엔가 다 흩어져 있다. 지금 수집할 수 있는 것으로는 1300 여 통밖에 안 되는데, 이것만도 90만 자가 넘는다."

　루쉰이 보여준 업적과 면모가 다양한 만큼 루쉰을 한마디로 규정하기는 어렵지만, 루쉰 생애에서 우리가 읽을 수 있는 가장 큰 교훈은 '전투적 지식인의 초상'이라는 말로 집약될 수 있다. 암울한 근대 중국의 격동 속에서 적과 동지에 대해 스스로 모범이 되어 보여준 루쉰의 준엄하고도 확고한 삶은 사이비 지식인들이 보이는 위선과 허구를 가차 없이 들추어 낸다. 이러한 전투적 면모는 루쉰의 시와 소설에도 탁월하게 나타나지만, 특히 루쉰이 '잡감(雜感)'이라고 이름 붙인 수필 형식 단문에서 가장 선명하게 나타난다. 루쉰의 잡감은 우선 그 형식에서 시(詩)보다 구체적이고, 소설보다 뛰어난 기동성을 갖는다. 마치 단검처럼 번쩍이며 적과 동지, 사랑과 증오, 좌절과 희망, 과거와 미래를 적나라하게 파헤친다. 반봉건 반 식민지라는 어둡고 견고한 무쇠 방에 갇혀 있는 '대륙의 혼'을 일깨운 루쉰의 수많은 잡감은, 그를 그저 한 문학인으로 이해해온 우리들의 태평함을 매우 부끄럽게 한다.

　《루쉰전》을 번역하는 동안 집요하게 파고든 의문은 그처럼 간고(艱苦)한 상황 속에서 그러한 자세를 끝까지 견지한 의지는 과연 어디서 나오는 것인가 하는 점이었다.

　한마디로 그것은 '양심'이었다. 루쉰의 삶 전체를 꿰뚫는 의지는 다름 아닌 양심의 응결체였음을 깨달을 수 있었다.

양심은 이웃에 대한 관심이며 애정이다.

루쉰에게 이것은 인간을 '더부살이'로 이해하는 것과 밀접하게 결부되어 있다고 할 수 있다. 흙과 더불어 살고 이웃과 더불어 살고 조국과 민중과 더불어 살 수밖에 없는 인간에 대한 깊은 이해가 루쉰이 지켜낸 양심의 내용이었다. 루쉰이 이룬 초인 같은 업적도 이 양심이 만들어낸 산물이었으며, 루쉰의 문학적 천재성도 이 양심의 승화였으며, 불굴의 전투성도 이러한 양심의 실천이었다고 할 수 있다. 양심은 이처럼 루쉰의 모든 고뇌와 달성(達成)의 원천이었다.

"우리에게는 다른 사람에게 희생을 강요할 권리가 없으며, 동시에 다른 사람이 희생하지 못하도록 저지할 권리도 없다. ……희생을 선택하는 이 문제는 혁명가의 사회 참여와 아무 상관이 없이 개인에 관련된 것이다"라는 글에서 읽을 수 있듯이 루쉰의 양심은 때로 혼자 결단을 내려야 하는 고독한 것이기도 했지만, 처음부터 이웃에 대한 관심과 사랑을 양심의 본질로 하여 '꽃이나 나무보다 흙'을 중요시하고 '천재보다 민중'을 요구하는 대중성으로 더 많은 이웃을 포용해온 것이다.

"사람이 죽음에 임하면 다른 사람을 용서하고 자신도 용서를 구한다고 하지만, ……적들이여, 나를 계속 미워하라. 나도 내 적들을 한 사람도 용서하지 않을 것이다." 이처럼 루쉰의 양심은 또한 어떠한 감상(感傷)도 배제된 전투성으로 표출되기도 했다.

"젊은이가 늙은이의 임종기사를 쓰는 것이 아니라, 반대로 늙은이가 젊은이의 사망기사를 써야 하는 아이러니"를 통탄하고, 사람들이 무감각함에 절망하면서도 그것을 "냉담해서가 아니라 더 큰 재앙을 자초하지 않기 위해서는 피할 수 없는" 것으로 받아들이는 유연한 면모를 보이기도 했다.

그러나 목이 잘린 여성 혁명가들의 나신을 구경하기 위해 떼를 지어 몰려가 열광하는 군중들에게 적들을 향한 것보다 더 심한 분노와 혐오를 느낄 수밖에 없음을 실토한다. 이는 의사의 길을 버리고 몽매한 중국 민중의 정신에 관여하기 위해 문학의 길로 진로를 바꾼 결단과, 어릴 적 가난한 농촌에서 함께 자란 친구 룬투와 함께 키워온 우정이 곧 루쉰의 양심이었기 때문에 사람들이 인간적으로 타락한 것에 대해 엄청난 분노와 혐오를 느낀 것은 너무나 당연한지도 모른다.

루쉰의 삶을 통해 절절히 우리 가슴에 와 닿는 이 양심의 문제는 오늘 우리 현실에서 특별한 의의를 지닌다고 생각된다. 사회와 역사에 대한 모든 인식과 실천에서 자칫 간과되고 경시되기 쉬운 인간적 토대를 다시 한번 반성하게 한다는 점에서도《루쉰전》은 중국의 과거이기보다 차라리 우리의 현재라고 생각된다. 사람은 모든 사회, 모든 역사의 처음이고 끝이기 때문이다.

　끝으로 루쉰이 임종을 달포가량 앞두고 유언장을 대신해 집필한 〈죽음〉의 일부를 덧붙인다.

　1. 장례 때 옛 친구 말고는 아무한테서도 절대로 돈을 받지 말라.
　2. 빨리 묻어버리고 끝내기 바란다.
　3. 추도식은 절대로 하지 말라.
　4. 나를 잊어버리고 너희들 일이나 잘 보살펴라. 그렇게 하지 않으면 어리석을 뿐이다.
　5. 남에게 해를 끼치는 사람은 가까이 하지 말고, 복수를 반대하고 인내를 주장하는 사람과는 친하게 지내기 바란다.

　'개성'과 '인간'을 자각하는 데서 출발한 루쉰의 일생은 '민족혼(民族魂)'이라는 세 글자를 크게 묵서(墨書)한 백포(白布)가 관 위에 덮이면서 끝난다. 근대 중국 격동기를 정면에서 감당하며 키워온 그의 양심이, 비록 때와 곳은 다르지만 오늘 이 땅을 사는 우리 삶을 깊이 돌이켜 보게 할 것임을 의심치 않는다.

　이 책의 저본은 왕스징(王士菁)의 《루쉰전(魯迅傳)》(1979년 2월, 중국 청년출판사)이다. 루쉰에 관한 많은 전기 가운데서 왕스징본을 선택한 이유와 왕스징본의 성격, 이를 번역하는 데

옮긴이들이 가진 생각에 대해서는 책 뒤에 있는 해설을 참고해주기 바란다.

루쉰에 대한 섣부른 애정만을 가지고 일을 시작했기 때문에 어려움이 한두 가지가 아니었다. 수시로 인용된 루쉰 작품을 번역하는 데는 앞서 나온 여러 번역본들을 많이 참고했다. 그 밖에 미흡한 부분에 대해서는 독자들의 애정 어린 비판과 격려를 바란다.

그리고 도서출판 다섯수레 편집부에서 구하기 어려운 루쉰 사진들을 수집해 적절히 삽입하여 해설함으로써 독자들이 당시 상황을 구체적으로 이해할 수 있도록 정성을 기울였다. 책을 정성껏 만드느라 수고한 편집부 여러분께 감사드리며 서문에 대한다.

1992년 1월
옮긴이

차 례

많은 사람들의 손가락질에는 쌀쌀하게 눈썹 치켜세워 응대하지만, 아이들을 위해서는 기꺼이 머리 숙여 소가 되리라. (横眉冷對千夫指, 俯首甘爲孺子牛)

― 루쉰 ―

1부

소년 시절

01
물의 고장에서 태어나다

　유유히 동쪽으로 흐르는 첸탕 강(錢塘江)은 어머니 젖줄마냥 강기슭 대지와 그 대지 위에서 대대로 삶을 이어온 민중들을 살찌워왔다. 물살이 급한 차오어 강(曹娥江)은 남쪽으로 세차게 흐르다가, 첸탕 강을 만나 함께 큰 바다로 흘러들었다. 첸탕 강 남쪽 기슭과 차오어 강 서쪽으로 드넓은 벌판이 펼쳐지고, 그 벌판에는 크고 작은 못과 호수 들이 뭇별마냥 반짝였다. 수많은 작은 강들이 마치 하얀 띠를 두른 것처럼 못과 호수와 마을 사이를 감돌아 흘렀다. 저 멀리 벌판 끝으로 아득하게 뻗어나간 콰이지 산(會稽山)이 사시사철 푸른 모습으로 우뚝 솟아 있었다.

　대대로 이 땅에서 살아온 사람들은 평화를 사랑하고 침략과 억압을 증오했다. 그들은 어떤 침략자나 억압자 앞에서도 굴하거나 아부하지 않았으며, 그들과 타협하지도 않았다. 중국 역사에 나오는 그 유명한 '설욕(雪辱)의 고장'인 월나라 도읍도 바로 이곳이었다. 또한 송나라 말엽에는 금나라 사람들에게 그리고 명나라 말엽에는 청나라 병사들에게 대항해 피를 흘리고 목숨을 바쳐 민족의 절개를 지킨 마을로 역사의 한 장을 장식한 저장 성(浙江省) 동부 지방이 바로 이곳이었다. 그래서 이곳에 살고 있는 사람들은 굳세기로 이름이 나 있었다.

중국 근대사에서 이 고장은 다른 곳보다 먼저 제국주의로부터 침략당했고, 그리하여 다른 어느 곳보다 먼저 떨치고 일어나 제국주의 침략에 반대하기도 했다. 이곳이 바로 루쉰이 태어난 고향이다. 역사와 사람들 속에서 배출된 민중의 전사요, 민족의 영웅이요, 중국 문화혁명의 주장(主將)이었으며, 중국의 위대한 문학가로 사상가로 또 혁명가로 추앙받는 루쉰은 바로 이 고장에 자리 잡은 오랜 도시 사오싱(紹興)에서 출생했다.

120여 년 전 루쉰이 태어났을 때만 하더라도, 사오싱은 청나라 봉건제도 아래에 있는 부(府) 소재지였다. 군주제도는 흔들리기 시작했지만, 여전히 통치권을 행사하고 있었다. 당시 이 도시에는 몇몇 수공업과 얼마 안 되는 수공업자들이 있었을 뿐, 수공업 공장이나 잘 조직된 수공업 노동자들은 물론이고 현대 공업과 산업 노동자들은 아직 존재하지 않았다. 산인 현(山陰縣)과 콰이지 현(會稽縣)에서 이 도시를 나누어 관리했는데, 산인 현 관청은 도시 서쪽에, 콰이지 현 관청은 도시 동쪽에 자리 잡고 있었다. 부지사의 관청은 도시 서남쪽에 있는 워룽 산(臥龍山)이라는 작은 산 기슭에 있었다. 제일 큰 관청은 도시 한가운데 자리 잡은 셰전(協鎭) 관청이었고, 사람들은 그것을 '큰 관청'이라고 불렀다. 그곳에는 무관이 한 사람 살았는데, 문 앞에 으리으리한 깃대와 악사 들까지 정렬해 있어 관청들 가운데서도 그 위세가 가장 당당했다. 새벽녘에는 날이 밝았다는 것을 알리는 폭죽을 터뜨리고, 밤에는 잠잘 시간을 알리는 폭죽과 함께 딱딱거리며 딱따기를 쳤다. 딱따기 소리가 잠잠해지면 크고 작은 골목에 행인들 자취도 끊어지고, 정적이 이 옛 도시를 뒤덮는다.

이 도시에는 돌이 깔린 길들이 가로세로 여러 갈래로 뻗어 있었다. 길가에는 크고 작은 대문들이 있었고, 대문 위에는 '진사 저택', '관찰사 저택', 또는 '대부 저택' 같은 현판들이 걸려 있었다. 그 크고 작은 대문 가까이에는 어두컴컴하고 눅눅한 오두막들이 다닥다닥 붙어 있었다. 문가에 물레가 놓여 있고 벽 구석에 술을 빚을 때 쓰는 단지와 잡동사니 들이 놓여 있는 집에는 수공업에 종사하는 사람들이 살았다. 이 도시에서 비교적 활발하게 상업이 이루어지는 곳으로 큰 거리 몇 곳을 꼽을 수 있는데, 웬만한 잡화점과 책방, 지물포 들이 모두 이곳에 모여 있었다. 과자나 담배를 싸는 납종이를 파는 상점은 도시 어디에서나 찾아볼 수 있었고, 찻집과 기역자 모양 판매대가 있는 선술집도 드문드문 눈에 띄었다.

도시에는 주민들 살림집과 전혀 어울리지 않는 높은 집들이 몇 군데 우뚝하니 솟아 있었다. 그것은 붉은빛이나 잿빛을 띤, 뾰족한 교회당 지붕들이었다. 이 건축물들은 도시의 오랜 분위기와 어울리지 않게, 다소 야릇한 분위기를 자아냈다. 저녁 무렵이 되면 교회당에서 종이 울렸는데, 그 소리는 성경에 쓰인 것처럼 고요와 평화를 실어오는 것이 아니라 무언가 부산스럽고 불안한 분위기를 안겨주었다.

루쉰은 상업 지역에서 꽤 멀리 떨어져 있는, 도시의 남쪽인 둥창(東昌) 거리 어귀의 한 집에서 태어났다. 루쉰이 태어난 집에는 루쉰네 가족들과 가까운 친척들이 함께 살았다. 다시 말하면 이곳은 일가친척들이 한데 모여 사는 신대문(新臺門)의 저우씨(周氏) 대가(大家)였다. 대문 안으로 들어서서 돌이 깔린 마당을 지나면 대청에 이르는데, 이 대청은 집안에 큰일이 있을 때 가족들이 사용하는 장소였다. 대청 한가운데는 '덕수당(德壽堂)'이라고 쓴 가로로 긴 네모난 현판이 걸려 있었고, 양쪽 기둥에는 '범절에 밝으면 덕행이 바르고, 사리에 통달하면 마음이 편안하다(品節詳明德行堅定, 事理通達心氣平和)'라는 글귀가 씌어 있었다. 이 대청에서 나와 뒤로 마당을 몇 개 더 지나가면 다섯 칸짜리 이층집이 보이는데, 서쪽에서부터 동으로 두 번째 칸 아래층에서 루쉰이 태어났다. 그날이 바로 1881년 가을 9월 25일(음력 팔월 초사흗날)이었다.

루쉰은 어려서 '장서우(樟壽)'라고 불렸으며 자는 '위산(豫

山)'으로, '루쉰'이라는 이름은 작가가 되어 나중에 쓰던 필명이다. 그런데 '위산'이라는 두 글자가 '우산(雨傘, 중국 음은 위산—옮긴이)'과 발음이 비슷해 듣기 싫었으므로, 얼마 뒤에 '위차이(豫才)'라고 고쳤고 집에서는 모두들 그를 '아장(阿樟)' 또는 '장관(樟官, 장서우의 애칭—옮긴이)'이라고 불렀다.

아버지 저우펑이(周鳳儀)는 선비였는데 일찍이 수재(秀才)에 급제까지 한 인물이었고, 어머니 루루이(魯瑞)는 농촌에서 태어나 독학으로 글을 익혔다. '루쉰'이라는 필명에서 '루' 자는 바로 어머니 성에서 따온 것이다. 할아버지 저우푸칭(周福淸)은 당시에 한림원(翰林院)에서 책을 편집하고 바로 잡는 일을 맡아 베이징(北京)에서 벼슬을 지내고 있었다. 인자한 성품을 지닌 할머니 장(蔣) 씨는 아이들에게 옛날이야기 들려주는 것을 좋아했다. 당시 루쉰 집안은 논을 만여 평 소유하고 있었기 때문에 살림 걱정은 하지 않았다. 저우씨 일가는 꽤 번성한 집안으로, 루쉰이 네 살 되던 해에 둘째동생 쿠이서우(櫆壽, 저우쭤런)가 태어났고 아홉 살 되던 해에 셋째동생 쑹서우(松壽, 저우젠런)가 태어났다.

집에서는 키다리 어멈이 어린 루쉰을 돌봐주었다. 키다리 어멈은 순박한 시골 아낙네로, 젊어서 남편을 여의고 농촌에서 홀몸으로 생활하다가 땅마저 떼이자 살길을 찾아 도시로 나왔다. 어멈 이름을 아는 사람은 아무도 없었다. 루쉰 할머니가 어멈을 '키다리'라고 부르자 다른 사람들도 따라서 불렀으며, 아이들은 '키다리 어멈'이라고 불렀다.

키다리 어멈은 아이들 머리로는 도저히 이해할 수 없는 이상한 예의범절과 도리를 상당히 많이 알고 있었다. 이를테면 사람이 죽었을 경우 죽었다고 이야기하는 것이 아니라 '연로하여 돌아가셨다'라고 해야 한다거나, 사람이 죽었거나 아이를 낳은 집에는 들어가지 말아야 하며, 땅에 떨어진 밥알은 반드시 주워 먹어야 하고, 바지를 말리는 데 사용하는 참대 바지랑대 밑으로는 절대 지나다니지 말아야 한다는 따위였다. 어멈은 언제나 아이들이 쏘다니지 못하게 했으며, 풀 한 포기를 뽑거나 돌 하나를 들추어내어도 장난이 심하다고 나무라며 어머니한테 일러바치겠다고 으름장을 놓았다. 그래서 처음에는 아이들이 키다리 어멈을 그리 좋아하지 않았다. 루쉰은 더욱 마음에 들어 하지 않았는데, 그것은 자신이 귀여워하던 생쥐를 어멈이 모르고 밟아 죽였기 때문이다. 루쉰은 그때 너무나 화가 나서 펄쩍펄쩍 뛰었다.

그런데 생각지 않은 일로 루쉰은 키다리 어멈을 존경하게 되었다. 그것은 어멈이 아이들에게 '장발적(長髮賊, 태평천국 운동 당시 무장 세력)'에 관한 이야기를 들려주었기 때문이다. 게다가 루쉰이 밤낮으로 애타게 찾던 《산해경(山海經)》(작자를 알 수 없는 중국 고대 신화집. 산천, 초목, 새, 짐승에 관한 기이한 이야기 모음집—옮긴이)을 어멈이 어디에선가 구해다 준 뒤부터 루쉰은 키다리 어멈을 더욱 존경하게 되었다.

그림이 있는 《산해경》은 루쉰이 오래전부터 갖고 싶어 하던 책이었다. 루쉰 집에는 먼 친척으로 작은할아버지뻘 되는 위톈(玉田) 노인이 함께 살았는데, 위톈 노인이 루쉰에게 그런 책이 있다고 알려주었다. 그는 몸집이 뚱뚱하고 마음씨가 너그러운 노인으로, 주란이나 재스민 같은 꽃나무를 즐겨 가꾸었다. 집에 노인과 말벗이 될 만한 사람이 별로 없었기 때문에 아이들과 어울리는 것을 무척 즐거워했으며, 때때로 아이들을 '꼬마 친구'라고 부르기도 했다.

위톈 노인은 책을 많이 가지고 있었다. 그 가운데는 아름다운 화초와 나무가 그려져 있는 《화경(花鏡)》이라는 책도 있었는데, 아이들은 그 책을 대단히 좋아했다. 그런데 노인은 이 책보다 훨씬 재미있는 책이 있다고 했다. 바로 《산해경》이라는 책인데, 사람 얼굴을 한 짐승이며, 머리가 아홉 달린 뱀, 다리가 셋 달린 새, 날개 달린 사람, 젖꼭지가 눈이 된 머리 없는 괴물 같은 그림이 그려져 있다고 했다.

그런데 안타깝게도 노인은 그 책을 어디에 두었는지 몰라 찾을 수 없다고 했다. 아이들은 기이한 그림들이 그려진 그 책을 빨리 보고 싶은 생각이 간절했지만, 그렇다고 노인을 졸라 댈 수도 없는 일이었다. 다른 사람들에게 물어보아도 아는 사람이 별로 없었고, 사서 보려고 해도 어디서 파는지를 알 수 없었다. 큰 거리에 있는 책방에 가자니 너무 멀어서 갈 수가 없었다. 그 거리에는 일 년에 기껏해야 정월에 한 번 놀러 가는데, 그때는 또 책방이 문을 열지 않았다. 놀이에 정신이 팔려 있을 때는 그다지 생각나지 않았지만, 놀이가 끝나면 그림이 있는 《산해경》이 생각나곤 했다. 루쉰이 자나 깨나 그 책을 보고 싶어 하자, 키다리 어멈까지 그 사실을 알게 되어 루쉰에게 어떻게 된 일인지 물어보았다.

아마 그로부터 열흘인가 한 달쯤 지났을 때였을 것이다. 시골집에 다녀온 키다리 어멈이 루쉰을 보자마자 책 한 꾸러미를 내밀며 신이 나서 말했다.

"도련님, 그림이 들어 있는 《삼형경(三哼經)》('산해경'을 잘못 말한 것임─옮긴이)을 구해왔어요!"

그것은 정말 생각하지도 못한 소식이었다! 루쉰은 설 명절이 돌아온 것보다 더 기뻤다. 얼른 그 종이꾸러미를 풀어보았다. 자그마한 책이 네 권 있었다. 아! 아닌 게 아니라 정말 사람 얼굴을 한 짐승이며, 머리가 아홉 달린 뱀이며 하는 것들이 그 속에 다 들어 있었다. 비록 종이가 누렇게 변색되고 그림도 매우 유치해 동물들 눈이 길쭉한 네모로 그려져 있고 판각이나 인쇄도 조잡하기 짝이 없었지만, 루쉰이 자나 깨나 보고 싶어 하던 그 책이 틀림없었다. 루쉰은 나중에 이 가난한 시골 아낙네와 그녀에 대한 깊은 애정을 격정적으로 묘사한 산문을 남겼다.(《아침꽃을 저녁에 줍다》〈아장과 산해경(阿長和山海經)〉, 아장은 키다리어멈의 애칭―옮긴이)

그것은 정말 보통 책이 아니었다. 루쉰은 키다리 어멈 손에서 그 책과 함께 한없이 깊은 사랑까지 넘겨받은 것이다. 어린 루쉰은 그 어느 책보다 감동적으로 그 책을 읽었다.

집안사람들 가운데서 할머니는 유달리 루쉰을 귀여워했다. 여름날 밤 루쉰이 계수나무 아래 평상에 누워서 땀을 식힐 때면, 할머니는 곁에 앉아서 파초 부채를 부치면서 이야기를 들려주거나 수수께끼를 내곤 했다. 할머니는 민간에 전해지는 이야기를 자주 들려주었는데, 특히 고양이에 대한 옛날이야기를 즐겨 해주었다.

할머니 이야기에 따르면 고양이는 범을 가르치는 스승이었다고 한다. 범은 본래 아무것도 할 줄 몰랐다. 그래서 고양이를 찾아와 제자가 되었는데, 고양이는 범에게 자신이 쥐를 잡을 때 어떻게 먹이를 덮치는지 그 방법을 가르쳐주었다. 재주를 다 배우고 난 범이 속으로 생각해보니, 이제 고양이를 빼면 자신을 당해낼 상대가 아무도 없을 것 같았다. 그래서 범은 고양이만 죽여버리면 자신이 제일 강하게 될 것이라고 생각하고 와락 고양이를 덮쳤다. 그러나 진작부터 범이 그런 심보를 가진 것을 알아차리고 있던 고양이는 그 순간 몸을 훌쩍 날려 나무 위로 올라갔다. 범은 눈만 멀뚱멀뚱 뜬 채 나무 밑에 앉아 있을 수밖에 없었다. 고양이는 범에게 모든 재주를 다 가르쳐준 것이 아니라, 나무에 오르는 재주만은 가르쳐주지 않고 남겨놓은 것이다.

할머니는 또 '흰 뱀'에 대한 이야기도 해주었다. 옛날에 허선(許仙)이라는 남자가 푸른 뱀과 흰 뱀을 구해주자, 그 은혜에 보답하기 위해 흰 뱀은 여자로 변신해 허선에게 시집을 갔고 푸른 뱀은 시녀가 되어 시중을 들었다. 그런데 법해(法海)라는 스님이 허선 얼굴에 '요사스러운 기운'이 뻗치고 있다면서, 허선을 금산사(金山寺) 법좌 뒤에 숨겨놓았다. 흰 뱀 마님이 찾아와 남편을 찾기 위해 '금산사를 물에 잠기게 하자', 법해 스님은 도술을 써서 흰 뱀 마님을 조그마한 바리 속에 가두었다. 법해 스님은 그 바리를 땅속에 묻고 그 위에 탑을 세웠는데, 그 탑이 바로 시후(西湖) 호숫가에 우뚝 서 있는 뇌봉탑(雷峰塔)이라는 것이었다.

이 이야기를 들은 어린 루쉰은 몹시 괴로웠다. 흰 뱀 마님이 불쌍했고, 스님에게 분노를 느꼈다. 루쉰은 흰 뱀 마님을 누르고 있는 뇌봉탑이 하루빨리 무너져버리기를 빌었다. 나중에 루쉰은 이 이야기를 잡문(雜文, 짧고 날카로운 문체로 시사나 정치, 사회 정세에 대해 자유롭게 논하는 산문의 일종—옮긴이)으로 남겼다.(《무덤》〈뇌봉탑이 무너진 데 대하여〉)

02
룬투가 펼쳐준 새로운 세계

루쉰은 일곱 살 때부터 글공부를 시작했다. 글방은 신대문 안에 있었는데, 그를 눈뜨게 한 선생이 바로 위톈 노인이었다. 노인은 신대문 안에서 책을 제일 많이 가지고 있었다. 앞에서 이야기한 《산해경》 말고도 《모씨 시경 초목금수곤충어류주(毛詩鳥獸草木蟲魚疏)》 같은 책도 있었다. 이런 책들에는 괴상한 꽃과 풀, 새와 짐승이 그려져 있었는데, 어린아이들에게는 그런 것들이 신비롭게만 보였다.

그러나 위톈 노인은 이런 책들을 가르친 것이 아니라, '태초에 반고(盤古)는 혼돈 속에서 태어나, 처음으로 세상을 다스리고 혼란스러운 세계를 바로 잡았다' 운운하는, 아무리 들어도 아리송한 《감략(鑒略)》이라는 책을 가르쳤다. 루쉰은 물론 그런 것에 흥미가 없었다. 어린 루쉰은 글방에서 배우고 돌아오면, 집에서도 공부를 해야만 했다. 당시 루쉰 집에서는 독특한 방법으로 문학을 공부시켰다. 베이징에서 벼슬을 하는 할아버지는 아이들에게 다음과 같은 순서로 공부를 해야 한다고 정해놓았다.

처음 배우기 시작할 때는 먼저 백거이(白居易, 중당 시대 시인—옮긴이) 시를 읽어서 명백하고 알기 쉬우며 담담하면서도 감칠맛이 나는 점을 배워야 한다. 다음으로 심오하고 기백이 있으며 내용이 풍부한 육유(陸游) 시를 읽고, 그 다음으로 필치가 활달하고 뜻을 충분히 담아낸 소식(蘇軾) 시를 읽으며, 다음으로는 사고방식이 고상한 이백(李白) 시를 읽을지어다. 어렵고 심오한 두보(杜甫)시나 괴이하고 까다로운 한유(韓愈) 시 같은 것들은 배워서는 안 되거니와 배울 필요도 없느니라.(베이징 루쉰 박물관에 있는 루쉰 장서 《당송시순(唐宋詩醇)》 뒷면에 적힌 루쉰 할아버지의 문장)

그 뒤 얼마 지나지 않아 위톈 노인이 선생 노릇을 그만두게 되자, 다른 선생이 글을 가르쳤다. 그는 신대문 본채에 사는 노인으로, 루쉰에게 역시 할아버지뻘 되는 쯔징(子京)이라는 성질이 좀 괴팍한 노인이었다. 이 노인은 학문이 깊지 못했다. 글을 얼마나 괴상하게 쓰는지 결국은 수재에도 뽑히지 못하고 집에서 훈장 노릇만 하고 지냈다. 성질이 괴팍하다 보니 두 아들조차 잘 찾아오지 않아서, 거의 혼자 사는 아래층 단칸집은 늘 썰렁했다. 그 집은 비바람에 부대끼고 낡은데다가 오랫동안 손질을 하지 않은 볼품없는 집이었다. 게다가 땅거미가 질 무렵이면 온종일 꽁꽁 닫혀 있는 어두컴컴한 문틈으로 박쥐들

새롭게 단장한 현 백초원의 모습. 백초원은 신대문에 살았던 루쉰 대가족의 채마밭이었다.

이 날아다녀 더욱 을씨년스러웠다. 아이들은 이런 곳을 좋아하지 않았다. 아이들에게는 아이들 세상이 따로 있었다. 저우 씨 가족들이 모여 사는 살림집 뒤에 대단히 크고 인적이 드문 정원이 있었는데, 사람들은 그곳을 '백초원(百草園)'이라고 불렀다. 그곳이 바로 아이들 놀이터였다. 뒷날 루쉰은 회고록에서 백초원을 이렇게 묘사했다.

파란 채소밭이며 반들반들한 우물 난간, 키 큰 쥐엄나무, 자줏빛 오디, 그리고 나뭇잎 사이에 앉아서 길게 울어대는 매미며, 채소 꽃 위에 앉아 있는 통통하게 살찐 누런 벌이며, 풀숲에서 구름 사이로 불쑥불쑥 솟아오르는 날랜 종달새는 더 말할 것도 없고, 정원 주변에 둘러친 나지막한 토담 언저리만 하더라도 끝없는 정취를 자아냈다. 방울벌레들이 은은하게 노래를 부르면, 귀뚜라미들이 거문고를 탄다. 깨진 벽돌을 들추면 가끔 지네가 기어 나오고, 때로는 가뢰가 나오기도 했다. 가뢰라는 놈은 손가락으로 잔등을 누르기만 하면 뽕 하는 소리와 함께 뒷구멍으로 연기를 폴싹 내뿜는다. 그리고 그곳에는 새박덩굴과 목련이 뒤얽혀 있는데, 목련에는 연밥송이 같은 열매가 달려 있고 새박덩굴에는 울퉁불퉁한 뿌리가 달려 있다. ……그 밖에도 가시만 겁내지 않는다면 나무딸기도 딸 수 있었다. 마치 좁쌀 같은 산호 구슬을 뭉쳐서 만든 조그마한 공 같은 나무딸기 열매는 새콤달콤해서 색깔이나 맛이 오디보다 훨씬 좋았다.(《아침꽃을 저녁에 줍다》〈백초원에서 삼미서옥까지(從百草園到三昧書屋)〉)

겨울이 닥쳐오면 백초원은 단조로워 놀 맛이 나지 않았다. 그렇지만 눈이 내리면 달랐다. 그즈음이면 시골에서 '룬투(閏土)'라는 친구가 와서 루쉰과 같이 놀았다. 룬투는 얼굴이 불그스레하고 시원스러웠으며, 머리에는 조그마한 벙거지를 쓰고 있었다. 룬투 아버지는 그에게 눈밭에서 참새 잡는 법을 가르쳐주었다. 룬투 아버지는 이름이 '장푸칭(章福慶)'이라고 했는데, 농사꾼인 그는 농사일 말고도 참대로 여러 가지 물건을 짜는 손재주가 훌륭했기 때문에 모두들 '참대아비'라고 불렀다.

룬투네는 사오싱에서 조금 멀리 떨어진 '바닷가'인 차오어 강변(그곳 사람들은 그곳을 '바닷가'라고 했다)에 살았다. 룬투네는 두어 무(畝) 남짓한 모래땅밖에 없었다. 그래서 남의 땅을 몇 무 더 얻어서 부쳤지만, 식구가 예닐곱이나 되다 보니 생활 형편이 몹시 어려웠다. 어느 해인가 일꾼 한 사람이 룬투 아버지를 저우씨네로 데리고 와서 일을 시켰다. 일솜씨가 훌륭한 것을 본 저우씨 집안에서는 그 뒤 늘 룬투 아버지를 데려다가 일을 시켰다. 이렇게 한 해 두 해 일을 해주는 사이에 어느덧 서로 잘 아는 사이가 되었다. 룬투 아버지는 참대로 물건도 잘 만들고, 설 대목마다 저우씨 집으로 와서 한 달씩 머슴으로 일하기도 하다 보니 더욱 친하게 되었다. 바닷가 시골집에서 일이 끝나기만 하면, 밭일을 옆집에 맡겨놓고 자신은 저우씨네로 와서 일을 했다. 때로 혼자서 일손이 달리면 자기 아들을 데려다가 일을 시키면 안 되겠냐고 물었다. 그럴 때면 저우씨네는 그렇게 하라고 허락해주었고, 그는 뱃사공 편에 편지를 보내 아들을 불러오곤 했던 것이다.

　룬투는 원래 '룬투'라고 부르지 않고, 집에서는 '룬수이(閏水)'라고 불렀다. 룬투 아버지가 참대로 물건을 잘 만들었기 때문에, 그를 '참대아들'이라고 부르는 사람도 있었다. 룬투는 루쉰보다 두세 살 위였는데, 저우씨 집에 온 뒤로 루쉰과 친해졌다. 루쉰은 때때로 룬투를 데리고 거리로 나가, 농촌에서 보지 못하는 것들을 구경시켜주었다. 룬투도 도시에서 볼 수 없는 것들과 '바닷가' 촌에서 있었던 신기하고 재미있는 이야기를 루쉰에게 들려주었다. 그들은 금방 친한 친구 사이가 되었다. 룬투와 아버지는 고향집에 갔다가 저우씨네로 올 때면, 팥이며 완두며 수박 같은 먹을 것들이나 새 깃털, 조가비 같은 장난감을 루쉰에게 가져다주었다.

부지런한 농민의 아들인 룬투는 아는 것이 많았다. 루쉰이 뒤에 소설 〈고향(故鄕)〉에 묘사한 것처럼, 룬투는 신기하고 재미있는 시골 이야기와 농촌 생활 그리고 그 속에 깔려 있는 순박한 정에 대해 이야기해주었다. 이런 것들 모두가 어린 루쉰의 마음속에 새로운 세계를 펼쳐주었다.

03
꼬마 화가 루쉰

신대문에서 나와 동쪽으로 얼마가지 않아 저우씨네 오래된
대문이 보이는데, 그곳 역시 루쉰의 일가친척들이 모여 사는
저택이었다. 큰 제삿날이나 명절 같은 때면 으레 거기서 행사
를 치르는데, 집집이 사람을 보내 참석하도록 했다. 어린 루
쉰도 가끔 거기에 가곤 했다. 루쉰이 그곳에 가는 것은 결코
제사를 지내기 위해서가 아니라, 그런 기회에 구경도 하고 꽃
씨 같은 것을 받거나 친구들과 함께 뒤뜰에 가서 방울벌레를
잡고 싶어서였다.

오래된 대문을 지나 앞으로 얼마가지 않아 남쪽으로 꺾어
들어 장마천(張馬河) 위에 놓인 돌다리를 건너가면, 곧 삼미서
옥(三味書屋)이 나온다. 루쉰은 집에서 글 읽기를 마치고 나면,
삼미서옥에 가서 공부했다. 당시 나이 열두어 살이었다.

까만 칠을 한 대나무 문을 들어서면 동쪽으로 몇 발짝 가지
않아 서재가 있다. 이 서재는 서우씨(壽氏) 집에서 사랑방으로
쓰려고 지은 서향집이었다. 칸막이 없이 죽 통하게 되어 있는
세 칸짜리 통집이었는데, 바닥에는 벽돌이 깔려 있었다. 서재

정면의 벽 한복판에 '삼미서옥'이라고 커다랗게 쓴 현판이 걸려 있고, 그 아래에는 꽃사슴 한 마리가 고목(古木) 아래 엎드린 그림이 걸려 있었다. 그림 앞에 침대가 하나 놓여 있고, 그 앞에 둥근 의자와 팔선탁자(八仙卓子)가 하나씩 놓여 있으며, 팔선탁자 옆에는 차탁과 의자가 있었다. 공자의 위패가 없었기 때문에 학생들은 그 현판과 꽃사슴을 향해 절을 했다.

선생은 '서우징우(壽鏡吾)'라고 하는 키가 후리후리하고 조금 마른 노인인데, 됨됨이가 정직하고 소박했으며 박식하기로 읍내에 이름이 자자했다. 머리와 수염은 이미 파뿌리가 되었고, 테가 넓은 돋보기안경을 꼈다. 노인은 사람들에게 대단히 친절했다. 본래 수재에 합격했으나, 계속 응시하고 싶지 않아 서당을 열어놓고 아이들에게 글을 가르쳤다.

학생들 십여 명이 선생 양편에 줄지어 앉았는데, 루쉰의 자리는 북쪽 벽 아래였다. 서랍이 달린 직사각형 책상을 앞에 놓고, 그 다음에 책상보다 조금 낮은 걸상을 놓고 앉았다. 서재 앞에는 너비가 2미터, 길이가 10미터가량 되는 좁고 긴 마당이 있었다. 마당에는 서재 문과 마주한 담 아래에 돌걸상이 놓여 있고, 그 위에 자그마한 분재 동산과 소엽맥문동을 심은 화분이 놓여 있었다. 마당 서남쪽 귀퉁이에는 빗물을 받기 위한 커다란 항아리가 하나 놓여 있었다. 서재 뒤뜰은 조그마한 화원인데, 계수나무가 두 그루 서 있고, 동쪽 담 밑에 벽돌로 쌓아 만든 화단이 있었다. 그 북쪽으로 납매화 한 그루가 서 있고, 남쪽으로는 달리아가 심어져 있었다. 여기가 학생들 놀이터였다. 겨울이면 화단 위에 올라가서 납매화를 꺾고, 여름에는 계수나무 위에 올라가 매미허울을 주웠다. 그러나 이런 장난을 하다가 선생에게 들키는 날이면 혼쭐이 나야 했다.

삼미서옥은 읍내에서 규정이 가장 까다로웠다. 다른 글방에서는 청명이 지났더라도 배운 것을 익혔다면 학생들을 받아들였으나, 삼미서옥에서는 음력 정월 열여드렛날에 개학하고 청명이 지난 다음부터는 학생들을 더 받아들이지 않았다. 학비는 2원이었는데, 당시로서는 가장 비쌌다. 다른 글방에서는 한 철에 동전 사오백 닢밖에 받지 않았으며, 아무리 비싸더라도 칠팔백 닢이 넘지 않았다. 하지만 그런 곳들에서는 '은주돈(銀朱錢)'이라고 해서 매달 초하룻날과 보름날에 선생에게 동전 열 닢씩을 바쳐야 했다. 삼미서옥에서는 2원만 받고 다른 잡비는 더 받지 않았다.

선생은 아주 진지하게 글을 가르쳤다. 학생이 사흘만 글방에 나오지 않아도, 학생 집으로 찾아갔다. 선생은 참대로 만든 회초리를 가지고 있었는데, 대단히 화가 났을 때가 아니면 여간해서는 그것을 들지 않았다. 정말 말을 듣지 않는 학생에게는 화를 벌컥 내면서 집으로 돌려보냈다. 삼미서옥에서는 그렇게 하는 것을 '밀어낸다'라고 말했다.

삼미서옥에서는 처음에 《백가성(百家性)》을 읽고, 그 다음 《신동시(神童詩)》를, 다음으로 《사서(四書)》와 《오경(五經)》을 읽었다. 나이 든 학생들은 필수과목을 다 뗀 다음에 다시 《당시 삼백수(唐詩三百首)》를 읽어야 했다. 루쉰은 여기 오기 전에 집에서 몇 년 동안 글을 읽었기 때문에, 처음부터 읽을 필요 없이 오경(五經) 가운데 하나인 《시경(詩經)》부터 읽기 시작했다.

아침마다 루쉰은 깨끗한 두루마기를 입고 남색 책가방을 메고, 옷 단추에 책상 서랍을 여는 열쇠를 걸고 서당으로 갔다. 글방에 들어가 몸을 기울여 책상 서랍을 열고는 바른 자세로 앉아 책을 외우기 시작했다. 책을 다 외운 다음, 선생한테 가서 검사를 받았다. 선생은 검사를 마친 곳에 그날 날짜를 붉은 글씨로 적어 넣었다. 그러고 나서 계속 책을 읽다가, 점심때가 가까워오면 종이 한 장 가득 글씨쓰기를 해야 했다. 다 쓴 다음에는 그것을 선생님 책상 위에 가져다 놓는데, 만일 틀린 글자가 있으면 선생이 붉은 붓으로 고쳐놓고 잘된 글자에는 동그라미를 그려놓는다. 글씨쓰기가 끝나고 나서야 집에 돌아가서 점심을 먹는다. 오후에도 계속 책을 읽고, 해질 무렵이 되어서야 그날 공부가 끝났다.

글을 읽을 때면 모두들 목청을 돋우었기 때문에 삼미서옥은 그야말로 물이 끓어 넘치듯 와글거렸다. 선생도 같이 글을 읽곤 했는데, 시간이 지나 학생들의 글 읽는 소리가 점점 낮게 잦아들면 선생이 글 읽는 소리만 낭랑하게 울렸다. 선생이 글읽기에 정신이 팔려 있으면 학생들은 더없이 좋아했다. 이런 때면 몇몇 학생들이 종이로 만든 투구를 손가락에 끼워 장난을 쳤다. 루쉰은 그럴 때 《서유기(西遊記)》 같은 그림이 들어 있는 '심심풀이책'을 읽었다. 서랍을 열고 안에 책을 넣고 책상에 엎드려 몰래 책을 읽었다. 다른 학생들이 소란스럽게 구는 것을 막기 위해 루쉰은 자기 책상에 '군자는 자중하라'라는 글귀를 써놓기도 했다.

또한 루쉰은 그림을 베껴 그리는 것도 좋아했다. 얇고 투명한 습자지를 책 위에 펴놓고 구리로 된 먹통을 책상 서랍 안에 놓은 다음, 붓에 먹물을 묻혀 습자할 때 본뜨는 식으로 그림을 베꼈다. 책을 많이 읽을수록 복사한 그림도 많아졌으며, 그렇게 그린 그림이 두툼하게 책 한 권이 되기도 했다. 어떤 학생들은 루쉰에게 종이를 주면서 그림을 그려달라고 했다. 루쉰이 그려주면 집으로 가지고 가서 금박 테두리를 붙여 벽에 걸어놓기도 했다. 그러나 '심심풀이책'을 보거나 그림을 복사하는 것을 선생님께 들키면 꾸지람을 들어야 했다. 만약 선생님이 화가 나면 그림을 가져다 갈기갈기 찢어버릴 수도 있었다. 따라서 이런 일은 공부를 끝마치고 집에 돌아와서야 맘 놓고 할 수 있었다.

삼미서옥에서 집으로 돌아오면 대부분 저녁 시간은 어머니

방에 가서 공부를 했다.(저우젠런, 《루쉰에 관한 몇 가지 이야기 (略講關於魯迅的事情)》〈루쉰은 학교에서 돌아와 무엇을 했는가(魯迅放學回來時做些什麽)〉) 저녁식사가 끝나면 제일 먼저 사선탁자(四仙卓子)를 깨끗이 닦은 뒤, 그 위에 그림책을 꺼내놓고 한 장씩 넘기면서 베끼기 시작했다. 책장을 넘길 때에는 빈틈없이 해야 하므로 상당히 까다로웠다. 먼저 손가락에 먹물이 묻지 않았는지 살펴본 다음에 한 장씩 조심스레 넘겼다. 동생들은 책상 옆에 엎드려 그림책을 같이 볼 수 있었지만, 함부로 건드리지는 못하게 했다. 만약 누군가가 그림책을 손가락으로 만져보거나 짚어보려고 해도 루쉰은 더러워질까 봐 그러지 못하게 했다. 그림책을 다 보고 나서는 어머니 침대 옆에 있는 가죽 상자 안에 넣어두었다. 상자 안 넓은 공간에는 커다란 책을 넣고 좁은 공간에는 작은 책을 차곡차곡 넣고는, 좀이 슬지 않도록 책 사이에 좀약 봉지들을 끼워놓았다.

그림책을 수집하는 것도 어린 루쉰에게 매우 흥미로운 일이었다. 루쉰은 설날에 세뱃돈을 받으면 그림책을 사는 데다 그 돈을 몽땅 썼다. 그렇게 산 그림책으로는 《이아음도(爾雅音圖)》, 《모씨 시경 품물도 고증(毛詩品物圖考)》, 그리고 《점석재 그림집(點石齋叢畫)》, 《그림시집(詩畫舫)》 등이 있었다. 이런 책들은 목각판으로 된 것도 있고 석판본으로 된 것도 있었는데, 제본이 잘 되지 않아 책장이 쉽게 떨어져 나가곤 했다. 그래서 루쉰은 이런 책을 사다가 명주실로 다시 묶거나 때로는 두꺼운 종이로 표지를 만들어 다시 매기도 했다.

어떤 어른이 그림책 한 권을 루쉰에게 준 적이 있는데, 그것은 아래쪽에 그림이 그려져 있고 위쪽에 이야기가 적혀 있는 얇은 《이십사효자도(二十四孝圖)》라는 책이었다. 루쉰은 그책을 별로 좋아하지 않았다. 더욱이 어린아이처럼 뒤뚱거리다 일부러 땅에 넘어져서 사람을 웃기려고 하는 〈노래자 영감이 부모를 즐겁게 해주다〉와 어머니를 봉양하기 위해 아들을 생매장하는 〈곽거가 아들을 생매장하다〉 같은 그림들에 대해서는 더없는 반감을 느꼈다. 루쉰은 사람들이 억지로 자연스럽지 않게 행동하는 것을 제일 싫어했다. 책을 보다가 일단 그런 대목에 이르면 얼른 책장을 넘겨버리곤 했다.

루쉰은 또 침대 옆에 붙여놓은 그림 두 장을 대단히 좋아했다. 한 장은 긴 주둥이에 귀를 척 드리운 돼지 그림 〈저팔계가 데릴사위로 들어간다〉이고, 다른 한 장은 신랑신부로부터 들러리와 손님에 이르기까지 모두 턱이 뾰족하고 다리가 가늘며 다홍색 저고리에 초록색 바지를 입은 그림 〈쥐들이 잔치를 벌이다〉였다. 이처럼 생동감 있고 재미있는 그림을 보면 루쉰은 며칠 동안 잠도 제대로 자지 못했다.

이 밖에 책을 베껴 쓰는 것도 루쉰이 좋아하는 취미활동이었다. 루쉰은 초목, 곤충, 어류에 관한 책들을 매우 즐겨보았으며, 주로 그런 책들을 베껴 쓰곤 했다. 처음에는 습자지 밑에 네모나게 칸을 친 종이를 받치고 한 자 한 자 베껴 썼다. 나중에는 다른 사람에게 목판 위에 직선을 새겨달라고 하여 책을 베낄 때 쓰는 전문용지인 참대종이에 수없이 찍어놓았다. 베낄 때는 그 밑에 칸을 찍어놓은 종이를 받치고 쓰면 되었다.

책을 베끼면서 루쉰은 꽃을 가꾸는 취미가 생겼다. 어린 루쉰은 정말 꼬마 식물학자라고 할 만큼 박식했다. 루쉰은 꽃을 재배하는 방법을 알려고 애썼을 뿐만 아니라, 그것들을 분류하고 이름을 달아주기까지 했다. 또한《화경》같은 책들을 보면서 그것들이 어떤 성질을 지닌 식물인지 밝혀냈다. 새로운 꽃을 구하면 루쉰은 언제나 화분에 대나무로 만든 팻말을 꽂아놓고 거기에 꽃 이름을 적어놓곤 했다. 흔히 볼 수 있는 것으로는 패랭이꽃, 치자나무, 영산홍, 만년청, 범부채, 맨드라미 같은 것들이었고, 월계화는 품종이 다양했다. 해마다 꽃씨를 거두어 이듬해에 심기 편하도록 따로따로 종이 봉지에 싼다음, 이름을 써서 잘 보관해두었다. 그렇게 하다 보니 더 많은 책을 보아야 했고, 따라서 더욱 바삐 책을 베껴 써야 했다. 이렇게 달이 가고 해가 바뀜에 따라 책을 보고 베껴 쓰는 일이 더 많아졌다.

04
새로운 친구들과

루쉰 외가는 사오싱 아래에 위치한 안차오(安橋) 마을에 있었다. 안차오 마을은 강을 끼고 있는 작은 벽촌인데, 조그마한 강이 마을 한가운데를 흐르면서 마을을 남북으로 갈라놓았다. 마을은 서른 집이 될까 말까 했는데, 태반이 루씨(魯氏) 성을 가진 사람들이었다. 마을사람들은 대부분 농사를 짓거나 고기잡이를 해서 살아갔으며, 부업으로 술을 빚기도 했다. 마을 전체를 통틀어 구멍가게는 겨우 한 집이 있었다.

당시 농촌에는 시집간 여자들이 시집에서 집안일을 도맡아 하기 전까지 친정에서 여름 한철을 보내는 관습이 있었다. 할머니가 아직 정정했으나 루쉰 어머니는 이미 집안 살림을 얼마간 맡아보고 있었기 때문에, 여름에 친정에 가서 오래 묵을 수 없었다. 그래서 봄에 성묘를 한 다음에나 틈을 내어 친정에 며칠 다녀오곤 할 뿐이었다. 그럴 때면 루쉰은 글을 읽지 않고 어머니를 따라 외가에 가서 농촌 아이들과 어울려 놀았다. 이때부터 루쉰은 봉건 세력에 억눌려 사는 농촌의 실상을 접하게 되었다. 이에 대해 루쉰은 뒤에 영문판 《단편소설선집》

〈머리말〉에 다음과 같이 썼다.

　도시의 대갓집에서 태어나고 자란 나는 어렸을 때부터 옛 책과 글방선생님으로부터 가르침을 얻었기 때문에, 평생 일하며 사는 사람들도 모두 꽃이나 새와 같을 거라고 생각했다. 때로 상층 사회가 거짓되고 부패했음을 느꼈을 때면, 오히려 그들이 누리는 편안함을 부러워했다. 그러나 어머님 집이 농촌에 있었기 때문에, 가끔씩 많은 농민들과 가까이 할 수 있었다. 그때부터 그들이 한평생 억압받았고 수많은 고통을 겪고 있으며, 그래서 꽃이나 새와는 전혀 다르다는 것을 점차 알게 되었다.

　이곳에서 루쉰은 나중에 〈제사놀이(社戲)〉에서 묘사한 것처럼 진정으로 드넓은 새 세상을 알게 되었으며, 참된 벗을 만나게 되었다.

　루쉰과 함께 어울려 노는 어린 친구들은 부모들에게 먼 곳에서 손님이 왔으니 일을 좀 적게 해도 좋다는 승낙을 받고서 벗이 되어 놀아주었다. 그들이 날마다 하는 일은 지렁이를 파다가 그것을 구리줄로 만든 낚시 끝에 꿰어 강가에서 새우를 낚는 것이었고, 그 다음으로는 소를 먹이러 가는 일이었다. 그 밖에 즐겨 하는 일로 제사놀이(토지신 등 각종 신들에게 제사 지내는 날에 하는 연희—옮긴이) 구경 가는 것도 있었다. 한번은 안차오 마을에서 멀지 않은 자오(趙) 마을에 제사놀이를 구경하러 갔는데, 여러 해가 지난 뒤에 루쉰은 그때 일을 회상하며 이렇게 썼다.

문을 나서자 달빛 어린 다리 밑에 하얀 배가 한 척 매여 있는 것이 보였다. 모두들 배에 뛰어올랐다. 솽시(雙喜)는 이물 쪽 삿대를 잡고, 아파(阿發)는 고물 쪽 삿대를 잡았다. 나이가 좀 어린 아이들은 나와 함께 배 한가운데 앉고, 좀 큰 아이들은 고물 쪽에 몰려 앉았다. 어머니가 바래다주시면서 "조심들 해라" 하고 당부하시는 말씀이 채 끝나기도 전에, 우리가 탄 배는 벌써 움직이기 시작했다. 돌다리에 삿대를 대고 힘을 주자 배가 몇 자가량 뒤로 밀렸다가, 어느새 다리 밑을 쑥 빠져나와 앞으로 나아갔다. 그런 뒤에 노를 두 개 걸고 노 하나에 두 사람씩 붙어 얼마쯤 가다가 번갈아 젓고는 했다. 웃음소리, 떠드는 소리, 찰싹이며 뱃머리에 부딪치는 물결소리가 뒤섞여 나는 가운데 우리를 실은 배는 검푸른 콩밭과 밀밭 사이로 자오 마을을 향해 쏜살같이 앞으로 달렸다.
강기슭의 콩밭과 밀밭에서 그리고 물풀에서 풍겨오는 싱그러운 냄새들이 물안개에 섞여 코를 찔렀다. 달빛은 저녁안개 속에서 어슴푸레하게 비쳐왔다. 구불구불 휘달리는 검은 산 능선이 마치 살아 움직이는 맹수의 잔등처럼 꿈틀거리며 저 멀리 배 뒤로 자꾸자꾸 밀려갔다. 그래도 나는 배가 느린 것만 같았다. 노를 네 번이나 바꾸어 젓고서야 자오 마을이 어슴푸레 보였고, 노랫소리가 들려오는 것 같았다. 멀리 가물가물 보이는 불빛 몇 점은 무대 불빛일 수도 있었고, 고기잡이불일 수도 있었다.

……그 가물거리던 불빛이 마침내 가까워졌다. 그것은 바로 고기잡이불이었다. ……뱃머리 맞은편 언덕 솔숲을 지나 후미진 곳으로 꺾어들자 자오 마을이 눈앞에 보였다. 제일 먼저 눈에 띈 것은 마을 밖 강가 빈터에 세워놓은 무대였다. 어스름한 달밤에 멀리서 바라보니 무대가 마치 하늘과 맞닿아 둥실둥실 떠오르는 것만 같아서, 그림에서 본 신선들이 사는 세상에 온 것이 아닌가 하는 생각이 들었다.(《외침》〈제사놀이〉)

고된 일을 하며 살아가는 사람들의 아이들과 함께 지낸 한 시절과 그들과 맺은 두텁고 꾸밈없는 우정은 실로 잊을 수 없는 것이었다. 이 우정은 어린 시절과 그 뒤 삶에서 루쉰을 전진하도록 고무하는 힘이 되었다. 그것은 민중들로부터 오는, 영원히 마르지 않는 힘이었다. 유년 시절의 이러한 체험들은 그 뒤 위대한 민중작가가 된 루쉰에게 최초의, 그러나 가장 생동감 있는 창작의 원천이 되었다.

05
외삼촌 집으로 피신하다

루쉰은 어머니와 함께 안차오 마을에서 돌아와서는 여전히 삼미서옥에 다니며 글을 읽었다. 루쉰이 열세 살 되던 해에 집안에 생각지도 않던 큰 불행이 닥쳤다. 할아버지가 과거시험 부정 사건으로 감옥에 갇힌 것이다. 저우씨 집안으로서는 여간 큰 사건이 아니었다. 전제왕조가 통치하던 시기에는 한 사람이 '법'에 걸리면 '온 가문이 멸족당할' 위험이 있었기 때문이다. 저우씨네는 아이들한테까지 그 화가 미칠까 봐 안절부절못했다. 그래서 할아버지가 감옥에 잡혀 들어간 지 얼마 안 되어 루쉰과 동생들을 사오싱에서 30여 리 떨어진 황푸(皇甫) 마을에 있는 큰외삼촌집으로 피신시켰다.

황푸 마을은 안차오 마을보다 훨씬 큰 마을이었다. 그곳에는 마을을 자랑하는 민요가 있었는데, "황푸 마을은 큰 고장, 물길이 아홉 갈래요, 사당이 다섯 개라네"라는 가사였다. 아닌 게 아니라 황푸는 정말 큰 마을이었다. 살림집이 오백 가구가 넘었고 강이 마을 주위를 휘돌아 흐를 뿐만 아니라, 마을 안에도 크고 작은 강이 여러 갈래 흘렀다. 마을 동쪽 멀지 않은 곳에는 둘레가 수십 리 되는 허자못(賀家池)이 있는데, 전하는 말에 의하면 얼마 전에 태평천국운동에 참가한 농민들이 여기에서 수상 군사훈련을 했으며 닝보(寧波) 쪽에서 사오싱을 치러온 제국주의 침략자 보총대와 무장투쟁을 벌였다고 한다.

큰외삼촌 루지샹(魯寄湘)은 황푸 마을 허우판러우(後范漊) 깃대 대문('조의제(朝議第)'라고도 불렸다) 안에 살았다. 남향으로 된 이 대문 안에는 마당이 여섯 개 있었다. 깃대 대문의 주인은 판씨(范氏)인데, 루씨네는 서쪽 절반에 세 들어 살았다. 루쉰은 여기서 한동안 지내다가 세낸 기한이 찼는지 주인이 집을 비워달라고 해서, 또다시 큰외삼촌을 따라 황푸 마을에서 멀지 않은 샤오가오부(小皐埠)로 옮겨가서 '당대문(當臺門)'이라고 부르는 친씨(秦氏) 집에서 살았다.

이때는 외삼촌 집에 온 루쉰의 처지가 전과 판이하게 달랐다. 다른 사람 집에 와서 얹혀살다 보니, 자연히 눈칫밥을 먹게 되었다. 그러나 이 마을에서도 다른 마을에서와 마찬가지로 힘들게 일해서 살아가는 사람들과 그 자식들은 멀리서 피난 온 이 꼬마 손님을 친절하게 맞아주었다.

봄은 예나 다름없이 아름다웠다. 강에는 강바닥 흙을 퍼서 나르는 배들이 분주히 오가고, 양쪽 기슭에는 푸른 밀밭이 아득히 펼쳐져 있고, 두렁에는 누에콩이 탐스럽게 자라고 있었다. 어른들이 들로 강으로 일하러 나가면, 아이들은 루쉰을 찾아와 같이 놀면서 강가에 나가 새우를 낚거나 누에콩을 깠다.

고기잡이는 황푸 마을과 샤오가오부 일대 농민들에게 중요한 부업이었다. 고요한 밤이면 물고기들이 물 위로 올라와 먹이를 찾으러 헤엄치며 다녔다. 이럴 즈음에 낚시꾼들이 출동하는 것이다. 밤 열 시쯤 되면 새우들도 헤엄쳐 나온다. 새우잡이를 하는 사람들은 나룻배를 타고 다니며 그물을 쳐서 새우를 잡는다. 날이 희뿌옇게 밝아서야 그들은 차가운 주먹밥으로 대충 요기를 하고, 잡은 물고기와 새우를 장에 가지고 가서 팔았다. 그리고 돌아와서 잠을 잤다. 얼마간 여가가 나더라도 그들은 쉬지 않았다. 곧바로 제사놀이 준비를 했으며, 놀이가 시작되면 그들의 솜씨를 한껏 뽐내곤 했다.

이 놀이는 그들의 생활과 떼어놓을 수 없는 행사였다. 사실 그들이 이러한 행사를 하는 목적은 단지 신들에게 보여주기 위해서만이 아니었다. 그들은 그런 기회를 빌려 사람과 짐승들이 편안히 지내고 해마다 풍년이 들어 아무런 근심걱정 없이 즐겁고 평화로운 생활을 누리기를 바라는 마음을 표현하는 것이었다. 비록 현실은 그들이 바라는, 그런 것과 거리가 멀었지만.

신을 맞이하는 영신대회도 농민들에게 즐겁고 흥겨운 명절이었다. 이날 그들은 온갖 재주와 지혜를 뽐내고, 마음껏 힘을 과시했다. 몇 리씩이나 죽 늘어선 기다란 대열은 거센 물결을 이루어 마을과 마을을 거쳐 앞으로 밀고 나갔다. 대열 위로는 울긋불긋한 갖가지 빛깔 깃발들이 바람에 나부꼈다. 보무당당한 이 대열은 마치 살아 있는 용과 호랑이 무리 같았다. 그 가운데에는 사자춤을 추는 사람, 용 모양 배를 움직이며 춤추는 사람, 높은 나무다리를 신고 춤추는 사람, 종이로 만든 여러 가지 누각 모형을 어깨에 멘 사람, 꽹과리와 북을 두드리는 사람, 연꽃총을 메고서 하늘에 대고 계속해서 탕탕 쏘는 사람들도 있었다. 그들은 저마다 신이 나서 온갖 재주를 다 부렸다.

그들이 연출하는 여러 가지 연희는 저마다 특징이 있었지만, 그 가운데 가장 볼 만한 것으로는 '목련희(目連戲)'를 꼽을 수 있었다. 이 극은 오후부터 시작해서 이튿날 날이 밝을 때까지 계속되었는데, 어떤 장면은 정말 비장했다. 아마 봉건시대 통치자들에게 '역적'으로 몰린 억울한 영혼들과 태평천국운동에 참가했다가 희생된 영웅들을 기념하기 위해 이런 연희가 생겨났을 것이다. 황푸 마을에서는 이 무대를 '화형장(火燒場)'이라는 곳에 설치했다. 전하는 말에 의하면, 그곳은 태평천국운동이 실패한 뒤 지주계급들이 농민들을 학살한 곳이라고 한다.

황푸 마을과 샤오가오부에서 반년가량 지낸 루쉰은 과거시험 부정 사건으로 긴장된 분위기가 조금씩 누그러지자 동생들을 데리고 집으로 돌아왔다.

당대문 친씨네 집에 있을 때 루쉰은 뜻하지 않은 소득을 얻었다. 그 집 주인 친추이(秦秋伊)는 그곳에서 꽤 유명한 문인으로, 큰외삼촌의 장인이었다. 그때는 이미 친 씨가 세상을 떠난 뒤였는데, 남겨놓은 장서가 꽤 많았다. 그 장서들 가운데는 삽화가 들어 있는 소설책이 적지 않았다. 목판으로 인쇄한 큰 책도 있고 석판으로 인쇄한 소책자들도 있었다. 책들을 자그마한 곳간에 아무렇게나 쌓아놓아 먼지가 켜켜이 앉았지만, 아무도 돌보는 사람이 없었다. 그래서 루쉰은 이 좋은 기회를 맞아 마음껏 책을 가져다 볼 수 있었다. 피난을 위해 머문 이 짧은 기간에 루쉰은《홍루몽(紅樓夢)》같은 소설들을 마음껏 읽었다.

반년 남짓한 피난생활을 마치고 집으로 돌아온 루쉰은 예전처럼 삼미서옥에 가서 공부했다. 그런데 또 다른 불행이 그에게 닥쳤다. 집에 돌아온 지 얼마 안 되어 아버지가 병으로 자리에 눕게 된 것이다.

06

아버지의 죽음

할아버지가 감옥에 갇힌 뒤, 해마다 가을이면 무서운 소식
이 전해오곤 했다. 이번 가을에는 할아버지를 재판하는데 무
사하지 못할 것이라는 소식이었다. 집안에서는 아는 사람을
내세워 혹시 할아버지를 구할 수 있을까 해서 부랴부랴 목돈
을 변통해 항저우(杭州)와 베이징으로 부치곤 했다. 이렇게 해
마다 번번이 돈을 부치다 보니, 가세는 점점 기울어 파산할
지경에 이르렀다. 이러한 집안형편 때문에 아버지는 늘 마음
이 울적했다. 종종 술을 마시며 화를 냈고, 그럴수록 몸이 점
점 더 야위어갔다. 아버지는 워낙 엄하고도 강직한 사람이었
으며, '양무파(洋務派)'에 동조하여 나라를 부강하게 해야 한
다고 주장하곤 했다. 1894년에 중일전쟁에서 중국이 패전했
다는 소식을 들은 아버지는 비분을 참지 못하고 깊은 시름에
잠긴 얼굴로 집안사람들에게 이렇게 말했다.

"앞으로 아이들이 크면 반드시 일본이나 서양으로 보내 학
문을 배워오게 해서 이 크나큰 수치를 씻어야겠다."

그러나 아버지는 얼마 가지 않아 몸져눕게 되었다.(《아침꽃

을 저녁에 줍다》〈아버지의 병(父親的病)〉

아버지의 병은 야오즈쉬안(姚芝軒)이라는 읍내 '명의'가 봐주었다. 야오 의원은 이틀에 한 번씩 와서 병을 봐주었는데, 진찰비는 한 번에 1원 40전이었다(당시 1원 40전이란 큰돈이어서, 그것을 마련하는 것은 쉽지 않은 일이었다).

이 '명의'는 약 쓰는 법이 좀 유별났을 뿐만 아니라, 보조약도 까다로운 걸 썼다. 처방을 새로 바꿀 때면 루쉰은 눈코 뜰 새 없이 바삐 돌아다녀야 했다. 생강 두 쪽이라든가 끝을 자른 대나무 이파리 같은 것은 아예 쓰지도 않았다. 제일 간단한 것이 갈대 뿌리였는데, 그것도 냇가에 가서 파와야 했다. 3년 동안 서리 맞은 사탕수수를 써야 할 경우에는 아무리 빨리 구한다 해도 이삼 일은 걸렸다. 그래도 구할 수 있는 것은 어떻게 해서든지 구해왔다.

이렇게 두 해 동안 치료했지만, 아버지의 수종(水腫)은 나아지기는커녕 점점 더 심해져서 발등에서 다리까지 부어오르더니 마침내 자리에서 일어날 수조차 없게 되었다.

어느 날 왕진 온 그 '명의'는 병세를 물어보더니, 아주 잘 알겠다는 듯 능청스럽게 오리발을 내밀며 책임을 모면하려고 허롄천(何廉臣)이라는 다른 의사를 소개해주었다.

허롄천 역시 진찰비를 1원 40전이나 받았다. 그 의사는 약 쓰는 법이 야오즈쉬안과 판이하게 달랐다. 먼젓번 의사가 적어주는 약은 그나마 혼자서 구해볼 수 있었지만, 이번 의사가 처방해주는 약은 혼자서는 구해낼 도리가 없었다. 갈대 뿌리나 3년 동안 서리 맞은 사탕수수 같은 것은 아예 쓰지도 않았다. 그나마 가장 구하기 쉬운 보조약재가 '귀뚜라미 한 쌍'이었는데, 그것도 옆에다 '처음에 짝을 지은 것, 다시 말해서 본래부터 한 둥지에 있었던 것'이어야 한다고 잔글씨로 주까지 달려 있었다. 그래도 이런 것은 루쉰에게 그렇게 어려운 일이 아니었다. 백초원에 가면 잡아올 수 있었다. 하지만 그 밖에 '평지목(平地木) 열 그루'라는 약재가 있었는데, 그것이 무엇인지 아무도 몰랐다. 약방에도 물어보고 시골사람들에게도 물어보고 노인들한테도 물어보았으나 모두 머리를 가로 저었다. 나중에 화초 가꾸기를 즐기는 위톈 노인에게 물어보았을 때에야, 그것이 산속 큰 나무 아래서 자라는 자그마한 나무로 작은 산호구슬 같은 빨간 열매가 열리는, 보통 '노불대(老弗大)'라고 하는 식물임을 알 수 있었다. 보조약재는 구했으나, 또 한 가지 특수한 환약인 '패고피환(敗鼓皮丸)'도 구해야 했다. 그래서 그것을 사다가 써보았는데, 역시 아무런 효과가 없었다.

패고피환을 백여 날 써도 수종은 여전히 조금도 내리지 않았다. 아버지는 마침내 자리에 누워 가쁜 숨을 몰아쉴 수밖에 없었다. 그래서 마지막으로 허롄천을 또 한 번 불러왔다. 이번에는 특별 왕진으로 불러왔으므로, 진찰비가 몹시 비쌌다. 의

전당포와 약방으로 동분서주하던
어린 루쉰. 목판화.

사는 전과 다름없이 태연하게 처방전을 한 장 써주었는데, 이번에는 패고피환인가 하는 약도 쓰지 않았고 보조약재도 그리 까다로운 것이 아니었다. 그러나 허롄천은 그 뒤 다시 오지 않았고, 루쉰 아버지도 얼마 지나지 않아 세상을 뜨고 말았다. 아버지가 세상을 떠나신 뒤 몇 해 지나 할아버지가 감옥에서 풀려나셨다. 루쉰은 저우씨 가문 장남이었으므로, 당시 비록 열너덧 살밖에 안 되는 소년이었지만 생활을 꾸려가는 무거운 짐을 짊어져야 했다.

앞서 몇 해 동안 루쉰은 거의 날마다 전당포와 약방을 들락거렸다. 자기 키보다 곱절이나 높은 전당포 판매대에 매달려 옷가지나 장식품 같은 것을 들이밀고 수모를 참아가며 돈을 받아서는, 다시 그만큼 높은 약방 판매대 앞에 가서 오랜 병환을 앓고 계시는 아버지를 위한 약을 지었다. 집에 돌아와서는 또 다른 일로 분주히 뛰어다녀야 했다. 그렇게도 꿈 많던 루쉰의 어린 시절은 지나갔고, 다시는 돌아오지 않게 되었다. 루쉰은 '어렵지 않게 살던 처지'로부터 '고달픈 생활' 속으로 빠져들었다.

비록 생활은 그처럼 고달프고 눈코 뜰 새 없었지만, 배우기를 좋아하고 깊이 생각하기를 좋아하며 의지가 굳센 소년 루쉰은 배움을 게을리 하지 않았다. 사실 어려운 생활과 싸우는 것도 루쉰에게는 하나의 학습이었다. 이것은 그의 의지와 성격을 더욱 단련시켰다.

루쉰이 전당포와 약방으로 바삐 돌아다니며 아버지 병시중을 드는 사이에, 나라에서도 큰 난리가 났다. 1894년에 갑오 중일전쟁에서 패한 뒤 부패한 청나라 정부의 실상이 백일하에 드러났다. 나라 땅을 떼어주고 배상금을 무는 식으로 일본과 불평등한 조약을 체결하는 바람에 민중들은 도탄에 빠져 허덕이게 되었다. 이 시기부터 소년 루쉰은 중국 봉건사회의 비밀을 폭로한 '야사'와 '기록' 들을 폭넓게 섭렵하기 시작했다. 루쉰은 이런 책들을 읽는 가운데 중국 고대 역사를 점차 알아갔으며, 그것은 현실을 관찰하고 분석하는 데 큰 도움이 되었다.

대외적으로 굴종과 투항을 일삼고 대내적으로 전제제도와 억압정책을 실시하던 청나라 봉건 통치자들의 부패상, 날로 무너져가는 낡은 사회 속에 근근이 목숨을 부지하고 있는 사람들, 몰락하는 봉건 가정, 아버지의 죽음……. 준엄한 현실 속에서 꼬리를 물고 일어난 이 모든 사건들은 소년 루쉰에게 분명한 교훈을 주었다. 썩어빠진 봉건사회와 그 속에서 살아가는 '세상 사람들의 진면모'를 인식하도록 가르쳐준 것이다.

두루 알다시피 루쉰은 어려움 앞에서 절대로 머리를 숙이지 않는 사람이었다. 루쉰은 어려운 처지에 있던 소년 시절에 벌써 그 같은 성격을 보여주었다. 중국 민족은 결코 한탄하고 슬퍼하기만 하는 민족이 아니었으며, 중국 역사에는 온갖 난관을 이겨내고 두려움을 모르는 낙관주의 정신으로 고난과 싸운 수많은 영웅들이 있다. 그들의 용감한 투쟁정신과 그들이 남겨놓은 불멸의 업적, 그리고 그들이 남겨놓은 훌륭한 저서들……, 이 모든 것들은 중국 민족에게 진귀한 보물이며 자랑이었다. 이것들은 또한 어린 루쉰의 마음을 몹시 흔들어놓았다. 루쉰은 조국의 문화에 대한 숭고한 경의와 고대의 뛰어난 역사 인물들에 대한 흠모의 정을 안고 시간을 아껴 여러 방면으로 공부했다.

루쉰은 이때부터 고대 역사, 지방지, 시문집 같은 향토문헌 자료를 수집하고 정리하는 일을 즐겨했다. 사오싱 부에 있는 명승고적들을 답사하면서 비문 같은 것을 베끼거나 찍어내기도 했다. 이것은 그의 중요한 취미가 되다시피 했다. 시내 서쪽에 솟아 있는 워룽 산에 오르면, 거기에는 원수를 갚고 치욕을 씻은 월나라 왕 구천(勾踐)의 유적이 있다. 구천이 와신상담하며 십 년 동안 힘을 기르고 십 년 동안 자신을 채찍질했다는 월왕대(越王臺)가 바로 이 산중턱에 있는 것이다.

동으로 계산문(稽山門)을 나와 남쪽으로 꺾어들어 배를 타고 가면 뤄예 시내(若耶溪)에 이르게 된다. 거울처럼 맑고 깨끗한 이 시내는 위대한 시인들인 이백과 두보, 육유 등이 마음껏 즐기며 놀던 곳이다. 뤄예 시내가 끝나는 곳에는 우 임금 능이 자리 잡고 있다. 그곳은 용감하고 근면한 중국 민족의 상징적 인물로 가시덤불을 헤쳐나가며 대자연을 정복한 하나라 우 임금의 시신을 묻은 곳이다.

서쪽 옆문을 빠져나와 좀 걸어가노라면, 젠후(鑒湖)라는 늪 가운데 송나라 때 대시인 육유의 옛집인 쾌각(快閣)이 보인다. 쾌각에서 서남쪽으로 꺾어들면 역사적으로 경치가 아름답기로 이름난 '산음도(山陰道)'에 이른다. 이 산음도에서도 사람들에게 제일 인기를 끄는 것은 진나라 때 유명한 서예가인 왕희지가 술을 마시며 시를 읊었다는 난정(蘭亭)이다. 산머리와 산허리는 온통 푸른 숲으로 뒤덮여 있고, 숲 사이로 졸졸졸 흘러내리는 시냇물은 들꽃이 만발한 들판으로 흘러든다. 맞은편 산에 붉게 핀 영산홍은 마치 꽃구름이 너울너울 춤추는 듯했다.

강산은 이처럼 아름답고, 중국 역사와 그 속에서 탄생한 걸출한 인물들도 이 강산을 더욱 아름답게 장식하고 있는 것이다. 얼마나 사람들의 마음을 끄는 고장인가! 이런 것들이 단지 지난날의 자취에 지나지 않는단 말인가? 아니다. 결코 그렇지 않다! 민중들은 행복한 삶을 갈망하고 있다! 그들이 갈망하는 아름다운 생활을 실현하기 위해서는 생활 속에 뿌리내린 모든 추악하고 낙후된 것들과 싸워야 한다. 민중들을 억압하거나 착취하며 그들을 낙후된 처지에서 헤어 나오지 못하게 하는 모든 나쁜 세력과 싸워나가도록 민중들을 깨우쳐야 한다. 이는 매우 어려운 길이며 고난의 길이다. 루쉰은 이때부터 어렴풋이 자신이 걸어가야 할 길을 자각하고 있었다.

아버지가 돌아가신 뒤 루쉰은 이제 삼미서옥에 가서 글을 읽지 않았다. 삼미서옥 학생들도 제각기 흩어졌다. 어떤 학생은 장사로 나섰고, 어떤 학생은 자기 집에서 경영하는 비단가게의 젊은 주인이 되었으며, 어떤 학생은 외지로 가서 하급 관리가 되었다. 당시 사오싱 일대에 글깨나 아는 몰락한 집안의 자제들은 흔히 그런 길을 택한 것이다.

루쉰은 어떤 길을 택했는가? 루쉰은 그들과 다른 길을 택했다. 하급 관리도 싫었고 장사꾼도 싫었다. 루쉰은 당시 운영을 시작한 지 얼마 안 되어 보수파들에게 공격받던 중서학당(中西學堂)에 들어가 계속 공부할 작정이었다. 그러나 학당이 어떠한 형편인지를 알아본 루쉰은 그다지 마음에 들지 않았다. 중국어, 수학, 영어, 프랑스어 외에는 다른 교과목이 개설되어 있지 않았다. 항저우 구시서원(求是書院)에서는 좀 색다른 과목들을 가르쳤지만, 학비가 너무 비싸서 다닐 엄두를 내지 못했다. 학비를 내지 않고서도 공부를 할 수 있는 학교가 난징(南京)에 있었기 때문에, 루쉰은 그곳으로 가서 공부하기로 결심했다.

마침 집안의 '저우자오성(周椒生)'이라는 할아버지 한 분이 그때 장난수사학당(江南水師學堂)에서 감독으로 있었는데, 집에 볼일이 있어 왔다가 루쉰과 자기 아들을 공부시키기 위해 난징으로 데리고 가겠다고 했다. 어머니도 별다른 뾰족한 수가 없었기에 여비로 8원을 마련해주면서 루쉰을 보냈다. 그때 사람들은 글공부해서 과거를 보는 것을 '바른 길'이라고 여긴 반면, '신식 학교'에 들어가서 '서양 글'을 배우는 것은 영혼을 '외국 놈들에게 팔아먹는 것'이라고 여겨 대단히 비웃으며 배척했다. 게다가 이제 아들과 헤어지면 쉽게 볼 수도 없다는 생각에 어머니는 눈물을 흘렸다. 그러나 루쉰은 이 모든 것에 마음을 쓰지 않았다. '다른 길을 택하고 다른 지방에 가서 새로운 사람들을 만나고자' 루쉰은 오랫동안 살아온 봉건시대 종

법사회의 문턱을 단호하게 넘어섰다. 집을 떠나 난징으로 간 루쉰은 장난수사학당에 들어가 해군과 관련된 공부를 했다.

그때 루쉰은 열여덟 살이었으며, 원래 장서우라고 부르던 이름을 '수런(樹人)'이라고 고쳤다.

2부

길을 찾아서

07
배움을 찾아 여기저기로

　루쉰은 변법자강운동이 한창 고조되던 해인 1898년(광서 24년, 무술년)에 난징에 도착했다.

　1840년에 영국이 대포로 봉건 중국의 문을 연 뒤, 중국 연해 일대에 자리한 크고 작은 도시에서는 제국주의자들이 끊임없이 해적 같은 약탈 행위를 저질렀다. 영국에 이어 침략자들은 점차 내지에까지 그 촉수를 뻗었다. 청나라 정부가 꾸던 단꿈은 깨어지기 시작했으며, 얼마 가지 않아 침략자들 앞에 완전히 무릎을 꿇게 되었다. 그러나 외국 침략자들의 대포소리에 혼비백산한 자들은 봉건시대 왕조 통치자들과 통치계급 내부의 부패하고 무능한 상층 관리들뿐이었다. 영국 군함의 대포와 대포를 앞세워 강제로 수입하게 한 아편은 중국 민중을 놀라게 할 수 없었으며, 마취시킬 수도 없었다. 서방 침략자들은 자신들이 쏜 침략의 대포소리에 이 동방의 거인, 몸속에 무궁무진한 힘을 가진 거인이 옛 꿈에서 깨어나게 되리라고는 생각지도 못했다. 중국 민중은 꿈에서 깨어나자 민족 선각자들의 지도 아래 밖으로는 침략자들과, 안으로는 부패한 봉건시대 통치자들과 목숨을 걸고 싸우기 시작했다. 하지만 자유와 해방을 쟁취하기 위한 싸움에서 중국 민중이 맞선 적은 너무나 강대했다. 따라서 투쟁은 매우 힘들고 복잡했으며, 그 대가 역시 엄청날 수밖에 없었다.

제국주의와 봉건 세력은 중국 민중의 머리를 짓누르는 두 큰 산이었다. 정치·경제·문화 면에서 서로 맞물려 있으면서도 모순된 그 복잡한 관계는, 반(半)식민지 반(半)봉건적이며 기형적인 근대 중국이라는 그림을 만들어놓았다. 이 같은 반식민지 반봉건 사회는 지금껏 중국 역사에 존재하지 않던 두 계급, 곧 부르주아 계급과 프롤레타리아 계급을 탄생시켰다.

1898년에 일어난 변법자강운동은 바로 봉건시대 지주계급에서 분화되어나온, 자본주의 경향을 가진 인물들이 개혁을 요구한 움직임이다. 그들은 나라와 민족의 운명에 깊은 관심을 가졌다. 청나라의 부패한 낡은 제도를 개혁하고 새로운 방법과 새로운 제도를 세우려 했다. 캉유웨이(康有爲)와 량치차오(梁啓超)가 그러한 사상을 대표했으며, 정치에서 이를 실현하고자 했다. 그들이 정치적으로 주장한 내용은 입헌군주제였다. 이는 개량주의 성격의 개혁운동으로, 결코 위기에 빠진 중국 민족을 구할 수 없었다. 그러나 당시 완고하던 보수파들이 주장하던 내용에 비하면 시대를 앞서간 주장이라는 역사적 의의를 가지고 있었다. 변법자강운동이 널리 퍼지면서 새

루쉰이 입학할 당시의
장난수사학당 모습.

로운 학교들이 건립됐고, 점차 새로운 문화 사조가 형성되기 시작했다. 새로운 신문과 책 들이 곳곳에서 잇달아 출판되고 근대적 진보 사상이 전파됐다. 이와 같이 변법자강운동이 활발히 전개되고 있을 때, 루쉰은 난징으로 오게 되었다. 1898년 5월에 장난수사학당에 입학했다.

이 학당은 당시에 꽤 색다른 학교로, 어떤 상징적인 의미를 띠고 있었다. 학교의 모든 설비와 체계는 봉건주의라는 몸통에 부르주아 개량주의라는 겉옷을 슬쩍 입혀놓은 것에 지나지 않았다. 의봉문(儀鳳門)을 들어서면 돛대 기어오르기 연습용으로 세워놓은, 70여 미터 가까이 되는 높은 늑목이 교정에 우뚝 솟아 있는 것이 보인다. 까마귀나 까치 들도 꼭대기까지 날아오르지 못하고 중간에 달려 있는 목판에 앉을 정도였다.

그 꼭대기까지 올라가면, 가깝게는 스쯔 산(獅子山), 멀리는 모처우(莫愁) 호수까지 바라볼 수 있었다. 밑에 그물을 쳐놓았기 때문에 설사 올라가다 떨어진다 하더라도 작은 물고기가 그물에 떨어지는 것 같을 뿐이어서, 늑목 기어오르기는 결코 위험하지 않았다. 그것 말고 또 높이를 짐작할 수 없는 커다란 굴뚝 하나가 유난히 사람들의 주의를 끌었다.

한 주일에 나흘은 영어를 배우고, 하루는 고문을 읽고, 나머지 하루는 고문을 지었다. 이 학교 뒤에는 학생들이 수영장으로 쓰던 못이 있었는데, 어린 학생이 둘이나 빠져 죽어 루쉰이 학교에 들어갔을 때는 이미 메워져 있었다. 그리고 그 자리에 자그마한 관우 사당을 세워놓았다. 사당 옆에는 못 쓰는 종이를 태우는 벽돌 가마가 하나 있었는데, 아궁이 위쪽에 '종이를 소중히 할 것'이라는 글자가 큼직하게 가로로 쓰여 있었다. 루쉰이 이 학교에 들어올 때까지도 해마다 음력 칠월 보름이 되면 학교 당국에서 스님들을 불러다가 노천운동장에서 우란분회(盂蘭盆會, 조상의 넋에 공양을 올리고 부처와 중생에게 공양하여 부모의 은혜를 갚는 불교 행사─옮긴이)를 열곤 했다. 이와 같은 환경에 대해 루쉰은 입학한 지 얼마 안 되어 무언가 뒤죽박죽이라는 느낌을 가지게 되었다.(《아침꽃을 저녁에 줍다》〈자잘한 일들(瑣記)〉)

루쉰은 이 학교에서 아주 궁핍하게 생활했다. 같이 쓰는 침실에는 책상과 걸상이 두 개, 침상이 하나만 있었으며, 침대 널판도 두 쪽밖에 되지 않았다. 식비와 교복, 책 들은 모두 학교에서 제공했으므로, 자기 돈을 쓸 필요가 없었다. 달마다 내야 하는 돈은 아주 적어서 은전 2원이 될까 말까 했다. 그러나 루쉰에게는 모아둔 돈이 없었으므로, 어머니가 준 돈 8원을 난징에 도착하자마자 거의 다 써버리게 되었다. 이리하여 루쉰은 홑겹바지를 입은 채 겨울을 나는 수밖에 없었다. 난징은 겨울 날씨가 몹시 쌀쌀했다. 추위를 이길 다른 방법이 없자, 루쉰은 몸을 따뜻하게 하기 위해 매운 고추를 먹기 시작했다. 그런데 그것이 버릇이 되어 나중에는 고추를 좋아하게 되었고, 결국엔 위의 건강을 해치고 말았다.

이 학교에서 반년 정도 생활한 루쉰은 그해 12월에 짬을 내어 고향 집에 다녀왔다. 이때 루쉰은 어머니의 권고에 못 이겨 콰이지 현 과거시험에 응시했다. 그러나 그는 본래 출세와 공명(功名)에 흥미가 없었다. 그래서 부(府) 시험(현 시험에 합격한 뒤에 보는 부의 시험―옮긴이)에 응시하지 않았다. 그는 아무 일 없는 듯 난징의 장난수사학당에 돌아와 '서양 글'을 배웠다. 그러나 루쉰은 수사학당 같은 그런 학교가 어쩐지 못마땅하게 느껴졌다. 그리하여 이듬해 봄 개학할 즈음에는 장난육사학당(江南陸師學堂) 부설학교인 광무철로학당(鑛務鐵路學堂)에 들어가 광산을 개발하는 데 필요한 지식을 배우기로 했다.

08
철로학당에서 일본으로

광무철로학당은 형편이 그나마 나은 편이었다. 거기서 배우는 것은 영어가 아니라 독일어였다. 이 밖에 물리학, 수학, 지질학, 광물학 등 몇 과목을 배웠는데, 루쉰이 일찍이 배워보지 못한 과목들이었다. 루쉰은 이 모든 것이 매우 신기하게만 생각되었다. 또한 생리학이라는 과목도 있었는데, 가르칠 선생이 없어서 학생들 스스로 공부하게 했다. 그리하여 루쉰은 목판으로 인쇄한 《전체신론(全體新論)》과 《화학위생론(化學衛生論)》 따위 책들을 읽게 되었다. 이것은 루쉰에게 아버지 병환을 떠올리게 했으며, 사람들을 기만하는 돌팔이 의사들이 얼마나 가증스러운지를 깨닫게 했다.

루쉰이 광무철로학당에서 공부하게 된 이듬해, 이 학교에 새로운 변화가 조금씩 생겨났다. 교장이 '신당(新黨)'에 속하는 사람이었던 것이다. 교장은 마차를 타고 다닐 때 보통 량치차오가 만든, 유신(維新) 사상을 선전하는 《시무보(時務報)》를 읽었으며, 국어시험을 칠 때도 스스로 시험문제를 작성하곤 했는데 다른 교사들이 낸 것과 판이하게 달랐다. 한번은 교장이 '워싱턴에 대해서'라는 시험문제를 내자, 당황한 국어교사들이 오히려 학생들에게 "워싱턴이 뭐지?" 하고 물은 적도 있었다.

그리하여 새로운 책을 보는 기풍이 생겨나기 시작했다. 이 때부터 루쉰은 새로운 진보 사조와 접촉하게 되었다. 루쉰도 선배들이나 앞서가는 중국 사람들과 마찬가지로 나라를 구하기 위해 깊이 사색하고 열심히 탐구하기 시작했다. 조국과 민중을 밝은 미래로 이끌 수 있고 민족의 존망이 달린 위기로부터 출로를 열어줄 수 있는 그러한 진리를 찾고 싶었다. '새로운 책'들 가운데서 영국 생물학자 헉슬리가 쓴 《천연론(天演論)》에 대해 루쉰은 커다란 흥미를 느꼈다.

이 책은 다윈이 주장한 진화론을 알기 쉽게 설명한 책으로, 19세기 서양에서 한때 널리 유행했다. 1896년에 유명한 사상가인 옌푸(嚴復)가 번역했는데, 처음에는 당시 톈진(天津)에서 간행된 《국문보(國聞報)》에 연재되었으며, 나중에 단행본으로 출판되었다. 흰 종이에 석판으로 인쇄한 이 책은 매우 두껍고 값은 500닢이었다. 그런 책이 있다는 것을 알자마자 루쉰은 일요일에 학교에서 멀리 떨어져 있는 시내 남쪽 책방에 달려가 책을 사왔다. 책을 펼쳐보니 정말 듣지도 보지도 못하던 새로운 광경이 눈앞에 펼쳐졌다. 루쉰은 단숨에 읽어 내려갔다. 거기에는 '생존 경쟁'이니 '자연 도태'니 하는 말들이 있었다.

이 모든 것들은 청년 루쉰의 마음을 깊이 흔들어놓았다. 그는 설레는 마음을 가라앉힐 수 없었다.

그것은 평범하지 않은 책이었다. 더욱이 유려한 번역문과 사람들에게 깊이 사색하게 하는 옌푸의 '견해'들은 당시에 모든 애국자들에게 중국의 앞날에 대한 깊은 고민과 우려를 불러일으켰다.

유구한 역사를 가진 낙후된 중국은 침략자들에게 이미 대문을 활짝 열어놓은 셈이었다. 탐욕에 눈이 먼 침략자들은 하늘에서 땅끝까지, 도시에서 농촌까지 곳곳의 자원을 미친 듯이 약탈해갔다. 그들은 고혈을 빨아내듯 사람들이 피땀 흘려 생산해낸 물자들을 자신들의 더러운 재산으로 만들어버렸다. 탐욕스러운 침략자들이 끊임없이 약탈해가자 민중들의 생활이 날이 갈수록 피폐해졌다. 민족의 존망과 민중의 운명을 걱정하는 모든 애국자들은 이에 더 없는 분노와 깊은 근심을 느낄 수밖에 없었다. 따라서 이 책에 나오는 이른바 '생존 경쟁'이니 '자연 도태'니 '적자 생존'이니 하는 말들은 사람들 마음에 깊은 울림을 주었다. 다윈의 진화론 사상은 당시 중국 사상계에 재빨리 전파되었을 뿐만 아니라, 비상한 관심을 불러일으켰다.

첫째로 그것은 유구한 역사를 가진 이 나라에 살고 있는 사람들에게 경종을 울렸으며, 만일 계속 전처럼 낡은 방식대로 살아간다면 경쟁이 치열한 이 세상에서 더는 생존해나갈 수 없다고 경고했다. 또한 썩어빠지고 시대에 맞지 않는 것들은 비록 '조상 대대로 전해진' 보배라 할지라도 단호히 포기해버려야 하며, 새롭고 시대에 맞으며 사람들에게 필요한 것들은 비록 보수파들에게 비난받고 배척당하는 것들이라 하더라도 따라가서 단단히 붙잡아야 함을 암시했다. 그리하여 새로운 것과 낡은 것, 진보적인 것과 보수적인 것, 이 둘 사이에 날카롭고 치열한 투쟁이 벌어졌다.

둘째로 그것은 유구한 역사를 가진 이 나라에 살고 있는 대다수 사람들에게 희망을 가져다주었다. 그들은 투쟁을 통해 이 세상에서 생존해나갈 수 있음을 믿게 되었다. 봉건시대 통치계급 가운데 일부 상층 인물들은 침략자들 앞에 무릎을 꿇고 굽실거리며 아첨했지만, 민중들은 통치자들과 전혀 다른 길을 택한 것이다.

사람들은 투쟁 속에서 활로를 개척해나가고자 했다. 다윈의 학설이 당시 진보적인 중국 사람들을 가장 크게 고무시킨 점이 있다면 바로 이것이다. 청년 애국자 루쉰은 곧 이와 같은 사회 분위기 속에서 전투정신을 가지고 다윈의 진화론 사상을 받아들였다. 물론 당시 루쉰은 다윈 학설이 가진 한계나 과장된 관점에 대해서는 아직 인식하지 못한 상태였다.

19세기 서구에서는 형이상학을 반대하고 하느님이 사람과 만물을 창조했다는 창조론을 반대하며, 나아가 하느님을 자연계로부터 분리시키는 사상 논쟁이 있었다. 생물학 분야에서 유물론 사상의 핵심이던 다윈의 진화론은 그 과정에서 큰 역할을 했으며, 당시 중국 사상계에서도 크게 계몽하는 역할을 했다. 특히 그것은 사상과 문화 영역에서 청년 애국자 루쉰이 싸우면서 나아가야 할 방향과 밀접히 결부됨으로써, 전투적 성격을 두드러지게 발휘했다. 그 뒤 반제 반봉건 투쟁과정에서 루쉰은 늘 이 무기를 사용했다. 물론 루쉰이 이 학설의 '편향'을 깨달은 뒤에는 변증법적 유물론과 사적 유물론으로 그것을 대체했다.

당시 광무철로학당에는 신문열람실이 있었는데, 그곳은 새로운 사상을 전파하는 곳이었다. 《시무보》는 아무 때나 읽을 수 있는 신문이었다. 그 밖에도 서양의 정치, 경제, 문화를 널리 소개한 《번역서적 휘편(譯書彙編)》 같은 간행물과 책 들도 있었는데, 모두가 학생들이 즐겨보는 출판물들이었다. 그러나 얼마 가지 않아 정세가 변화해 변법자강사상을 선전한 출판물들이 하나 둘 금지당했으며, 사람들을 불안하게 하는 여러 가지 소식들이 잇달아 들려왔다.

"애야, 네가 좀 틀린 것 같다. 이 글들을 가져가 베껴서 좀 보려무나."

루쉰을 난징으로 데리고 간 친척 할아버지가 진지하게 말하면서 신문 한 장을 건네주었다.

그 신문에는 대신 쉬잉쿠이(許應騤)가 캉유웨이를 파면시켜야 한다고 황제에게 올린 글이 실려 있었다. 그러나 루쉰은 자신이 틀렸다고 생각하지 않았다. 빵이나 고추 또는 땅콩으로 끼니를 때우면서 틈만 나면《천연론》을 읽었다. 때로는 친구들과 함께 남쪽 교외로 나가서 신나게 말타기 연습도 했다. 또한 여전히 자연과학에 대해 큰 흥미를 가졌다. 수업시간에 선생에게서 배우는 것 말고도, 여가시간을 이용해 자연과학에 관계되는 책들을 읽고 베끼곤 했다. 루쉰은 일찍이 많은 시간을 들여 영국 지질학자 라일이 쓴《알기 쉬운 지질학(地學淺說)》의 중국어 번역본을 두 권이나 베꼈으며, 이 책에 들어 있는 정밀한 지질 구조도까지 다 옮겨 그렸다.

얼마 지나지 않아 사람들을 더욱 불안하게 하는 소식이 들려왔다. 그것은 이 광무철로학당이 곧 문을 닫게 된다는 것이었다. 곰곰이 생각해보면 이상한 일도 아니었다. 이 학교는 양강(兩江) 총독 류쿤이(劉坤一)가 칭룽 산(靑龍山)에 석탄이 많다는 말을 듣고 한몫 잡으려고 세운 것이었다. 그런데 학교 문을 열었을 때, 광산 측에서 원래 있던 기사를 내보내고 탄광 일에 대해 그다지 밝지 못한 사람을 받아들였다. 그리하여 한 해도 못 가 석탄이 어디 묻혀 있는지도 모르게 되었으며, 나중에는 캐내는 석탄이 겨우 양수기 두 대를 돌릴 정도밖에 되지 않았다. 물을 빼고 석탄을 캐내고 캐낸 석탄 값으로 물을 빼다 보니, 결산해보면 수입과 지출이 겨우 맞아 떨어졌다. 탄광을 운영해봤자 아무런 이윤도 얻지 못하니, 광무철로학당을 계속 운영할 필요가 없게 된 것이다. 그런데 어찌된 셈인지 학교는 문을 닫지 않았다.

루쉰은 그 뒤 3학년 때 갱도에 들어가 본 일이 있었는데, 그곳은 너무도 을씨년스러웠다. 여전히 양수기가 돌아갔지만 갱도에는 물이 반 자 깊이나 들어찼고, 천장에서는 석수가 계속 떨어졌으며 광부들 몇 명이 어두컴컴한 곳에서 작업하고 있었다. 부패하고 무능한 청나라 정부 관료들과 반식민지 반봉건 구중국이 만들어낸 비참한 초대 광부들의 모습은 학생 루쉰에게 아주 깊은 인상을 남겨주었다.

광무철로학당에서 한동안 더 공부한 루쉰은 1902년 3월에 이 학교를 졸업했다. 그런데 뒤이어 그에게 새로운 고민이 생겼다. 바로 그 자신이 말한 바와 같이 "졸업은 물론 모두가 바라는 것이었다. 하지만 일단 졸업을 하자 또 무엇인가를 잃어버린 듯 허전했다. 돛대를 몇 번 오르내렸다고 해병이 될 수 없음은 더 말할 나위 없겠지만, 몇 해 동안 강의를 듣고 갱도에 몇 번 드나들었다고 해서 금, 은, 동, 철, 주석 같은 광석을 캐낼 수 있겠는가? 솔직히 말해서 막연할 뿐 자신이 없었다. ……70미터 높이 상공으로 올라가 보고 70미터 깊이 땅 밑으로 내려가 보았지만, 결국은 아무런 재간도 배우지 못한"(《아침꽃을 저녁에 줍다》〈자잘한 일들〉) 것이었다.

어떻게 할 것인가? 변법자강운동의 물결에 밀려 앞으로 전진한 청년 애국자 루쉰은 마음이 편안할 수 없었다. 물결은 다시 가라앉았고, 청나라 정부의 완고파들은 계속 제국주의 침략자들에게 무릎을 꿇고 투항했다. 1900년에 8개국 연합군이 베이징으로 쳐들어왔고, 1901년에는 굴욕적인 '신축조약(辛丑條約)'이 체결되었다. 하지만 완고파 세력은 나라 안에서 오히려 강압정책을 실시했으며, 온화한 개량주의자들까지도 단두대로 끌어올렸다. 암흑이 온 세상을 뒤덮었다. 구국과 자강의 길을 찾던 루쉰에게 선택할 수 있는 유일한 길은 국외로 가는 것이었다. 때마침 장난독련공소(江南督練公所)에서 선출하는 유학생으로 뽑힌 루쉰은 학교를 졸업하고 다른 친구들 네 명과 함께 일본으로 가게 되었다.

09
첫 맹세

1902년 3월, 루쉰은 일본으로 떠나기에 앞서 사오싱으로 가서 가족들을 만나보고 곧바로 난징으로 돌아왔다. 그러고는 그해 4월에 다른 세 학생(원래는 넷이었는데 한 사람은 가지 않게 되었다)과 함께 장난육사학당 교장 위밍전(兪明震)을 따라 일본으로 갔다.

도쿄에 도착한 루쉰은 처음에 고분학원(弘文學院)에서 일본어를 더 배웠다. 같은 반에 중국에서 온 유학생이 열 명 남짓 되었는데, 그들을 '장난반'이라고 했다. 그들은 일본어를 익힌 다음에 다시 다른 전문학교에 들어가 공부할 예정이었다.

당시 도쿄에는 중국에서 온 유학생이 매우 많았다. 유학생들은 우에노 공원에 벚꽃이 만발할 때면 벚꽃나무 밑에서 자주 만나곤 했다. 그들은 하나같이 정수리에 길게 땋은 변발을 빙빙 틀어 올렸는데, 그 위에 학생모를 쓰면 저마다 머리에 '후지 산'을 이고 있는 것 같았다. 머리를 풀어서 평평하게 말아 올린 사람도 더러 있었는데, 모자를 벗으면 기름이 번지르르한 게 젊은 아가씨들 머리태 같았다. 게다가 고개를 한껏 젖

고분학원에 입학한 뒤 변발을 자르고.

히며 잔뜩 폼을 부렸다. 루쉰은 그런 것을 혐오스럽게 여겼다. 그는 그들과 너무나 달랐다. 도쿄에 도착한 지 얼마 안 되어 청 왕조를 상징하던 변발을 서슴없이 잘라버린 것이다. 그는 장난반에서 제일 먼저 변발을 잘라버린 학생이었다.(《아침꽃을 저녁에 줍다》〈후지노 선생〉; 쉬서우창의《망우 루쉰 인상기 (亡友魯迅印象記)》제1절)

도쿄에는 중국 유학생 회관이 있었다. 회관 문간방에서는 새로 출판된 책과 신문 들을 팔았는데, 루쉰도 때때로 그곳에 들르곤 했다. 오전에는 그런대로 안에 들어앉아 책을 읽을 만했지만, 저녁만 되면 그 중 어느 방에선가 늘 쿵쿵거리며 마룻바닥을 구르는 소리가 요란하게 울렸고 실내는 연기와 먼지가 자욱했다. 그래서 새로운 소식에 밝은 사람에게 그 이유를 물어보았더니, 유학생들이 춤을 배우느라고 그런다고 했다. 춤을 배우지 않는 학생들도 있었는데, 그들은 대개 숙소에 남아 문을 닫아걸고 쇠고기나 삶아 먹었다.

낯설고 물 선 도쿄에 처음 온 루쉰은 다소 적막감을 느꼈으나, 구국과 자강에 대한 열렬한 탐구심이 계속 새로운 지식을 탐구하도록 그를 채찍질했다. 루쉰은 그때까지도 《천연론》을 즐겨보았을 뿐만 아니라, 그 밖에도 급진적인 변법파 사상가인 탄쓰퉁(譚嗣同)이 쓴 《인학(仁學)》, 옌푸가 번역한 《군학이언(群學肄言)》, 린수(林紓)가 번역한 소설 《춘희》 등도 즐겨 보았다. 이 밖에 당시 번역되어 나온 철학과 사회과학 서적도 많이 읽었다.

루쉰은 현실 사회문제에 대해 많은 관심을 가지기 시작했다. 그는 새로 사귄 친구 쉬서우창(許壽裳)과 마주 앉으면 언제나 '이상적인 인간성은 무엇인가?' '중국 국민에게 가장 부족한 것이 무엇인가?' '그 병의 뿌리는 어디에 있는가?'(쉬서우창, 《망우 루쉰 인상기》) 하는 문제들에 대해 논쟁을 벌이곤 했다. 그 가운데서도 그들은 특히 '국민성'에 대한 문제에 관심을 기울였다.

물론 당시 루쉰은 사회와 계급을 분석하는 이론으로 이른바 '국민성' 문제의 본질을 인식할 수 없었고, 또한 국민성을 개조하는 문제가 사회혁명과 결부되어야만 성공할 수 있다는 것도 인식할 수 없었다. 다시 말하면 무엇보다 세계 제국주의의 억압과 봉건주의의 통치를 타파해야만, 낡은 중국의 민중들이 당면한 정치와 경제 위기를 개혁할 수 있고 그들의 정신을 개혁할 수 있음을 인식할 수 없었던 것이다. 이 답하기 어려운 문제를 풀기 위해 루쉰은 그 뒤에도 여러 해를 고민했다.

왜냐하면 그것은 단순히 철학이나 사상에 관한 문제가 아니라, 사회를 개조하는 문제와 밀접히 연관되어 있는 과제였기 때문이다.

당시 루쉰은 도쿄에서 공개집회가 열리면 꼭꼭 참석하곤 했다. 집회에 참석한 루쉰은 정객들의 무정부주의적이며 기회주의적인 언행에 심한 반감을 느꼈다. 한번은 머리에 흰 붕대를 칭칭 감은 한 청년이 우시(無錫) 지방 말투로 청나라 정부에 반대해 열변을 토하는 것을 보고, 루쉰은 경건한 마음을 가졌다. 그러나 그 청년은 말이 길어질수록 터무니없는 소리만 외쳤다. 청년이 으쓱해져서 "내가 여기서 할망구(청나라의 보수파 우두머리인 서태후를 가리킴)를 욕하면, 할망구도 거기서 우즈후이(吳稚暉, 중국 무정부주의 사상의 선구자이자 국민당 정치인—옮긴이)를 욕할 것이다"라고 말하자 듣고 있던 사람들은 폭소를 터뜨렸고, 그가 허튼 소리를 지껄여댄다고 여기며 뿔뿔이 흩어졌다. 그 청년에게서 받은 나쁜 인상은 루쉰 기억 속에서 오래도록 지워지지 않았다.

당시 루쉰은 쑨원(孫文)과 장타이엔(章太炎)을 진정한 혁명가라고 생각했다. 루쉰이 도쿄에 도착한 지 얼마 안 되어 그들은 '중하(中夏, 명나라 왕조를 가리킴) 망국 242년 기념회'를 개최하기로 발의했으며, 침통한 심정으로 〈유학생들에게 알리는 글〉을 발표했다. 그들은 청년들에게 조국이 지금 도탄 속에서 허덕이고 있으니 부패한 청나라 정부를 뒤집어엎는 것만이 앞으로 중국이 나아갈 유일한 길임을 잊지 말아야 한다고 호소했다.

당시 도쿄에는 쑨원을 필두로 한 혁명민주주의파의 영향이 매우 컸다. 재일 중국인들은 그들에게 영향을 받으며 새로운 혁명 역량을 키워가고 있었다. 1903년에 장타이옌, 타오청장(陶成長) 등이 주축이 되어 장쑤 성(江蘇省)과 저장 성에서 온 유학생들을 중심으로 도쿄에서 '광복회'라는 혁명 단체를 결성했다. 얼마 뒤 루쉰도 이 단체에 가입해 그 성원이 되었다.

나라 안에서는 청나라 정부를 반대하는 민족민주주의 혁명 운동이 갈수록 고조되었고, 각지 농민들이 자연발생적으로 혁명투쟁을 전개하거나 곳곳에서 결사대가 무장봉기를 잇달아 일으켰다. 따라서 청나라 정부가 반동 통치를 휘두르던 기반은 갈수록 약화되고 흔들리기 시작했다. 여러 성에서 온 유학생들이 혁명 사상을 고취하는 책과 신문, 잡지 들을 도쿄에서 잇달아 출판했다. 일찍이 사람들을 흥분시키던 변법자강운동도 이제는 지나간 것이 되었다. 사람들이 우러러 보던 변법파 캉유웨이와 량치차오는 차츰 역사 무대에서 물러나 반동적인 보황당(保皇黨)의 인물들이 되어버렸다. 그들의 언론 역시 청년들 속에서 신망을 잃어갔고, 이제는 관심을 끌지 못하는 역사의 메아리가 되어갔다.

1904년 도쿄에서.
고향이 같은 유학생들과 함께.
뒷줄 왼쪽이 쉬서우창, 오른쪽이 루쉰.

당시 저장 성 유학생들은 《절강조(浙江潮)》라는 간행물을 출판했다. 쉬서우창은 이 간행물 편집자 가운데 한 사람이었다. 쉬서우창을 알고 있던 루쉰은 이 잡지에 계속 글을 실었고, 이 잡지의 유력한 지지자가 되었다. 루쉰이 문학과 과학에 관해 맨 처음 번역한 글들도 이 간행물에 발표되었다. 그 가운데 고대 페르시아 국왕 크세르크세스가 그리스를 공격할 때 스파르타 왕 레오니다스가 시민 300여 명과 군대 수천 명을 거느리고 테르모필레를 방어했다는 유명한 이야기를 서술한 《스파르타의 혼》을 번역하면서, 루쉰은 처음으로 문학적 재능을 펼쳤다. 루쉰은 침략자들에 대항해 싸운 스파르타 사람들의 상무(尙武) 정신을 아주 생동적으로 묘사했다. 초기에 번역한 이 작품에서 루쉰은 애국주의 정서를 보여주었다. 그는 침략자들에 맞서 싸우다가 용감하게 희생된 전사들에게 최대의 경의를 표시하며 이렇게 썼다.

"스파르타 무사들이여, 그 넋이 험준한 테르모필레 협곡에, 지구가 존재하는 그날까지, 영원히 살아 있으라……."

또한 루쉰은 남편이 싸움터에서 살아 돌아온 것을 꾸짖은 젊은 여성들을 더욱 찬양했다. 이 글의 '편집자의 말'에서 청년들을 고무하고 격려하며 이렇게 썼다.

"나 오늘 세상에 알려지지 않은 일을 청년들에게 알리노라. 아! 세상에 스스로 여장부들보다 못하다고 할 사나이들이 있을까? 반드시 붓을 집어 던지고 일어설 자 있으리라……."

스파르타 인들이 보여준 상무 정신을 특별히 찬양한 것은, 그때 루쉰 자신이 압박받는 나라의 청년이었다는 것과 밀접한 관계가 있다.

루쉰이 번역한 글에는 침략자들에 대해 저항하는 정신이 표현돼 있다. 그러나 그때까지도 그에게는 문학작품을 창작하고 번역하는 일이 주된 일은 아니었다. 여전히 자연과학에 커다란 관심을 가졌다. 《스파르타의 혼》을 발표하고 곧 이어 루쉰은 또 《절강조(浙江潮)》 잡지에 라듐이 발견된 경과를 서술한 과학논문 〈라듐에 대해(說鈤)〉를 발표했고, 동시에 과학

소설 《달나라 여행(月界旅行)》과 《지하 여행(地底旅行)》을 번역해서 실었다. 이 밖에도 루쉰은 이 잡지에 과학논문 〈중국 지질약론(中國地質略論)〉을 발표했다. 또한 친구 구랑(顧琅)과 함께 《중국광산지(中國礦産志)》를 편찬했는데, 이것은 당시 중국의 지질과 광산의 분포 상황을 전문적으로 논술한 책이다. 루쉰이 당시 자연과학 지식을 소개하는 데 열중한 것은 과학으로 민중들에게 애국주의 열정을 불러일으키고, 애국하는 길을 가르치고자 했기 때문이었다. 루쉰은 과학과 애국이 갈라놓을 수 없는 것이라고 여겼다. 그의 자연과학에 관한 다른 저서와 논문 들에도 조국을 사랑하는 마음이 가득했다.

루쉰은 갈수록 망국의 위기로 빠져들고 있는 조국과 민중들의 앞날에 대해 몹시 근심했다. 루쉰은 중국을 침략한 제국주의자들과, 중국 내지에 깊이 들어와 '탐험'을 하는 제국주의자들이 파견한 주구와 탐정 들을 대단히 증오했다. 당시 아직 각성하지 못한 민중들을 보며 초조한 마음을 가졌으며, 승냥이를 집안으로 끌어들이는 매국노들을 보며 그들을 민중의 원수이자 민족의 역적으로 여겼다. 〈중국지질약론〉에 그는 이렇게 적고 있다.

중국은 중국 사람들의 것이다. 외국 민족들이 중국을 연구하는 것은 허용할 수 있지만 탐험하는 것은 허용할 수 없으며, 외국 민족들이 중국을 찬양하는 것은 허용할 수 있지만 중국을 넘보는 것은 허용할 수 없다.

루쉰은 그때 벌써 제국주의 열강들이 자국이 처한 경제 위기를 타개하기 위해 서로 앞 다투어 중국 땅과 광산을 약탈할 것임을 간파했다.

중국을 점령하는가 못 하는가에 따라 앞으로 열강에서 공업이 성할 것인지 아닌지가 결정될 것이다. 열강들은 남에게 뒤질세라 팔을 걷어붙이고 달려들고 있다.

그 자들은 벌써부터 '세력권을 나눌 것'과 '중국을 분할할 것'을 주장했다.
"오늘은 산시 성(山西省) 어느 탄광을 영국에 빼앗기고, 내일은 산둥 성(山東省) 모든 탄광을 독일에게 빼앗길 것이다. 열강들은 채굴권, 채굴권 하며 서로 다툴 것이며" 그리하여 "곡괭이 소리가 온 중국 민족에게 진동할 것이며, 깊이깊이 파 들어간 굴들이 우리 땅을 벌집으로 만들어놓을 것이다. ……그때에 이르면 중국에는 광업은 있어도, 광산은 없게 될 것이다!"(《중국광산지》〈머리말(導言)〉)
이때를 전후해 제국주의 열강들이 중국 광산을 무참히 약탈한 역사는, 침략자들에 대해 경각심을 높여야만 한다고 주장한 루쉰이 옳았음을 분명하게 실증해준다. 루쉰은 당시 자연과학 지식이 절실히 필요한 중국 민중에게 문학예술이라는 형식을 통해 자연과학을 소개하고 싶어 했다. 루쉰은 자연과학 지식이 제국주의와 봉건제도에 저항하는 운동과 미신을 타파하는 계몽교육에 매우 커다란 역할을 할 것이라고 인식했다. 따라서 루쉰은 과학과 애국 그리고 사상을 계몽하는 일을 밀접하게 결부시켰고, 과학(그때는 자연과학을 가리켰다)과 사회를 개조하는 일은 뗄 수 없는 관계에 있다고 여겼다.

루쉰은 도쿄 고분서원에서 두 해 남짓 일본어를 배우고, 1904년 9월에 도쿄에서 멀리 떨어진 구석진 작은 도시 센다이(仙臺)에 있는 의학전문학교에 들어갔다.

의학은 원래 루쉰이 배우고자 목표한 과목이었다. 난징에서 공부할 때 자연과학 지식을 좀 배우고 나자, 루쉰은 아버지 병환을 질질 끌게 한 돌팔이 의사들이 '일부러 그랬건 모르고 그랬건 사기꾼'에 지나지 않음을 알게 되었다. 그리고 그들에게 속은 환자와 그 가족 들을 동정하게 되었다. 루쉰은 또 그때 번역된 외국 역사 교과서를 통해 '메이지 유신'이 서양 의학에서 발단되었음을 알게 되었다. 이런 까닭으로 시골의 한 의학전문학교에 가서 공부하기로 결심한 것이다. 학교를 졸업하면 조국에 돌아와 아버지처럼 치료를 잘못 받은 환자들을 고쳐주기도 하고, 전쟁이 일어나면 군의관이 되겠다고 결심했다. 그리고 다른 한편으로는 서양 의학으로 사람들에게 유신에 대한 신념을 북돋아 주고자 했다. 유신과 과학을 갈라놓을 수 없는 것이라고 여긴 루쉰은 과학으로 유구한 역사를 가진 나라를 암흑과 무지와 낙후에서 건져내고자 했다.

앞서 말한 대로 루쉰은 과학과 애국이 서로 떨어질 수 없는 것이라고 여겼다. 과학으로 조국을 독립시키고 부강하게 하며, 과학으로 보수주의와 미신 사상을 반대하며 민중을 행복하게 살 수 있게 하기를 바랐다. 따라서 과학 사상을 널리 알리는 것을 한시도 늦출 수 없다고 생각한 것이다.

이국 땅에서 공부하던 청년 애국자 루쉰은 조국에 대한 열렬한 사랑으로 가슴을 불태웠다. 센다이 의학전문학교에 들어간 지 얼마 안 되어 루쉰은 도쿄에 남아 있는 친구 쉬서우창에게 사진을 한 장 보냈다. 훤한 이마에 약간 두드러진 광대뼈, 샘물처럼 맑은 두 눈에 어딘가 우울한 빛이 어려 있는 사진이었다. 사진 뒷면에는 칠언절구가 적혀 있었다.

靈臺無計逃神矢
風雨如磐闇故園
寄意寒星荃不察
我以我血薦軒轅

내 마음 큐피드의 화살 피할 길 없는데,

비바람이 검은 장막처럼 고국을 뒤덮었네.

찬 별에 부치는 나의 마음 그 누가 알리.

사랑하는 내 조국에 붉은 피를 바치리!

조국과 민중을 위해 자기 목숨을 서슴없이 바치려는 이것이 바로 조국과 민중을 해방시키기 위해 헌신하기로 마음먹은 청년 애국자 루쉰의 첫 맹세였다.

10
의학에서 문학으로

센다이 의학전문학교에서 루쉰은 매우 어렵게 생활했다. 처음에는 감옥 곁에 있는 한 여관에서 묵었다. 당시는 초겨울이어서 날씨가 매우 쌀쌀했는데도, 모기들이 어찌나 많았던지 이불로 온몸을 꽁꽁 감싸고 옷으로 머리며 얼굴을 두른 다음 콧구멍만 내놓고서야 간신히 잠을 잘 수가 있었다. 그런데 선생 한 분이 이 여관이 죄수들 식사도 제공하는 곳이므로 루쉰이 묵기에 적절하지 않다고 하면서, 다른 곳으로 옮겨가라고 몇 번이나 권고했다. 루쉰은 선생이 호의로 권하는 것이라 다른 곳으로 옮길 수밖에 없었다. 새로 잡은 숙소는 감옥에서 멀리 떨어져 좋긴 했지만, 그곳에서는 날마다 잘 넘어가지 않는 토란국을 먹어야 했다.

이 학교에서 루쉰은 많은 선생들과 낯을 익혔고, 새로운 과목들을 배웠다. 그 중에서 검고 야윈 얼굴에 팔자수염을 기르고 안경을 낀 후지노(藤野) 선생을 제일 먼저 알게 되었다.(《아침꽃을 저녁에 줍다》〈후지노 선생〉) 어렸을 적에 노사카(野坂) 선생에게 중국어를 배운 적이 있다는 후지노 선생은 중국 고

지금까지 루쉰의 작업실에 걸려 있는
후지노 선생의 사진.

대 역사와 문화를 매우 존중했으며, 중국 학생들에게 대단히 친절하게 대해주었다. 후지노 선생은 골격학을 가르쳤는데, 수업 첫날 옆구리에 크고 작은 책들을 가득 끼고 교실로 들어와서 그것들을 교탁에 내려놓고 느릿느릿하면서도 억양이 뚜렷한 말씨로 자신을 소개했다.

"나는 후지노 곤쿠로(藤野嚴九郞)라고 합니다."

이어서 선생은 일본에서 해부학이 발전해온 역사를 강의했다. 가지고 들어온 크고 작은 책들은 초창기부터 오늘에 이르기까지 이 분야에 관한 중요한 책들이었다.

한 주일이 지난 어느 날, 아마 토요일이었던 것 같은데, 후지노 선생은 조교를 시켜 루쉰을 불렀다. 루쉰이 연구실에 들어서니 선생은 사람 골격과 수많은 두개골 사이에 앉아 있었다.

"학생은 내 강의를 받아쓸 만한가?"

"네, 어느 정도 받아쓸 수 있습니다."

"그러면 공책을 가져와 보게!"

루쉰은 곧 공책을 가져다 보여주었다. 후지노 선생은 이삼일 뒤에 그것을 루쉰에게 되돌려주었다. 아마 선생은 루쉰이 이 학교에 들어온 지 얼마 되지 않아서 일본어를 알아듣지 못해 더러 틀리게 필기할 수도 있을 거라고 생각한 모양이었다. 후지노 선생은 앞으로 일 주일에 한 번씩 자신에게 공책을 가져다 보이라고 했다.

루쉰은 선생이 시키는 대로 하겠다고 했다. 선생한테서 공책을 돌려받은 루쉰은 공책을 펼쳐보고 깜짝 놀랐다. 무어라 말로 표현할 수 없는 감격을 느꼈다. 후지노 선생은 루쉰이 한 필기를 첫머리부터 마지막까지 죄다 빨간 연필로 고쳐놓았으며, 미처 받아쓰지 못한 많은 대목들을 보충해놓았을 뿐만 아니라, 문법이 잘못된 부분까지 일일이 고쳐주었다. 후지노 선생은 자신이 맡은 과목인 골격학, 혈관학, 신경학 강의가 끝날 때까지 줄곧 이렇게 해주었다.

한번은 후지노 선생이 루쉰을 연구실로 불렀다. 선생은 루쉰 공책에 그려진 팔 혈관도를 펼쳐놓고 그것을 가리키며 부드럽게 말했다.

"군, 이걸 보게. 군은 이 혈관 위치를 약간 이동시켰군. 물론 이렇게 이동시키니 보기에는 좋군. 하지만 해부도는 미술이 아니네. 실물이 그렇게 생긴 만큼 그것을 고칠 수는 없단 말일세. 내가 지금 제대로 고쳐놓았으니, 다음부터는 무엇이든지 칠판에 그려진 대로 그리도록 하게."

이 일로 루쉰은 또 한번 크게 감동했으며, 후지노 선생을 더욱 존경하게 되었다. 루쉰은 중국과 일본 두 나라 사람 사이의 친선을 상징하는 이 공책을 매우 소중히 여겨 줄곧 간직했다. 이 공책은 지금도 베이징 루쉰 박물관에 보존되어 있다.

센다이에서 루쉰은 두 학기를 공부하고, 1905년 여름에 도쿄로 가서 여름방학을 보냈다. 도쿄로 가는 도중에 루쉰은 명나라 말기에 청나라에 저항하여 싸운 문인 주순수(朱舜水)의 유적을 찾아가 보려고 미도(水戶)에서 내렸다.(쉬서우창,《내가 아는 루쉰(我所認識的魯迅)》〈신해혁명 전의 루쉰 선생〉서문) 주순수는 일생 동안 청나라를 반대해 조금도 굴하지 않고 싸우다가 일본에서 객사했다. 당시 도쿄에 있는 중국 유학생들이 출판한, 혁명을 고취하는 간행물에 주순수를 기념하는 글이 실렸으며, 그의 문집《주순수 유서(朱舜水遺書)》도 일본에서 출판되었다. 루쉰은 주순수를 매우 흠모하고 존경했다. 그래서 유적을 찾아가 추도할 생각이었다.

차에서 내리니 밤이어서 루쉰은 여인숙을 찾아갔다. 주인은 루쉰이 일본 학생인 줄 알고 보통 방으로 안내했다. 손님은 숙박부에 숙박 기록을 하기 마련이었다. 루쉰은 '저우수런, ⋯⋯지나(支那)'라고 썼다. 그때 일본 사람들은 중국 사람을 '청국 사람'이라고 했으나, 루쉰은 국적을 '청나라'라고 부르는 것도 싫고 그렇다고 '중국'이라고 적기도 불편했다. 왜냐하면 일본에 '산요(山陽)'라는 지방이 있는데, 그곳을 '주고쿠

(中國)'라고 부르기도 하기 때문이었다. 그래서 중국을 지칭하는 다른 이름인 '지나'로 적어 넣은 것이다. 이렇게 되자 주인 내외는 귀한 손님을 푸대접해 미안하게 되었다고 거듭 사과하면서 루쉰을 큰방으로 모셨다. 루쉰은 다른 방으로 가고 싶지 않았지만, 주인의 간청에 못 이겨 큰방으로 옮기게 되었다. 그곳은 아주 훌륭하게 꾸며진 방이었다. 그러나 잠자리에 든 루쉰은 이튿날 방세를 낼 돈이 모자랄 것 같아 잠이 오지 않았다. 걱정하던 루쉰은 이튿날 아침 친구 쉬서우창에게 전보를 쳐서 송금해달라고 하기로 하고, 그제야 마음 놓고 눈을 붙였다.

그런데 막 잠이 들자 갑자기 밖에서 이웃집에 불이 났다고 외치는 소리가 들려왔다. 루쉰이 급히 옷을 입고 나오는데, 여인숙 주인이 사람을 딸려 루쉰을 다른 여관으로 안내하게 했다. 이때는 이미 밤이 너무 깊었던지라 다른 여관으로 간 루쉰은 곧바로 자리에 누웠다. 그런데 또 몽롱한 가운데 밖에서 "불이야! 불이야!" 하고 외쳐대는 소리가 들려왔다. 루쉰은 곧바로 일어나 밖을 내다보았다. 그러나 그 소리가 먼 곳에서 나는 것을 확인하고는 신경 쓰지 않았다.

간밤에 비록 잠을 설치긴 했으나, 루쉰은 끝내 주순수의 유적을 참배하고 도쿄로 돌아갔다.

루쉰은 도쿄에서 벗들과 함께 여름방학을 즐기고, 초가을에 센다이 의학전문학교로 돌아왔다.

학교에 돌아오니 학업성적이 이미 발표되어 있었다. 루쉰은 학생들 백여 명 가운데서 중간 정도였는데, 그만하면 성적이 괜찮은 편이었다.

이번에 후지노 선생이 맡은 과목은 해부 실습과 국부 해부학이었다. 해부 실습을 한 지 일 주일가량 지났을 때 후지노 선생은 또 사람을 시켜 루쉰을 불렀다. 후지노 선생은 대단히 기뻐하며 높은 목소리로 이렇게 말하는 것이었다.

"나는 중국 사람들이 귀신을 공경한다는 말을 들은 적이 있네. 그 때문에 자네가 시신을 해부하려 하지 않을까 봐 무척 근심했네. 그런데 자네는 그렇지 않으니, 이제 내가 안심해도 되겠네."

당시는 중일전쟁(1894)이 있은 지 10년이 지났건만, 군국주의 교육을 받은 일부 편협한 민족주의 사상을 가진 일본 학생들은 중국 사람을 여전히 낮추어 보았다. 그들 가운데는 중국 유학생을 '청국노(淸國奴)'라고 부르는 자들도 있었다. 그러므로 선생으로부터 남다르게 대우받던 루쉰에게 다른 학생들의 터무니없는 질투와 모욕이 날아든 것은 뻔한 일이었다.

하루는 루쉰과 같은 학급에 다니는 학생회 간사가 루쉰 숙소로 찾아와서 공책을 빌려달라고 했다. 루쉰은 공책을 간사에게 내주었다. 간사는 노트를 뒤적거리더니 가져가지 않고 그 자리에서 돌려주었다. 그런데 그가 돌아간 지 얼마 안 되어 우체부가 두툼한 편지 한 통을 가져왔다. 꺼내 보니 첫마디에 "그대는 회개하라!"라고 적혀 있었다. 그것은 《신약성서》에 나오는 말로, 톨스토이가 편지에 인용해서 당시에 아주 유행한 말이었다(그때는 러일전쟁이 막 끝난 뒤였는데, 톨스토이가 차르 러시아 황제와 일본 황제에게 편지를 보내면서 첫마디에 이 말을 썼다).

그 다음 내용은 대략 이러했다. 지난 학기말 해부학 시험 제목을 후지노 선생이 루쉰 공책에다 미리 표시해주었고, 그래서 루쉰이 그것을 미리 알았기 때문에 그와 같은 성적을 거두었다는 것이다. 편지 끝에는 발신인 이름이 적혀 있지 않았다. 루쉰은 그제야 비로소 며칠 전에 있었던 일이 생각났다. 학급 간사가 칠판에 학급회의가 있다는 공고를 썼는데, 마지막 구절에다 '학급생 전원은 한 사람도 새지 말고 모두 참석하기 바람'이라고 써놓고 '새지 말고'라는 글자 밑에다 밑줄까지 그어놓은 것이다. 루쉰은 밑줄을 친 것이 우습게 생각됐지만 무심코 넘겨버렸다. 하지만 이제 루쉰은 그것이 선생님께서 자신에게 시험문제를 미리 새어나가게 했음을 풍자한 것임을 깨달았다. 이러한 모욕을 당하고 가만히 있을 루쉰이 아니었다. 루쉰은 이 일을 먼저 후지노 선생에게 알려드린 다음, 학생회 간사에게 강하게 항의했다. 루쉰과 가깝게 지내는 몇몇 일본 동창들도 이 일에 몹시 분개해 루쉰과 함께 간사를 찾아가서 다른 사람 공책을 검사한 무례한 행동에 대해 항의하고, 그 일에 대해 사람들 앞에서 해명할 것을 요구했다.

마침내 유언비어도 사라졌다. 그러자 학생회는 그 익명의 편지를 돌려받기 위해 갖은 애를 썼다. 나중에 루쉰은 톨스토이를 흉내 내어 쓴 그 편지를 그들에게 돌려주고 말았다. 군국주의 사상이 머리에 가득 찬 학생들 생각으로는 중국이 약소국이므로 중국인은 당연히 지능이 낮으며, 따라서 점수를 60점 이상 맞으면 그것은 제 실력이 아니었다. 당시 약소국의 한 국민으로서 루쉰은 이 사건에서 깊은 충격을 받았다.

루쉰이 센다이 의학전문학교에 들어간 이듬해에 또 뜻하지 않은 일을 경험했다. 2학년이 되어 세균학이라는 과목이 하나 더 늘어났다. 이 과목은 수업시간에 세균 형태를 모두 영화로 보여주었다. 한번은 세균에 관한 영화 한 편을 다 돌리고도 수업을 마칠 시간이 되지 않아서, 시사영화를 돌리게 되었다. 이때는 러일전쟁이 끝난 지 얼마 되지 않은 때였으므로, 영화들 대부분이 러시아와 싸워 승리한 일본 군국주의자들의 전적을 선전하는 내용이었다. 그런데 공교롭게도 중국 사람들이 그 속에 끼여 있었다. 영화 해설에 따르면, 한 중국인이 차르 군대 스파이로 있다가 일본 군대에 체포되어 총살을 당하게 되었는데 빙 둘러서서 이를 구경하는 사람들 모두가 중국인이라는 것이다. 그것은 모욕이었다! 그때 교실에서 영화를 보는 사람들 가운데 중국인은 루쉰 한 사람밖에 없었다. 루쉰을 제외한 모두가 박수를 치며 환호성을 올렸다. 이런 환성은 영화를 보는 내내 터져 나왔다. 루쉰에게는 그것이 몹시도 귀에 거슬렸다.

그 뒤 루쉰은 며칠 동안 마음을 진정할 수 없었으며, 밥맛도 잃고 잠도 제대로 자지 못했으며, 무엇을 잃어버렸을 때처럼 멍한 기분이었다. 때로는 혼자 깊은 산속에 들어가 목청 높여 노래 부르며 마음속 고민을 풀었으며, 풀밭에 벌렁 드러누워 깊은 생각에 잠기기도 했다. 왜 다 같이 튼튼한 육신을 가졌으면서도 멍하니 얼빠진 표정으로 구경만 하며, 자기 겨레가 학살당하는 것을 멀쩡히 보면서도 무감각할 수 있단 말인가? 이것은 루쉰에게 너무나도 큰 충격이었다.

그 뒤 루쉰은 그때 받은 인상을 예술적으로 다듬어서 작품으로 써냈다. 소설 〈회술레(示衆)〉에 그와 비슷한 장면이 있으며, 〈약(藥)〉과 〈아큐정전(阿Q正傳)〉에도 그와 비슷한 장면이 있다. 물론 소설에 묘사된 장면은 여기에 언급된 사실과는 상황이 다르다. 하지만 이 소설들을 창작할 때 자신이 받은 맨처음 인상에 대해서는 조금씩 수정했지만, 구경꾼들의 얼빠진 표정에 대해서는 대체로 비슷하게 묘사했다.

현실을 깊이 깨달은 루쉰은 마음속에 품고 있던, 사실과 맞지 않는 환상을 다 깨버리기 시작했다. 서양 의학을 배워서 나라를 구하려던 환상이 깨어졌으며, 전쟁이 일어나면 군의관이 되려던 환상도 물거품이 되었고, 아버지처럼 병마에 시달리는 사람들을 구원하려던 염원도 일시에 수포로 돌아가고 말았다. 이런 환상들이 깨진 것은 오히려 다행스러운 일이었다. 루쉰에게 투쟁을 위한 새로운 길을 찾게 했기 때문이다. 루쉰 자신이 말한 바와 같이, 그 뒤 루쉰은 의학을 전공하는 것이 결코 중요하지 않음을 깊이 깨달았다. 어리석고 나약한 국민은 몸이 제아무리 온전하고 건강하다 하더라도, 회술레를 당하는 대상이 되거나 그렇지 않으면 구경꾼이 될 수밖에 없음을 깨달았다. 병으로 얼마간 죽는다 하더라도 그것을 불행이라고 생각할 필요가 없다고 생각했다. 루쉰은 그보다 사람들의 의식을 개조하는 것이 가장 시급한 문제라고 여겼으며, 의식을 개조하는 가장 좋은 수단이 문학예술이라고 생각했다.《외침》〈서문(自序)〉) 그리하여 루쉰은 문학예술운동을 벌이기로 결심했다. 그해 봄방학이 되자 센다이에서 도쿄로 간 루쉰은 친구들과 이 문제를 의논했다.

"학교를 그만둘 생각이네."

루쉰이 쉬서우창에게 이야기했다.

"그게 무슨 말인가? 지금 한창 재미있게 배우고 있지 않은가? 그런데 그만두다니?"

하고 쉬서우창이 의아스럽다는 듯 물었다.

"그렇다네. 난 문학예술을 공부하기로 작정했네. 그래, 자네는 중국의 바보들, 백치들을 의술로 고쳐낼 수 있다고 생각하는가?"(쉬서우창, 《내가 아는 루쉰》 〈벗 루쉰을 그리며(懷亡友魯迅)〉)

2학년 학기말이 되자 루쉰은 마침내 후지노 선생을 찾아가서 의학공부를 그만두고 센다이를 떠나겠다고 말했다. 그러자 후지노 선생 얼굴에는 적잖이 서글픈 빛이 떠올랐고, 무슨 말을 할 듯하면서도 입을 떼지 않았다.

"저는 생물학을 배울 작정입니다. 그러니 선생님께서 가르쳐주신 지식도 쓸모가 있을 것입니다."

루쉰은 서글픈 표정을 짓는 후지노 선생에게 이런 말로 위로할 수밖에 없었다.

"그러나 의학을 위해 배운 해부학 같은 것들은 생물학에 그다지 큰 도움이 되지 못할 걸세."

후지노 선생은 한숨 섞인 말로 이렇게 대꾸할 뿐이었다.

센다이를 떠나기 며칠 전에 후지노 선생은 루쉰을 자기 집에 불러 사진을 한 장 주면서 뒷면에 '석별(惜別)'이라고 써주었다.

정직하고 선량하며 성심성의껏 자신의 과학 지식을 중국 학생에게 가르쳐준 후지노 선생에 대해 루쉰은 당시는 물론이고 나중에까지 존경하는 마음을 잊지 않았다. 후지노 선생이 루쉰에게 준 그 사진은 지금도 베이징에 있는 루쉰의 옛집 벽에 걸려 있다.

11

시작부터 좌절과 적막감을 느끼다

1906년 여름에 루쉰은 센다이에서 도쿄로 갔다. 이때부터 그는 문예활동에 종사하기 시작했다.

당시 중국 국내에서 문예활동을 벌이는 것은 대단히 어려운 일이었다. 극히 보수적인 청나라 정부가 통치하는 전제독재 아래에서 민중들은 아무런 권리도 없었으며, 언론과 출판의 자유도 없었다. 그러므로 몇몇 혁명활동과 문학활동은 나라 밖에서 진행할 수밖에 없었다.

지리와 역사 조건으로 인해 많은 혁명가들이 일본에 정착했다. 그리하여 당시 도쿄는 중국인들이 정치활동과 문화활동을 펴는 중심지가 되었다. 센다이에서 도쿄로 온 루쉰은 도쿄 혼고 구(本鄕區) 유시마(湯島) 니초메(二丁目)에 있는 '복견관(伏見館)'이라고 하는 하숙집에 셋방을 한 칸 얻었다. 그곳에서 반년가량 지내고 다시 근처 개인집으로 옮겼다가, 그 뒤에 또 '중월관(中越館)'이라는 여관으로 옮겨갔다. 1908년 4월까지 이 여관에 있다가 또 다른 곳으로 옮겨갔다.(저우샤서우 周遐壽, 《루쉰 고가(魯迅的故家)》〈도쿄의 루쉰(魯迅在東京)〉)

도쿄에 있는 동안 루쉰은 당시 혁명당원들과 자주 접촉했다. 여관에서 지내는 생활은 비교적 평온했다. 아침에 그다지 일찍 일어나지 않아도 됐으며, 세수를 하고 아침을 먹고 그날 신문을 읽고 나서 책을 조금 보면 점심때가 되었다.

여관 음식은 그다지 좋은 편이 못 되었다. 두부와 채소 따위를 주로 먹었는데, 그나마 입에 맞지 않았다. 점심을 먹고 나면 친구들이 찾아와서 이야기를 나누었다. 늘 루쉰을 찾아오는 가까운 친구들로는 광복회 회원들과 부회장 타오환칭(陶煥卿, 타오청장)이었다. 바람이 불거나 비가 와도 사흘에 한두 명씩은 반드시 찾아왔다. 친구들이 모이면 안 하는 이야기가 없었다. 타오환칭은 당시 하층 민중들과 밀접한 연계를 가지고 있는 혁명가였는데, 늘 짚신을 신고 새끼줄로 허리를 질끈 동여매고 다녔다. 그는 하루에 80리에서 90리에 이르는 길을 걸어 다니면서 저장 성 동부 일대 농촌을 무대로 결사대를 조직하고, 비밀리에 청나라를 반대하는 활동을 전개했다.

친구들이 오지 않을 때면 루쉰은 때때로 부근에 있는 책방에 가서 살 만한 책이 없는지 돌아보곤 했다. 루쉰에게 밤 시간이야말로 진정한 학습시간이고 작업시간이었다. 깊은 밤 석유등 아래 홀로 앉아 책 읽기를 좋아했는데, 언제까지 그러는지 아무도 알지 못했다. 왜냐하면 같은 방에 있는 사람들이 모두 다 잠들고 나서도 루쉰은 자지 않고 늦게까지 책을 보았기 때문이다.

1907년 여름 어느 날 아침, 도쿄의 한 신문 첫머리에 중국에서 보내온 전보가 실렸는데, 그것은 청나라 안후이 성(安徽省) 순무(巡撫)인 언밍(恩銘)이 '조시기린(Jo Shiki Rin)'에게 피살되고 조시기린도 즉시 체포되었다는 소식이었다. 나라 안팎을 들썩하게 한 이 소식은 곧바로 유학생들 사이에 전해졌다. 국내 정치 정세에 조금이라도 관심이 있는 사람이라면, 조시기린이 바로 안후이 성 혁명당원인 쉬시린(徐錫麟)임을 알 수 있었다. 이 사건이 발생한 지 얼마 지나지 않아 또 쉬시린과 밀접한 관계에 있는 여성 혁명당원 추진(秋瑾)이 사오싱에서 피살되었다는 소식이 전해졌다. 그뿐만 아니라 쉬시린의 학생인 천보핑(陳伯平)과 마쭝한(馬宗漢)도 피살되었다는 소식이 전해졌다.

들리는 말에 따르면, 언밍의 호위병들이 쉬시린 심장을 도려내어 볶아 먹었다고 했다. 이 사건은 도쿄 유학생들 사이에서 더없는 분노를 자아냈다. 몇몇 사람들은 비밀리에 모임을 갖고 여비를 마련해서 조국으로 사람을 파견해 쉬시린의 가족을 데려오기로 결정했다. 저장 성 유학생들은 도쿄에서 향우회를 열고 쉬시린 등을 추도하고, 베이징에 전보를 보내 청나라 정부의 잔인무도함을 신랄하게 규탄했다.(《아침꽃을 저녁에 줍다》〈판아이눙〉) 이 사건은 청나라 정부가 민중들을 억

누르고 있지만, 그러한 봉건시대 통치질서는 이미 동요하기 시작했으며 이제 건드리기만 하면 터질 기세로 도처에서 혁명이 태동하고 있음을 보여주었다.

루쉰은 물론 추도회에 적극 참가했다. 그러나 루쉰이 택한 혁명의 길은 쉬시린이 걸어간 길과 판이하게 달랐다. 루쉰이 주장한 것은 암살이라는 수단에 의지하는 것이 아니라 끈기 있고 인내심 있는 싸움으로 침묵을 지키는 국민의 영혼을 일깨우는 것이며, 문학예술로 침묵을 지키는 국민들 정신세계에 불을 지피는 것이었다. 루쉰이 취한 혁명수단은 민중들을 각성시키는 문예활동이었다.

쉬시린 등의 피살 사건으로 일어난 움직임도 얼마 가지 않아 잠잠해졌다. 루쉰은 그해 가을에 여전히 중월관에 묵으면서 저녁을 먹고 나면 몇몇 친구들과 함께 간다(神田) 스루가다이(駿河臺)에 가서 일본으로 망명해온 러시아 혁명당원 콩트 부인에게서 러시아어를 배웠다. 그러나 러시아어 학습을 곧 그만두게 되었다. 그와 함께 배우던 친구들 가운데 천쯔잉(陳子英)이 먼저 그만두었고, 곧이어 타오왕차오(陶望潮)도 비밀리에 폭약 만드는 법을 배우러 나가사키로 가버렸다. 루쉰은 여전히 도쿄에 남아서 몇몇 친구들과 함께 자기 일을 계속하면서, 문예잡지를 발행할 준비를 했다.

당시 도쿄는 중국에서 온 진보 세력과 혁명 세력이 활동하는 중심지였을 뿐만 아니라, 또한 보수 세력과 반혁명 세력이 활동하는 장소이기도 했다. 진보 세력과 보수 세력, 혁명 세력과 반혁명 세력이 그곳에서 치열하게 각축을 벌인 것이다. 쑨원을 필두로 하는 혁명민주주의파는 청년 유학생들에게 높은 신망을 얻었다. 혁명 단체인 광복회는 다른 두 혁명 단체와 동맹을 맺고 새로운 혁명 단체, 곧 동맹회를 결성하고 기관지 《민보(民報)》를 출판했다. 당시 유학생들 사이에서 신망이 아주 높던 학자이자 혁명가 장타이엔도 바로 이 《민보》의 주필 가운데 한 사람이었다. 그러나 캉유웨이와 량치차오 등을 비롯한 보황당(군주입헌파)은 말끝마다 '황제'니, '황태후'니 하며 시대에 뒤떨어진 주장을 펼쳤고, 여전히 변발을 드리운 귀족 자제들과 함께 상류 사회에서 나름대로 영향력을 행사했다. 그들이 발행하는 기관지 《청의보(淸議報)》와 《신민총보(新民叢報)》도 일부 독자들을 확보하고 있었다.

루쉰이 국민의 정신을 일깨우고자 시작한 문예활동은 예상과 달리 열렬하게 호응을 받거나 지지받지 못했으며, 오히려 처음부터 사람들에게 냉대를 받았다. 본래 루쉰은 첫 출발로 잡지를 하나 내기로 계획했다. 잡지 이름은 '새로운 생명'이라는 뜻으로 《신생(新生)》으로 하기로 이미 생각해두었다. 심지어는 원고용지까지 찍어놓았다. 《신생》 표지와 삽화까지 다 준비해놓고 곧 출판하려고 하는데 문제가 생겼다. 글을 쓰겠다던 사람들 몇몇이 먼저 자취를 감추었고, 뒤이어 거의 다 마련된 출판과 인쇄 자금마저 흐지부지 없어지게 되었다. 함께하겠다던 친구들도 흩어져 한두 사람밖에 남지 않았다. 그리하여 계획한 문학예술 잡지는 무산되고 말았다.

이것은 처음으로 문예활동에 발을 들여놓은 루쉰에게 크나큰 타격이었다. 가슴 가득 열정과 희망을 품었으나, 돌아온 것은 냉혹함뿐이었다. 그 뒤 상당히 오랜 기간 루쉰은 '일찍이 느껴보지 못한 적막감'을 느꼈다. 그러나 첫출발에서 실패한 루쉰은 낙심하지 않았다. 루쉰은 문예활동을 다시 출발하는 첫 작업으로 러시아와 동유럽의 문학작품을 번역하여 소개하기로 했다. 더불어 당시 이미 출판되고 있던, 반청(反淸) 성격을 띤 혁명적 간행물《허난(河南)》에 글을 써서 정치와 문화 그리고 문학예술에 대한 견해를 발표했다. 루쉰은 이처럼 이미 마련되어 있는 지면을 이용해 자신의 역량을 발휘하기 시작했다.

12
정신계의 투사는 어디에

루쉰은 문예활동에 종사하기 시작하면서부터 진보적이며 혁명적인 세계 문학에 깊은 관심을 쏟았다. 우선 일본어와 독일어로 된 출판물들 중에서 번역해서 소개할 만한 자료들을 수집했다.

주머니에 여윳돈이 좀 있기만 하면, 루쉰은 간다에 있는 중서옥(中西屋)과 니혼바시에 있는 마루젠(丸善) 서점이나 혼고에 있는 남강당(南江堂) 등에 가서 살 만한 책이나 잡지 들이 있는지 돌아보았다. 낡은 독일어 책과 잡지는 그리 비싸지 않았으므로, 루쉰은 언제나 한두 권씩 사가지고 돌아왔다. 도쿄에서 구하기 힘든 책들은 마루젠 서점에 부탁해서 유럽에서 사오도록 했다.

러시아 문학을 소개한 새 잡지가 나오면, 루쉰은 얼른 가서 사오곤 했다. 다 읽고 나면 중요한 글은 오려내어 잃어버리지 않도록 잘 보관해두었다. 그리고 독일어와 영문 도서목록을 찾아보고 러시아, 폴란드, 체코슬로바키아, 헝가리, 불가리아, 핀란드 같은 나라들 작품을 사들였다. 이런 나라의 작가들 가운데 러시아 작가 고골은 루쉰이 제일 좋아하는 작가였다. 고골이 쓴 〈죽은 혼〉, 〈검찰관〉, 〈광인일기〉(루쉰의 〈광인일기〉에 많은 영향을 주었다고 평가됨—옮긴이) 같은 작품은 일찍이 루쉰에게 깊은 인상을 남겼다. 그리고 코롤렌코, 체호프, 고리키 등도 루쉰이 존경하고 좋아하는 작가들이었다. 그러나 가장 좋아한 작가는 고골이었다.

폴란드 작가 시엔키에비치도 루쉰이 숭배하고 존경하는 작가로, 시엔키에비치가 쓴 《주여, 어디로 가시나이까》는 루쉰이 즐겨 읽은 책이었다. 폴란드의 '복수주의 시인' 미츠키에비치의 작품도 루쉰이 애독하는 책이었다.

그러나 루쉰이 책을 다 읽고 난 뒤에도 오랫동안 흥분을 가라앉힐 수 없던 작품으로는 헝가리 애국시인 페퇴피가 쓴 격정이 넘치는 작품을 손꼽아야 할 것이다. 그의 시집과 소설 《형장의 밧줄》 독일어판은 마루젠 서점에 부탁해서 독일에서 사온 것이었다. 그때 루쉰이 좋아한 서유럽 작가들로는 영국의 바이런과 셸리, 독일의 괴테와 하이네였다. 루쉰은 당시 유행하던 일본 문학 가운데 자연주의 작품에 대해서는 그리 흥미를 가지지 않았다. 일본 작가들 중에서는 나쓰메 소세키(夏目漱石)와 모리 오가이(森鷗外)의 작품을 즐겨 보았다. 루쉰은 당시 일본에서 서구문학을 꾸준히 연구하는 몇몇 연구자와 번역가 들이 쓴 평론문과 연구 논문에 주의를 기울였다.

루쉰은 이때 이미 젊은 혁명가이자 사상가로서 자신의 특색을 나타냈다. 그 무렵 중국 국내에서는 민중들이 비바람이 일어나듯 잇달아 일어나서 민족 혁명과 민주주의 혁명이 고조되고 있었다. 그 가운데서도 특히 농민 대중들이 제국주의와 봉건제도에 반대하여 벌인 투쟁과 그들이 가졌던 사상과 정감은 당시 루쉰의 사상과 그가 펼친 문예활동에 깊이 반영되었다. 또한 루쉰은 청년 문학가로서 처음부터 문학 창작과 사상투쟁을 결부시킴으로써 자신만의 특색을 나타내었다.

루쉰의 사상은 당시 현실을 객관적으로 반영하는 것에만 그친 것이 아니라, 현실을 개조하려는 경향을 분명하게 드러냈다. 루쉰은 문예활동을 시작한 처음부터 자신의 지향을 제국주의와 봉건주의에 반대하는 당시 중국 민중의 바람과 긴밀히 연계시켜나갔다. 제국주의의 침략이 더욱 조여드는 상황에서 도쿄 유학생들 사이에서는 애국주의 정서가 날로 높아갔다. 잡지 《허난》은 〈발간사〉에서 잡지를 발간하는 목적을 이렇게 표명했다.

외환이 덮쳐들어 발등에 불이 떨어졌으니, 어찌 물불을 가릴 수 있으랴. 죽음을 무릅쓰고 나라를 구할 때이다.

〈발간사〉는 또 이렇게 외쳤다.

죽고 사는 것이 오늘에 달려 있다. 노예가 되느냐 주인이 되느냐가 오늘에 달려 있다!(1907년 12월 19일 《허난》 제1집)

루쉰은 이러한 혁명적 격정을 안고 이 잡지를 위해 글을 쓰기 시작했다.

루쉰은 어떤 투쟁에서도 무관심한 방관자가 아니라 적극적인 참여자로 나섰다. 루쉰이 사용한 무기는 문학예술이었다. 문학예술이라는 불꽃으로 민중들 마음속에 투쟁의 불길을 지폈으며, 민중들로 하여금 압제자를 반대하며 조국과 민족을 멸망 위기에서 구원하도록 각성을 촉구했다. 억압과 침략에 반대하고 조국의 독립과 자유를 수호하며 민족과 민중의 해방을 쟁취하는 것이 바로 루쉰이 문학활동을 해나가는 데 바탕이 된 중심 사상이었다. 그는 모든 억압자와 침략자에 대해 언제나 비타협적이며 저항적인 태도를 가졌다. 루쉰은 문학 혁명으로 사회를 발전시키고 민중을 해방시키기 위해 노력했다. 그러므로 청년 루쉰은 당시의 모든 속된 부르주아 개량주의 사상가와 천박한 '부국강병론자'들과 사상 면에서 이미 길을 달리하고 있었다.

당시는 이런 사람들도 있었다. 그들은 나라를 복되게 하고 민중들을 이롭게 한다는 허울 아래 애국지사 같은 모습을 했지만, 나라를 망치고 민중을 해치는 나쁜 짓만 했다. 겉으로는 나라를 위해 목숨을 바칠 각오를 한 애국자인 듯했지만, 뒤로는 무릎을 꿇고 나라를 팔아먹을 준비나 하고 있었다. 중국이 정말 망한다고 해도 이 같은 사람들은 구차하게 목숨을 이어나갈 수 있을 뿐만 아니라, 혼란한 틈을 타서 언제나 자기 몫을 챙길 위인들이었다. 이런 파렴치한 무리들은 아직 각성하지 못한 군중들 앞에서 갖은 허세를 다 부리며 '영웅'인 체한다. 그러나 일단 외국 침략자들이 총칼을 휘두르거나 돈주머니를 내보이면 무골충이 되고 말았다. 그들은 그들보다 훨씬 노골적이고 더욱 파렴치한 후대의 관료매판 부르주아들의 선배로, 그들과 그 후손들은 아주 밀접한 혈연관계를 가지고 있다.

그들의 본질을 꿰뚫어본 루쉰은 1907년에 출판된 잡지 《허난》에 애국주의 사상과 혁명적 투쟁정신으로 가득 찬 과학논문과 문예논문을 발표하고 누구보다도 먼저 그들을 신랄하게 조소하고 공격했으며, 그들의 추악한 면모를 샅샅이 폭로하고 그들과 한 치도 타협하지 않는 투쟁을 전개했다.

부르주아 개량주의자들이 주장하는 바는 실제로 당시 봉건체제의 통치계급을 위해 일하는 것이기도 했다. 그들은 이 불합리한 제도를 근본적으로 개혁하려 하지 않았으며, 이미 낡아빠진 제도 위에 살짝 분칠만 하려 했다. 그들은 이른바 '부국강병'이니, '입헌군주'니 하는 부르주아 개량주의적 방법으로 죽어가는 봉건제도를 구하려 했으며, 또한 그 낡은 제도에 의지해 자기 지위를 지키려 했다. 이러한 상황에서 루쉰은 〈문화편향론(文化偏至論)〉이라는 글을 통해 그들의 방법을 예리하게 비판했다.

이 글에서 루쉰은 또 서구 부르주아들이 만들어낸 의회제도를 날카롭게 비판했다. 개량파들이 본받으려는 의회정치는 수천만 '무뢰한'들이 봉건시대의 관료에서 국회의원으로 변신함으로써 '거짓 이름을 빌려 사리사욕을 채우려는' 것에 지나지 않으므로, 나라를 부흥시키는 것과는 터럭만큼도 관계가 없다고 지적했다. 루쉰은 또한 이 글에서, 절박한 당면 과제는 봉건 통치자와 부르주아 개량주의자에 맞서 투쟁하도록 민중들을 일으켜 세우는 것이라고 주장했다.

루쉰이 주장한 것은 당시로서 가장 급진적인 내용이었다. 전체 정세로 보아 당시의 루쉰은 의심할 바 없이 뛰어난 혁명적 민주주의자이자 열렬한 애국주의자로 인정되어야 할 것이다. 루쉰이 정치에 대해 가지고 있던 견해와 사회 관점은 부르주아 개량주의자들과 전혀 다른 것이었다. 루쉰은 봉건제도와 그 사상체계에 대해 끝까지 타협하지 않는 태도를 보였다. 봉건제도를 반대하면서 동시에 서구 자본주의제도도 비판하는 자세를 취한 것이다. 그러나 그때의 역사 조건에서 루쉰은 민중들이 어느 만큼 역량을 가졌는지 제대로 읽어낼 수 없었다. 더욱이 당시 중국은 산업경제가 낙후되고 조직된 노동계급 대오가 아직 나타나지 않았기 때문에, 루쉰은 노동자 계급과 함께할 수 없었으며 선진적인 프롤레타리아 사상을 받아들일 수도 없었다. 이는 루쉰이 사상 면에서 제한을 받을 수밖에 없던 근본 원인이었다. 그러나 루쉰이 초기에 보여준 사상이 갖는 중요한 의의는 결코 가볍게 볼 수 없다. 그것은 바로 봉건주의와 부르주아 개량주의를 반대하는 전투적인 사상의 맹아였다.

루쉰이 견지한 혁명적 애국주의의 가장 뚜렷한 특징은, 낙후된 것과 보수적인 것을 단호한 태도로 철저히 반대하고, 능력이 없으면서도 우쭐거리는 것을 반대하며, 맹목적으로 과거를 숭배하거나 자본주의 문화를 숭배하는 것을 반대하며, 서구 자본주의 문화에 대해 아부하고 굴종하는 투항주의적 태도를 반대한 점이다. 루쉰은 〈문화편향론〉에서 '멸망할 때까지 낡은 것과 잘못을 고집'하는 완고한 사상을 반대함과 동시에 "서구의 도리에 맞지 않는 말은 하지 말며 서구의 방법에 맞지 않는 일은 하지 말아야 한다"라고 생각하는 노예근성에도 반대해야 한다고 주장했다.

루쉰은 자신의 이상, 곧 인간의 개성 해방을 간절하게 주장했고, 중국을 구원하려면 반드시 민중을 일으켜 세워야 한다고 주장했다. "국민들이 모두 각성되면 개성도 발양될 것이며" 따라서 "모래 위에 세워진 나라도 참다운 사람의 나라로 바뀔 것이다. 사람의 나라가 서게 되면 그때는 그것이 전례 없이 웅장한 자태로 천하에 보란 듯이 우뚝 설 것인데 속되고 보잘것없는 사물들이 다 무엇이랴?"

혁명적 애국주의의 특징은 루쉰이 문학예술을 바라보는 관점에서도 표현됐다. 루쉰은 문학예술에서 역사 발전을 거스르고 퇴영적인 복고주의를 완강히 반대했다. 〈악마파 시의 힘(摩羅詩力說)〉('摩羅'는 범어의 'Mara'를 음역한 것으로 불교 전설 속의 마귀를 말함—옮긴이)에서 이렇게 지적했다.

이른바 고대 문명국이란 슬픔의 대명사이며, 비웃음의 대명사일 따름이다! 몰락한 집은 쓸쓸하기 그지없는데도, 그 후손들은 사람들 앞에서 조상들이 살아 있을 적에는 그 지혜 따를 자 없었고 위풍 또한 당당했으며 솟을대문 안에 금은보화 없는 것이 없었고 부귀영화 남부럽지 않게 누렸노라고 쉴 새 없이 지껄인다. 그 말을 듣는 자 누구인들 앙천대소하지 않으랴?

또한 사람이 자각함으로써 터져 나오는 반항의 목소리를 찬양했다.

자각의 목소리는 터져 나올 때마다 사람들 심금을 울리게 마련이니, 그것은 보통 소리와 달라서 뚜렷하고 선명하다.

이처럼 그는 '악마파 시'를 제창하면서, "무릇 반항에 뜻을 두고 그것을 행동으로 옮기는 자로 세상 사람들에게 미움을 사는 자는 다 여기에 속할 것이다"라고 했다. 그리고 바이런, 셸리, 푸쉬킨, 페퇴피, 미츠키에비치 등 여러 애국시인들을 잇달아 소개함으로써 조국과 민중들이 그들을 본받아 독립과 자유를 쟁취하기를 기원했다. 그러면서 그때까지도 민중들이 각성하지 못한 데 대해 몹시 염려했다. '그들의 불행을 슬퍼하지만' '그들의 싸우려 하지 않음에 분개한다.' 이것이 바로 당시 비분에 싸인 루쉰의 심정을 묘사한 글이다. 루쉰은 '정신계의 투사'가 나타나서 '중국의 적막'을 깨뜨려주기를 간절히 바랐다.

"정신계의 투사는 어디에 있는가?"

루쉰은 초조한 심정으로 그를 찾았다. 그는 러시아 작가이며 뛰어난 투사인 코롤렌코가 쓴 〈최후의 빛〉을 생각했다. 소설에서 노인이 어린아이에게 책을 읽어주는 것을 묘사한 대목이 있다. 책 속에는 벚꽃과 꾀꼬리가 나오는데, 시베리아는 너무 추워서 그런 것들이 없다. 노인은 이 새는 벚나무에 앉아서 목을 길게 빼고 아름다운 소리를 내는 새라고 설명해준다. 그러자 소년은 깊은 생각에 잠긴다. 그렇다. 소년은 적막 속에 있어서 그 아름다운 소리를 들어본 적이 없지만, 그래도 선각자의 설명은 이해한다. 마찬가지로 선각자의 소리가 중국의 적막을 단번에 깨뜨리지는 못한다. 루쉰은 이 문예논문 결말에서 의미심장하게 말했다.

"우리도 역시 깊은 생각에 잠길 따름일진저. 역시 오직 깊은 생각에 잠길 따름일진저!"

13
러시아 문학에서 만난 '벗의 목소리'

1908년 4월에 중월관에서 나온 루쉰은 쉬서우창 등 다섯 사람과 함께 도쿄 혼고 구 니시카타마치(西片町) 10번지 을자 7호로 옮겨가서 집 한 채에 세 들었다. 그들은 이 집을 '다섯 사람의 집(伍舍)'이라고 이름 지었다. 이 집은 일본 문학가 나쓰메 소세키가 살던 집으로, 뜰도 넓고 꽃나무들도 무성하고 방도 깨끗하고 환했다. 이 집 주인은 일본 신사였는데, 오사카로 이사 가면서 그들에게 세를 놓은 것이다. 니시카타마치는 당시 일본에서 유명한 학자들이 사는 주택구역으로, 도쿄 제국대학에서 멀지 않은 곳에 있었다. 그리고 고이시카와 구 (小石川區)에 있는 민보사(民報社)와 그리 멀지 않은 곳에 있어서 전차를 타면 곧 닿을 수 있었다.

이 무렵 루쉰은 장타이옌 사위인 궁웨이성(龔未生) 소개로 동맹회 기관지 《민보》를 발행하던 장타이옌을 알게 되었으며, 혁명 단체인 광복회에 가입했다. 루쉰은 오래전부터 장타이옌을 학식 있는 혁명가로 숭배하고 존경해왔다. 장타이옌이 당시 《절강조》와 《민보》에 발표한, 반청 의식을 고취하는 글들은 일본에서 유학하던 청년들 사이에 큰 반향을 일으켰다. 루쉰도 그러한 글들을 좋아하는 열렬한 독자였으며, 사상적으로나 심지어는 글 쓰는 것에서도 장타이옌에게 영향을 받은 사람이었다. 장타이옌은 당시 명성이 대단히 높았고, 그러다 보니 반청 혁명가 쩌우룽(鄒容)이 쓴 소책자 《혁명군(革命軍)》에 청나라 정부를 맹렬히 공격하는 머리말을 써준 일로 체포되어 감옥에 갇히기도 했다. 이것은 나라 안팎을 떠들썩하게 한 사건이었다. 출옥한 장타이옌은 일본으로 건너와 도쿄에서 신문을 발간하면서 강의를 했다.

장타이옌은 대단히 무서운 사람이었다고 한다. 그러나 청년 후배들에게는 대단히 부드럽고 친절하게 대해주었으며, 그들과 가족처럼 스스럼없이 이야기를 나누곤 했다. 여름에는 러닝셔츠 차림으로 양반다리를 하고 앉아서 우스갯소리를 섞어가며 《설문해자(說文解字)》를 강의했다. 그러면 모두들 앉은뱅이책상 가에 빙 둘러앉아 강의를 들었다. 일요일에는 아침 여덟 시부터 열두 시까지 꼬박 네 시간을 쉬지 않고 계속 강의했다. 듣는 사람이나 이야기하는 사람이나 모두 흥분해서 피곤한 줄도 모르는 것이었다. 가끔 잡담할 때도 있었는데, 그럴 때면 더욱 활기를 띠었다. 잡담할 때 제일 말이 많은 사람은 나중에 문학가가 된 첸쉬안퉁(錢玄同)이었다. 첸쉬안퉁은 신이 나서 말할 때면 두 손을 내흔들며 앉은뱅이걸음으로 자꾸 앞으로 나앉는 버릇이 있었다. 그래서 루쉰은 첸쉬안 퉁에게 '앉은뱅이'라는 별명을 붙여주기도 했다. 타오환칭도 늘 민보사에 들렀다. 그는 당시에도 여전히 결사대에서 활동하면서 농민 봉기를 조직하고 있었다. 민보사에 한번 왔다 하면 어디에서 봉기가 일어날 것이며, 또 다른 어느 곳에서 봉기가 일어날 것이라는 이야기를 했다. 그래서 장타이옌은 우스갯소리로 타오환칭을 '환창다오'(강도를 갈아치운다는 뜻─옮긴이) 또는 '환황디'(황제를 갈아치운다는 뜻─옮긴이)라고 불렀다. 다른 사람들도 따라서 그렇게 불렀다.

루쉰은 장타이옌에게 《설문해자》를 배우면서, 한편으로는 러시아 고전문학작품과 폴란드, 체코슬로바키아, 헝가리의 고전작품들을 중국 독자들에게 소개하기 시작했다. 이를 위해 그는 많은 시간을 들여 준비했다. 자료를 수집하고, 자신이 직접 번역을 하기도 하고, 다른 사람들에게 번역을 시키기도 했다. 마침내 번역소설집인 《국외소설집(域外小說集)》두 권을 편집하고 인쇄했다.

이 번역작품들과 작가들에 대한 소개를 통해 중국 사람들은, 차르와 지주, 자본가에게 억압받는 러시아 농민들과 혁명적 지식인들, 그리고 특히 각성된 노동계급들이 떨치고 일어나 그들의 역사와 운명을 바꿔나가고 있음을 처음으로 알게 되었다.

일본 유학을 마치고 귀국 직전에
쉬서우창(서 있는 사람)과 함께.

　루쉰은 그들이야말로 중국 민중에게 생생한 본보기가 될
것이라고 생각했다. 루쉰이 뒤에 〈중국과 러시아의 문자 교류
를 축하하며〉라는 글에서 말한 바와 같이, 중국 민중은 "그때
부터 러시아 문학이 우리의 스승이며 벗이라는 것을 알게 되
었다. 왜냐하면 그 작품들은 압박받는 자들의 선량한 영혼과
번민, 고난과 투쟁을 보여주었으며, 1840년대 러시아 작품에
서와 같은 희망을 불태우게 했고, 1860년대 작품에서와 같은
슬픔을 느끼게 했기 때문이다. 당시 러시아 제국도 중국을 침
략하고 있다는 사실을 몰라서 하는 말인가? 아니다. 중국인들
은 그들 문학을 통해 세상에는 압제자와 피압제자라는 두 부

류 사람이 있다는 중요한 사실을 알게" 되었다.

러시아 민중들이 혁명에서 쌓아온 풍부한 경험과 차르에 반대해 싸운 용감한 투쟁정신은 해방을 갈망하는 수천만 중국 민중의 마음을 크게 움직였다. 중소 양국 민중들이 친선을 위해 적극적으로 나섰음을 보여주는 '문자 교류'는 이때부터 루쉰을 통해 이뤄지기 시작했다. 이것은 그 뒤 루쉰의 문학활동과도 밀접한 관계를 가졌다. 억압하는 차르에 반대하는 러시아 문학과 소련 혁명문학을 번역하여 소개한 것은 루쉰이 이룬 빛나는 문학업적 가운데 중요한 부분이었다. 일찍이 러시아 민중을 해방시키는 데 고무적이고 교육적인 역할을 한 러시아 현실주의 문학과 특히 10월 혁명, 국내 전쟁, 5개년 계획을 반영한 문학작품들이 루쉰을 통해 중국에 소개되었다. 그것은 해방을 쟁취하기 위해 싸우던 중국 민중에게도 역시 고무적이고 교육적인 역할을 했다.

이 밖에도 루쉰은 인도와 이집트의 문학작품들을 수집하고자 했으며, 이런 작품들을 통해 당시 중국처럼 압박받고 있는 국가들로부터 '벗의 목소리'를 찾으려 했다. 그러나 유감스럽게도 당시 상황 때문에 그러한 작품들을 수집하지 못했다.

청년 문학가이며 애국주의자로서 루쉰은 20세기 초 해방을 갈망하며 싸우는 중국 민중의 편에 서서 분명한 태도와 뜨거운 신념으로 문학을 무기 삼아 싸워나가기 시작했다.

3^부

낡은 것을 향해 투창을

14
처음 교단에 서서

두 번째 계획한 문예활동이 뜻대로 실현되지 않자, 루쉰은 1909년 여름에 귀국했다.

루쉰은 도쿄에 있을 때 몇몇 친구들과 함께 러시아와 동유럽 작품들을 번역한 《국외소설집》 두 권을 시험 삼아 출판했다. 판매대금으로 돈을 마련한 다음에, 계속해서 3권, 4권을 차례대로 출판할 계획이었다. 그렇게 계속 해나가다 보면 여러 나라 작가들의 작품을 짧게나마 소개할 수 있으리라 생각한 것이다.

책은 도쿄와 상하이에서 위탁하여 판매했다. 그런데 얼마 뒤 도쿄 위탁판매소에 가서 결산해보니 1권이 스물한 부, 2권이 스무 부밖에 팔리지 않았으며, 더는 판매를 기대할 수 없는 상황이었다. 어째서 1권이 2권보다 한 부 더 팔렸는가? 그것은 위탁판매소에서 제값대로 팔지 않고 돈을 더 받지 않을까 걱정한 쉬서우창이 직접 가서 1권을 한 부 사보았는데 정가로 판매되고 있어 마음을 놓고 2권은 사지 않았기 때문이었다. 상하이 위탁판매소는 어떠한지에 대해서는 상세히 알 수 없었다. 나중에 들은 바로는 역시 스무 부가량밖에 팔리지 않았다고 했다. 3권과 4권을 내려던 계획은 자연히 무산되었고, 이미 인쇄한 책도 위탁판매소 창고에 기약 없이 쌓여 있는 신세가 되고 말았다. 그러다가 몇 해 뒤에 상하이 위탁판매소에 불이 나는 바람에 책과 판본이 모조리 재가 되고 말았다.

당시 루쉰은 집안 형편이 더 어렵게 되어 귀국해서 일자리를 찾아야 했다. 어머니가 루쉰이 귀국하기를 원했다. 루쉰은 저우씨 집안의 장손이었고, 가족의 생계를 책임져야 했다.

당시 친한 벗 쉬서우창은 루쉰보다 앞서 귀국해 항저우의 저장 양급사범학당(兩級師範學堂)에서 학감(교감)으로 일하고 있었다. 쉬서우창은 이 학당의 감독(교장) 선쥔루(沈鈞儒)에게 루쉰을 추천했다. 선쥔루는 가을 새 학기부터 루쉰을 이 학당 교원으로 임용하겠다고 선뜻 동의했다. 이 학당은 초급사범과 고급사범 두 과정으로 나뉘어 있었다. 루쉰은 초급사범에서 화학을 그리고 고급사범에서는 생리위생학을 담당했으며, 이 밖에도 박물학(동물학과 식물학)의 번역 일을 겸임했다. 그것은 당시 일본 선생들이 더러 이 학당에서 강의를 했기 때문에 통역과 번역을 해줄 사람이 필요했기 때문이다. 그리하여 루쉰은 어쩔 수 없이 문예활동을 잠시 중단하고, 청년 교원으로 학생들 앞에 서게 되었다.

박물학 번역은 대단히 복잡하면서도 무미건조한 일이었기

때문에 루쉰이 가진 문학 재질을 보여줄 기회가 조금도 없었다. 하지만 루쉰은 그 일을 하면서 학생들로부터 커다란 존경을 받게 되었다. 루쉰은 아름다운 번역으로 학생들에게 환영받았다. 그뿐만 아니라 루쉰이 쓴 생리위생학 강의안도 문장이 아름다우면서도 간단명료해서 역시 학생들에게 환영을 받았다.

루쉰은 학생들이 요구하는 것이 타당하기만 하면 다해주려고 노력했다. 생리위생학 시간에 루쉰은 학생들 요구대로 생식기 계통에 대해 강의한 적이 있었다. 아직 봉건 사상에 젖어 있던 청나라 말기에 학교에서 그런 것을 강의한다는 것은 실로 놀라운 일로, 상식에서 벗어난 큰 사건이었다. 전 학교 선생과 학생 들이 모두 아연실색했지만, 루쉰은 태연스레 강의를 했다. 다만 학생들에게 강의시간에 웃으면 안 된다는 한 가지 조건을 제시했을 뿐이다. 그것은 만일 누군가가 웃어버리면 엄숙한 수업 분위기가 깨질 수 있기 때문이었다. 수업은 과연 질서정연한 분위기 속에서 진행되었다.

이 강의를 듣지 못한 다른 학급 학생들은 앞 다투어 루쉰을 찾아와서 등사한 강의안을 빌려달라고 했다. 루쉰은 "자네들이 혼자 봐선 이해할 수 없을 것 같은데, 필요하면 가져가 보게"(샤몐쭌夏丏尊, 《루쉰옹 잡기(魯迅翁雜記)》)라고 말하며, 강의안을 내주었다.

수업시간 외에 루쉰은 틈나는
대로 식물학을 연구했다.(차오
펑喬峰,《루쉰에 관한 몇 가지
이야기(略講關於魯迅的事情)》
〈루쉰 선생과 식물학(魯迅先
生和植物學)〉) 때때로 학생
들과 함께 구산(孤山), 거링
(葛岭), 베이가오봉(北高峰) 일
대에 가서 식물표본을 채집하
기도 했다. 루쉰은 당시 중국

1909년 저장 양급사범학당 교사 시절.

에 자연과학 연구설비가 너무 부족함을 알고 있었다. 그나마
식물은 어디에서나 비교적 쉽게 채집할 수 있는 이점이 있었
으므로, 학생들에게 식물을 연구하도록 고무하고 격려했다.
당시 학생들을 가르치며 루쉰이 한 연구들은 주로 식물을 채
집하고 그것을 기록하고 보존하는 등의 분류학에 관계되는
일이었다.

이 밖에 루쉰에게는 구할 수 있는 문예서적들을 모조리 구
해 읽어보는 또 한 가지 중요한 일이 있었다. 날마다 밤이면
늦게까지 책을 보고서야 잠자리에 들곤 했다. 학교에서 같이
일하는 사람들 모두가 루쉰이 밤새는 데 이골이 난 사람이라
고 했다. 루쉰은 저녁이면 '강도표(强盜牌)' 담배와 과자 같은

것들을 반드시 준비해두도록 했다. 학교에서 루쉰을 보살펴 주는 사환이 있었는데, 그에게 가장 중요한 일은 저녁마다 취침종이 울리기 전에 이 두 가지 물건을 사다놓는 일이었다. 토요일 밤 같은 때는 평소보다 더 많이 준비해놓아야 했다.

루쉰은 옷차림에 대해서 그다지 신경을 쓰지 않았다. 학생 때와 마찬가지로 늘 학생복을 입고 다녔으며, 때로는 단오절부터 중양절(음력 9월 9일)까지 줄곧 허름한 모직 두루마기를 입고 다니기도 했다.

겨울에 선쥔루 교장이 면직당하고 도학자(道學者)로 자칭하는 샤전우(夏震武)라는 자가 후임으로 들어오자, 이 학교에서 갑자기 한바탕 소동이 일어났다. 샤전우는 학교에 부임해온 첫날에 교감인 쉬서우창에게 공자묘에 참배하러 가자고 했다가 그 자리에서 거절당하고 말았다. 선생들도 모두 들고 일어나서 샤전우를 반대했으며, 그에게 '샤모과'(여름 모과라는 뜻―옮긴이)라는 별명을 붙여주기까지 했다. 샤전우는 대단히 오만불손한 태도로 선생들을 대했다. 그리하여 선생들은 샤전우에게 더욱 반감을 가지게 되었고, 하나 둘 학교를 떠났다. 그러나 샤전우는 반성은커녕 '정도를 벗어나고 성현을 비난한다'는 죄명으로 선생들을 위협하려 했다. 그리하여 마침내 사람들의 분노를 일으키게 되었다.

루쉰과 쉬서우창을 위시한 많은 교원들이 그에게 완강히 반대하고 나서자, 샤모과는 사직하지 않을 수 없었다. 그들은 이 투쟁을 '모과전투(木瓜之役)'라고 했다. 또한 승리를 경축하기 위해 그들은 다시 학교로 돌아와 '모과기념회'라고 이름 붙인 경축모임을 하기도 했다.(쉬서우창,《망우 루쉰 인상기》제9절)

15

혁명의 고조와 쇠퇴 속에서 난징으로

루쉰은 저장 양급사범학당에서 1년 동안 교편을 잡다가, 이 듬해에 고향 사오싱으로 돌아왔다. 그리하여 1910년 가을 학기부터 사오싱 부 중학당 교감으로 있으면서, 박물학과 생리 위생학 교원을 겸임하게 되었다.

이때는 신해혁명(辛亥革命, 1911년에 중국에서 청나라를 무너 뜨리고 중화민국을 건립한 혁명. 10월에 우창에서 봉기하여 이듬해 1월에 쑨원을 중심으로 임시정부를 수립하였으나, 베이양 군벌 위 안스카이가 쑨원에게서 임시대총통 지위를 탈취하고 정권을 장악 함—옮긴이)이 아직 발발하지는 않았지만, 반청 기운이 도처 로 뻗어가던 때였다. 당시 사오싱에는 혁명 분위기가 대단히 고조되어 있었다. 사람들은 얼마 전 청 정부에 의해 살해된 혁 명당원 쉬시린과 추진이 사오싱 사람이라는 것을 알고 있었 으며, 루쉰이 일본에 있을 때 그들과 관계를 맺었다는 것도 알고 있었다. 그 때문에 학생들은 루쉰을 더욱 우러러보았다.

그때 사오싱 부 지사는 루쉰에 대해 유별난 관심을 가졌는 데, 학당에 올 때마다 변발을 잘라버린 루쉰의 짧은 머리를 주의 깊게 보았을 뿐만 아니라 따로 불러서 몇 마디씩 지껄이곤 했다. 그리하여 루쉰은 지사를 경계할 수밖에 없었다. 그러나 당시는 혁명 세력이 날로 성장해가던 때였으므로 정부에서도 감히 내놓고 루쉰을 탄압하지는 못했다.

혁명이 아직 일어나지 않아 일시적으로 잠잠하던 시기에 루쉰은 여가 시간을 이용해 계속 식물표본을 채집했다. 루쉰은 그것을 더 상세하게 연구하기 위해 《석초소기(釋草小記)》, 《남방 초목상(南方草木狀)》 등 식물학에 관계되는 중국 고서들을 수집하여 필사해두고 참고했다.

그리고 루쉰은 당나라 이전 사오싱 지역의 지리와 역사에 관계되는 저서와 소설 들을 수집해서 기록했다. 이는 루쉰이 중요하게 여기는 또 다른 연구로, 바로 뒤에 발간한 《콰이지 군 고서잡집(會稽郡故書雜集)》과 《고소설구침(古小說鉤沈)》의 바탕이 되는 작업이었다.

얼마 뒤 드디어 신해혁명이 발발했다.

1911년 10월 10일에 우창(武昌) 봉기가 일어나자 청나라 정부는 전복되고, 뒤이어 항저우, 사오싱은 광복을 선언했다. 사오싱이 광복을 맞이한 뒤 몇몇 토호들이 혁명이 일어난 틈을 타서 '군(軍) 정부'를 수립했다. 이에 대해 많은 사람들이 불만을 품었으며, 사오싱의 문화교육계 인사들은 회의를 열고 들고일어나 반대했다. 루쉰도 이 회의에 적극 참여했으며,

회의 사회자로까지 뽑혀 진보적이고 혁명적인 세력을 힘껏 지지했다.

어느 날 집을 나와 사오싱 부 중학당으로 가던 중에 루쉰은 항저우에서 패배한 청나라 군사들이 첸탕 강을 넘어 사오싱으로 퇴각해온다는 소문을 듣게 되었다. 사람들이 술렁거리기 시작했다. 루쉰은 곧바로 학생들을 모아 '무장 연설대(武裝演說隊)'를 조직해 거리로 나가 사람들 마음을 안정시키기 위해 가두선전을 벌이자고 제안했다. 그런데 연설대 대장을 맡은 한 학생이 불쑥 물었다.

"만일 누가 저지한다면 어쩌실 겁니까?"

"자네 손에 든 지휘도는 두었다 뭘 하려는 건가?"

루쉰은 그 자리에서 단호하게 대답했다.(쑨푸위안,《루쉰 선생의 두세 가지 이야기(魯迅先生二三事)》〈석별(惜別)〉)

당시 학당에서 사용하던 지휘도는 날을 한 번도 갈지 않아 사람을 찔러 죽일 수는 없었지만, 단단히 혼을 내주기에는 충분했다. 이 무장 연설대가 큰 거리마다 등사한 전단을 뿌리고 거리마다 '푸이(溥儀)는 도망치고 이쾅(奕劻, 경친왕)은 체포되었다'라는 표어를 써 붙였지만, 아무런 저항도 받지 않았고 인심도 점차 안정되어갔다.

이 일이 있은 지 며칠 지나지 않아 이번에는 혁명당원 왕진파(王金發) 부대가 항저우로부터 사오싱으로 진격해온다는 소식이 전해졌다. 이 소식을 접했을 때는 이미 해가 진 다음이었지만, 흥분한 사오싱 시내 사람들은 기뻐 어쩔 줄 모르며 깊은 밤에 부대를 맞이하러 서문 밖으로 나갔다. 루쉰도 학생들을 데리고 달려갔다. 그러나 자정이 넘도록 아무리 기다려도 군대 행렬이 보이지 않았다. 밤이 깊어지자 운동복 바람으로 나온 학생들은 춥기도 하고 배도 고파서 근처에 있는 고아원에 들어가 몸을 녹이면서 가게에서 먹을 것을 사다가 요기를 했다.

그들은 군대가 그날 오지 않고 이튿날 도착한다는 확실한 소식을 듣고서야 흩어졌다. 과연 이튿날 저녁에 왕진파 부대가 항저우로부터 진격해왔다.(차오펑, 《루쉰에 관한 몇 가지 이야기》〈루쉰이 사오싱 사범학교 교장에 부임한 1년(魯迅任紹興師範學校校長的一年)〉)

황혼이 깃들자 휘영청 밝은 달빛 아래 멀리서 총소리가 간간이 들려왔다. 이윽고 흰 뜸배 두세 척이 흔들리며 오는 것이 보였다. 뱃사공이 혼자서 노를 저었지만, 배는 아주 빨리 움직였다. 배 밑창이 물에 깊이 잠긴 것으로 보아 사람이 많이 탄 것이 분명했다. 모든 배에서 문이 열리더니 조금 지나 사병이 나타나 총을 하늘에 대고 경계 신호를 한 방씩 쏘았다. 주위 분위기가 사뭇 긴장되었다. 상륙한 왕진파 부대는 곧바로 시내로 들어갔다. 병사들은 하나같이 남색 군복에 남색 모자를 쓰고 각반을 둘렀으며 짚신을 신었다. 모두들 소총을 메고 행진하는 모습이 당당해 보였다. 말을 탄 지휘관들은 각각 다른 군복을 입었다. 짙은 회색 군복에 군모를 쓴 사람이 있는가 하면, 옅은 노란색 군복에 모자를 쓰지 않은 사람도 있었다.

　여느 때 같았으면 벌써 문을 닫아걸고 잠에 곯아떨어진 지 오래 되었을 깊은 밤이었지만, 흥분한 사람들은 남녀노소 할 것 없이 모두 거리로 뛰쳐나와 부대가 겨우 지나갈 만한 통로만 남겨놓고 길 양쪽으로 늘어서서 구경했다. 마치 운동경기를 관람하는 듯한 열광적인 물결이었다. 가로등이 없는 곳에서는 사람들이 자진해서 기름등, 돛대등, 유리등, 초롱불 들을 밝혔으며, 등이 없는 사람들은 횃불을 들고 나왔다. 어두운 밤거리는 마치 대낮처럼 환했다. 병사들은 정연하고 빠른 발걸음으로 환영 인파를 뚫고 나아가 지정된 숙소로 향했다. 대오가 다 지나가자 사람들은 성문 안으로 우르르 몰려가기도 하고 성 밖에 남아 있기도 하면서, 모두 '혁명 승리 만세!' '중국 만세!'를 소리 높이 외쳤다. 열기가 고조되고 있을 때 환호성 속에서 갑자기 길을 비키라는 소리가 들려왔다. 병사들을 위로하기 위해 술과 고기를 나르는 사람들이 외치는 소리였다. 사람들은 한참을 지나서야 천천히 흩어지기 시작했다. 이틀쯤 지나자 왕진파는 군중들을 모아놓고 자신의 정치견해를 선포했다.

이리하여 혁명적인 사오싱 군 정부가 들어서고, 왕진파가이 혁명군 정부의 도독이 되었다. 바로 이때 루쉰은 사범학당 교장이 되었고, 친구 판아이눙(范愛農)이 교감을 맡았다. 학당에 가서 학생들과 만나는 날, 루쉰은 회색 솜두루마기에 군모를 쓰고 대단히 흥분한 목소리로 짤막하고 힘차게 연설을 했다. 학생들은 사오싱의 광복을 경축할 때와 마찬가지로 열렬한 분위기 속에서 새 교장을 맞이했다.

그러나 신해혁명의 폭풍우는 다른 지방에서와 마찬가지로 사오싱에서도 금방 지나가버리고 말았다.

사오싱은 겉모습은 변했지만 속은 옛날과 다름없었다.

일찍이 광복회에 참가한 적이 있는 혁명당원 왕진파는 사오싱에 진입한 초창기에는 그래도 몇몇 혁명 조치를 감행했다. 그러나 사오싱 인사들은 그들 조상에게서 물려받은 흔한 수법으로 왕진파에게 오늘은 이 재물을 내일은 저 재물을 갖다 바치면서 그의 비위를 맞추고 굽실거렸다. 그러자 왕진파는 점차 본래 목표를 잊어버리고 차츰 혁명성을 상실하고 말았다. 신해혁명을 반대한 반동들에 대해 엄격하게 제재하지 않고 타협하는 태도를 보였다. 심지어는 사오싱 부의 전 지사도 가만히 내버려두었으며, 여성 혁명가 추진을 살해한 살인범도 징벌하지 않았다. 말하자면 '지난날에 저지른 죄를 묻지 않고' '다 같이 유신해야 한다'는 것이었다. 얼마 지나지 않아 이전의 지주나 토호열신 들도 '혁명'이라는 간판을 내걸고 무슨 사회당이니, 자유당(군중들은 '쓰유당(絲油黨)'이라고 불렀음: 자유의 중국어 발음인 '쯔유'와 발음이 비슷하다는 이유로 면실유 종류의 기름을 지칭하는 '쓰유'라고 부른 듯함—옮긴이)이니 하는 갖가지 이름을 붙인 '혁명당'을 조직해서 그 기회에 한 몫 잡아보려 했다. 군 정부 관청 안에 있는 인간들은 태반이 한량들로 들어갈 때는 베옷을 입었는데 춥지도 않은 날씨에 열흘도 못 되어 모두 모피 두루마기로 바꾸어 입었다.(《아침꽃을 저녁에 줍다》〈판아이눙〉)

이 무렵 왕진파는 사오싱 사범학당에 학교 경비로 200원을 내주었다.

"선생님, 요즘 돌아가는 꼴을 보니 안 되겠어요……."

전에 루쉰에게 강의를 들은 적이 있는 한 청년이 어느 날 루쉰을 찾아와서 못내 격앙된 어조로 말했다.

"저희는 지금 신문을 발간해 그들을 감독할 작정입니다. 그런데 발기인으로 선생님 성함이 좀 필요합니다. ……선생님께서는 사회를 위하는 일이라면 결코 마다하지 않으시리라고 저희들은 믿습니다."

루쉰은 물론 승낙했다. 이틀 뒤 신문을 낸다는 광고가 나오고, 다시 며칠 지나자 신문이 발간되었다. 그러나 얼마 가지 않아 신문사에 분열이 생겼다. 신문에는 사오싱 군 정부와 왕진파를 공격하고 도독의 친척들과 고향 사람들을 비난하는 글들이 실렸다. 루쉰은 그런 일에는 찬동하지 않았다. 이런 식으로 열흘 남짓 지나자 루쉰에게 한 가지 유언비어가 날아들었다. 루쉰 쪽 사람들이 도독에게서 돈을 빼앗고는 오히려 도독을 비난하고 있기 때문에, 도독이 사람을 보내 루쉰을 사살할 것이라는 소식이었다. 이 소문을 듣고 다른 사람들은 그다지 신경 쓰지 않았지만, 루쉰 어머니만큼은 애를 태우며 안절부절 못했다. 그리하여 어머니는 루쉰에게 바깥출입을 하지 말라고 신신당부를 했다. 그러나 루쉰은 조금도 두려워하지 않고 어머니에게 말했다.

"학교에서는 학교 경비를 썼을 뿐이지, 도독의 돈을 떼먹은 것이 아닙니다. 감히 저를 죽이러 오지는 않을 것입니다."

루쉰은 평소처럼 바깥출입을 했으며, 날마다 집에서 저녁을 먹고 잠은 반드시 학당에 가서 잠을 잤다. 루쉰은 숨어 다니지 않았을 뿐만 아니라, '저우(周, 루쉰의 성―옮긴이)' 자를 큼직하게 쓴 초롱을 손에 들고 다녔다.

어떻게 된 것인지 왕진파가 루쉰을 죽이러 사람을 보내지는 않았다. 그 뒤 루쉰이 편지로 왕진파에게 학교 경비를 청구하자, 다시 200원을 보내주기까지 했다. 그런데 이번에는 다소 노여웠는지 돈을 보내면서 명령조로 '다음부터는 돈을 보낼 수 없음'이라는 글을 함께 보냈다.

그때 판아이눙이 또 다른 소식을 가지고 왔는데, 그 소식을 듣고 루쉰은 대단히 노여워했다. 앞서 루쉰이 '사취했다'고 소문이 난 돈은 학교 경비를 두고 말한 것이 아니라, 신문사에 보내준 것을 두고 한 말이었다.

신문에서 며칠 동안 왕진파를 비난했더니, 왕진파가 사람을 시켜 돈 500원을 신문사에 보냈던 것이다. 그래서 신문사에서 회의를 열고 이 일을 두고 토론을 벌였다. 첫 번째 안건은 그 돈을 받을 것인가 말 것인가였는데, 결국은 돈을 받기로 했다. 두 번째는 돈을 받은 뒤 왕진파에 대한 태도를 어떻게 할 것인가였는데, 결국은 계속 비난하자는 것이었다. 그 이유는 돈을 받은 다음부터는 왕진파가 주주가 된 것이므로, 주주가 잘못되었을 때는 당연히 비난해야 한다는 이유였다.

루쉰은 이에 문제가 있다고 생각하고 곧바로 신문사로 달려가서 그것이 사실인지 알아보았다. 모두들 그렇다고 했다. 루쉰은 그 돈을 받지 말았어야 했다고 주장했다. 그러자 경리 담당자가 불쾌한 기색으로 루쉰에게 질문을 퍼부었다.

"신문사에서 왜 출자금을 받지 말아야 한단 말입니까?"

"그것은 출자금이 아니오······."

"출자금이 아니면 무엇이란 말입니까?"

루쉰은 더는 말하지 않았다. 계속 말을 했다가는 경리 담당자로부터 한 푼어치도 못 되는 목숨을 지독히도 아낀다는 면박을 당하거나, 아니면 이튿날 신문에 루쉰이 죽을까 봐 두려워서 부들부들 떨더라는 기사가 실릴지도 모를 일이기 때문이었다. 그때부터 루쉰은 이 신문과 관계를 끊고 말았다.

때마침 이때 루쉰에게 난징 임시정부 교육부에서 일하는 쉬서우창이 난징으로 와달라고 독촉하는 편지가 날아들었다. 판아이눙도 무척 서운해하면서도 그렇게 하는 것이 좋겠다고 찬성했다.

"이곳은 더 있을 곳이 못 되네. 어서 떠나게……."

루쉰은 그 말뜻을 알고 있었다. 루쉰은 난징으로 가기로 마음먹고, 먼저 도독부로 찾아가 사직서를 제출했다. 도독부에서는 두말 않고 허락했다. 도독부에서 보낸 코흘리개 접수원 앞에서 루쉰은 자신이 쓰던 장부와 쓰고 남은 동전 열두 닢을 내놓았다. 후임은 사오싱 공교회(孔敎會) 회장인 푸리천(傅力臣)이었다.

16
교육부에서 보낸 무료한 관직생활

1912년 2월에 루쉰은 난징에 도착했다. 당시 교육총장으로 있던 차이위안페이(蔡元培)의 초청으로 난징 임시정부 교육부에서 일하던 쉬서우창이, 루쉰을 차이위안페이에게 추천한 것이다. 그리하여 차이위안페이는 쉬서우창에게 편지를 두 통이나 보내게 해 루쉰을 교육부 직원으로 오게 했다.

혁명이 일어난 뒤 임시정부 수도 난징은 아직 미래가 불투명하고 새로운 국면이 보이지 않았다. 부르주아 계급이 지도한 신해혁명은 차츰 여러 면에서 그 철저하지 못한 모습을 드러냈다. 많은 기회주의자들이 혁명 진영으로 다투어 들어와 일약 새로운 권력자로 변모해 혁명의 꽃나무를 꺾고 혁명의 열매를 차지했다. 루쉰이 말한 대로, '민국' 간판은 내걸자마자 곧 새 칠이 벗겨지기도 전에 그 옛 모습을 드러낸 것이다. 진정한 혁명지사들은 오히려 모함을 받고 암암리에 적들에게 박해를 당했다. 루쉰과 관계가 밀접했으며 루쉰이 존경하던 혁명가이자 광복회의 주요한 지도자인 타오환칭은, 루쉰이 난징으로 가기 얼마 전 상하이 프랑스 조계지에 있던 광지(廣

濟) 병원 침대 위에서 상하이 도독 천치메이(陳其美)가 보낸 장제스(蔣介石)에게 암살당했다.

당시 교육부에서 루쉰이 할 일은 거의 없었다. 그리하여 루쉰은 그 시간을 이용해 책을 베꼈다.(쉬서우창,《망우 루쉰 인상기》) 난징 판룽리(蟠龍里)에 있는 국학도서관은 당시 국내에서 장서가 많은 도서관 가운데 하나였다. 루쉰은 이 도서관에서 《심하현문집(沈下賢文集)》을 빌려다가 그 중에서 〈상중원사(湘中怨辭)〉, 〈이몽록(異夢錄)〉, 〈진몽기(秦夢記)〉 등을 베꼈다. 나중에 루쉰은 그것들을 당나라와 송나라 단편소설집인 《당송전기집(唐宋傳奇集)》에 수록했다.

때로 루쉰은 옛 동창들과 함께 전에 청나라 군대가 주둔하던 유적지를 돌아보기도 했다. 그곳은 이미 폐허가 되어 깨진 기왓장들이 나뒹굴고, 몇 칸 남지 않은 다 쓰러져 가는 집도 성한 창문이 하나도 없어 몹시 스산해 보였다. 부패한 청나라 정부는 이미 전복되었지만, 그 봉건제도의 폐허 위에 남은 것이라고는 쓸쓸한 풍경뿐이었다. 이 자그마한 폐허는 루쉰에게 풍부한 상징적 의미를 띠었다.

루쉰은 난징에 얼마 있지 못했다. 1912년 5월에 임시정부가 베이징으로 옮겨가자 루쉰도 교육부를 따라 북상했다.

임시정부가 베이징으로 옮겨간 것은 당시 혁명 세력이 반혁명 세력과 타협했기 때문이다. 이 역사적 사건은 당시 정권을 탈취한 부르주아 계급이 얼마나 나약하고 무능한지를 말해주며, 얼마나 쉽게 혁명의 적 앞에 투항했는지를 말해준다.

북방의 봉건 세력을 대표하며 제국주의를 등에 업은 위안스카이(袁世凱)는 애초부터 이번 혁명에 성의를 보이지 않았다. 위안스카이는 하루아침에 청나라 정부의 베이양(北洋) 대신에서 일약 중화민국의 '개국공신'으로 변신했다. 자신이 설치해놓은 올가미에 남방의 혁명 세력이 걸려들자 위안스카이는 세계 제국주의자들과 각지 봉건군벌들에게 지지를 받았고, 이에 따라 더욱 오만방자하게 굴면서 '오색공화(五色共和, 중국 민족의 통합을 위해 쑨원이 주장한, 한족 중심의 '오족공화론 五族共和論'을 빗댄 말—옮긴이)' 깃발 아래 혁명 세력을 강하게 공격했다. 그는 비밀리에 하수인들을 풀어 당시 모든 진보 세력들을 소멸시키고자 획책했다.

당시 베이징에 있는 다방과 술집, 그리고 여관에는 '국사를 논하지 말라'고 적힌 쪽지가 도처에 나붙었는데, 이는 당시 세태를 풍자하는 말이었다. 민중들은 가혹하게 탄압당했으며, 어딜 가나 살벌한 분위기에 휩싸여 있었다. 위안스카이의 '군정집법처(軍政執法處)'는 공개된 살인기관으로, 날마다 이곳으로 수많은 청년들이 붙잡혀 들어갔지만 살아 나오는 사람은 찾아볼 수가 없었다. 위안스카이는 민중과 청년들의 붉은 피로 총통 보좌에 오른 것이다.

루쉰은 사회교육국 과장으로 재직하던 시절에 경사도서관(京師圖書館, 현 국가도서관)을 이전하여 개관하는 작업에 힘을 기울였다. 둘째 줄 왼쪽에서 다섯 번째.

5월이면 북방에서는 초여름이다. 세찬 바람이 하늘과 땅을 분간할 수 없도록 흙모래를 일으키며 숨이 탁탁 막히게 하는 어느 날 루쉰은 베이징에 도착했다.

베이징에 도착한 루쉰은 선무문(宣武門) 밖 구석진 난반제(南半截) 골목 안에 있는 사오싱 회관에 숙소를 정했는데, 처음에는 등화관(藤花館)이라고 하는 작은 방에 거처했다. 여전히 교육부에서 일했는데 사회교육국 제2과 과장에 임명되었다가, 8월에는 또 첨사(僉事, 참사參事 아래 직위—옮긴이)에 임명되었다. 그러나 날마다 출근부에 도장을 찍는 일 말고는 거의 할 일이 없었다. 루쉰은 이러한 생활을 비꼬아 '벼슬살이 연습'이라고 하면서, 대단히 불만스러워했다. 사무실에서 다른 사람들은 한담을 나누거나 장기를 두었지만, 루쉰은 여전히 책을 베끼곤 했다.

이런 '관청'에는 시시한 일로 찾아오는 사람들이 많았다. 루쉰도 그런 일에 적지 않게 부대꼈다. 일자리를 구해달라고 찾아오는 사람이 있는가 하면 돈을 꾸어달라고 찾아오는 사람도 있었고, 심지어 자기 어머니나 아무개가 '굳은 절개'가 있으니 '표창'해달라고 부탁하러 오는 사람도 있었다. 그야말로 각양각색이었다. 회관에도 이런 '손님'들이 적지 않았다. 루쉰은 이런 손님들을 달가워하지 않았다. 한동안 서로 묵묵히 앉아 있다가 "또 무슨 용무가 있습니까?" 하고 물어보아 상대방이 딱히 이야기할 다른 용무가 없다고 하면, 루쉰은 곧 "그럼 실례합니다. 저는 다른 일을 좀 봐야겠습니다" 하고 딱 잘라 말했다. 그러고는 책상을 정리하고 자신이 하던 일을 시작했고, 그러면 손님들은 더 앉아 있기가 멋쩍어서 나갈 수밖에 없었다.

사오싱 회관은 몹시 단출했다. 심지어는 쓸 만한 책상조차 없었다. 상 하나를 가지고 밥도 먹고 글도 써야 했다. 식사가 끝나면 루쉰은 상을 깨끗이 닦고 그 위에 엎드려 다시 책을 베끼기 시작했다. 그런데 상은 낮은데 걸상이 너무 높아서 걸상을 눕혀놓고 옆으로 앉아야만 높낮이가 맞았다.

회관 생활은 밤이나 낮이나 무척 어수선했다. 때로는 연극을 구경하고 밤늦게 돌아온 옆집 사람들이 쿵쾅거리며 "선제(先帝) 나리는 백제성(白帝城)에서……" 어쩌고 하면서 큰소리로 연극 대사를 홍얼거리기도 했다. 이렇게 안정되지 못한 환경에서도 루쉰은 많은 고서들을 계속 베껴 쓰고 교열했다. 여러 종류 '유서(類書, 여러 가지 책을 모아 검색하기 편하게 분류해놓은 책—옮긴이)'에 들어 있는 당나라 이전의 고소설(나중에 책 이름을 《고소설구침》이라고 했다)과 당나라와 송나라의 전기소설 들을 더욱 체계적으로 수집하고 기록했으며, 위진(魏晉) 때 시인 혜강(嵇康)의 시문집을 교정하고 기록하기 시작했다. 이밖에도 루쉰은 아동교육과 미술교육에 대한 문제를 논술한 글들을 번역했다. 그러나 그 중에서도 불경을 연구하고 비문 탁본을 수집하는 데 더 많은 시간을 들였다. 낡은 책과 비문 탁본 등을 파는 '류리창(琉璃廠)'이라는 곳에 며칠에 한 번씩은 반드시 들르곤 했다.

루쉰은 불경을 인류 사상사에서 중시해야 할 자료로 여겼으며, 그것을 철학 사상으로 간주하고 연구했다. 진화론 관점에서 볼 때 역사에서 불교정신은 이미 지나간 것으로 영원히 되살아날 수 없는 것이지만, 루쉰은 인류 진화가 끝이 없는 것이라고 인식했다.

또한 비문 탁본을 연구하는 데 독특한 견해를 지니고 있었다. 지난날 그것을 연구한 일반 사람들은 대개 글에 중점을 두었지 탁본 그림에는 그다지 주의를 기울이지 않았다. 그러나 루쉰은 그림을 연구하는 데 많은 공을 들였다.(쉬광핑,《한대와 당대 석각화상에 관해(關於漢唐石刻畵像)》) 루쉰은 고대의 석조 그림들을 대단히 좋아했다. 그 그림들을 고대에 민중들이 어떻게 생활했는지 알 수 있는 아주 가치 있는 예술작품이라고 생각한 것이다.

17

절망을 길어 희망의 부대에

등화관에서 꼬박 4년을 보낸 루쉰은 이 회관 안에 있는 '보수서옥(補樹書屋)'이라는 울타리 안쪽 건물로 자리를 옮겼다. 그곳에서도 루쉰은 계속 자료를 수집하고 베꼈으며 연구에 몰두했다. 하지만 갈수록 그런 생활에 불만을 느꼈다.

이 울타리 안쪽에서는 한 여인이 홰나무에 목을 매고 죽었다는 소문이 전해오고 있었기 때문에, 시간이 흘러 그 홰나무가 사람이 오르지 못할 만큼 자랐어도 그 집에는 사람이 드나들지 않았다. 루쉰은 그곳에서 옛 비문을 베꼈다. 여름밤에는 모기가 많았다. 홰나무 아래 앉아서 창포부채를 부치면서 빽빽한 나뭇잎 사이로 빠끔히 바라다 보이는 맑은 하늘을 바라보노라면 늦게 깐 홰나무 누에나 차가운 물방울이 목에 떨어져 목을 섬뜩하게 하곤 했다. 커다란 포부와 격앙된 분노에 젖어 있던 청년 시절의 열정도 차츰 식어가는 듯했다. 그 적막감은 갈수록 커져서 마침내 큰 독사처럼 영혼을 칭칭 휘감았다.(《외침》〈서문〉)

루쉰은 늘 비분을 느꼈으나, 주위 사물을 냉정하게 관찰해

보면 그것이 아무런 쓸모없는 일임을 깨달았다. 지난 경험을 통해 루쉰은 자신을 깊이 반성했다. 자신이, 팔을 한 번 휘두르고 한 번 소리치는 것으로 사람들을 구름처럼 모여들게 할 수 있는 영웅이 결코 아님을 깨달았다. 이즈음은 루쉰 삶이 비록 민중들과 떨어져 있었지만, 루쉰은 민중들 운명에 깊은 관심을 가졌다. 신해혁명은 비록 실패로 돌아갔지만, 루쉰은 일찍이 이 혁명에 대해 크게 기대했다. 루쉰은 새로운 출로를 찾아야 했다. 그런데 그 출로란 도대체 어디에 있단 말인가? 출로를 찾지 못한 루쉰은 심한 외로움과 적막감을 느꼈다. 그는 참기 어려운 적막감을 쫓아버려야 했다. 그 적막감은 그에게 너무나 고통스러운 것이었다. 적막함 속에서 폭발하지 않으면 적막함 속에서 멸망해버리고 말 것 같았다.

그러나 시대는 결코 루쉰을 가만두지 않았다. 은근하고도 다정하게 루쉰을 불렀다.

루쉰은 이 적막함을 깨뜨려버릴 그날이 하루빨리 오기를 애타게 기다렸다.

어느 날 루쉰이 회관에서 옛 비문을 베껴 쓰고 있는데, 오랜 친구 한 사람이 찾아왔다. 그 친구는 큼직한 가방을 책상 위에 놓고 두루마기를 벗은 다음 루쉰과 마주 앉았다. 바로 당시에 《신청년(新靑年)》 잡지 편집자로 있던 첸쉬안퉁이었다.

"이까짓 것들을 베껴서 무얼 하나?"

첸쉬안퉁은 루쉰이 베껴 쓴 옛 비문들을 뒤적거리면서 물었다.

"아무 데도 쓸데는 없네."

"그럼 무슨 생각으로 그걸 베끼는가?"

"아무 생각도 없네."

"내 생각이네만, 자네는 역시 글을 좀 쓰는 것이 좋을 것 같네……"

루쉰은 첸쉬안퉁이 무엇을 생각하는지 잘 알고 있었다. 그들은 당시 《신청년》 잡지를 발간하고 있었는데, 지지자를 찾느라 백방으로 노력하는 중이었다.

루쉰은 이렇게 말했다.

"가령 무쇠로 지은 방이 있다고 하세. 창문은 하나도 없고 부수기가 여간 힘들지 않은 그런 방말이야. 만일 그 안에 많은 사람들이 깊이 잠들어 있다면, 얼마 안 가서 숨이 막혀 죽을 게 아닌가. 그러나 잠을 자다가 죽는 것이니까 죽어가는 고통을 느낄 수는 없을 걸세. 그런데 자네가 크게 소리쳐서 잠이 덜 든 몇 사람을 깨워놓는다면, 그 불행한 몇몇은 임종의 쓰라린 고통을 피할 수 없을 터인데, 그러고도 자네는 그들에게 미안하지 않을 수 있겠는가?"

"아닐세. 몇몇 사람이 깨어났으니 그 무쇠 방을 무너뜨릴 수 있는 희망이 전혀 없다고 말할 수는 없네."

그렇다. 희망을 버릴 수는 없는 것이었다. 앞날에 희망을 갖는 것, 이것은 루쉰이 일관되게 가진 신념이었다. 바로 이 앞날의 희망을 위해 루쉰은 또다시 자신의 무기, 곧 붓을 들기로 결심한 것이다. 그리하여 루쉰은 친구의 청을 받아들였고, 혁명을 위한 문예운동에 동참했다.

1918년 5월에 루쉰은 《신청년》 4권 5호에 백화문으로 된 첫 단편소설 〈광인일기(狂人日記)〉를 발표했으며, 이를 시작으로 그 뒤부터 줄곧 글을 써나갔다.

18
5·4운동 전야의 〈광인일기〉

〈광인일기〉의 주제는 루쉰이 오래전부터 구상해온 것이었지만, '미친 사람'을 모델로 소설을 쓰게 된 동기는 그때 겪은 새로운 일과 관계가 있다. '피해망상증'에 걸린 한 환자에게 일어난 이야기에서부터 '사건을 전개하면서' '구사회의 병을 만든 근원을 폭로'함으로써 '사람들에게 주의하도록 촉구하는 한편', 치료할 '방법을 강구해 병을 고치고자 한' 것이 바로 당시 루쉰이 이 소설을 쓴 목적이었다.

1916년 10월 말에 루쉰의 외사촌동생이 산시 성 타이위안(太原)에서 베이징으로 왔다. 외사촌동생은 원래 한 관청에서 보조원으로 일했는데, 갑자기 '피해망상증'에 걸리게 되었다. 그곳 사람들이 모두 자기를 해치려 한다고 생각하고 급히 베이징으로 도망친 것이다. 그러나 도망쳐도 아무 소용이 없었다. 사촌은 여전히 누군가가 자기 뒤를 미행한다고 두려워했다. 처음에는 한 여관에 묵으면서 방을 몇 번씩이나 바꾸었다. 그래도 사촌은 도처에 함정이 있는 듯해서 마음을 놓지 못했다. 더는 옮길 곳이 없게 되자, 결국 루쉰은 사촌을 회관에 머무르게 했다. 어느 날 이른 새벽에 사촌이 루쉰의 방 앞에서 창문을 두드려대기에 무슨 일인가 하고 물었더니, 사촌은 이렇게 말하는 것이었다.

"저들이 오늘 나를 끌어다 목을 자르려 한다오!"

그 목소리는 너무도 절박하고 슬펐다. 그러더니 유서까지 가지고 와서 루쉰에게 주며 자기 집에 전해달라고 부탁했다. 그 편지에는 이렇게 씌어 있었다.

어머님 전상서

눈물을 흘리며 어머님께 아뢰나이다. 판즈 현(繁峙縣) 장(張) 지사는 마음이 약해 보통 일은 대체로 형님께서 대신 결정하나 봅니다. 그래서 형님을 미워하는 자가 매우 많습니다. 이번에 판즈 현 읍내 인사들과 상인들이 모여 어떻게 사람을 잡을 것인가를 모의해서 결정했습니다. 자금을 모은 뒤 거리에서 뇌물을 주면서 형님과 동생을 죽이려 합니다. 장차 이 사건은 신문에까지 실릴 것이니 더 자세히 쓰지는 않겠습니다…….

(이 편지는 현재 베이징 루쉰 박물관에 보존되어 있다. 편지에는 구두점이 없는데, 인용자가 써넣었다.)

루쉰은 사촌이 정신착란에 걸린 것을 알고 일본 사람이 운영하던 이케다(池田) 병원에 데리고 가서 치료받게 했다. 병원으로 가는 길에 총을 메고 보초를 서는 순경들을 보자 사촌은 놀라서 얼굴이 새파랗게 질렸으며, 두 눈에는 공포와 음산한 빛이 가득했다. 이케다 병원에서 일 주일 동안 치료했는데도 차도가 없자, 루쉰은 사람을 시켜 사오싱 고향 집으로 데려가게 했다.(《루쉰 일기(魯迅日記)》 1916년 11월)

소설 〈광인일기〉의 원래 모델은 대체로 이러했지만, 이 작품이 갖는 중요한 의미는 특이한 한 인물을 완벽하게 묘사한 데 그치지 않는다. 이 작품은 그보다 더 깊은 의미를 담고 있다.

이 소설에서 루쉰은 한 '미친 사람'을 묘사함으로써 중국 봉건

〈신청년〉 제4권 제5호에 발표된 〈광인일기〉.

사회의 가족제도와 예법 그리고 도덕에 어떠한 해악이 있는지 적나라하게 폭로했다. 루쉰은 소설에 나오는 '미친 사람'의 입을 빌려 몇천 년 동안 지속돼온 봉건제도에 대해 날카롭고 신랄하게 비판했다. 광인이 읽은 중국 역사책에는 장마다

'인의(仁義)와 도덕(道德)'이라는 글자가 삐뚤삐뚤 적혀 있었지만, 그 글자들 사이에는 '사람을 잡아먹는다(吃人)'라는 글자가 잔뜩 씌어 있었다. 루쉰은 이 예술적 형상을 빌려, 곧 사람을 잡아먹어온 구사회 제도에 반대하는 '미친 사람'의 일관된 행위를 통해 추악한 봉건사회를 생생한 그림으로 독자들 앞에 펼쳐 보인다. 위계질서가 존재하는 전통의 봉건사회에서 사람들 사이는 듣기 좋은 그 무슨 '인의나 도덕'을 지키는 관계가 아니라, 선혈이 뚝뚝 흐르는 '사람을 잡아먹는' 관계였다는 것이다. 통치자들은 낡은 예법과 도덕에서 그럴듯한 이유를 찾아내어 '사람을 잡아먹는' 자신들의 행위를 정당하게 하는 이론 근거로 삼았다.

이와 같은 '사람을 잡아먹는' 관계는 사회에 보편적으로 존재해왔을 뿐만 아니라, 봉건사회 그리고 봉건가족에도 마찬가지로 존재했다. 중국에서는 오래전부터 '어리석고 분별 없는 흉악범들이 외치는 고함소리가 약자들의 비참한 비명소리를 삼켜버리는' 가운데 약한 사람을 잡아먹는 잔치를 벌여왔으며, 그 잔치는 '문명이 생긴 그날부터 오늘까지 줄곧 계속되어왔다.' 이것이 바로 루쉰이 파악한 봉건사회의 추악한 식인도(食人圖)였다. 루쉰은 훌륭한 풍자적 필치로 그 모습을 최초로 선명하게 그려냈다.

그것은 빈틈없이 구상된 풍자화인 동시에, 작가가 봉건사회를 향해 던진 도전장이었다고 할 수 있다. 그것은 5·4 신문화운동 무렵 민중들 속에 배태되고 있던 혁명 정서를 반영한 것일 뿐만 아니라, 민중들이 더는 자신들을 억압해온 봉건제도를 참을 수 없음과 그것을 각성해가는 과정, 그리고 봉건주의에 반대해 싸우겠다는 불요불굴의 정신을 반영한 것이다. 이 작품은 사상 면에서 그 경향성이 대단히 선명했다.

철저하고 비타협적인 싸움을 알리는 이 작품을 시작으로 루쉰은 현대 중국에서 혁명적 현실주의 문학의 초석을 다졌다.

위대한 현실주의 작가인 루쉰의 작품에는 현실주의 특색이 풍부하게 나타나 있다. 〈광인일기〉에서도 그것을 볼 수 있다. 루쉰은 현실주의를 수준 높게 펼쳐가는 수법으로 사람을 잡아먹는 봉건제도 그리고 예법와 도덕의 본질을 깊이 있게 파헤쳤다. 그뿐만 아니라 이 작품에는 낭만주의 색채도 농후하다. 루쉰은 일찍이 자기 작품이 러시아의 풍자작가 고골에게 많은 영향을 받았다고 말한 적이 있다.(《차개정 잡문》《중국신문학대계》소설2집 서문〉)

고골이 쓴 동명 소설 〈광인일기〉는 낭만주의 정서로 충만하다. 루쉰의 작품은 분명 고골에게서 많은 영향을 받았다. 그러나 그 영향은 일부에 그치며, 다른 측면에서 본다면 루쉰 작품은 오히려 그러한 특색을 더 뚜렷하게 보여준다. 루쉰은 낭만주의 창작방법과 현실주의 창작방법을 더욱 밀접하게 결합시켜 자기 이상을 더욱 분명하게, 그리고 전투성을 더욱 강렬하게 표현했다. 루쉰은 자기 작품에 대해 언급하면서 스스로 인정하길, 이 작품이 "고골의 것보다 울분을 더 깊고 폭넓게 토로했다"고 말했다. 그것은 어디까지나 루쉰이 창작하기 시작한 시대와 고골이 산 시대가 서로 달랐기 때문이다.

루쉰은 봉건체제의 보루를 공격하기 위해 단편소설이라는 무기 하나만 쓰지 않았다. 루쉰은 〈광인일기〉를 발표하는 것과 동시에 또 다른 무기, 곧 더 적시성을 지니고 더 절박하게 요구되며 비판의 역할을 더 잘 발휘할 수 있다고 여긴 무기를 사용했는데, 바로 '잡문'이다. 그것은 어둠 속에서 때때로 전투의 빛을 발하는 비수와 같은 것이었다.

루쉰은 전투성이 매우 강한 무기인 잡문에 특별한 애정을 기울였다. 잡문은 중국 현대 문학에서 널리 사용된 장르이다. 그런데 그것을 적과 싸우는 무기로 처음 사용한 것은 루쉰에게서 비롯된다. 그뿐만 아니라 루쉰 같은 작가가 있었기에 잡문은 짧은 기간 안에 빛나는 예술 성과를 거둘 수 있었다.

루쉰이 말한 것처럼 이런 문체는 대체로 서구식 '문학개론'에서는 찾아볼 수 없다. 루쉰은 이런 잡문들을 쓸 때 그것을 무슨 '예술궁전'이나 '학술전당'에 모셔놓으려고 생각하지 않았다. 잡문이 《신청년》 잡지에 처음 실리기 시작했을 때는 그것을 '수감록(隨感錄)'이라고 했는데, 형식에 얽매이지 않고 느끼는 대로 붓 가는 대로 쓰는 것을 말했다. 그것은 적들에게 급소를 겨누고 가장 알맞은 때에 숨통을 끊는 일격을 가했지, 결코 목적 없이 활을 쏘거나 힘을 허비하지 않았다.

소설을 쓰든지 잡문을 쓰든지 간에 루쉰은 언제나 싸우는 목표가 뚜렷했다. 루쉰은 작품을 창작할 때 당면한 사상투쟁을 위해 쓴다는 목적을 언제나 숨기지 않았으며, 그것을 스스로 '명령을 받드는 문학(遵命文學)'이라고 서슴없이 인정했다. 루쉰이 받드는 '명령'은 혁명 선구자들이 내리는 명령이었으며, 그 자신이 기꺼이 복종하려는 명령이었다. 결코 황제가 내리는 성지(聖旨)가 아니었으며, 금전과 칼이 내리는 명령도 아니었다.(《남강북조집》《자선집(自選集)》서문》)

루쉰은 이와 같이 견결하고 용감한 투사의 자세로 조금도 주저함 없이 마르크스·레닌주의 사상의 지도 아래 1919년부터 시작된 5·4운동에 참가한 것이다(대체로 루쉰이 마르크스·레닌주의를 공부하기 시작한 것은 1928년 전후로 보는 것이 통례임—옮긴이). 이것은 결코 우연한 일이 아니라, 루쉰이 오랜 기간 깊이 관찰하고 사고하여 얻은 결과였다.

신해혁명이 실패하자 루쉰은 대단히 크게 충격을 받았다. 현실은 루쉰이 품어온 이상과 판이하게 달랐으며, 그것은 루쉰에게 커다란 실망을 안겨주었다. 청년 시절에 가슴속에 타오르던 불씨도 얼음같이 냉랭한 주위 분위기 속에서 점점 사위어갔다. 루쉰은 일찍이 신해혁명의 유산(流産), '2차 혁명'이 남긴 환멸, 위안스카이의 즉위, 장쉰(張勳)의 복귀 등 갖가지 사건들을 직접 목격했다. 그러한 역사 사건들 속에서 루쉰은 결코 진정으로 민중을 혁명으로 이끌 수 있는 역량을 발견하지 못했다. 이처럼 많은 사건들을 보면서 루쉰은 의구심을 가졌다.

그러나 루쉰은 압박받는 민중들을 어떻게든 해방시켜야 한다는 결심은 결코 잊을 수 없었다. 일찍이 민중들을 해방시키기 위해 동분서주하던 사람들과 그를 위해 목숨을 바친 사람들이 늘 눈앞에 떠올랐으며, 청년 시절에 꾸던 꿈도 언제나 마음속을 맴돌았다. 바로 루쉰 자신이 말한 바와 같이, 이처럼 머릿속에 자리한 실오라기들이 이미 흘러가버린 세월을 붙들고 있었다. 루쉰으로 하여금 눈앞에 보이는 현실에 대해 고민하고 동시에 분발하게 한 원동력이 바로 이것이었다. 이것은 복잡하면서도 모순된 심정이었다. 루쉰은 이러한 상태를 변화시키고자 갈망했다. 그러나 한 차례 천지개벽 같은 거대한 변혁을 거치지 않는다면, 역사상 사회 전체가 근본부터 바뀌는 변혁을 거치지 않는다면, 그러한 상태는 변화되기 어려운 것이었다.

그러나 변화의 조짐은 마침내 시작되었다. 1917년 11월 7일부터 낡은 세계는 변모하기 시작했다. 인류 역사에서 전례 없던 근본적 변화가 일어났다. 사회주의 10월 혁명이 러시아에서 발발한 것이다. 10월 혁명이 울린 포성은 프롤레타리아 세계관을 국가의 운명을 관찰하는 도구로 삼아 자기 문제를 새롭게 검토하도록 전 세계 선각자들을 돕고 또 중국 선각자들을 도와주었다. '러시아 사람들이 간 길을 걷자!' 이것이 당시의 결론이었다.

10월 혁명은 러시아에서 제국주의 통치기반을 흔들었을 뿐만 아니라, 전 세계 식민지와 반식민지 국가에서 제국주의 통치기반도 흔들었다. 억압받던 동방의 여러 나라들은 제국주의에 포위된 망망대해 속에서 자신들이 곧 해방되리라는 서광을 보았다.

억압받던 중국 민중들은 10월 혁명에 고무되어 일어서기 시작했다. 중국 민중들이 제국주의와 봉건제도에 반대하는 기치를 높이 들고 5·4운동을 일으켰을 때, 루쉰은 주저하지 않고 이 대오에 적극 동참했다. 이것은 매우 자연스러운 일이었다. 5·4운동이 갖는 위대한 역사적 의의는 그 운동이 신해혁명에서는 볼 수 없던 모습을 띠었다는 점이다. 민중들은 철저하게 조금도 타협하지 않고 제국주의와 봉건주의를 반대해 나갔다.

신해혁명을 직접 겪었으며 신해혁명이 실패한 뒤 절망 속에서 괴로움을 느끼면서도 출로를 찾지 못하던 루쉰이었기에 진정한 혁명이 도래하기를 얼마나 절실히 염원했던가? 민중들은 또 루쉰처럼 용감하고 강인한 투사가 나타나기를 얼마나 간절히 염원했던가?

19
〈쿵이지〉와 〈약〉

〈광인일기〉를 발표한 뒤 루쉰은 우선 문예활동과 《신청년》 잡지를 편집하는 일에 참여했다. 루쉰은 한때 이 간행물 편집 회의에도 자주 참가했다. 이때부터 루쉰과 리다자오(李大釗)는 서로 같은 길을 걸어가며 두터운 우의를 맺었다. 그들은 늘 《신청년》 잡지 편집회의에서 만났을 뿐만 아니라, 편지로 적을 비판하는 문제를 함께 논의하기도 했다.

리다자오는 10월 혁명이 일어난 뒤 최초로 마르크스·레닌 주의를 중국에 전파한 사람들 가운데 한 사람으로, 베이징대학에서 마르크스주의 연구회를 조직하고 중국 공산당을 창건하는 일에 적극 참가했을 뿐만 아니라, 북방의 당 조직을 지도하며 용감하게 활동한 인물이다. 루쉰은 리다자오를 대단히 존경했는데, 리다자오를 혁명 선구자로 보고 자신은 그와 같은 전선에서 싸우는 전우라고 생각했다. 리다자오는 당시 《신청년》 잡지를 주도하는 책임자였다. 루쉰은 이 잡지에 비수 같은 잡문과 단편소설 들을 기고하는 것으로 지지를 보냈다. 루쉰은 《신청년》 잡지에 〈광인일기〉를 발표한 뒤 이어서 단편소설 〈쿵이지(孔乙己)〉, 〈약〉 같은 작품들을 발표해 봉건 사회에 숨겨진 마각을 분명하게 폭로하고 그리하여 사람들에게 증오와 경각심을 불러일으켰다.

루쉰은 흔히 볼 수 있는 구시대의 몰락한 지식인으로 '쿵이지'라는 인물을 묘사했다. 쿵이지는 한평생 과거에 급제해보지 못한 채 다른 사람들에게 책을 베껴주면서 근근이 끼니를 이어갔다. 또한 술 마시는 것은 좋아하면서 일에는 게으른 나쁜 습성을 갖고 있었다. 책을 베껴주는 일을 맡아서는 시작한 지 며칠 되지 않아 빌린 책과 종이, 붓, 벼루 등을 몽땅 가지고 어디론가 달아나버리곤 했다. 이런 일이 몇 번 거듭되고 보니 책을 베껴달라는 사람이 차츰 없어졌다. 쿵이지는 하는 수 없이 이따금 도둑질을 하게 되었다. 한번은 딩(丁) 거인(擧人, 과거에 급제한 사람을 부르는 말―옮긴이) 집에 몰래 들어갔다가 잡혀서 자백서를 쓴 뒤 한밤중까지 매를 맞아 정강이가 부러졌다. 그 뒤로 쿵이지는 부러진 다리를 양반다리로 포갠 다음, 밑에 부들로 만든 가마니를 깔고 그것을 어깨에 새끼줄로 묶고는 두 손으로 땅을 짚으며 다녔다. 결국 쿵이지는 수많은 사람들에게 비웃음을 받으며 쓸쓸히 죽어갔다.

1919년 이전 같은 그런 시대, 더 정확하게 말하자면 1912년 이전에 중국 지식인들 앞에는 단 두 가지 길이 놓여 있을 뿐이었다. 하나는 딩 거인처럼 과거에 급제해 위로 올라가 제멋대로 세도를 부리며 향락을 누리는 길이었고, 다른 하나는 쿵이지처럼 아래로 떨어져 사람들에게 비웃음 받는 대상이 되는 길이었다. 위로 기어오르는 자는 사람을 잡아먹는 사람으로 변하고, 낙오된 사람은 남에게 먹히는 것이다. 이 '나약한 인물'에 대해 작가는 어느 정도 동정심을 보였지만 희망을 걸지는 않았으며, 비판하는 태도를 취했다. 그 운명이 비참하긴 했지만, 루쉰은 쿵이지를 미화하지도 않았고 그렇다고 나쁘게만 그리지도 않았다.

그는 간결하고 명쾌한 현실주의 필치로 낡은 사회의 한 측면을 우리에게 보여주었다. 작가는 쿵이지라는 전형인물을 통해 봉건시대의 과거제도가 남긴 폐단을 예술적으로 드러냈다. 사람들은 이 작품을 읽으면서 가련하고 '나약한 인물'인 쿵이지만 조롱하고 비웃은 것이 아니라, 이와 함께 봉건사회와 그 불합리한 제도까지 조롱하고 비웃은 것이다. 비록 쿵이지 같은 인물이 살던 그런 시대는 이제 다시 돌아오지 않게 되었고 잘못된 과거제도도 자취를 감췄지만, 수심에 싸이고 상처 입은 그 얼굴은 하나의 선명한 예술형상으로 현재까지도 여전히 우리들 눈앞에 살아 있다. 그것은 우리들에게 낡은 사회와 낡은 제도에 대해 잔잔하게 증오심을 불러일으킨다.

〈약〉은 다른 주제를 다뤘다. 이 소설은 신해혁명을 배경으로 화라오솬(華老栓) 찻집에서 오가는 대화를 통해 혁명가 샤위(夏瑜)의 형상을 묘사한다. 소설에는 비록 샤위가 등장하지 않지만, 짧은 대화를 통해 독자들은 이 혁명가의 용감한 기개를 읽어낼 수 있다. 그런데 애석하게도 군중들은 이러한 혁명가를 이해하지 못한다. 샤위가 총살되었을 때 사람들은 오로지 샤위의 피로 병을 치료하는 데만 신경을 쓴다. 얼마나 슬프고 애석한 일인가! 이 소설에서 작가는 아직 각성하지 못한 민중들의 정신 상태를 그려내는 한편, 신해혁명이 실패한 주요 원인을 은유적으로 표현했다. 대중을 이해시키지 못하고 대중에게서 이탈한 혁명가는 혼자 외롭게 싸우다 죽어가는 수밖에 없었다. 혁명가가 치른 대가가 아무리 커도 현실 속에서는 그의 바람과 정반대의 결과를 얻곤 했다.

이 소설에서 작가는 혁명을 위해 목숨을 바친 영웅 샤위에 대해 경의를 표했지만, 신해혁명에 대해서는 비판하는 태도를 분명히 했다. 루쉰은 민중들의 어리석은 모습에 대해 풍자하고 비판했지만, 그들에 대해 결코 희망을 버리진 않았다.

달구어진 돌이 남아 있기에 불씨는 꺼질 수 없는 것이다. 혁명가는 희생되었고 민중들은 아직 혁명가를 이해하지 못했을 뿐만 아니라, 심지어 그의 피를 묻힌 피만두를 가져다 약으로 썼다. 루쉰은 이에 대해 비분과 고통을 느꼈지만, 민중들이 언젠가는 각성될 것이며 혁명가들이 남긴 발자취를 밟으며 전진할 것임을 믿었다. 그 스스로 말한 것과 같이 루쉰은

'종종 곡필(曲筆)을 마다않고' 혁명가 무덤 위에 '화환을 가져다 놓았는데'(《외침》〈서문〉) 그렇게 한 데는 까닭이 있었던 것이다. 다른 글에서(《남강북조집》〈《자선집》서문〉) 루쉰은 '어두운 면을 삭제해버리고 좀 즐거운 모습으로 꾸밈으로써 작품에 약간이나마 밝은 빛이 나도록' 한 것이라고 했는데, 이것도 그가 일부러 그렇게 설정한 것이었다.

이런 훌륭한 작품들이 나오자 현대 중국의 신문학은 진정한 성과를 얻게 되었다. 내용이 심오하고 형식이 새로운 이런 작품들은 청년 독자들의 마음을 크게 흔들어놓았다. 루쉰을 뒤이어 수많은 신문학 작가들이 배출되었는데, 그들 가운데 대부분이 《신청년》 잡지와 새로 창간된 진보적인 잡지들 주위에 모였고 이로 인해 새로운 문화운동의 대오가 이루어졌다. 그즈음 보수 세력의 봉쇄와 반대에도 불구하고 마르크스주의가 중국에 널리 전파되었다. 먼저 청년 지식인들 속에서 마르크스주의를 바탕으로 한, 제국주의와 봉건제도에 반대하는 애국주의 사조가 고조되었고, 이어 그런 사조는 사회 여러 계층 속으로 급속히 확산되었다.

마르크스주의의 혁명 이론이 중국에서 일단 노동운동과 결합되자 그것은 커다란 힘으로 변했다. 중국 노동계급이 공산당을 조직하여 정치무대에 오르자, 중국 역사는 새로운 장을 열게 되었다. 기득권을 가진 보수 세력들이 아무리 갖은 수단을 다 써가며 역사의 수레바퀴를 거꾸로 돌리고자 애를 써도 그 누구도 바꿀 수 없는 것이다. 그러나 이 수레바퀴가 전 중국에 영향을 미치고 전 중국의 역사를 새로 쓰기에는 아직 좀 더 시간이 필요했다.

한 작가가 진보적인 사회역량과 연계를 맺고 또한 진보적인 일이 무엇인지 스스로 깨달으며 그에 힘썼을 때, 창작 재능도 남김없이 발휘할 수 있는 것이다. 열악한 민중의 현실과 당시 중국의 어두운 사회 현실에 대해 애정과 시선을 거두지 않는 것이야말로 루쉰이 문학을 창작하며 견지한 가장 선명한 현실주의 특징이다. 이러한 특색은 루쉰이 쓴 소설과 잡문에서 선명하게 드러나 있다. 많은 사람들이 다소 편협한 태도로, 더 많은 경우에는 소극적으로 루쉰 작품을 이해하는데, 이는 옳지 않다. 루쉰은 일정한 시기 동안 작품에서 강대하고 강고한 봉건 세력과 제국주의 세력 그리고 그들이 서로 결탁해 만들어내는 힘을 묘사했으며, 피압박 민중들이 아직 각성하지 못한 상태에 처해 있고 그들의 정신이 마비된 상태에 있음을 아울러 묘사했다.

위대한 민중은 몇 세기에 걸쳐 노예인 자기 처지를 한탄하고 자유와 평등을 꿈꿀 줄 알았을 뿐만 아니라, 몇 세기 동안 중국에 군림해온 억압자들과 투쟁할 줄도 알았다.(레닌, 〈중국의 민주주의와

인민주의(中國的民主主義與民粹主義)〉〉

이것이 바로 루쉰이 작품에서 묘사하고자 한 참다운 민중들의 모습이다. 억압자에 저항하고 억압자와 투쟁하는 것, 이것이 바로 루쉰이 희망한 민중들의 모습이었다. 그러나 반민중 세력은 너무나 강하고 민중들은 아직도 덜 각성된 상태에 있었기 때문에 그의 작품에는 어두운 색채가 많았다. 이것은 루쉰이 그러한 상황에 처한 민중들의 역량을 제대로 평가하지 못했기 때문이기도 하다. 그러나 이것은 루쉰의 작품에서 부차적인 측면이라고 할 수 있다.

20
영원히 고향을 떠나다

1919년 8월에 루쉰은 회관에서 지내던 생활을 마치고, 베이징 서직문(西直門) 안 바다오완(八道灣)에 집 한 채를 사서 약간 수리한 뒤 11월에 그곳으로 이사했다. 12월 초에 루쉰은 고향 사오싱으로 돌아가 어머니와 가족들을 베이징으로 모셔 왔다.

루쉰이 소설 〈고향〉에서 묘사한 것처럼 실제 고향 모습도 대체로 그러했다. 고향 사오싱은 루쉰이 기억하던 어린 시절의 고향이 아니었다. 눈앞에 나타난 푸르스름하고 누런 하늘 아래 가로누워 있는 황량한 마을들은 쓸쓸하고 스산했다. 생기라고는 조금도 없는 서글픈 정경이었다. 일가친척들이 오랜 세월을 두고 함께 살던 옛집도 이웃에 팔아버린 상태였고, 살고 있는 집도 내주어야 하는 기한이 연말로 임박해 있었다. 그리하여 그는 정월 초하루 전날 서둘러 정든 옛집과 고향을 영원히 떠나야 했다.

루쉰이 집에 돌아오자 어머니는 대단히 기뻐했다. 어머니는 특별히 어릴 때 친구인 룬투에게 루쉰이 왔으니 와서 만나

보라고 인편에 기별을 보냈다. 그러나 룬투 역시 루쉰이 〈고향〉에서 묘사한 것처럼 어린 시절 함께 놀던 천진난만하던 그 룬투가 아니었다. 오래전에 아버지가 돌아가시자 룬투는 생계라는 무거운 짐을 짊어졌으며, 몇백 평밖에 안 되던 땅마저 다 팔아버리고 없었다. 그리하여 하는 수 없이 다른 사람 땅을 이천여 평 얻어 부치면서 근근이 살아가고 있었다. 살림에 쪼들리다 보니 말수도 적어졌고, 시내에도 발길이 뜸해졌으며, 자연히 저우씨 집에도 자주 올 수 없었다.

　룬투는 이제 소년 시절 그 룬투가 아니었다. 키는 갑절이나 더 자랐고, 불그스레하고 둥그스름하던 얼굴은 누르스름해졌으며 깊은 주름살이 잡혀 있었다. 눈언저리도 옛날 그의 아버지처럼 벌겋게 부어 있었다. 바닷가에서 농사를 짓는 사람들은 날마다 바닷바람을 쐬기 때문에 거의 다 이렇게 되는 것이었다. 머리에는 다 낡아빠진 벙거지를 썼고, 몸에는 아주 얇은 솜옷을 입었는데 추워서 온몸을 웅크리고 있었다. 손에는 종이꾸러미와 곰방대를 들었는데, 그 손도 전처럼 날렵하고 포동포동한 손이 아니라 소나무 껍질처럼 거칠고 투박하고 갈라진 손이었다. 얼굴에는 숱한 주름살이 잡혔으나, 표정이 굳어 있어 마치 무슨 석상 같았다.

　가슴 가득 괴로움을 느끼면서도 그것을 말로 형용할 수 없었는지, 룬투는 루쉰을 보고 난 뒤 잠시 반가운 눈빛이더니 말없이 한동안 덤덤히 앉아서 곰방대만 빨았다. 아이들이 많은데다가 해마다 흉년이 들어 굶주리다시피 하고, 질병과 가혹한 세금에 군대, 비적, 관료, 지방 토호 들의 등쌀에 견디다 못해 정말 바보가 된 것만 같았다. 이것이 바로 루쉰이 당시 실제로 만나보고 나중에 〈고향〉에서 묘사하기도 한 룬투의 모습이었다.

루쉰은 이때 집에서 며칠 묵지 못하고 고향을 영원히 떠났다. 그는 마음이 몹시 슬프고 어수선했다. 소설 〈고향〉에는 이와 같은 무거운 심정이 그대로 드러나 있다. 루쉰은 이 소설 마지막에 이렇게 썼다.

나와 룬투 사이는 마침내 이렇게 멀어지고 말았구나. 그러나 우리 후대들은 아직 한마음으로 잇닿아 있다. ……나는 그들(룬투의 아들과 루쉰의 조카―옮긴이) 사이가 우리처럼 되지 않기를 바라며, 또 사람들 사이에 장벽이 생기지 않기를 바란다. ……그렇다고 해서 그들이 한마음으로 잇닿아 있기 위해 모두 나처럼 고난에 시달리면서 이리저리 방랑하며 생활하기를 원하는 것이 아니며, 룬투처럼 고난에 시달리면서 마비된 채 살아가기를 원하는 것도 아니다. 또 어떤 사람들처럼 고난에 시달리면서 방탕하게 생활하는 것도 원하지 않는다. 그들에게는 마땅히 우리들이 누려보지 못한 그러한 새로운 삶이 있어야 한다.

나는 생각했다. 희망이란 원래부터 있다고 할 수도 있고 없다고 할 수도 있는 것 아닌가. 그것은 마치 땅 위에 난 길과도 같은 것이 아닐까. 사실 길이란 원래부터 있는 것이 아니라 다니는 사람들이 많아지면서 차차 생긴 것이다.(《외침》〈고향〉)

이것이 바로 당시 루쉰이 삶 속에서 얻은 결론이었다.

루쉰은 가족들을 사오싱에서 베이징으로 데려와서 바다오완 11호에 자리를 잡았다. 그러고는 여전히 교육부에서 일하면서 작품을 창작했다. 1920년 6월과 7월에 루쉰은 각각 단편소설 〈내일(明天)〉과 〈작은 사건(一件小事)〉을 발표했다.

예술사조로 볼 때 〈내일〉은 〈약〉과 비슷한데, 이 소설에도 '분명 안드레예프 작품처럼 어둡고 차가운 그늘이 남아 있었다.' 그러나 루쉰은 그 비참한 분위기를 너무 두드러지게 하고 싶지 않았기 때문에, 이 작품에 '약간 밝은 빛'을 덧붙였다. 아들을 잃은 찬쓰(單四) 아주머니의 슬픔만 지나치게 묘사하기보다는 많은 지면을 할애해 '낡은 사회에 숨어 있는 병근(病根)을 폭로하고, 사람들이 그것에 유의하도록 촉구하면서 치료할 방법을 찾게' 했다. 이 소설을 읽으면 누구나 찬쓰 아주머니에게 깊은 동정을 느끼고, 허샤오셴(何小仙) 같은 돌팔이 의사나 아우(阿五) 같은 깡패들에게 커다란 증오심을 느낀다. 그러나 찬쓰 아주머니에게 불행을 가져다준 원인을 추적

해보면 그 죄행이 간단히 어느 한 사람에게로 돌아가지 않는다. 그런 불행을 빚어낸 것은 낡은 사회임을 알게 되어 독자들은 그러한 사회를 규탄하게 된다.

〈작은 사건〉은 매우 특이한 기법을 사용한 소설이다.

작가는 이 소설에서 1인칭 시점을 사용했다. 격정으로 끓어넘치는 '나'를 통해 작가는 상층 사회에 대한, 지식인에 대한, 민중들에 대한 서로 다른 태도를 보여준다. 소설은 전편에 짙은 서정성으로 작가의 애증을 선명하게 드러냈다. 물론 이 소설 속 '나'를 반드시 작가 자신이라고 단언할 수는 없다. 그러나 '나' 속에는 작가 자신의 그림자가 분명히 들어 있음을 부인할 수 없다. 작가가 1인칭을 쓴 것은 자기 태도를 더 두드러지게 나타내기 위한 것임이 틀림없다. 작가는 상층 사회에 만연한 허위와 부패를 증오했다. 당시 '직접 눈으로 보고 귀로 들은 이른바 국가대사라는 것'들은 '내 괴팍한 성미를 더욱 부채질했을 뿐이다. 솔직히 말해서 그러한 것들은 나로 하여금 갈수록 남을 더욱 업신여기게 만들었다.' 그런데 '한 가지 작은 사건'만은 '나의 그 괴팍한 성미를 고치게 한 뜻 깊은 일로서' 잊을 수 없었다. 그것이 바로 이 소설 속에 묘사된 인력거꾼의 이야기였다. 작가는 자신이 탄 인력거에 부딪혀 넘어진 늙은 부인을 정성스럽게 부축해 파출소로 데리고 가는 인력거꾼의 정직한 행동을, 노동자를 믿지 않고 노동자를 업신

여기는 지식인들의 관망하는 태도나 회의하는 태도와 비교한 다음 이렇게 썼다.

이때 나는 갑자기 이상한 기분을 느꼈다. 온몸이 먼지투성이인 그의 뒷모습이 순식간에 커지더니, 수레가 달릴수록 더욱더 커져 우러러보지 않으면 안 되었다. 그리고 그 모습은 차츰 어떤 위압감으로 변하더니 마침내 가죽외투 속에 감춰진 볼품없는 '작은' 내 인품을 옥죄는 것 같았다.

이는 아주 선명한 대비다. 이 소설 결말에서 작가는 민중들에 대한 숭고한 경의감과 희망을 가슴 가득 안고 매우 격정적으로 써내려갔다.

이 사건은 지금까지도 가끔씩 떠오르곤 한다. 그때마다 나는 고통을 무릅쓰고 자신을 반성해보려 노력한다. 지난 몇 해 동안 정치에 대해서는 내가 어릴 때 외웠다가 잊어버린 '공자 왈', '시경에 이르되' 하는 따위처럼 반 구절도 기억할 수 없지만, 유독 이 작은 사건만은 언제나 내 눈앞에 떠오르며 때로는 그것이 더욱더 선명해지기도 한다. 이 사건은 나 자신을 매우 부끄럽게 하며 내가 새로운 사람이 되도록 재촉할 뿐만 아니라 내게 용기와 희망을 북돋아주곤 한다.

이 소설은 예술사조와 장르로 본다면 체호프가 쓴 몇몇 단편소설과 비슷하다. 그러나 내용 면에서 고찰할 때, 곧 작가가 민중들에 대해 보여준 태도로 본다면, 루쉰의 현실주의 작품은 앞선 어떤 고전작가들의 작품과도 함께 묶어 비교하기 어렵다. 그것은 루쉰의 작품이 더욱 가치지향적이고 더욱 이상적이기 때문이다.

루쉰 작품에서는 현대 중국 신문학사에서 중대한 의의를 가지는 새로운 주제의 맹아(萌芽), 곧 부르주아 계급과 프티부르주아 계급 지식인들이 사상을 개조해야 하는 문제가 제기됐다. 5·4운동 이후 민중민주주의 혁명의 새로운 시대를 맞이해 루쉰은 자신이 직접 체험한 것을 통해 부르주아 계급과 프티부르주아 계급 지식인들이 어떤 약점이 있는지와 그들의 사상이 얼마나 공허하며 얼마나 쉽게 동요하는지를 뼈저리게 느꼈다. 만일 변화해가는 시대와 역사, 그것이 요구하는 대로 자신을 개조하지 않는다면 자신이 그토록 찾던 출로가 없다는 것을 루쉰은 서서히 깨달아가고 있었다.

단편 〈작은 사건〉에서 보여준 주제는 그 뒤 지식인들을 묘사한 몇몇 다른 소설에서도 쉽게 찾아볼 수 있다. 이것은 문학가 루쉰이 이룬 탁월한 공헌이며, 그 전의 고전작가들이나 같은 시대의 다른 작가들을 능가하는 업적이기도 하다.

21
사라져간 고향과 룬투의 어린 시절

1920년 가을 학기에 루쉰은 베이징대학 중문과 학과장 마유위(馬幼漁)의 초빙으로 베이징대학에서 '중국소설사'를 강의했다.

루쉰은 시험 삼아 한번 가르쳐보겠노라고 승낙했다. 사실 루쉰은 여러 해 동안 중국소설사를 연구해왔기 때문에 강의하는 것은 전혀 문제가 되지 않았다. 그런데도 루쉰은 시험 삼아 가르쳐보겠다고 겸손하게 말한 것이다.

이때부터 루쉰은 청년들의 스승이자 벗으로 또다시 그들 앞에 서게 되었다.

모래톱에 세워진 붉은 건물인 베이징대학 강의실에서 수많은 청년들과 만날 때마다 루쉰은 열렬하게 환영을 받곤 했다. 루쉰이 강단에 나타나기도 전에 강의실 안에는 두 사람이 앉는 자리에 서너 사람씩 비집고 앉아 기다렸으며, 문가와 복도에도 이 학교 학생들은 물론이고 다른 학교 학생들과 청강생들로 가득 찼다. 루쉰은 강단 옆에 서서 날카로운 눈길로 학생들을 한 번 둘러보고는 '중국소설사' 강의를 시작하곤 했다.

강의를 시작하기 전에 강의안을 만들어서 나누어주었지만, 루쉰은 그것을 그대로 읽어내려가는 법이 없었다. 강의안에서 중요한 논점에 따라 그 내용을 설명했다.

루쉰은 언제나 빛이 바랜 검정색 면 두루마기를 입고 다녔다. 자주 깎지 않는 머리 아래로 드러나 보이는 네모난 이마, 좀 두드러진 눈두덩이 위에 일직선으로 나 있는 짙은 눈썹, 약간 꺼져 들어간 눈언저리, 다소 처진 눈 꼬리며 윗입술을 가릴 정도로 짧게 기른 짙은 수염은 특이한 데라고는 조금도 없는 지극히 평범한 모습이었다.

그 목소리는 잔잔했고 비분강개하지 않는 조용한 어조였다. 루쉰은 사오싱 말투가 섞인 표준말로 한 마디 한 마디를 또렷한 발음으로 꾹꾹 누르듯 내뱉었는데, 대단히 설득력이 있었다. 분필과 강의안을 든 두 손은 결코 지나친 동작이나 자세를 취하는 법이 없었으며, 얼굴 표정도 언제나 조용했다.

루쉰은 지극히 평범한 말들로 중국소설사를 강의했다. 그렇지만 교실에서는 웃음소리가 자주 터져 나왔으며, 그때마다 강의를 중단해야 했다. 학생들 눈앞에는 미와 추, 선과 악, 진실과 허위, 광명과 암흑 등이 적나라하게 드러났다. 그들은 루쉰에게 '중국소설사' 강의를 듣는 것이 아니라, 역사 인물들의 내면세계가 어떠했는지 그 비밀을 분석한 내용을 듣고 있는 듯한 기분이었다. 루쉰은 하나하나 구체적인 사실들을 들어 역사 속에서 먼지에 가려져 있는 고대 인물들의 참다운 모습을 학생들에게 보여주었다.(루옌魯彦, 〈인류의 마음속에 살아(活在人類的心里)〉) 루쉰은 단순히 '중국소설사'를 강의하는 것이 아니라, 중국 사회와 역사를 해부한 것이다. 루쉰이 지닌 분명한 견해는 청년들에게 그대로 영향을 주었다.

루쉰은 베이징대학에서 '중국소설사' 강의를 마치고 이어서 문학이론을 강의했다. 베이징대학에서 진행된 강의를 통해 루쉰은 청년들과 깊은 유대와 친근한 우의를 맺어갔다. 그 뒤 얼마 지나지 않아 베이징에는 베이징대학을 중심으로 청년들이 발기하고 조직한 문학예술 단체들이 생겨나게 되었다. 이 단체들은 발족된 그날부터 루쉰에게서 적극적인 지지와 구체적인 도움을 받았다.

1920년 10월, 루쉰은 강의시간 틈틈이 짬을 내어 단편소설 〈머리털 이야기(頭髮的故事)〉와 〈풍파(風波)〉를 썼다.

〈머리털 이야기〉에서 루쉰은 당시 베이양 군벌이 통치하는 사회에서 벌어지던 몇 가지 불합리한 현상들을 풍자했지만, 이 소설의 중심 사상은 신해혁명의 실패를 반영하는 것에 있었다. 소설에 등장하는 N선생의 의견은 실제로 신해혁명에 대해 작가 자신이 내리는 평가이다. 신해혁명이 실패한 데 대해 N선생이 터뜨린 비분강개 역시 작가가 느끼는 비분강개를 나타낸 것이었다.

루쉰은 본래 신해혁명에 큰 희망을 품었기 때문에, 혁명의
실패는 루쉰에게 커다란 실망과 고통을 안겨주었다. 《외침(吶
喊)》〈머리말〉첫머리에 루쉰은 이렇게 썼다.

　나는 젊었을 때 많은 꿈을 꾸었다. 그러나 지금은 거의 다 잊어
버렸다. 그렇다고 해서 결코 그것을 애석하게 생각하는 것은 아니
다. 지난날에 대한 회상은 사람들을 즐겁게도 하지만, 때로는 쓸쓸
하게도 한다. 이미 지나가버린 쓸쓸한 시절이 남긴 기억의 실오라
기를 붙들어 매어놓는 것은 실로 무의미하다. 그러나 그 모든 것을
완전히 망각하기에는 너무나도 가슴이 쓰리다. 완전히 잊히지 않
는 것들 가운데 일부를 한데 묶다 보니, 《외침》이라는 이 책이 있
게 되었다.

　〈머리털 이야기〉에서 묘사한 지나간 일들에 대한 N선생의
회상과 비분과 강개 그리고 애석함 등은 작가 자신이 젊었을
때 꾼 '많은 꿈', 이른바 '기억의 실오라기'와 뗄 수 없는 관계
가 있었다. '이미 지나가버린 쓸쓸한 시절'과 '그 잊히지 않
는 부분'이 바로 이 작품의 창작 원천이 된 것이다. 이보다 앞
선 〈약〉이나 그 뒤 〈아큐정전〉은 모두 신해혁명을 배경으로
했는데, 루쉰이 많은 단편소설에 반영한 문제, 특히 농민에
관한 문제는 대부분 신해혁명과 관계가 있다. 이 소설에서 작

가는 해학적인 풍자의 필치로 변발에 대한 이야기를 하고 있는데, 그것은 결코 어떤 한 개인이 느끼는 분개와 불평이 아닐 뿐만 아니라, 더욱 복잡하고 심각한 사회 배경을 가지고 있다.

〈풍파〉는 1917년에 장쉰이 복귀한 사건을 역사 배경으로 한다. 작가는 장쉰이 복귀함으로써 당시 농촌에서 벌어진 소동에 대해 묘사하면서, 여러 곳에서 준동하는 구세력의 추태를 폭로했다. '어딘가 고리타분한 냄새를 풍기는' 자오치(趙七) 영감이 바로 구세력을 대표하는 인물이다. 낡은 세력이 복귀하자 영감은 치진(七斤) 같은 성실한 농민들을 위협했다. 이 작품은 예술형식으로 볼 때 빈틈없이 짜인 단편소설이다. 작가는 간결하고 명쾌한 기법을 사용해 농민들의 순박한 성격과 그들의 서로 다른 개성을 훌륭하게 부각시켰다. 마음이 어진 농민들은 독자들로 하여금 끝없는 동정을 불러일으켰다. 그러나 아직 각성되지 못한 까닭에 여전히 암흑의 세력에게 업신여김을 받고 억압을 받는 그들의 모습은 독자들에게 비분과 안타까움을 동시에 느끼게 했다. 작가는 예리한 붓끝으로 자오치 영감의 추악한 영혼을 풍자하고 폭로했으며, 동시에 장쉰이 복귀한 사건에 대해서도 풍자했다.

〈머리털 이야기〉와 〈풍파〉에 이어 루쉰은 유명한 단편소설 〈고향〉을 썼다.

1919년 말에 루쉰은 마지막으로 고향을 찾아갔다. 루쉰은 이때 고향에서 받은 인상을 바탕으로 1년 남짓 머릿속에서 구상하다가, 추억 어린 서정적 필치로 당시 붕괴되어가는 반봉건 반식민지의 농촌 모습과 이런 농촌에서 살아가는 농민들의 운명을 그려냈다. 루쉰은 이 소설에서 영원히 잊을 수 없는 농민 형상인 룬투의 모습을 그려냈는데, 그 형상은 오늘날까지도 사람들 마음을 사로잡는다. 루쉰은 모든 동정심을 룬투에게 다 쏟아 부었다. 그것은 이 '룬투'라는 모델이 유년 시절을 함께한 친한 벗이었기 때문이 아니라, 그의 운명이 실제로 당시 수천 수백만 농민들이 함께 겪는 운명이기 때문이었다.

이 소설은 처음부터 끝까지 풍부한 서정성으로 가득 차 있으며, 시처럼 아름다운 서정 가운데 생활고에 허덕이는 농민들의 모습과 그들이 무엇을 염원하고 있는지가 잘 나타나 있다. 작가는 현실주의 창작기법으로 농촌생활과 농민의 형상을 대단히 생동적으로 묘사했다. 또한 짙은 서정적 분위기 속에서도 낭만주의 색채가 나타났는데, 소설 결말에서는 그러한 색채가 더욱 두드러진다.

쪽빛 하늘에 금빛 둥근 달이 걸려 있고, 그 아래로 끝없는 바닷가 모래밭에는 파란 수박이 열려 있다. 은목걸이를 한 열두어 살가량 되는 사내아이가 그 수박밭에서 삼지창을 들고 오소리를 힘껏 찌른다. 오소리는 휙 돌아 사내아이의 두 다리

사이로 빠져나간다. 이 소년이 바로 작가가 추억하는 룬투였다. 이런 '신기한 화폭'은 당시 현실생활에는 존재할 수 없었다. 이런 '아름다운 이야기'는 추악한 현실생활과 대비하기 위해 작가가 만들어낸 허구에 지나지 않는다. 그처럼 예술 효과를 극대화시킴으로써 현실 삶에 대해 사람들이 느끼는 불만을 부각시키며, 사람들에게 현실을 바꿔야겠다고 결심하게 하는 것이다. 작가가 이 소설을 마무리하면서 바닷가 푸른 모래사장과 수박밭에서 은목걸이를 하고 서 있는 꼬마영웅과 쪽빛 하늘에 걸려 있는 둥근 금빛 달을 다시 한번 묘사한 데는 까닭이 있다. 작가는 여기에서 어떤 출로의 문제를 낭만적으로 제시하고 있는 것이다. 이는 매우 의미심장한 대목이다.

22
모든 희망을 청년들에게

　1919년에 5·4운동이 일어난 뒤 민중들 사이에서는 애국
열의가 더욱 높아져갔고, 노동운동은 새롭게 발전하고 있었
으며, 새로 일어나기 시작한 혁명문학운동도 전국에서 커다
란 발전을 이룩했다. 중국 현대 문학사에서 커다란 영향력을
끼친 유명한 문학 단체인 문학연구회와 창조사가 1920년부터
차례로 발족되었다.

　문학연구회는 포괄하는 범위가 대단히 넓었다. 5·4운동 이
래 모든 현대 문학 작가와 번역가 들을 거의 모두 회원으로 받
아들였다. 당시 상하이 상무인서관(商務印書館)에서 출판되던
《소설월보(小說月報)》가 다시 조직되어 이 문학 단체의 기관
지가 되었다. 주필은 유명한 소설가이며 문학연구회 발기자
가운데 한 사람인 선옌빙(沈雁冰, 필명은 마오둔)이었다. 이 밖
에 전국 각지에 흩어져 있던 문학연구회의 일부 조직들도 거
의 다 각 지역 신문 지면을 빌려 문예 부간(副刊)을 출판했다.
그들은 기본 목표가 대체로 같았고, 그 일을 해나가는 과정에
서 서로 보조를 맞추었다. 그것은 곧 봉건시대에 지주계급을

위해 일하는 한낱 소일거리밖에 되지 않던 낡은 문예를 반대하며, '인생을 위하고' 사회를 위하는 현실주의 신문예를 주장하고 외국의 진보 문예를 소개하는 것이었다. 이것이 모두에게 공통된 기본 태도였다.

루쉰은 비록 이 문학 단체에 가입하지는 않았지만, 그들을 적극적으로 지지했으며 그들과 밀접한 관계를 유지했다. 루쉰이 창작한 작품이나 번역한 작품은 항상 문학연구회 기관지에 수록되거나, 이 문학 단체에서 편찬하는 '문학연구회 총서' 속에 실리곤 했다.

민중 역량이 끊임없이 성장해가고 신문화운동이 계속 발전해나가자, 국내 봉건 세력과 세계 제국주의 침략자들은 커다란 위협을 느꼈다. 민중의 적인 그들은 신문화운동을 시작할 때부터 끊임없이 공격해왔으며, 이즈음에는 더욱 맹렬하게 공격해댔다. 문화 전선에서는 '복고(復古)'를 극력 주장하는 '국수파(國粹派)'와 '학형파(學衡派)'가 먼저 등장했고, 이어 신문화운동 진영에서 분화해나간 뒤 제국주의와 베이양 군벌을 지지하게 된 대표적인 문인 후스(胡適) 등이 주장한 '국고정리파(國故整理派)'가 나타났다. 조금 뒤에는 베이양 군벌과 관료정객 들에게 내놓고 동조하는 천위안(陳源, 천시잉을 말함) 등을 대표로 하는 '현대평론파(現代評論派)'가 나타났다. 루쉰은 문화 전선에서 일군의 청년 지식인들을 거느리고 봉건적이며 매판 부르주아적인 이들 세력과 날카롭고 치열하게 설전과 논쟁을 벌였다.

복고주의를 주장하는 국수파는 낡은 제도를 가장 완고하게 수호하려는 자들이었다. 그들은 이미 각성된 민중들을 낡은 제도에 순종하는 노예로 그냥 남아 있게 하고 싶었다. 옛날로 되돌아가는 것, 이것이 바로 그들의 구호였다. 그들은 옛것은 어느 것이나 다 이치에 맞으며, 모든 새로운 사물과 새로운 사상은 홍수나 맹수처럼 아주 위험한 것으로 반드시 배척해야 한다고 여겼다. 그들은 특히 봉건시대 교조(敎條)를 순순히 지켜야 하며 터럭만큼도 '탈선' 행위를 해서는 안 된다고 청년들에게 훈계했다. 어떤 일이나 다 옛사람에게서 그 근거를 찾아야 하며, 그렇게 찾은 근거들은 어느 것이나 다 틀림이 없다고 생각했다. 그들은 이미 지나가버린 낡고 부패한 봉건시대 가치들을, 조상 대대로 전해 내려오는 정수와 보배, 곧 '국수(國粹)'라고 주장했다.

루쉰은 누구보다도 먼저 그들이 주장하는 그런 이론의 허황됨을 반박했다. 루쉰은 국수파들이 생각하는 이른바 '국수'란 한 나라에만 있고 다른 나라에는 없는 것을 가리키는 것에 지나지 않는다고 지적했다. 다시 말해서 특이한 것이라는 말이다. 그런데 이 특이한 것들을 왜 반드시 보존해야 하는가? 루쉰은 우스운 예를 들어 그들을 비웃었다.

예를 들어 어떤 사람이 얼굴에 혹이 하나 나 있고 이마에 부스럼이 하나 나 있다면, 그 사람은 다른 사람과 다를 것이다. 그래서 그 특이한 모습은 두드러질 것이다. 그리고 그것을 그 사람의 '정수(精髓)'라고 할 수 있을 것이다. 그렇지만 내가 보기에는 그런 정수는 떼버려서 다른 사람과 똑같이 되는 것이 좋을 성싶다.(《열풍》〈수감록 35〉)

루쉰은 또 다음과 같이 말했다.

우리더러 국수를 보존하라고 한다면 모름지기 국수도 우리를 보존할 수 있어야 할 것이다. 우리를 보존한다는 것은 확실히 가장 중요한 일이다. 그것이 국수이건 무엇이건 우리는 다만 우리를 보존할 수 있는 힘이 있는가 없는가만을 따지면 된다.(《열풍》〈수감록 35〉)

이러한 날카로운 견해는 봉건시대를 옹호하는 복고주의자들의 급소를 정확히 찔렀다.

국수주의와 함께 존재하면서 서로 호응한 것이 '이중 사상(二重思想)'이었다. 이중 사상을 고취한 사람들도 본질에서는 마찬가지로 매우 반동 성향을 가진 완고파였다. 그들은 단순히 국수만으로는 봉건시대 통치계급이 멸망하는 것을 구할 수 없다고 보고, 현 정세로는 국수 말고도 외국 것까지 얼마간 고려해야만 목숨을 부지해나갈 수 있다고 여겼다. 그런데 그들은 외세가 힘이 너무 커서, 저항하자니 힘이 없고 받아들이자니 그리 달갑지가 않았다. 결국 그들은 둘 사이를 배회하다가 지난날의 옛길로 되돌아가고 말았다. 이것이 이른바 이중 사상이 갖고 있는 본질이다. 루쉰은 이 사상에 대해서도 가장 어리석은 사상이라고 혹독하게 비판했다.

사실 세상에는 이처럼 뜻대로만 되는 일은 절대 없다. 한 마리 소도 목숨을 바쳐 공자에게 제물로 바쳐지면 밭갈이는 할 수 없는 일이고, 그 고기를 먹어버리면 젖은 짤 수 없는 것이다. 하물며 사람으로 어찌 자신도 살아 있으면서 살아 있는 선배 선생 시중도 들고, 그 훈계도 공손히 받아들일 수 있겠는가? 아침에는 손을 모아 읍하고 저녁에는 악수를 하고, 오전에는 '성학, 광학, 화학, 전기학(聲光化電)'을 읽고 오후에는 '공자 왈, 시경에 이르되'를 읽을 수 있겠는가?(《열풍》〈수감록 48〉)

루쉰은 "세상은 좁지 않지만 방황하는 사람에게는 결국 발붙이고 설자리도 없을 것이다"(《열풍》〈수감록 48〉)라고 비판했다.

국수주의와 이중 사상은 서로 뒤엉켜 구분할 수조차 없게 되었다. 그 결과 사회적으로 무슨 이름도 요상한 '철학 점치기'니, '과학 점치기'니 하는 영문 모를 괴상한 현상들이 끊임없이 나타나게 되었다. '사상혼란증'에 걸린 것이 분명한데도, 오히려 '조상들이 물려준 오랜 병'이라는 이유를 들면서 약조차 먹으려 하지 않았다. 이 모든 현상은 당시 루쉰이 쓴 잡문에서 루쉰에게 공격받는 대상이 되었다.

루쉰은 당시 모든 희망을 청년들에게 걸었다. 루쉰은 오직 그들만이 이 오래된 봉건사회의 폐허 위에서 새로이 자라나는 유일한 어린 싹이라고 여겼다. 단편 〈광인일기〉에서 루쉰은 '아이들을 구하라'라고 부르짖은 적이 있었는데, 그 뒤 잡문에서 이 사상은 더욱 강렬하게 나타났다. 루쉰은 새로운 생명이 자라지 못하도록 방해하는, 사람을 잡아먹는 낡은 사회와 낡은 예의·도덕을 반대했다. 그리고 "낡은 장부를 말끔히 없애버려라"라고 호소했다. 어떻게 없애버릴 것인가? 당시 루쉰은 반드시 "우리 아이들을 완전히 해방시켜야 한다"(《열풍》〈수감록 40〉)라고 주장했다. 그는 잡문에서 매매혼인이나 강제혼인 같은 제도와 봉건시대 가족제도를 완강하게 반대하고, 새롭고 합리적인 가정 그리고 자유로운 혼인과 연애를 주장했다. 미신을 반대하고 과학을 제창했으며, 낡은 문화를 반대하고 새 문화를 제창했다.

진화론에 입각해 사회를 관찰한 루쉰은 당시 온통 뒤죽박죽으로 존재하는 비합리적인 사회 현상을 보면서도 그것이 결코 자신을 낙심시킬 수 없음을 확신했다. 왜냐하면 장래는 어쨌든 지금보다 나을 것이며, 젊은 사람들은 어쨌든 늙은 사람들을 능가할 것이며, 극악무도한 낡은 세력은 필연코 멸망을 향해 나아갈 것이며, 새로이 자라나는 선량한 어린 사람들이 반드시 그들을 대체할 것이라고 굳게 믿었기 때문이었다.

생물이 진화하는 것은 피할 수 없다. 새로운 것은 마땅히 앞으로 나아가 성장해가는 길을 걸어갈 것이며, 낡은 것도 마땅히 앞으로 나아가되 그것은 죽음으로 난 길을 걸어갈 것이다. 늙은 것은 어린 것이 앞으로 나아갈 수 있도록 길을 비켜주고 독촉하며 장려해야 한다. 이것이 곧 진화해가는 길이다.

이렇게 후세 사람들은 선조를 한 걸음 한 걸음 능가하고 새 세대들은 대를 이어 계속 나타나게 마련이다. 새로운 사회―비록 루쉰은 당시 그것이 어떤 사회인지 아직 분명하게 인식하지 못했지만―는 반드시 다가올 것이므로, 일시적인 암흑은 슬퍼할 것이 못 된다. 당시 상황에서 진화론이 가장 훌륭한 사상무기가 될 수는 없었지만, 루쉰은 여전히 그것을 예리한 무기로 삼아 봉건주의와 사상 투쟁을 벌였다.

학형파도 신문화를 반대한다는 기치를 들고 나왔지만, 그들은 자신들을 '어느 편에도 치우치지 않는' 가장 '공정'한 인물로 자처했다. 그러나 이 가짜 '골동품'들은 같은 낡은 상표인 국수파에 비해서도 갈수록 점점 나빠지기만 했다. 그들은 낡은 문학을 주장하고 신문학을 반대하면서 복고 사상을 수호하는 사람들로 자처했지만, 그들이 지은 구체시(舊體詩)나 글은 문맥조차 통하지 않는 경우도 있었으며 심지어 제목도 통하지 않았다. 루쉰은 이렇게 말한 적이 있다.

만일 문맥이 통하지 않는 글을 쓴 사람도 국수와 지기(知己)로 친다면, 국수는 그야말로 창피를 면치 못할 것이다!……내가 여러분들에 대해 탄복하는 점은 오직 한 가지가 있다. 그것은 여러분들이 그러한 글도 당당하게 발표할 용기가 있다는 그것이다.(《열풍》〈'학형'을 헤아려봄(估'學衡')〉)

'헤아려보기(估)'만 해도 그 무게를 알 수 있는데, 수고롭게 '저울질하기(衡)'까지 할 필요가 무엇이 있겠는가?

잡문집 《열풍(熱風)》은 봉건제도를 옹호하는 계급들과 제국주의 이익을 대변하는 형형색색 문인들과 싸우면서 루쉰이 틈틈이 쓴 잡문들이 기본 내용을 이룬다.

23
신문화운동을 완강하게 반대한 후스

신문화운동에서 가장 완고한 적은 미국 실증주의(실용주의)를 신봉하며 부르주아 계급을 대표한 문인 후스였다.

후스는 신문화운동 진영에서 빠져나간 뒤 곧바로 민중과 맞서는 위치에 서서 제국주의 및 봉건군벌과 결탁했고, 마침 흥기하고 있던 노동운동과 마르크스주의가 중국에서 전파되지 못하도록 막아보려는 망상에 사로잡혔다. 후스가 보인 이런 면모는 신문화운동에 참가한 지 얼마 되지 않았을 때부터 드러나고 있었다. 신문화운동 진영에서 분열되어 나가기 전부터 그는 이미 신문화운동을 반대하기 시작했다. 그는《신청년》잡지의 '색채가 너무 선명하고'《소비에트 러시아》(당시 진보적 외국잡지—옮긴이) 중국어 번역본과 논조가 거의 같다면서,《신청년》을 정간하고 이른바 학술을 전문으로 연구하는 다른 잡지를 내려고 했다. 또한 '분열'시키겠다는 말로 당시《신청년》잡지의 동인들을 위협하기도 했다.

이에 대해 리다자오와 루쉰은 반대했다. 이 계획이 뜻대로 되지 않자 후스는 자신이 주관하는《노력주보(努力周報)》에 신문화운동을 반대하는 '국고정리(國故整理, '구문학'을 정리한다는 뜻—옮긴이)' 구호를 주창했다. 후스는 '국고정리' 기치를 내걸고 당시 미국에서 유행하고 있던 실증주의 철학을 선전했다. 또한 현실 정치투쟁에서 사람들을 이탈시키기 위해 이른바 '문제를 많이 연구하고 주의(主義)를 적게 논하라'라는 주장을 내놓았다. 후스 눈에는 안복계(安福系, 베이양 정부 시기에 돤치루이를 우두머리로 하여 안후이 성과 푸젠 성을 중심 기반으로 형성된 정객 집단—옮긴이) 베이양 군벌들이 나라를 망치고 민중을 해치는 것이나, 제국주의 열강들이 중국에서 미친 듯이 약탈해가는 것은 중요한 일로 보이지 않았다. 그러면서 나라 안에서 '새로운 분자'들이 제창하는 마르크스주의는 '눈에 거슬리고' '참을 수 없는' 것으로 여긴 것이다.

'나는 실증주의 신봉자이기 때문에' '분발해 정치를 논하겠다'라고 후스는 말했다. 후스가 논한 정치란 어떤 것인가? 후스는 노동계급이 지도하는 민중혁명이 낡은 제도를 뿌리째 뒤집어엎을까 봐 몹시 두려워했다. 그리하여 "실증주의는 구체적인 사실과 문제를 중요시하기 때문에 근본을 해결하는 것은 인정하지 않는다. 단지 한 걸음 한 걸음 진보만을 인정한다"라고 했다. 이것이 바로 후스가 주장한 '한 걸음 한 걸음의 개량주의론'이다. 그는 또 이렇게 말했다.

국내 우수한 인자들은 그들이 어떤 이상적인 정치조직을 바라든지 간에…… 지금은 마음을 가라앉히고 기준을 낮추어 '훌륭한 정부'라는 한 목표를 공인함으로써, 지금의 중국 정치를 개혁하는 최소한의 요구로 삼아야 한다고 생각한다. 우리는 한마음 한뜻으로 이 공동 목표를 위해 중국에 있는 나쁜 세력과 싸워야 한다.

여기에서 말하는 이른바 '우수한 인자'란 바로 그들 자신을 가리키는 것이다. 그러나 후스가 말한 '중국에 있는 나쁜 세력'이란 또 무엇을 가리키는가? 후스가 생각하기로 그것은 봉건주의도 아니고 제국주의도 아니며, '당의 견해를 버리지' 못하는 '편협한 태도'를 가진 사람들이었다. 이것이 바로 후스가 말하는 '훌륭한 정부주의'인 것이다. 후스가 제창한 '국고정리'란 이른바 '학술 연구'라는 이름으로 '한 걸음 한 걸음의 개량주의론'과 '훌륭한 정부주의'를 위해 일하는 것이었다. 후스는 당면한 현실투쟁에서 청년들을 끌어들여 자신이 원하는 목적을 이루고자 했다. 이것이 후스가 사용한 기만적인 수단이었다.

마르크스주의자들은 곧바로 후스에게 엄정하게 반박했다. 리다자오는 누구보다도 먼저 후스를 반대하는 의견을 내놓았다. 리다자오는 '주의'와 '문제'가 갈라놓을 수 없는 것이라고 주장했다. 한 사회문제가 사회 대다수 사람들에게 공통된 문제로 대두되었다면, 그것은 매우 심각한 문제인 것이다. 이 문제를 해결하려면 많은 사람들이 함께 노력해야 하는 것이며, '주의'란 그런 문제를 해결하기 위한 사상체계인 것이다. 사회활동에 종사하는 혁명가들은 한편으로 실제 문제를 연구해야 하지만, 다른 한편으로는 문제를 해결하기 위한 주의도 선전해야 하는 것이다.

리다자오는 "나는 볼셰비즘을 이야기하기 좋아한다고 자백하는 바이다. 온 세상이 기뻐 날뛰며 연합국이 승리한 것을 경축할 때 나는 〈볼셰비키주의의 승리〉라는 논문을 써서 《신청년》에 실었다. ……볼셰비즘이 유행하는 것은 실로 세계 문화에서 커다란 변화라고 생각한다"(리다자오, 〈문제와 주의를 재론함(再論問題與主義)〉, 1918년 8월 17일 출판된 《매주평론(每周評論)》 제35호)라고 말했다.

루쉰은 리다자오와 함께 후스가 떠드는 반동적 언행에 비판을 가했다. 후스 등이 '국고정리'를 제창하고 청년들에게 〈국학도서 목록〉을 열거하면서 "고서를 필독해야 한다"라고 청년들을 유인했을 때 루쉰은 많은 청년 대중들 앞에서 후스가 주장하는 내용이 무엇이 잘못된 것인지 폭로했다. 루쉰은 청년들에게 가장 중요한 것은 '행동'으로, 하루속히 떨치고 일어나 낡은 사회의 불합리한 제도와 강인하고 끈질기게 투쟁해야 한다고 말했다. 그러므로 청년들을 실제 혁명투쟁에

서 이탈하도록 유인하는 그런 '책'들은 읽지 않아도 된다고
말했다.

이때부터 루쉰은 민중 이익을 수호하기 위해 정치와 사상
전선에서 후스 같은 부르주아 계급 문인들과 오랜 기간 치열
하게 싸워나갔다.

24
아큐의 한평생

루쉰은 1921년에 〈고향〉을 쓴 뒤 그해에 또 〈아큐정전〉을 썼다. 이 유명한 작품에서 작가는 농촌에서 살아가는 가난한 날품팔이 아큐의 일생을 깊이 있게 그려냈다. 아큐라는 예술 형상을 통해 신해혁명이 실패한 이유를 다시 한번 고찰했고, 아큐와 아큐의 기만적인 실패주의, 곧 '정신승리법'과 그것을 낳게 한 사회와 역사 배경을 밝혔다.

웨이쫭(未莊) 마을의 토지사당(土谷祠) 안에서 사는 아큐는 자기 땅을 잃게 되어 혼자 힘으로 살아갈 수 없게 되었다. 그는 본래 일정한 직업 없이 이 집 저 집 다니면서 품팔이를 했다. 그때그때 형편에 따라 보리 거두는 일을 하고, 쌀도 찧으며, 배를 젓기도 했다. 일이 늦게 끝날 때면 주인집에서 자기도 했지만, 대개는 일이 끝나면 사당으로 가버렸다. 사람들은 일이 바쁠 때에는 아큐를 생각했지만, 일이 없는 한가한 때에는 잊어버리곤 했다. 사람들은 "아큐는 일을 참 잘해!" 하고 평가했다. 아큐는 완전히 파산하고서도 몹시 우쭐거리며 과대망상에 젖었다. 온몸에 봉건시대 통치계급 사상의 나쁜 물이 심하게 들어 있었다. 실패한 뒤에도 '정신승리법'으로 변명하는 것이 바로 그런 사상적 해독이 아큐의 정신세계에 끼친 가장 뚜렷한 특징이었다. 혁명이 일어나기 시작했을 때 아큐도 혁명에 참가하려고 했으나, 혁명이 실패하자 자오(趙) 영감과 '가짜 양놈' 따위들이 그나마 거둔 혁명의 성과를 빼앗아가고 아큐가 혁명에 참가하는 것을 막았다. 혁명이 일어났어도 봉건 통치계급이 다시 통치권을 장악했고, 아큐는 그들이 만든 명분 때문에 터무니없는 죄명을 뒤집어쓴 채 총살당하고 만다. 이것이 아큐의 한평생이다.

루쉰은 아큐라는 인물을 여러 해 동안 마음속에서 구상하고 있었지만, 선뜻 그것을 쓸 기회가 없었다. 그런데 마침 쑨푸위안(孫伏園)이 편집하는 《신보부간(晨報副刊)》에 누군가의 제안으로 〈재미있는 이야기〉라는 난을 만들기로 하자, 쑨푸위안이 루쉰에게 여기에 매주 한 번씩 글을 써달라고 부탁했다. 글을 쓰라는 말이 나오자 루쉰은 문득 아큐가 생각났고 그날 밤으로 1장, 곧 머리말을 썼다. 〈재미있는 이야기〉라는 제목에 알맞게 쓰기 위해 스스로 문에 창작에서 불필요한 것이라고 말한 바 있는 익살을 사용하기도 했다. 1장이 발표되고 나자 일 주일에 한 번씩 조금이라도 써야만 했다.

당시 루쉰은 생활이 매우 불안정했다. 그때 루쉰이 기거하던 방은 길옆에 있었는데, 그곳은 조그마한 창문이 하나뿐인데다가 편안히 앉아 글을 쓸 자리도 없어서 가만히 사색하기조차 힘든 형편이었다. 쑨푸위안은 원고를 심하게 독촉하기로 유명한 사람이었다. 한 주일에 한 번씩 꼭꼭 루쉰을 찾아와서는 허허 웃으며 말했다.

"선생, 〈아큐정전〉을…… 내일은 인쇄소에 넘겨야겠는데……."

그 말을 들으면 루쉰은 쓰지 않을 수 없었다. 그렇게 해서 또 한 장을 썼다. 그 뒤 루쉰이 차츰 진지하게 써내려가자 편집자도 그리 '재미'를 느끼지 못했는지, 2장부터는 〈신문예〉란으로 옮겨 실었다. 이런 식으로 두어 달 남짓 계속 써내려가던 루쉰은 이 소설을 끝마치고 싶었다. 그러나 편집자가 동의하지 않았다. 나중에 쑨푸위안이 출장을 가게 되자 다른 편집자가 대신하게 되었는데, 그 사람은 아큐에 대해 전혀 관심이 없었다.

루쉰이 그 편집자에게 〈아큐정전〉의 마지막 장인 '대단원(大團圓)'을 써서 보내자 그대로 실어주었다. 쑨푸위안이 돌아왔을 때는 아큐가 '총살'당한 지 한 달이나 넘었기 때문에 다시 살아날 수 없었다.(《화개집 속편》《〈아큐정전〉이 완성되기까지(〈〈阿Q正傳〉的成因)》)

〈아큐정전〉이 《신보부간》에 실리자 당시 상위 계층의 몇몇 일부 '위선자'들과 신사숙녀들, 정객들과 관료들은 몹시 두려워하고 불안해했다. 그들은 '비난'이 자신에게 돌아올까 봐 두려웠다. 그들이 이렇게 걱정하고 우려하는 데는 그럴 만한 까닭이 있었다. 〈아큐정전〉의 어떤 내용들이 마치 그들을 '욕'하는 것 같았기 때문이다. 그리하여 그들은 "모 씨가 〈아큐정전〉을 쓴 게 아닐까? 왜냐하면 그 사람만이 그들이 저지른 '사사로운 일'을 알고 있으니까" 하며 수군댔다.

이렇게 되자 그들은 실제로 별의별 의심을 다하게 되었다. 〈아큐정전〉에서 폭로한 것을 모두다 자신들의 비밀을 파헤쳐 놓은 것으로 여겼으며, 〈아큐정전〉을 싣는 신문과 관련이 있는 투고인이면 다 〈아큐정전〉 작가라는 '혐의'를 벗을 수 없었다. 그러다가 나중에 〈아큐정전〉을 쓴 작가의 이름을 알고 나서 작가와 자신들이 전혀 안면이 없는 사이라는 것을 깨닫고는 적이 안심했다. 그러고는 만나는 사람마다 자신들을 욕한 것이 아니라고 또 수군거렸다.

이런 현상은 그 무렵 상당히 널리 퍼졌다. 그래서 루쉰이 이 소설을 그의 첫 번째 소설집인 《외침》에 수록했을 때까지도 작가에게 와서 "당신은 대체 누구누구를 욕한 거요?" 하고 묻는 사람들이 있었다. 이것은 물론 대단히 우스꽝스러운 일이었다. 루쉰은 결코 실제의 누구누구를 욕한 것이 아니라 낡은 사회 전반을 견책한 것이었으며, 또 어느 한 개인을 풍자한 것이 아니었다. 루쉰은 비록 아큐를 위해 '정전'을 쓰는 것처럼 했지만, 진정 그가 그리고자 한 것은 '침묵하는 국민의 영혼'이었으며 '자신의 눈으로 본 낡은 중국인의 삶'이었다. 루쉰이 묘사한 것은 신해혁명 시기에 농촌에서 일어난 변화와 농민들이 받아들인 비참한 운명이었다.

신해혁명이 일어나기 일 년 전에 루쉰이 사오싱 부 중학당에서 교편을 잡고 있을 때였다. 어느 날 루쉰이 집에 있는데 갑자기 옆집 량씨(梁氏)네 허물어진 담장으로 웬 사람이 기어 들어오는 소리가 들렸다. 얼른 창문을 열어보니 그 사람은 루쉰이 살고 있는 신대문 동쪽 다이씨(戴氏) 집에 사는 셰아구이(謝阿桂)였다. 아구이와 동생 아유(阿有)는 다이씨네서 함께 살았는데, 둘 다 생활이 방탕했다. 생활이 구차하다 보니 아구이는 좀도둑이 되었다. 나중에 집세를 물지 못하게 되자 주인 집에서 쫓겨난 아구이는 갈 곳이 없어 헤매다가, 창팡커우(昌坊口)에서 북쪽으로 얼마 멀지 않은 장경사(長慶寺) 맞은편에 있는 토지사당에 들어가 살았다. 그 뒤 신해혁명이 일어나 항저우가 먼저 광복되고 사오싱에서도 봉기를 준비하자, 아구이는 신이 나서 토지사당에서 거리로 뛰어나와 큰소리로 외쳤다.

"우리들의 때가 왔소! 내일이면 우리에게는 집도 생기고, 여편네도 생긴다오!"

아구이가 난데없이 이렇게 외치자, 당시 사람들을 크게 놀랐다. 그러나 얼마 지나지 않아 이 일도 지나간 일이 되고 말았다.(저우샤서우,《루쉰 소설 속의 인물(魯迅小說里的人物)》제39, 72절) 이 아구이가 아마도 루쉰이 구상해오던 '아큐'라는 예술 형상의 첫 모델이었을 것이다. 그러나 루쉰의 창작 방법에 따르면, 그의 소설 속 '인물은 특정한 한 사람을 모델로 한 것이 아니라' '갖가지 인물을 다양하게 취해' '한데 모아놓은'(《이심집》〈북두 잡지사의 질문에 회답(答北斗雜志社問)〉) 것이었다.

마찬가지로 〈아큐정전〉에 나오는 아큐라는 전형 속에는 다른 여러 인물들의 말과 행동이 함께 녹아 있다. 이 예술형상에는 '아둥(阿董)'이라는 사오싱 몰락 지주의 그림자, 특히 그의 정신 상태가 들어 있다. 아둥은 매우 보수적인 인물로 개혁과 관계되는 일이라면 무슨 일이든지 모두 반대했으며, 심지어 학생들이 검은색 양말을 신고 다니는 것을 보고도 분개했다. 공교롭게도 당시는 검은 양말을 신는 것이 유행하던 때였다. 아둥은 또한 민중들을 적대시했다. 여름날 오후가 되면 다 해진 옷을 입은 어부의 자식들이 새끼줄로 얽어맨 나무 함지를 들고 물고기를 팔러 사오싱 거리에 나오곤 했다. 그들이 만일 아둥 집 대문 안으로 들어갔다가 들키는 날이면, 아둥에게 매를 두들겨 맞거나 물고기 함지가 내동댕이쳐지기 일쑤였다. 그러면 물고기는 햇볕에 달궈진 돌판 위에 떨어져 말라죽고 말았다. 물고기를 파는 아이들이 큰 낭패를 보는 것을 보면서 아둥은 쾌재를 부르곤 했다.(차오펑,《루쉰에 관한 몇 가지 이야기》〈아큐 시대의 풍속인물들(阿Q時候的風俗人物一斑)〉)

이러한 것들은 몇몇 특수한 예에 지나지 않는다. 이 밖에 더 많은 인물들에서 찾아내고 수집한 성격 특징들이 아큐라는 인물 속에 녹아 있다. 아큐라는 복잡한 전형은 작가가 예술적으로 가공하여 창조한 것이다.

신해혁명이 실패한 뒤 베이양 군벌들과 관료들, 지주들과 매판계급의 구태 정치가 썩을 대로 썩은 청나라 정부의 봉건 통치를 대신하게 되었다. 중국에서 민주주의 혁명을 위해 우선 해결해야 할 농민문제는 여전히 저 멀리 있었고, 혁명은 아직 준비단계에 있었다. 신해혁명에서 혁명 주력군으로서 당당하게 혁명투쟁에 참가하지 못한 농민은 여전히 빈곤과 파산 그리고 인신매매, 심지어 총살까지 당하는 운명을 면치 못했다.

이 모든 것은 〈아큐정전〉의 작가가 혁명 과정에서 두 눈으로 직접 본 것들이다. 루쉰은 일찍이 이 때문에 절망하고 한동안 침묵을 지킨 적이 있었다. 그는 농민들이 받아들일 수밖에 없는 불행한 처지를 슬퍼했으며, 당시까지도 여전히 살길을 잃은 농민들로 인해 비분을 느꼈다. 〈아큐정전〉의 작가가 왜 그렇게도 깊은 감정을 가지고 정겹고도 감동을 주는 이 소설을 쓰게 되었는지 그 까닭이 바로 여기에 있다.

이 작품에서 작가는 아큐를 정성들여 묘사함으로써 농민이 처한 운명과 새로운 앞날에 대해 깊은 관심을 표시하는 한편, 당면한 혁명 과정에서 봉건 세력의 힘이 너무나 강대하고 그들이 민중들에게 가하는 탄압, 특히 농민들에 대한 비인간적 억압과 착취가 가혹하리만치 극심함을 보여주었다.

위대한 현실주의 작가 루쉰은 농민을 누구보다 깊이 이해하고 관찰했다. 루쉰은 농민들이 경제적으로 무거운 짐을 지는 것에 대해 비분을 느꼈을 뿐만 아니라, 그들이 정신적으로 무거운 부담을 지는 것에 대해서도 고통을 느꼈다. 이런 정신적 부담은 대체로 봉건 통치계급이 농민에게 강요한 것이었다. 그렇지만 그 가운데 어느 정도는 농민들 자신의 낙후된 생산성으로 인한 것이기에 그들 스스로 짐을 만든 것이라는 사실도 부인할 수 없다. 그러나 앞으로 전진하기 위해서는 반드시 아큐를 통해 보여준, 날품팔이 아큐 혼자만 가지고 있는 것이 아니라 '침묵하는 국민 영혼' 깊숙이 뿌리 박혀 있는 가장 낙후한 것, 곧 패배주의적 '정신승리법'을 버려야만 했다.

위대한 사상가인 루쉰은 〈아큐정전〉에서 '아큐'라는 불멸의 예술형상을 통해 두 부류의 사람들을 비판했다. 우선 루쉰은 봉건시대부터 가혹하게 억압받고 착취당하며 살아오면서 어쩔 수 없이 생겨난, 최하층 농민의 결함, 특히 자신과 남을 속이고 스스로 업신여기는 패배주의적 '정신승리법'을 간파

《아큐정전》 러시아어 번역본을
위해 찍은 사진.

하며 한없는 애통함을 느꼈고, 그리하여 그것을 심각하게 비
판했다. 루쉰은 국민들의 사상 깊숙한 곳으로부터 가장 해로
운 패배주의와 그 영향을 철저히 없애버려야만 진정한 해방
의 길로 나아갈 수 있다고 은유적으로 지적했다. 그리고 작가
는 지주 계급인 자오 영감과 '가짜 양놈'에 대해서는 더없는
증오를 표시했으며, 그들을 호되게 비난했다.

또한 봉건 통치자들이 민중들에게 뿌린, 반민중적인 사상
을 여지없이 폭로하고 비판했다. 그들은 몇천 년 동안 봉건 지
배 세력에 시달렸고, 백 년 가까이 제국주의 억압 아래 갖은
수모와 수탈을 다 받으며 어리석게 살아왔다. 작가는 이런 상
태가 변혁될 수 있기를 간절히 바랐다. 당시 이런 상태를 변혁

시키려 한다면 무엇보다도 먼저 그들의 정신을 변혁시켜야 하며, 그들의 '병세를 드러내는 것'이 '그것을 치료하도록 환자에게 주의를 환기시키기' 위한 것이라고 생각했다. 그것이 지닌 의미와 영향력은 매우 깊었다.

〈아큐정전〉이 발표된 것은 문학사에서 큰 의의를 지니는 것으로, 중국 현대 문학이 거둔 빛나는 성과였다. 그것은 이미 불후의 명작으로 평가되어 현실주의 문학에 단단한 기초를 닦아놓았을 뿐만 아니라, 세계 문학 영역에서도 빛나는 발걸음을 내딛은 성공작이었다.

〈아큐정전〉은 발표된 지 얼마 되지 않아 여러 나라 말로 번역되어 전 세계에 널리 전해졌고, 진보적이고 혁명적인 다른 나라 작가들에게 주목을 받으며 전 세계적인 명성을 얻었다. 루쉰은 〈아큐정전〉에 이어 여러 혁명문학 작품들을 창작함으로써 중국의 혁명문학과 세계의 혁명문학을 연결시켰다. 그는 중국에서 가장 위대한 작가가 되었을 뿐만 아니라, 세계에서도 20세기에 가장 위대한 작품을 남긴 현실주의 작가 가운데 한 사람이 되었다.

25
맹인시인 예로센코와 함께

1922년 봄, 바다오완에 있는 루쉰 숙소로 손님이 방문했다. 우크라이나 출신 맹인시인 예로센코였다. 본명은 바실리 야코블레비치 예로센코로서, 에스페란토어 교사이자 음악가인 동시에 동화작가였다. 예로센코는 혁명에 동조했지만, 사회주의자는 아니었다.

중국에 오기 전에 예로센코는 인도, 버마, 일본 등지를 유람했다. 1921년에는 일본 경찰에게 사회주의를 선동하기 위해 일본에 왔다는 혐의로 해외 추방을 명령받았다. 추방령이 내리자 경찰들은 예로센코 숙소로 달려와서 짓밟고 때렸으며, 손발을 묶어 층계로 끌어내려 땅바닥에 내팽개쳤고, 돌을 깔아놓은 길을 따라 경찰서까지 끌고 갔다. 경찰서에 끌고 가서 심문한 뒤 아무런 죄명도 씌울 수 없자 더럽고 어두컴컴한 수용소에 가두었다.

예로센코는 두 눈을 꼭 감고 슬픈 눈물을 흘렸다. 그러나 일본 헌병들은 그 괴로운 심정을 헤아리려고 하기는커녕 예로센코가 정말 맹인인지 옆에서 지켜보았다. 전하는 말에 따

1922년 바다오완의 루쉰 집에서 맹인 시인 예로센코, 저우쩌런(앞줄 왼쪽)과 함께.

르면 몇몇 의심 많은 자들은 잔인무도하게도 그의 눈을 후벼내려고까지 했다고 한다. 그 뒤 예로센코는 일본 헌병들에게 맞아서 온몸이 붉은 상처투성이인 채로 뼛속에 사무치는 고통을 씹으면서 일본에서 쫓겨나고 말았다.(에구치 간江口渙, 루쉰 옮김, 〈바실리 예로센코 군을 회상하며(憶愛羅先珂華希理君)〉)

예로센코는 일본을 떠나 블라디보스토크를 거쳐 상하이로 갔다가 베이징으로 왔다. 루쉰은 모욕당하고 상처 입은, 먼 곳에서 온 이 손님에게 애정을 갖고 친절하게 대했다. 늘 맹인 시인과 함께 뜰을 거닐며 산보도 하고 이야기도 나누었다.

"적막해요. 적막해요. 사막에 있는 것처럼 적막해요."

루쉰은 이런 그의 심정에 대해 깊은 동정을 표했다. 예로센코는 루쉰 집에서 여름까지 지내다가 '어머니 러시아'에 대한 그리움을 안고 치타를 거쳐 고향 우크라이나로 돌아갔다. 그 뒤 모스크바 동방근로인민공산대학에서 6년 동안 일했고, 1952년에 서거할 때까지 저술과 번역을 하면서 교육에 종사했다. 루쉰은 그와 함께 지내는 동안 예로센코가 쓴 동화작품 〈좁은 새장〉, 〈연못가에서〉, 〈조각된 마음〉, 〈봄밤의 꿈〉 등을 번역했다. 이 작품들은 모두 나중에 출판된 《예로센코 동화집》에 수록되었다. 이 밖에도 루쉰은 예로센코의 동화극 〈분홍색 구름〉을 번역했다. 예로센코가 떠난 그해 10월에 루쉰은 〈오리의 희극〉이라는 소설을 썼다. 이 소설에서 작가는 서정적 필치로 이 맹인시인에 대한 돈독한 우애를 묘사했다.

그 뒤 얼마 되지 않아 1923년 8월에 루쉰은 바다오완을 떠나 좐타(磚塔) 골목 61호에 사는 고향친구 집에서 잠시 지내다가 부성문(阜成門) 안으로 이사했다.

26
끊이지 않는 청년들의 발길

1923년 말에 루쉰은 친구들로부터 800원을 빌려 부성문 안 궁먼커우(宮門口) 서쪽에서 세 번째 골목에 있는 21호를 사서 새로 손질한 다음, 이듬해 5월에 이사를 했다. 그 뒤 이 집은 당시 베이징 청년들, 특히 문학을 좋아하는 청년들의 중심지가 되었다.

그때 루쉰이 살던 골목은 그야말로 '보잘것없는 골목'이었다. 석탄재조차 뿌리지 않아 비가 내리면 길이 온통 진흙탕이되었다. 밤만 되면 어두컴컴해서 겨울에는 다니는 사람도 별로 없었다. 부근 주민들은 대부분 빈민들이었으므로, 시 당국에서는 이 골목에 가로등 하나 설치할 생각도 하지 않았다. 길어귀에 매단 흔들거리는 가로등도 주민들이 돈을 거두어 가설한 것인 듯했다.

그러나 루쉰이 이곳으로 이사한 뒤로 이 적막하고 쓸쓸하던 골목이 생기를 띠게 되었다. 날이 갈수록 많은 청년들이 이곳을 찾았으며, 거의 이틀에 한 번씩은 청년들이 찾아와서 문을 두드리는 소리가 들리곤 했다. 밤이면 주인이 손수 남포등을 들고 나가서 그들을 맞았다. 찾아온 손님들은 루쉰 집 문턱을 넘어서기만 하면 정처 없이 떠돌아다니던 나그네가 오랜만에 제 집으로 돌아온 듯한 포근함을 느끼곤 했다.

루쉰은 항상 바빴다. 글을 쓰는 시간이나 청년들이 찾아오는 시간이 일정하지 않다 보니, 식사시간과 잠자는 시간도 일정하지 않았다. 밤 열한 시나 열두 시가 되어서야 청년들이 하나 둘 돌아가곤 했다. 그러면 루쉰은 급히 처리해야 할 일이 없으면 조금 쉰 뒤에 책을 보다가 밤 두 시쯤 되어서야 잠자리에 들곤 했다.

밤에도 잠자는 것보다 일이 우선이었다. 때로 피곤할 때면 옷도 벗지 않고 심지어는 이불도 덮지 않은 채 그대로 침대에 누워 두어 시간 눈을 붙였다. 이렇게 루쉰은 참호 속의 전사처럼 깜박 잠이 들었다가, 몸을 뒤척이고는 바로 깨어나 담배를 한 대 피우고 진하게 끓인 차를 마신 다음, 과자가 있으면 조금 먹고는 또 글을 쓰기 시작했다. 급한 글이 있을 때면 펜을 놓을 줄 몰랐으며, 대부분 동이 틀 때까지 작업했다. 루쉰은 많은 잡문들을 대부분 이런 상황에서 써냈으며, 많은 소설도 이런 상황에서 써냈다. 루쉰은 소설을 쓸 때도 이처럼 '단숨에' 써야 그 예술형상이 선명해지지, 만약 도중에 다른 일로 중지했다가 다시 쓰면 인물 성격이 변할 수 있다고 생각했다.

서쪽에서 세 번째 골목 21호는 청년들에게 영원히 잊을 수 없는 곳이 되었다. 이곳을 찾는 청년들이면 누구나 다 그런 느낌을 가졌다. 그리 크지 않은 네모진 뜰에는 주인이 손수 심어 가꾼 흰 라일락과 보라색 라일락 몇 그루가 자라고 있었으며, 처마보다 높이 자란 대추나무 세 그루도 있었다. 평소에는 쥐 죽은 듯 조용해 참새들만 나뭇가지 사이를 날아다녔으나, 청년들이 찾아오면 이 조용한 분위기가 여지없이 깨지곤 했다.

그리 크지 않은 세 칸짜리 북쪽 채 뒤로 '작은 골방' 한 칸을 지었는데, 사람들은 그것을 '호랑이 꼬리(老虎尾巴)'라고 불렀다. 루쉰은 이 방에서 일하고 쉬었으며, 청년들을 접대했다. 이 작은 골방 뒷벽 윗부분에는 유리로 창문을 해달았는데, 창밖은 자그마한 뜰이었다. 이 뒤뜰 담에는 백양나무 몇 그루와 자두나무 몇 그루가 여기저기 심어져 있었다. 방안에는 유리창 바로 밑에 일인용 나무침대가 하나 놓여 있었다. 침대 너비는 두세 자밖에 되지 않았지만, 거의 방 삼 분의 일을 차지했다. 침대머리에는 옷 궤짝이 놓여 있고, 침대 밑에는 일용품들이 들어 있는 참나무 광주리를 놓아두었다. 동쪽 벽 아래에는 사무용 책상을 벽에 붙여놓았고, 그 앞에는 등나무로 된 팔걸이의자가 놓여 있었다. 서쪽 벽 아래는 차 탁자와 나무걸상 두 개가 놓여 있었다. 손님이 많을 때는 물론이고, 다섯만 넘어도 정말 들어설 자리가 없었다. 그러나 루쉰은 안일한 생활을 하면 작업에 문제가 생기므로, 향락을 추구하는 생활을 해서는 안 된다고 생각했다.

이것은 사실이다. 루쉰 선생 집에는 침대와 광주리, 옷 궤짝과 책상밖에 없었다. 만일 길을 떠나게 되어 이부자리를 챙기고 광주리나 궤짝을 들고 나서기만 하면 언제라도 나그네가 될 수 있었다. 그는 언제나 싸움의 길에서 걸음을 멈추지 않았으며, 더 안일한 생활을 꿈꾼 적이 없었다.(쑨푸위안,《루쉰 선생의 두세 가지 이야기》〈루쉰 선생을 애도하며(哭鲁迅先生)〉)

요란한 장식이나 별다른 배치도 하지 않은 그 방은 간결하고 소박해서 한눈에 다 들어왔다. 루쉰은 늘 이처럼 자연스러운 환경에서 청년들과 이야기를 나누곤 했는데, 말할 때도 언제나 꾸밈이 없고 소박했다. 루쉰과 이야기를 나눌 때면 사물을 예리하게 관찰한다는 것을 그의 두 눈을 보고 알 수 있었으며, 그가 얼마나 풍부한 경험을 쌓았는가 하는 것을 침착한 얼굴에서 읽을 수 있었다. 예리한 통찰력과 풍부한 인생 경험이 대화 속에 지혜로움으로 녹아들어 쉽고 자연스럽게 흘러나왔으며, 탐탁지 않은 일에 대해서 이야기할 때면 곧 이맛살을 찌푸리며 혐오와 분노의 심정을 그대로 나타냈다. 농담도 곧잘 했는데, 사람을 웃기기 위해서라기보다 세태를 풍자하기 위해서 하는 때가 더 많았다. 루쉰의 말은 때때로 그의 붓끝처럼 날카로웠으며 단도직입적이었다.

루쉰은 이야기를 시작하면 언제나 담배를 쉴 없이 피웠다. 이야기가 길어지면 작은 골방이 담배연기로 가득했다. 그러면 루쉰은 청년들이 견디기 힘들어할까 봐 웃으며 창문을 열어놓곤 했다. 청년들과 나누는 대화는 정해진 주제 없이 몇 시간씩 계속되곤 했는데, 루쉰은 피로함과 소란함을 조금도 느끼지 못했으며 청년들도 밤이 깊어지지 않으면 자리를 뜨려하지 않았다. 늘 찾아오는 청년들은 루쉰이 밤에 글을 쓴다는 것을 알기에 잠시 이야기하고는 곧 돌아가려 했다. 그럴 때면 루쉰은 언제나 청년들과 이야기하는 것은 휴식과 같으므로 청년들이 시간만 있다면 자신은 괜찮다고 하면서, 그들을 도로 붙들어 앉히곤 했다. 그렇게 되면 이야기는 다시 새로운 문제로 넘어가는 것이었다.

청년들 대부분은 일을 위해서 루쉰과 왕래했다. 그들은 루쉰에게 도움을 받고자 하는 절실한 심정으로, 직접 찾아와서 가르침을 받거나 또는 머나먼 외딴 고장에서 원고를 고쳐달라고 부쳐왔다. 또한 청년들이 먼저 편지를 보내 만나기를 청하면, 루쉰은 일이 아무리 바쁘더라도 또 상대방을 알든 모르든 언제나 성의를 다했다.

동쪽 벽 밑으로 붙여놓은 책상 위에는 언제나 청년들이 보낸 작품과 번역 원고 들이 가득 쌓여 있었으며, 그것을 다 보고 나면 또 다른 원고들이 꼬리에 꼬리를 물고 밀려왔다. 루쉰은 늘 청년들이 쓴 원고를 크게 고치려 하지 않았다. 다만 원고지 아래위 또는 옆 빈자리에다 작은 글자로 상세하게 주석을 달거나, 붓으로 작은 점들을 찍어서 표시해놓았다. 그런 다음 작가나 역자에게 의견을 듣고 고칠 것인지 말지를 결정하곤 했다. 만일 반드시 고쳐야 할 곳이 있으면, 작가에게 "이곳은 이렇게 고치는 것이 더 나을 것 같네"라거나 "여기엔 토의할 문제들이 몇 군데 있네"라고 알려주었다. 청년들은 루쉰을 대단히 신임했다. 그들은 루쉰을 수고스럽게 하는 것도 아랑곳하지 않고, "그럼 선생님께서 고쳐주십시오" 하고 말하곤 했다.

때로는 심지어 인쇄에 넘기게 될 원고를, 그것도 몇 매 정도가 아니라 아주 두툼한 것을 들고 와서 교열해달라고 부탁하기도 했는데, 루쉰은 절대로 거절하는 법이 없이 그것을 기꺼이 받아서 시간을 내어 교열해주었다. 청년들 성미가 대단히 급하다는 것을 아는 루쉰은 자기 때문에 원고가 지체되어 작가나 역자가 조급해할까 봐 늘 아침부터 밤늦게까지 온종일 쉬지 않고 일했다.

신인들에게 부탁받고 그들 작품을 골라 묶는 일도 자주 있는 일이었다. 루쉰은 그들이 쓴 작품들을 모두 자세히 읽어볼 뿐만 아니라, 서로 비교해보고 골라서 다시 한번 세심하게 퇴고한 다음 취사선택 여부를 작가와 의논하여 결정했다. 만약 그 작품을 출판사에서 출판하겠다고 하면 루쉰은 또 인쇄에 넘기기 전에 목차를 정한다, 머리말을 쓴다 하면서 바삐 보냈다. 루쉰은 실로 그 책의 '책임편집자'였다.

그뿐만 아니라 루쉰은 때로 미술 도안까지 겸했는데, 그것은 루쉰이 책 장정과 표지에도 크게 관심을 가졌기 때문이다. 아닌 게 아니라 루쉰의 책상서랍에는 그림도구들이 가득 들어 있었다. 청년들이 루쉰을 이 분야의 전문가라고 여겼듯이, 루쉰은 말 그대로 이 분야에서 전문가였다. 루쉰은 몇몇 신인들에게 책표지를 도안해주기까지 했다.

청년들이 만일 학비를 마련하기 위해 창작하거나 번역해서 그 원고를 루쉰에게 보내면 루쉰은 '출판업자'가 되어 원고료를 미리 지급해주기도 했다. 루쉰이 얼마 안 되는 수입에서 작가나 역자에게 먼저 원고료를 보내주면, 그들은 나중에 천천히 갚았다. 청년들은 언제나 루쉰에게서 알뜰하고 사심 없는, 구체적인 도움을 받았다. 루쉰은 청년들이 보낸 원고를 대충대충 보는 것이 아니라, 한 자 한 자 눈여겨보았다. 루쉰은 추호도 이기심을 가진 적이 없었다. 그는 이렇듯 젊은 세대를 키우는 데 심혈을 기울였다.

루쉰은 청년들이 자신에게 희망이자 사회 전체에도 희망이라고 여겼고, 새로 자라나는 젊은 세대들을 자기 생명보다 더 소중히 여겼다. 자신이 그렇게 하는 것이 즐거웠고, 그렇게 하는 것이 헛된 일이 아니라고 생각했다. 비록 루쉰을 '발판'으로 삼아 루쉰이 주는 신뢰와 도움을 이용하고서는 어느 날 변신하여 루쉰을 '장애물'로 여기고 팽개쳐버리는 몇몇 나쁜 청년들도 있었지만, 루쉰은 이로 인해 결코 후회하지 않았다. 루쉰은 "어느 한 사람이 도둑이 되었다고 해서 모든 사람들을 다 도둑이라고 의심할 수 있겠는가?"라고 말했다. 루쉰은 다른 비유를 다시 들어 말하길, "아이가 밥을 헛되이 땅에 버렸다고 해서 농부가 그것 때문에 농사를 짓지 않을 수 있겠는가?"라고 했다.

루쉰이 청년들에게 보내는 사랑은 두텁고도 사심이 없었다. 그러나 그는 어제까지는 벗이던 사람이 오늘은 그 반대편으로 돌아서면, 그런 사람들에게는 가차 없이 반격했다. 무엇을 사랑하고 무엇을 증오해야 하는가를 분명히 했다.

그런 그도 청년들에게는 붓끝이 관대했다. 루쉰은 "그들이 칼로 나를 열 번 찍으면, 나는 그들에게 화살 한 대만을 쏘겠다"고 말했다. 사람들은 결코 루쉰이 연약해서 이렇게 했다고 생각하지 않을 것이다. 단지 상대방이 청년이면 그가 아주 나쁜 청년이라 할지라도 루쉰은 그 청년에게 언제나 한 가닥 희망을 거두지 못했다. 이 때문에 루쉰은 때로 고민에 빠지기도 했다.

27
무쇠로 지은 방을 나와 밖으로

1923년 9월에 첫 단편소설집 《외침》이 출판되었다. 이 소설집에는 위에서 말한 일부 작품들과 더불어 〈단오절(端五節)〉, 〈백광(白光)〉, 〈토끼와 고양이(兎和猫)〉, 〈제사놀이〉 같은 작품이 수록되어 있다.

《외침》 출판은 중국 현대 문학사에 중요한 사건으로 기록될 만했다. 《외침》은 출판되자마자 단번에 문학예술계에서 주목을 받았다.

이 책이 출간되자 진보적인 의식을 가진 평론가들은 누구나 다 환영했다. 청팡우(成仿吾)는 〈《외침》에 대한 평론〉에서 먼저 《외침》이 갖는 시대적 의의를 다음과 같이 강조했다.

최근 반년 동안 문단은 극도로 침체되어 있었다고 할 수 있다. 이 침묵을 깨뜨리는 소리가 들려오기를 기다리던 나는 마침내 우렁찬 외침소리를 듣게 되었다. 내가 이 우렁찬 외침소리를 듣기 전에 나는 앞서 여러 가지의 조잡한 외침소리를 들었다. 그 소리들은 사람들에게 무딘 주의력을 환기시키는 데는 필요한 것이었다. 그러나 나처럼 아무 소리도 내지 못하고 기다리는 사람에게는 오히려 조잡하고 혐오스러운 느낌을 주었다. ……그렇지만 나는 끝내 우렁찬 외침소리를 듣게 되었으니, 그것이 바로 루쉰이 쓴 《외침》이라는 소설집이다.(1924년 2월 《창조계간(創造季刊)》 제2 권 제2기)

《외침》이 출판된 것은 5·4운동 이래의 문학혁명운동이 낡은 문학과 싸워서 승리했음을 말해준다. 《외침》은 문단에서 케케묵은 쓰레기들을 죄다 쓸어버리고, 우위를 차지하던 낡은 문학을 뒤집어엎고, 신문학이라는 전투적 깃발을 꽂았다. 마오둔(茅盾)은 〈《외침》을 읽고〉에서 다음과 같이 열렬하게 칭찬했다.

중국의 새 문단에서 루쉰 군은 언제나 '새로운 형식'을 창조하는 데 선봉이다. 《외침》에 수록된 소설 십여 편은 거의 모두 새로운 형식을 취한 것으로, 이러한 새로운 형식은 신인들에게 커다란 영향을 끼칠 것이며, 따라서 많은 사람들이 그것을 시험해보려고 할 것이다. ……기쁨과 경탄이 아니면 루쉰 작품에 대해 우리가 또 무엇을 더 말할 수 있겠는가?(1923년 10월 8일 《문학주보(文學周報)》 제91기)

그러나 일부 평론가들은 이와 다른 태도를 취했다. 그들은 루쉰과 그가 쓴 작품에 대해 아주 냉담하거나 왜곡하기도 하고 무시했다. 그때 《현대평론》에 〈루쉰 선생〉이라는 제목으로 장딩황(張定璜)이 이러한 글을 실었다.

루쉰 선생은 길가에 서서 우리 남녀들이 큰길로 오가는 것을, 키다리와 난장이, 늙은이와 젊은이, 뚱보와 말라깽이, 웃는 사람과 우는 사람 등 큰 무리들이 천천히 움직이는 것을 보고 있었다. ……루쉰 선생의 의술이 도대체 어떠한 수준이며, 해부실에 들어가 본 적이 있는지 없는지는 우리가 알 길이 없다. 그러나 그에게 세 가지 특징이 있다는 것은 안다. 그것은 수술에 익숙하고 경험이 풍부한 의사들이 갖는 특징인데, 첫째도 냉정함이고, 둘째도 냉정함이며, 셋째도 역시 냉정함이다.

장딩황은 또한 루쉰을 삶의 방관자로 간주했다. 그는 루쉰을 '양심 있는' 예술가, '다시 말하면 자기 표현에 충실하며 그리고 그 자신에게 충실한 예술가'(1925년 1월 《현대평론》 제1권 제7기, 제8기)라고 말했다.

루쉰이 서거한 지 얼마 되지 않아 동생 저우쭤런(周作人)은 1936년 10월 24일에 출판된 《우주풍(宇宙風)》에 〈루쉰에 대해〉라는 글을 발표했다. 저우쭤런은 이 글을 "국내에서 둘도 없는, 보존할 가치가 있는 것이라고 굳게 믿는다"라고 자평했다. 그는 루쉰을 다음과 같이 생각했다. 곧 루쉰은 창작하는 별다른 목적이 없었으며, 이는 "옛말로 하면 명예나 영달을 위한 것이 아니라고 말할 수 있다." 루쉰은 단지 '창작을 좋아해서' 했을 뿐인데, 그것은 또한 "그것이 학문을 탐구하고 예술을 다루는 가장 훌륭한 태도"이며, "이런 태도로 학문을 닦고 창작을 해야만 독특한 견해와 독창적 재능을 발휘할 수 있고 그 성과를 거둘 수 있다"라고 했다. 그리고 "루쉰에게는 소설과 산문을 쓰는 데 남들이 따를 수 없는 또 한 가지 특징이 있었는데, 그것은 곧 중국 민족을 아주 깊이 있게 관찰하고 쓰는 것"이라고도 했다. '깊이 있는 관찰'이란 어떤 것인가? 저우쩌런은 "아마 현대의 문인들 가운데 중국 민족을 그렇게 어둡게 보고 비관적으로 본 사람은 둘도 없을 것이다"라고 했다. 저우쩌런은 이런 자유주의 문학관의 입장에서 출발해 루쉰의 작품들을 왜곡해서 해석했는데, 이를테면 '〈아큐정전〉은 비분과 절망을 유머에 실은' 대표작이라는 식이다.

중국 민중이 해방을 위해 투쟁하는 과정에서 루쉰이 결코 방관자가 아니었다는 것은 이미 많은 독자들이 주지하는 사실이며, 또한 수많은 역사 사실들이 이를 증명해주고 있다. 루쉰은 문학활동에 종사하는 그날부터 투사로 살았다. 루쉰이 쓴 글들은 모두 잡문이든 소설이든 루쉰의 무기가 되었다.

루쉰처럼 문학작품이 가진 전투성을 고도로 발휘하면서 그 목적성과 경향성을 뚜렷이 보여준 사람은, 그와 같은 시대에 활동한 작가들 가운데서는 찾아보기 힘들다. 루쉰은 전투적인 글쓰기를 함으로써 혁명적이고 전투적인 중국 현대 문학 전통을 수립했다. 루쉰의 문학작품은 다음과 같은 몇 가지 특징들을 뚜렷이 보여준다.

첫째, 루쉰은 문학작품을 사회를 개조하는 도구로 삼고 문예활동을 사회를 개조하는 혁명과 밀접하게 연계시켰다. 1933년에 쓴 〈나는 어떻게 소설을 쓰기 시작했나(我怎麽做起小說來)〉라는 글에서 그는 다음과 같이 말했다.

'무엇 때문에' 소설을 쓰게 되었는가를 말하라면, 나는 여전히 10여 년 전의 '계몽주의'에 대해 말하지 않을 수 없다. 그것은 반드시 '인생을 위해' 힘써야 하고 또 그 인생을 개량해야 한다고 생각하기 때문이다. 나는 소설을 '소일거리'라고 하거나, '소일거리'의 신식 별명으로 '예술을 위한 예술'을 주장하는 것을 대단히 싫어했다. 그러므로 나는 병적인 사회에서 불행하게 살아가는 사람들 가운데서 글의 제재를 많이 얻었다. 그 목적은 병의 원인을 드러내어 치료에 주의하도록 각성시키기 위해서였다.

루쉰은 〈영역본《단편소설집》 머리말〉에서 더욱 명백하게 천명했다. 자신이 소설을 쓰게 된 목적은 압박받는 민중을 위해 '외치고 싸우려는' 데 있었으며, 소설이라는 문학 장르로 '타락한 상층 사회'를 폭로하고 '불행한 하층 사회'을 보여주려는 데 있었다고 말했다.

루쉰의 작품에서는 대개 압제자와 피압제자, 혁명과 반혁명을 주장하는 사회 세력이 아주 뚜렷하게 대비된다. 작가는 뚜렷한 대비 수법으로 선명한 경향성을 보여준다. 부패하고 타락한 상층 사회와 그 대표인물에 대해서 조금도 주저하지 않고 철저하게 비판했으며, 그들이 가진 어두운 면과 죄악과 비열함, 그리고 사리사욕과 황음무도함을 풍자하거나 폭로했다. 루쉰은 낡은 사회와 낡은 제도에 털끝만 한 환상도 가지지 않았으며, 불행한 하층 사회에 대해서는 무한한 동정심을 보냈다. 그리고 사회를 개조할 희망의 가능성을 근로민중들에게서 찾았다.

루쉰은 자오 영감과 '가짜 양놈' 같은 봉건 통치계급을 대표하는 인물들을 더없이 증오하고 멸시했으며, 풍자의 필치로 그 추악한 몰골과 영혼 깊숙이 자리한 비인간적인 면모를 그려냈다. 루쉰이 작품에서 묘사한, 상층 사회를 대표하는 이러한 인물들은 그때까지만 해도 사회에서 여전히 지배적인 위치를 차지하고 민중들 머리 위에 올라앉아 갖은 행패와 세도를 부렸으며 향락을 누렸다. 심지어는 목숨까지 좌지우지

하는 권한을 마음대로 휘둘렀다. 그러나 예리한 독자들은 루 쉰의 작품을 읽으며 그런 부류의 인물들이 결코 그리 오래 버 티지 못할 것임을 쉽게 알 수 있었다.

이와 반대로 루쉰은 민중, 특히 농민에 대해, 이를테면 룬 투처럼 잊을 수 없는 인물형상에 대해 깊은 동정심을 가지고 있었으며, 말이나 소처럼 억압받고 착취받는 그 처지에 대해 비분을 금치 못했다. 그러나 우리가 만일 루쉰 작품을 편협한 관점으로 바라보고서 루쉰이 농민을 모두 소극적이고 뒤처진 계층으로 그려냈다고 여긴다면 그것은 옳지 않다.

루쉰은 작품에서 하층 사회의 불행을 묘사하면서, 농민들 이 갖는 반항적 정서, 곧 불합리한 현상을 변혁하고 낡은 봉 건제도 질서를 뒤집으려는 정서를 깊이 있게 묘사했다.

아큐를 예로 들어보자. 봉건시대 통치자들이 강요한 사상 적 해독은 아큐 머릿속에 대단히 뿌리 깊게 박혔다. 이 모든 것, 특히 패배주의적 '정신승리법'에 대해 루쉰은 날카롭게 비판했다. 그러나 루쉰은 아큐에게서 희망을 완전히 거두지 는 않았다. 그 대신 아큐를 억압하고 혁명에 참가하지 못하도 록 가로막는 '가짜 양놈'들을 몹시 증오했다. 아큐가 혁명당 원인가 아닌가 하는 문제를 이야기할 때, 루쉰은 "내 생각에 중국이 혁명을 하지 않으면 아큐는 혁명당원이 되지 못할 것 이며, 혁명을 하게 된다면 혁명당원이 되었을 것이다"(《화개집 속편》《〈아큐정전〉이 완성되기까지》)라고 긍정적으로 말했다.

둘째, 예술품격 면에서 작가가 사용한 간결하고 명쾌한 수법은 위에서 말한 철저한 혁명적 비판정신과 긴밀한 관계를 가지고 있다. 불합리한 사회를 개조하고 '병의 원인을 드러내어 치료에 주의하도록 각성시키기' 위해 루쉰은 "나는 글을 씀에 군더더기를 피한다. 남에게 의사를 전달할 수 있으면 그만이지, 필요 없이 꾸미고 강조하는 수법은 쓰지 않았다. 본래 중국 연극에는 무대배경이 없었고, 설날 아이들에게 파는 꽃종이에도 중요한 인물 몇 사람밖에 그리지 않았다(하지만 지금 꽃종이에는 대부분 배경이 그려져 있다). 나는 내 목적을 달성하는 데 이 수법이 적합하다고 굳게 믿으므로, 풍월을 묘사하지 않았고 대화도 장황하게 늘어놓지 않았다"(《남강북조집》〈나는 어떻게 소설을 쓰기 시작했나〉)라고 말했다.

이것은 작가가 아주 간결한 언어로 인물 모습과 정신 그리고 성격 특징 등을 그려내려 했음을 말해준다. 곧 작가 자신이 말한 것처럼, "요컨대 한 사람의 특징을 가장 정확하게 그려내려면 그 눈동자를 그리는"(《남강북조집》〈나는 어떻게 소설을 쓰기 시작했나〉) 방법이 가장 좋다는 것이다.

이렇게 뛰어난 표현방법들을 〈쿵이지〉, 〈약〉, 〈풍파〉 등 많은 단편소설들에서 볼 수 있다. 이런 문학작품들이 새로운 창조임은 조금도 의심할 바 없는 것으로, 이 '새로운 형식'들은 일찍이 '청년들에게 커다란 영향'을 주었다. 루쉰은 자기 작품에 대해 이야기할 때 외국 작가와 작품에서 받은 영향에 대해서도 언급했다. 하지만 독자들은 이런 새로운 창조가 중국 민족의 우수한 문학전통을 바탕으로 이뤄진 것임을 어렵지 않게 알 수 있다.

셋째, 창작방법으로 볼 때 루쉰이 위대한 현실주의 작가라는 것은 조금도 의심할 바 없다. 루쉰 작품에서는 현실주의적 특색이 풍부하게 표현되는 동시에, 적극적 낭만주의 정신이 혁명적 현실주의와 결합되어 있다. 현실주의 작가 루쉰이 묘사한 인물들, 특히 심혈을 기울여 부각시킨 민중들의 형상은 대단히 진실하다. 그들이 겪는 고통과 수난 그리고 간절한 염원 등, 이 모든 것들은 깊은 감동을 준다. 앞에서 말한 바와 같이 작가는 결코 그들을 그저 힘없고 풀죽은 인물로 묘사하지 않았다. 그들은 비록 심하게 억압받고 가혹하게 착취당하고 있지만, 살기를 간절히 원하고 더 잘 살기를 바라고 있었다. 그들은 현실을 타파하고 그들을 가둔 우리를 깨부수고자 했다. 햇빛도 들지 않는 '무쇠로 지은 방'에서 나와 '넓고 환한 곳'으로 가고자 했다.

이런 적극적 낭만주의 정신이 현실주의 정신과 함께 그의 작품에 충만해 있다. 이 모든 것은 현실과 싸우고자 하는 민중의 의지이며, 해방을 갈망하는 민중들의 정서인 것이다. 아울러 이 모든 것은 작가의 이상이기도 하다. 루쉰 작품에서 보이는 전체 정조(情調)로 볼 때, 심오한 현실주의 작품 가운데는 이처럼 적극적 낭만주의 요소들이 들어 있다.

28
민족문화의 우수한 전통을 찾아서

1924년 6월에 루쉰은 유명한 학술 저작 《중국소설사략(中國小說史略)》을 출판했다. 이 책은 루쉰이 베이징대학에서 강의할 때 쓴 강의안을 바탕으로 수정한 것이다. 이 책이 출판되기 전까지 당시 학계에서는 중국의 고대 소설에 관한 전문 저서가 없었다. 중국의 풍부한 문화유산 가운데 소설이 발전해온 역사를 저술한 책은 《중국소설사략》이 최초였다. 작가는 이 책에서 역사의 먼지 속에 파묻혀 있던 중국 문화예술의 보물을 여러 해에 걸쳐 꼼꼼하고 폭넓게 발굴해냈으며, 중국 고대 봉건사회의 비밀도 폭로했다. 또한 이 《중국소설사략》은 작가가 중국 역사와 사회를 깊이 있게 관찰하고 분석한 결과도 보여준다.

이 책이 출판되기 전에 루쉰은 많은 준비를 했다. 여러 해 동안 끊임없이 자료를 수집하고 정리함으로써 기초 작업을 튼튼히 해놓았다. 1912년 전까지 이뤄진 '책을 베껴 쓰는' 작업과 그 뒤 계속된 '책을 베껴 쓰는' 작업은 모두 이 소설사를 쓰기 위한 준비 작업이었다. 《중국소설사략》에서 많은 지면을 차지하는 《고소설구침》, 《당송전기집》, 《소설구문초(小說舊聞鈔)》 같은 자료들은 대부분 루쉰이 직접 여러 도서관에 있는 장서를 찾아 한 자 한 자 베껴 쓴 것이며, 또한 세심하고 신중하게 교열하고 고증한 것이었다. 때로는 한 글자 차이 때문에 여러 가지 판본, 심지어 모든 판본들을 다 찾아보고 고증해야 했다. 그때 이미 루쉰은 사물을 관찰하고 분석하는 능력이 높은 수준에 이르러 있었다. 이 책들은 지금도 학술적 가치를 인정받고 있다.

중국에서 《중국소설사략》이 출판되자, 이 책은 소설을 '소일거리'로 간주하는 봉건주의적 문학관을 가진 봉건 계급이나 자기 민족의 문화유산을 헐뜯으며 문학예술 전통을 부정하는 부르주아들에게 정확한 타격을 가했다. 《중국소설사략》은 중국 민족이 이룩한 문예유산이 대단히 풍부할 뿐만 아니라 그 역사도 매우 깊음을 실증해주었다. 중국 민족의 역사와 문학사에는 뛰어난 작가들과 사상가들이 끊임없이 나타났으며, 그들은 훌륭한 문학작품을 창작했다. 부르주아 계급을 대변하는 후스 같은 사람이 중국 민족의 문화유산을 부정하고 헐뜯었지만, 이는 근거 없는 이야기다. 중국에서 신문학의 기초를 닦고 고대 문학유산을 연구하고 계승한 루쉰은, 처음으로 중국 문학사에서 고전소설이 얼마나 가치가 있으며 마땅히 어떠한 자리를 차지해야 할지를 분명히 밝혔다.

민족문화에 대해 허무주의 태도를 가지고 있는 사람들과 반대로 루쉰은 민족문화가 가진 우수한 전통을 대단히 사랑했다. 그는 특히 한나라와 위나라 그리고 육조 문화에 대해 깊이 연구했다.

더욱이 혜강처럼 봉건시대 통치자들에게 지배당하면서도 의연하게 자신의 견해와 정의를 견지한 문학가에 대해 루쉰은 더없는 존경을 표시했다. 루쉰은 혜강이 쓴 시 전체가 수록된《혜강집(嵇康集)》을 포함한 모든 작품을 정성을 다해 교열했다. 루쉰은 오래전부터 혜강이 남긴 저작을 정리해왔다.

루쉰은 1913년에 처음 베이징으로 와서 사오싱 회관에 있을 때부터 이미 교열작업을 시작했다. 1921년에 두 번째, 1922년에 세 번째 교열을 거쳐, 1924년에 네 번째로 교열했다. 교열을 위해서만《혜강집》을 두 번, 세 번이나 베껴 썼다. 같은 원고지에 지워버렸다가 다시 고쳐놓고 연한 먹으로 고쳤다가 다시 진한 먹으로 지워버리곤 한 곳도 여러 장이었다. 때로는 검은 먹으로 쓴 자를 붉은 먹으로 지우고, 다시 붉은 먹을 검은 먹으로 지운 곳도 여러 곳이 있다. 루쉰이 대체로 만족스럽게 여긴 마지막 완성 원고에도 고쳐놓은 글자들이 더러 있었다. 루쉰이 이렇게 끊임없이 힘들게 교열작업을 한 결과, 이 책은 오늘까지 여러《혜강집》가운데서 가장 완벽한 판본으로 평가된다.

루쉰은 당나라 문화도 남다른 흥미를 가지고 연구했다. 그는 중국 역사에서 당나라 때 문화가 다른 어느 시기의 문화보다 찬란하게 빛을 발했다고 여겼다. 당나라 사람들은 자기 민족 문화에 대해 굳은 믿음을 지니고 있었으며 넓은 도량으로 다른 나라 문화를 대함으로써 그것을 맹목적으로 숭배하거나 경솔하게 배척하지 않았는데, 이런 태도를 배워야 한다고 생각했다.

그리하여 루쉰은 당나라 역사와 문화를 배경으로 현종(玄宗)과 양귀비의 사랑 이야기를 줄거리로 한 역사소설《양귀비(楊貴妃)》를 쓰려고 계획했다. 그러기 위해서는 당나라 서울인 장안 풍경을 두 눈으로 직접 보고 당나라 때 상황을 현지에서 조사해야 했다. 그러던 중 루쉰에게 좋은 기회가 왔다. 1924년 7월에 시베이대학(西北大學)과 산시 성(陝西省) 교육청에서 한꺼번에 초청을 받은 것이다. 루쉰은 이 초청에 응해 학술 강연을 하러 시안(西安)으로 갔다.

1924년 7월 7일에 베이징을 떠나 일주일 뒤인 14일에 시안에 이르렀다. 시안에 도착한 루쉰은 곧 소설사를 강의했다. 강의가 없는 틈을 타 루쉰은 같이 간 사람들과 함께 여러 곳을 유람하면서 대안탑(大雁塔)과 소안탑(小雁塔), 취장(曲江) 강과 파교(灞橋), 비림(碑林)과 고물가게 들을 구경했다. 그러나 루쉰이 받은 인상은 애초에 생각한 것과 너무나 달랐다. 어수선한 현실은 본래 상상하던 바를 뒤죽박죽으로 만들고 말았다. 그래서 양귀비가 살해당한 마웨이(馬嵬) 언덕에 가보려던 생각도 걷어치우고 말았다. 시안에서 예정한 날까지 머무르지 않고, 8월 초에 소설사 강의를 끝내자마자 앞당겨 베이징으로 돌아왔다.

29

청년 작가들과 문예잡지를 만들며

5·4운동이 저조기로 접어든 때인 1924년 무렵 베이징 신문과 잡지 들에는 색다른 풍경이 나타났다. "아아, 나는 죽겠어요"라는 식으로 실연을 읊는 연애시가 일시에 유행했다. 이를 못마땅하게 여긴 루쉰은 의도적으로 '그 여자 마음대로'라는 말로 끝을 맺은 〈나의 실연(我的失戀)〉이라는 '새로운 해학시'를 지어 '모생자(某生者)'라는 필명으로 《신보부간》에 발표했다. 당시 '시인'들과 한번 논쟁을 해볼 생각이었다.(《삼한집》〈나와 《어사》(我和《語絲》)的始終)〉)

그때 《신보부간》을 편집하는 책임자는 여전히 쑨푸위안이었다. 평소에 늘 루쉰을 찾아와서 원고를 청탁했기 때문에 루쉰이 쓰는 문체와 필적을 잘 알고 있었다. 루쉰이 비록 '모생자'라는 필명으로 바꾸었지만, 그것이 루쉰이 보낸 원고라는 것을 단번에 알아보고 바로 조판실에 넘겼다. 공교롭게도 이때 역시 신보사와 밀접한 관계를 가지고 있던, 유럽에서 돌아온 지 얼마 안 되는 한 유학생이 《부간》에 대해 불만을 느끼고 쉬즈모(徐志摩)와 천시잉(陳西瀅) 등에게 동의를 얻어 《부간》

을 '개혁'하려 하고 있었다. 그날 쑨푸위안이 원고를 조판하게 한 뒤 외출했는데, 이 유학생이 조판실로 달려가 《부간》 원고를 검사했다. 그 유학생은 '모생자'라는 필명으로 쓴 〈나의 실연〉이라는 루쉰의 해학시를 보고는, '시 같지 않은 시'라는 이유로 편집자에게 허락도 받지 않고 원고를 빼버렸다. 이렇게 해서 일이 복잡하게 벌어졌다.

"나는 사직했소. 더러워서!"

어느 날 밤 루쉰의 집을 찾은 쑨푸위안이 던진 첫마디였다. 이어 루쉰에게 자신이 사직하게 된 까닭을 설명했다. 며칠 뒤 쑨푸위안이 또 찾아와서 따로 잡지를 만들자고 제의했다. 루쉰은 찬성하면서 힘껏 도와주겠다고 선뜻 대답했다. 그러고 얼마 지나지 않아 1924년 11월 17일에 새 간행물이 창간되었는데, 그것이 바로 《어사(語絲)》이다. 이 간행물은 주간지로 처음에는 열여섯 사람이 원고를 썼는데, 모두 쑨푸위안이 초청한 사람이었다.

《어사》는 처음 창간될 때 일정한 목표가 없었고, 이른바 '통일전선'이라는 것도 없었다. 게다가 루쉰이 말한 것처럼 투고자 열여섯 사람이 서로 태도가 달랐다. 그들 가운데는 보수 세력과 분명하게 투쟁한 사람도 있었으나, 어느 정도 지위에 오르자 보수 세력을 수호하는 쪽으로 변신한 사람도 있었다. 그들은 더는 보수 세력에 반항하지 않고 잔꾀나 부리면서

1924년에 창간된 《어사》.
루쉰은 새로 나오는 호마다 글을 발표했다.

자기 밥줄만 조심스레 끌어안고 있었다.

예를 들면, 주로 당시 사회문제와 관련되는 글을 싣던 《어사》의 편집방향과 전혀 관계없는, 고고학에 관한 원고를 보내오곤 하는 작가도 있었다. 또 몇몇 사람들은 처음에는 그래도 겉치레로 원고를 한두 차례 보내왔으나, 나중에는 점점 멀어지다가 완전히 떠나고 말았다. 예를 들면 린위탕(林語堂)이 바로 그런 인물이었다. 그리고 '투고자'라는 이름을 걸어놓고는 끝내 원고를 보내지 않은 사람들도 있었다.

이리하여 나중에는 《어사》에 고정으로 투고하는 사람이 겨우 대여섯 명밖에 남지 않았다. 그러나 그들은 그들 나름대로 비슷한 특색이 있었다. 이를테면 그들은 아무 거리낌 없이 생각나는 대로 말하고, 새로운 것이 생겨나도록 격려하며, 해롭고 낡은 것을 힘껏 비판했다. 그러나 어떠한 '새로운 것'을 탄생시킬 것인가에 대해서는 모두들 잘 알지 못했다.

열여섯 사람 가운데서 루쉰이 가장 부지런한 사람이었다. 이 간행물이 창간된 뒤 나오는 호마다 글을 발표했다. 루쉰의 산문시집인 《들풀(野草)》에 수록한 산문시는 모두 《어사》에 발표한 것들이었다. 또한 이 밖에 나중에 단편소설집 《방황(彷徨)》에 수록한 〈가오 선생(高老夫子)〉, 〈이혼(離婚)〉, 잡문집 《무덤(墳)》에 수록한 〈뇌봉탑이 무너진 데 대하여(論雷峰塔的倒掉)〉, 〈눈을 부릅뜨고 봄을 논함(論睜了眼看)〉, 〈수염에 대하여(說胡鬚)〉 등 많은 잡문과 짧은 평론, 그리고 다른 창작품과 번역작품 들도 이 간행물에 발표된 것이었다. 루쉰은 실제로 이 간행물을 지지하는 가장 유력한 인물이었다.

《어사》는 처음에는 영향력이 그다지 크지 않았지만, 발기인들이 노력하여 갈수록 사람들을 크게 놀라게 했다. 그들은 자신이 직접 인쇄소로 뛰어다니고, 교정 보고, 또 사람들이 많이 모인 곳에 가서 팔기도 했다. 그리하여 이 보잘것없는 간행물은 갈수록 잘 팔렸는데, 특히 몇몇 학교 부근, 그 중에서도 베이징대학 제1캠퍼스에서 가장 잘 팔렸다. 나중에는 갈수록 판매량이 늘어나 1500부에서 2000부, 3000부, 5000부가 넘었으며, 더욱 많은 독자들에게 신뢰를 받았다. 그리하여 점차 이 간행물을 중심으로 루쉰에게 영향 받은 신인들의 대오가

이루어지고 발전하기 시작했다.

《신보부간》일을 그만둔 쑨푸위안은《경보부간(京報副刊)》편집인으로 일하게 되었다. 루쉰은 이 부간에도 잡문을 발표하고, 전투적 역할을 발휘할 수 있도록 쑨푸위안을 힘껏 도와주었다.

그 뒤 1925년 4월에 루쉰은 또 다른 청년들을 도와 망원사(莽原社)를 결성했다. 이들은 대부분 당시 베이징에서 공부하던 대학생들이었는데, 현실에 크게 불만을 가지고 있었다. 루쉰은 일찍이 청년들이 떨치고 일어나 낡은 중국 사회와 문화에 대해 거리낌 없이 비판하기를 바랐다. 이것이 곧 망원사를 결성한 목적이었다.

망원사가 주로 펼친 활동은《망원(莽原)》이라는 간행물을 출판하는 것이었다. 망원사는 처음에 베이징《경보부간》의 지면을 빌려《경보》와 함께 발행했다. 처음에는 주간이었다가, 뒤에 반월간으로 바꾸어 자체적으로 출판했다.《망원》은 지면이 얼마 되지 않았지만, 루쉰은 거기에 적지 않은 심혈을 기울였다. 중요한 평론을 쓰고 청년들 원고도 직접 봐주어야 했으며, 간행물을 편집하고 장정하는 일, 심지어 문장부호 하나를 찍는 것에까지도 신경을 썼다. 마치 문장부호를 종이 위에 찍는 것이 아니라 그 마음속에 찍듯 간행물을 아름답게 만드느라고 애썼다. 이 간행물을 지지하기 위해 루쉰은 눈코 뜰 새 없이 바삐 보냈으며, 때로는 먹고 자는 것까지 잊고 일할 정도로 온 정력을 쏟아 부었다. 조금이라도 재능이 있는 청년이기만 하면 루쉰은 언제나 그를 살뜰히 보살펴주는 것은 물론, 지도편달과 격려를 아끼지 않았다. 청년들이 하루속히 발전하도록 모든 방법을 다해 도와주었다.

루쉰은 《어사》에서 몇몇 청년 작가들을 발굴하고 육성해냈다. 또한 《망원》에 새로운 작가와 번역가 들을 계속 추천해주었다. 어떤 사람들은 지나치게 열성을 보이는 루쉰을 터무니없이 비난하기도 했다. 한번은 웬 낯모를 청년이 루쉰에게 원고를 보내면서 꼭 좀 고쳐달라고 간곡하게 부탁하는 편지를 함께 보냈다. 그리하여 루쉰은 늘 해오던 대로 청년작가의 요구에 맞춰 원고를 자세히 고쳐주었다. 그런데 뜻밖에도 그 청년 작가가 원고를 너무 많이 고쳤다고 책망하는 편지를 보내왔다. 그 뒤에도 그 청년은 루쉰에게 원고를 고쳐달라고 또 부탁했다. 루쉰은 이번에도 곧바로 그것을 고쳐서 돌려보냈다. 그런데 이번에는 너무 조금 고쳤다고 책망하는 투로 편지를 보내왔다.

그러나 루쉰은 결코 이런 일로 낙심하지 않았다. 아닌 게 아니라 그때는 '꽃이여', '달이여', '아아, 나는 죽겠어요' 하는 따위의 시들이 판치다시피 했고, 그런 시들에 반대해 썼다는 시들도 태반이 '죽음'이니 '피'니 하는 김빠진 부르짖음이었다. 루쉰은 이에 대해 유감스럽게 생각했다. 당시 사상과 문화 전선에서 진정으로 낡은 사회와 투쟁하는 사람은 너무나 적었다. 예리한 비판이라는 무기로 낡은 사회가 쓴 가면을 찢어버리고 사회를 비판할 수 있는 사람은 극소수였다. 이러한 사실은 당시 중국에서 현실주의 신문학이 아직 유년기에 처해 있었음을 보여준다. 그러므로 문예 전선에서는 새롭고 더 많은 전사들을 육성해내는 것이 아주 절박한 과제였다.

망원사가 발족된 뒤 1925년에 루쉰은 또 다른 몇몇 청년들을 도와서 미명사(未名社)를 결성했다. 미명사와 망원사는 대단히 밀접한 관계였으며, 여러 면에서 서로 협력했다. 미명사가 망원사와 다른 점이 있다면, 문학 창작품과 번역작품을 싣는 데 더 치중한 것이다. 신인들이 마음껏 창작하고 번역하도록 격려하고, 작업에 재미를 갖도록 북돋아주었다. 루쉰은 그들이 작업한 성과를 보여주기 위해 따로 문학작품만 수록한 《오합총서(烏合叢書)》와 번역작품만 수록한 《미명총간(未名叢刊)》을 편집하여 출판했다. 루쉰의 유명한 단편소설집 《외침》은 《오합총서》에 실린 것이다. 루쉰이 자기 작품을 신인들이 쓴 몇몇 작품과 함께 실어주었다는 사실 자체가 청년들을 크게 고무했다.

루쉰과 미명사의 젊은 번역가들이 부지런히 번역한 결과, 더 많은 러시아의 고전문학작품과 소련의 혁명문학이론에 관한 글, 소련 현대 작가들의 작품 등이 중국 독자들에게 널리 유행하기 시작했다. 1917년에 사회주의 10월 혁명이 일어난 뒤, 중국과 소련 두 나라 민중들 사이에 이뤄진 두터운 친선을 상징하는 '중국 러시아 문자 교류'는 중국 봉건 세력의 억압과 세계 제국주의의 봉쇄를 뚫고 한층 발전했다.

30
낡은 것을 향해 투창을

1921년에 《신청년》이 정간되자, 원래 이 단체에 참가한 사람들은 크게 분화되었다. '어떤 사람은 출세를 하고' '어떤 사람은 은퇴를 했으며' '어떤 사람은 전진했다.' 루쉰은 "같은 진영에 있던 동료들도 역시 이렇게 변화되는구나 하는 걸 또한 차례 경험했다." 이 일은 루쉰을 크게 실망시켰다. 나중에 〈방황에 대해(題彷徨)〉라는 시에서 그때 심정을 다음과 같이 묘사했다.

새 문단은 적막 속에 잠겨 있고
옛 싸움터 고요한데,
나 홀로 두 칸 방에 묻혀
창을 든 채 홀로 방황하네.

루쉰은 이런 생활에 대해 매우 불만스러워했다. 그 자신이 말한 대로 "'작가'라는 직위에 있으면서도 여전히 사막에서 이리저리 방황하"(《남강북조집》〈《자선집》서문〉)였다.

루쉰은 매우 절박한 심정으로 다시 어깨를 걸고 싸울 동료들을 찾아 낡은 사회와 계속 싸워나갔다.

앞에서 말했듯이 루쉰은 계속해서 청년들 속에서 자신을 지지할 사람들을 찾고자 했다. 그러나 루쉰은 계속 방황했으며 전보다 더 고민에 빠졌다. "스스로가 인습이라는 무거운 짐을 지고, 암흑의 문을 어깨로 밀어젖히며, 그들을 넓고 밝은 곳으로 내보내는"(《무덤》〈지금 우리는 어떻게 아버지 노릇을 할 것인가(我們現在怎樣做父親)〉) 전투 방법만으로는 당시로선 힘이 달렸다. 어떻게 그 '넓고 밝은 곳'에 이를 것인가? 그 '넓고 밝은 곳'이란 도대체 어떤 곳인가? 이에 대해서는 루쉰도 잘 모르고 있었다. 다만 청년들에게 '단결하여' '생존할 수 있을 것 같은 방향으로 나아가라'(《화개집》〈스승(導師)〉)라고 호소하는 수밖에 없었다.

당시 루쉰이 이러한 생각을 하고 있었음은 산문시집 《들풀》과 단편소설집 《방황》에 잘 표현되어 있다. 특히 《들풀》에서는 작가의 사상에서 모순되고 대립되는 두 측면, 곧 적극적인 면과 소극적인 면이 더욱 깊이 있게 반영되고 있다. 《들풀》은 1924년 9월부터 1926년 4월까지 1년 6개월 남짓, 《방황》은 1924년 1월부터 1925년 11월까지 1년 10개월 남짓 동안에 쓴 것이다. 두 작품은 이 시기에 작가의 사상이 변화해간 과정을 심도 있게 반영하고 있다.

《들풀》에서 작가는 당시 고민하던 사상의 모순을 극히 서정적인 산문시 형식으로 표현했다. 작품들은 몽롱한 색채에 덮여 있다. 작디작은 분홍빛 꽃이 가을밤에 몸을 웅송그리며 꿈을 꾸고 있다. 봄이 오는 꿈, 가을이 오는 꿈을 꾸고 있다. 얼굴은 얼어서 푸르뎅뎅하지만, 가을이 오고 겨울이 오고 그 뒤에는 또 봄이 온다는 것을 알고 있다. 잎이 말끔히 떨어진 대추나무는 가을이 지나면 또 봄이 온다는, 작은 분홍 꽃의 꿈을 알고 있다. 그리고 봄이 지나면 또 가을이 온다는, 낙엽의 꿈도 알고 있다.

흐릿한 밤 몽롱한 의식 속에서 아름다운 이야기들과 숱한 아름다운 사람들과 아름다운 일들을 보았다. "온 하늘을 뒤덮은 꽃구름처럼 한데 어울려 수천만 뭇별마냥 날아다니면서 끝없이 멀리 펼쳐져 나갔다." 또 마치 쪽배를 타고 산음도를 지나듯이 "강 양쪽 기슭에 펼쳐진 오구나무, 파릇파릇한 곡식, 들꽃, 오리, 개, 나무숲, 고목, 초가집, 탑, 절, 농부, 시골 아낙네, 시골 처녀, 줄에 널린 빨래, 중, 도롱이, 하늘, 구름, 대나무……, 이 모든 것들이 맑고 푸른 냇물 속에 거꾸로 비쳐 노를 저을 때마다 햇빛에 반짝이면서 부평초와 노니는 물고기와 함께 너울너울 흔들리고 있었다. 온갖 그림자와 사물 들이 흐트러져서는 넘실거리며 퍼져나가다가는 서로 엉기고, 또 금방 서로 어우러지는 것 같다가는 어느덧 모여들어 제 모양으로 되돌아갔다. 그리고 그 모든 이미지들은 여름날 구름처럼 들쭉날쭉하고 햇빛을 받아 수은색 빛을 뿌렸다." 그런데 이처럼 아름다운 장면은 어두컴컴한 밤에만 나타났다.

피비린내가 풍기는 노랫소리, 피와 강철, 불꽃과 독기, 회복과 복수가 가득 차 있던 마음속도 어느새 텅 비었다. 하지만 때로는 '자신을 속이는 덧없는 희망으로' 그 텅 빈 자리를 메우려 했다. "이 희망이라는 방패로 공허 속에서 덮쳐오는 어두운 밤을 막아보려는 것이었다. 비록 방패 뒤에 여전히 어두운 밤이 도사리고 있을지라도."

청춘은 벌써 사라졌는가? 그러나 내 몸 밖 청춘들은 여전히 존재하고 있다. 설사 내 몸 밖 청춘을 찾지 못한다 하더라도, 아무튼 내 몸 안에 있는 황혼의 기운만은 떨쳐버려야겠다.(《들풀》〈희망〉)

요컨대 당시 작가의 사상은 모순으로 가득 차 있었다. 작가는 《들풀》〈서시〉에서 말한다. "지나간 생명은 이미 죽었다. 나는 이 죽음에 대해 더없는 기쁨을 느낀다. 왜냐하면 이 죽음으로 인해 그것이 전에 생존했음을 알 수 있기 때문이다. 죽은 생명은 이미 썩었다. 나는 썩었다는 것에 대해 더없는 기쁨을 느낀다. 왜냐하면 썩었다는 것으로 인해 그것이 공허한 것이 아니었음을 알 수 있기 때문이다." 또 작가가 다른 곳에서 말한 바와 같이 "절망은 허망이다. 희망이 그러함과 같이."(《들풀》〈희망〉)

이러한 사상과 감정은 매우 복잡한 것이었다. 작가가 이 산문시집에 쓴 것은 대부분 이러한 느낌과 인상의 편린들이고, 또한 이러한 느낌과 인상 들이 대부분 서정시 수법으로 쓰였기 때문에 어떤 것은 어둡고 몽롱한 색채가 더욱 짙어 보였다. 〈걸인(求乞者)〉, 〈묘비문(墓碣文)〉, 〈무너진 선의 떨림(頹敗線的顫動)〉 같은 글들에 작가가 당시 느끼던 어둡고 쓸쓸한 감정이 나타나고 있다. 그러나 〈가을밤(秋夜)〉, 〈눈(雪)〉, 〈아름다운 이야기(好的故事)〉 같은 대다수 작품들에서는 작가의 건강하고 낙관적인 정서가 흐르고 있다. 특히 〈이러한 전사(這樣的戰士)〉에서는 투지가 충만한 '전사'를 그리고 있다.

이러한 전사가 있어야 한다.
……그는 아무것도 없는(無物) 진영에 들어선다. 그러면 만나는 사람마다 한결같이 그에게 격식대로 인사한다. 그는 이렇게 인사하는 것이 바로 적들의 무기라는 것을, 피 한 방울 보이지 않고 사람을 죽이는 무기라는 것을 알고 있다. 수많은 전사들이 그 때문에 멸망했다. 그것은 포탄처럼 용사들을 꼼짝하지 못하게 한다.

그 자들의 머리 위에는 자선가니, 학자니, 문인이니, 연장자니, 청년이니, 신사니, 군자니…… 하는 듣기 좋은 이름들을 수놓은 여러 가지 깃발들이 꽂혀 있다. 그리고 머리 아래에는 학문이니, 도덕이니, 국수니, 민의니, 논리니, 정의니, 동방문명이니…… 하는 보기 좋은 무늬들을 수놓은 여러 가지 허울들을 걸치고 있다.

그러나 전사는 투창을 치켜든다…….

더 말할 것도 없이 '이러한 전사'의 정신적 면모는 당시 작가의 정신적 모습과 거의 비슷하다. 말하자면 '이러한 전사'에게서 우리는 작가의 그림자를 볼 수 있는 것이다. 그는 새로운 생명이 전진하지 못하도록 가로 막는 모든 낡은 사물들을 향해 조금도 두려워하지 않고 투창을 들었다. 이 저주받은 곳에서 저주받은 시대를 물리치고자 했다. 이러한 사상과 감정은 〈죽은 불(死火)〉에서도 형상적으로 표현되고 있다. 심지어 작가는 싸우고 있는 상대와 함께 멸망할 결심까지 서슴지 않고 드러냈다. 이 시에서 작가는 현실 속에서 끝까지 투쟁하겠다는 결심을 은유적으로 표명했다. 루쉰은 〈그림자의 고별(影的告別)〉에서 또 이렇게 말하고 있다.

내 마음에 들지 않는 것이 천당에 있다면, 나는 가지 않으리. 내 마음에 들지 않는 것이 지옥에 있다면, 나는 가지 않으리. 내 마음에 들지 않는 것이 당신들 미래의 황금세계에 있다면, 나는 가지 않으리.

나는 광명과 암흑 사이에서 방황하기는 싫소. 차라리 암흑 속에 잠겨버리는 것이 나을 것이오.

작가의 이러한 사상과 감정은 그 밑바탕에 당시 압박받는 중국 민중들, 특히 농민들의 사상과 감정을 반영하고 있다. 이것은 〈나그네(過客)〉에서 아주 뚜렷하게 표현되고 있다. 옳은 일이라면 절대로 되돌아서지 않고 용감하게 나아가는 나그네의 입을 빌려 루쉰은 다음과 같이 말했다.

그건 안 됩니다! 저는 가야만 합니다. 거기로 돌아가 보았자 어디나 명분 없는 곳이 없고, 저주 없는 곳이 없으며, 추방과 감옥 없는 곳이 없습니다. 어디나 겉에 발린 웃음과 거짓 눈물 없는 곳이 없지요. 저는 그것들을 증오합니다. 저는 돌아가지 않겠습니다!

그러나 어디로 가야 하는가? 이에 대하여 작가는 아직 명확하게 알지 못했다. 이것이 바로 루쉰이 고민하는 문제의 뿌리였다.

31
방황하는 사람들

　이 시기에 루쉰이 사상적으로 복잡하게 모순된 면들을 고민하며 변화해나간 과정은 단편소설집 《방황》에서도 표현되고 있다.

　《방황》과 《외침》을 비교해보면 뚜렷하게 다른 점이 있다. 작가 자신이 말한 바와 같이 《방황》에 실린 어떤 단편들(예를 들어 〈비누(肥皂)〉, 〈이혼(離婚)〉 등)은 '기교로 볼 때 좀 더 숙련되고 묘사도 깊이가 있지만' '한편으로는 열정이 식어버렸다.' 분위기도 《외침》에서 보여준 것과 얼마간 달랐다. 전체 경향을 놓고 보면 작가는 이 작품들에서 자신이 느끼는 무거운 심정을 보여주고 있다. 이 점은 많은 소설에 반영되어 있다. 예를 들어 〈축복(祝福)〉(복을 비는 제사—옮긴이)과 〈술집에서(在酒樓上)〉가 바로 이러한 것들이다(이 두 편은 모두 1924년 2월에 창작한 것이다).

　〈축복〉에 나오는 샹린(祥林) 아주머니는 비참한 운명을 짊어진 인물이다. 봉건사회 그물 속에 깊이 빠져들어 간 샹린은 헤쳐 나갈 어떤 길도 찾지 못했다. 그야말로 고립무원의 처지에 빠져 있었으며, 어떠한 동정이나 도움도 받지 못했다. 재혼한 뒤 샹린은 잠시 '운이 트인' 듯했다. 그러나 얼마 가지 않아 불행한 일이 연거푸 생겼다. 열병이 남편을 앗아갔고, 승냥이가 아들 아마오(阿毛)를 물어갔다. 마음속에 영원히 아물 수 없는 상처가 생겼다. 샹린은 이 고통을 슬픈 이야기로 엮어 사람들에게 말하기 시작했다. 그 비참한 이야기는 처음한때는 그나마 사람들에게 관심과 동정심을 불러 일으켰으나, 나중에는 오히려 웃음거리가 되고 말았다. 이것은 그녀에게 더 큰 슬픔과 외로움을 안겨주었다.

하지만 슬픈 일은 그것만이 아니었다. 재혼은 더욱 슬픈 일이었다. '큰 죄를 지은 것이어서' '장차 죽어서 저승에 가면 그 죽은 두 남편 귀신이 샹린을 차지하려 싸움질을 하게 될 터이니' 염라대왕은 그녀를 톱으로 잘라서 그들에게 나누어줄 것이다! 다른 사람에게서 이러한 말을 듣는 순간, 샹린 아주머니 얼굴에는 순식간에 공포의 빛이 나타났다. 그리하여 온갖 고생을 다하며 피땀 흘려 모은 돈으로 토지묘에 가서 문지방을 하나 시주했다. 이것은 자기를 대신하는 문지방을 천 명이 밟고 만 명이 넘음으로써 이 세상에서 지은 죄를 속죄하기 위해서였다. 그러나 이 죄를 벗어버릴 희망마저 수포로 돌아가자 샹린은 더는 살아갈 수 없었다.

그런데 작가는 이런 샹린 아주머니에 대해 결코 완전히 절망하지는 않았다. 중국 봉건사회에서 이중 삼중으로 압박받고 유린당하던, 그러나 열심히 살아간 이 여성을 그저 힘없는 인물로만 묘사하지 않았다. 샹린 아주머니는 비록 굴욕 속에서 일생을 살았으나, 처음부터 끝까지 삶에 대한 사랑과 희망을 잃지 않았다. 그녀도 생명을 놓는 마지막 순간에는 봉건과 미신을 대표하는 권위자 염라대왕에 대해 의심을 품었다. 그녀는 그런 지옥이 존재하는가를 의심했으며, 영혼이 존재하는가를 의심했다. 가장 심하게 억압받은 샹린 아주머니 마음 속 깊은 곳에서 우러나온 이런 의문의 목소리는 사람들을 격동시켰다. 이 의심이 저항을 일으키는 기점이 될 수도 있는 것이다.

〈술집에서〉는 지식인을 묘사한 단편소설이다. 루쉰은 전에도 5·4운동 시기 민주주의 혁명이 일으킨 파도가 지나간 뒤 퇴폐적인 지식인을 소재로 한 소설을 썼다. 단편소설집《외침》에 수록된 〈단오절〉에 나오는 팡쉬안춰(方玄綽)가 바로 뤼웨이푸(呂緯甫)와 같은 유형의 인물이다. 팡쉬안춰도 처음에는 낡은 사회에 대해 어느 정도 불만을 품고 있었으나, 나중에 가서는 '옳고 그른 것에 대한 관념이 거의 없이' 그저 '비슷비슷하다' 같은 말을 즐겨하는 인물로 되어버렸다.

〈술집에서〉의 뤼웨이푸는 팡쉬안춰와 대체로 비슷한 인물이다. 전에는 성황묘에 가서 신상의 수염을 뽑기도 하고, 날마다 중국을 개혁할 방법을 남들과 의논하면서 싸우기까지 하던 급진적이며 날샌 인물이었다. 그러나 뒤에는 '얼렁뚱땅 두루뭉술하게' 살며 행동도 굼뜨고 모든 일에 자신 없는 사람이 되었다. 전과 판이하게 다른 사람으로 변한 것이다.

루쉰은 이 단편소설 두 편에서, 한때는 혁명에 앞장서다가 나중에 소극적으로 변한 5·4운동 시기 지식인들을 비판하는 내용을 담았다. 그는 결코 그들을 미화하지 않았다. 광쉬안춰나 뤼웨이푸 같은 지식인들은 5·4운동 시기 민주주의 혁명이 고조되던 때에는 두각을 나타낸 인물이었을 수도 있겠지만, 지금 그들은 허공에 떠서 위로는 하늘과 닿지 못하고 아래로는 땅에 뿌리박지 못한, 이를테면 대중과 격리된 인물들이었다. 그들도 한때는 낡은 사회에 대해 불만을 품고 그것을 개혁하려 동분서주했다. 그러나 자신들을 지지하는 사회역량과 정확한 출로를 찾지 못했으며, 대중들과도 결합하지 못했다. 그러므로 그들은 삶이 공허하고 사상은 애매모호했으며, 행동도 아둔하고 어리석었다. 그들은 치열한 계급투쟁과 거리가 먼 인물들이며, 1920년대 중국 사회에서는 '잉여인간들'이었던 셈이다.

이 밖에도 같은 시기에 루쉰은 〈행복한 가정(幸福的家庭)〉이라는 소설을 썼다. 이 소설의 주제는 앞에서 말한 단편소설 두 편과 대체로 일치한다. 주인공은 '원고료 몇 푼으로 생활을 유지해야 하는' 속이 텅 빈 '문학가'로, 눈앞의 어지러운 현실사회를 도피하려 했다. 그러나 그것은 머릿속 생각일 뿐이었다. 주인공 작가는 본래 '행복한 가정'이라는 제목으로 글을 쓰려 했는데, 문제는 이 '행복한 가정'이 편안히 자리 잡을 곳 하나 없는 것이다. 이렇듯 넓은 중국 땅에 그들이 편안히 몸 둘 곳 하나 없었으니, 이것이야말로 얼마나 기막힌 풍자인가!

앞에서 말한 소설 세 편에서 작가는 당시에 중국 군벌들이 대부분의 땅을 통치하면서 봉건시대 지배자들처럼 할거함으로써 민중들의 생활이 해마다 혼란스러워져 결국 도탄에 빠지게 된 당시 사회 실정을 간접적으로 반영해냈다. 이런 상황에서 지식인들이 만일 대중들과 결합해 혁명적 행동을 취하거나 불합리한 현 상태를 개혁하려 하지 않는다면, 그들에게 더는 앞으로 나아갈 길이 없는 것이나 다름없음을 작가는 보여주었다.

〈비누〉, 〈회술례〉, 〈가오 선생〉 등은 예술품격으로 볼 때 서로 비슷하다. 작가는 이 작품들에서 더 많은 풍자수법을 사용했다.

특히 〈비누〉에서는 매우 날카로운 풍자의 붓을 휘둘렀다. 깊이 있고 세밀한 인물 묘사와 그들의 내면세계를 꿰뚫어보는 통찰력은, 입으로는 '인의와 도덕'을 부르짖으나 실제로는 거짓과 위선의 인간들에 지나지 않는, 봉건시대 질서를 수호하는 쓰밍(四銘) 같은 이들의 모습을 적나라하게 폭로하고 있다.

작가는 '전국 인민이 일치하여 대총통 각하께, 오로지 경서를 존중하고 맹자 어머니를 높이 받들어 제사지냄으로써 퇴폐한 풍속을 바로잡고 국수문화(國粹文化)를 보전하기 위해 명령을 내려줄 것을 삼가 청함'이라는 이풍문사(移風文社)의 응모작품 제목과, '효녀의 노래(孝女行)'라는 시 제목을 그들의 비열하고 추잡한 행위와 대비시켜 풍자의 맛을 더욱 돋우었다.

〈가오 선생〉에 나오는 가오얼추(高爾礎)와 그 친구들인 노름꾼들 역시 건달이나 망나니였다. 그들은 도박판을 벌여놓고 먹고 마시고 여자들을 끼고 놀면서도 '중국 국수의 의무를 논함', '중화민국 국민은 누구나 국사를 정리할 의무가 있음을 논함' 같은 글을 발표해 떠들어댔으며, 또 셴량(賢良) 여학교 교원 자리를 얻어 '여성 교육을 일으키는 것은 세계 조류에 순응하는 것'이라고 떠벌렸다. 이런 자들도 '나라의 역사를 정리하고' '국수문화를 보전'한다고 하니, 그야말로 황당하고 가소로운 일이 아닌가? 하지만 당시 5·4운동 열기가 지나간 뒤 봉건주의 문화에 타협하는 분위기가 생겨나면서 '국고정리'를 해야 한다고 주장하던 몇몇 부르주아 학자들이 실제로 있었다. 그들의 사상 밑바탕은 〈가오 선생〉의 내용과 일

맥상통했다. 그러므로 루쉰의 작품은 이런 인물들을 풍자하는 것이기도 했다.

루쉰은 〈회술레〉에서도 풍자수법을 사용했다. 창작하는 방법에서도 위에서 말한 두 편과 서로 같은 점이 있었다. 이 소설에 묘사된 몇몇 장면들은 〈약〉에 묘사된 장면과 비슷한 데가 있다. 앞에서도 이미 언급했지만 그것은 아마도 실제 삶 속에서 경험하며 얻은 인상이 같기 때문이며, 그것을 정리하면서 얼마간 고친 정도이기 때문일 것이다. 20년 전 '고헌정(古軒亭) 길목'을 '서우산(首善) 구역 서쪽 성곽 거리'로 배경을 바꾸어놓고, 가을밤을 뙤약볕이 내리쬐는 정오로 바꾸어놓았다. 그러나 기본 설정은 그다지 바뀌지 않았다. "가운데 한 사람이 묶여 있었고, 좌우에는 많은 사람들이 빙 둘러서 있었다. 모두들 건장한 몸집들이었지만, 멍하니 얼빠진 표정을 하고 있었다."(《외침》〈서문〉)

이 점이 바로 작가가 가장 고통을 느낀 부분이다! 작가로서는 이런 현상을 하루빨리 변화시키기 위해 애썼음이 분명하다. 루쉰은 이런 '얼빠진 표정'이 계속 남아 있는 것을 용납할 수 없었다. 그러나 실제로는 이런 현상이 청나라 말기부터 민국에 이르기까지 변함없이 존재했다. 이는 실로 슬픈 일이었다. 이런 슬픈 일을 빚어내는 불합리한 사회가 계속 존재하는 한 작가가 시도하는 풍자는 헛될 수 없었다. 만약 이런 사회가 근본에서부터 변화되지 않는다면, 그의 풍자도 언제까지나 살아 있을 것이다.

〈장명등(長明燈)〉은 위에서 말한 단편들과 격조 면에서 크게 차이가 있다. 이 단편은 그 소재와 예술품격이 〈광인일기〉와 비슷하다. 봉건주의의 낡은 질서에 굳건히 반대한다는 면에서도 이 소설에 나오는 '미치광이'는 〈광인일기〉에 나오는 '미친 사람' 못지않다. 그는 방해하는 낡은 세력들을 물리치고 봉건적 전통 세력을 상징하는 음산한 빛을 뿌리는 장명등을 꺼버리고자 결심했다.

낡은 생각에 젖어 있는 마을의 노인들은 '미치광이'의 두 눈에서 나오는 번쩍번쩍하는 빛을 피하지 않을 수 없었다. 그 어떤 속임수와 은폐도 그를 막을 수 없었다. "나는 장명등을 꺼버릴 테다!" "나는 불을 지르겠다!" 하고 소리 높이 외치며, "미친 듯이 불타는 듯한 눈빛을 번쩍이며, 땅에서, 공중에서, 사람들 몸에서 마치 그 불씨를 찾아내려는 듯 서둘러 찾아다녔다."

"불질러버리겠다!"

이 얼마나 힘찬 목소리인가! 그 소리는 지광둔(吉光屯) 마을을 온통 뒤흔들어 놓았다. 이 지광둔 마을이 바로 봉건 세력의 보루였다. 그들 눈에는 '지광둔 마을이 온 천하로 보였기' 때문이다.

이 소설에 나오는 '미치광이' 같은 사람이 당시에는 아직 많지 않았지만, 그처럼 각성된 목소리가 이미 조금씩 들려오기 시작했다. 그러므로 봉건시대 질서를 깨뜨릴 희망이 없다고 말할 수는 없었던 것이다. 이 소설에서 작가의 정서는 대단히 격앙되어 있었다.

32

길은 멀고 험해도

    루쉰은 단편 〈고독한 사람(孤獨者)〉과 〈죽음을 슬퍼하다(傷逝)〉를 무거운 심정으로 썼다.

    〈고독한 사람〉에 나오는 웨이롄수(魏蓮殳)와 〈죽음을 슬퍼하다〉에 나오는 쥐안성(涓生)과 쯔쥔(子君)은 다른 유형 인물들이다. 그들은 인생을 살아온 역정도 다르고, 그들에 대해 작가가 취한 태도도 달랐다. 작가는 웨이롄수에게는 비판하는 태도를 취했으나, 쥐안성과 쯔쥔, 특히 쯔쥔에게는 비판하면서도 동정심을 나타냈다. 웨이롄수와 팡쉬안춰, 뤼웨이푸는 서로 비슷한 데가 있는데, 그들 모두 5·4운동 시대의 '새로운 인물'들이라고 할 수 있다. 그들은 그다지 크지 않은 이상을 가지고 있었지만, 역사 바퀴를 앞으로 전진시키는 싸움과는 동떨어진 '잉여인간'들인 셈이었다. 그들은 현실에 대해 불만을 가지고 있었으나, 현실을 개조하려는 결심과 용기가 부족했다. 그들에게는 원망도, 불평도, 환상도 있었지만, 전진하고자 하는 좀 더 명확한 방향성이 없었다. 이것이 바로 그들이 비극적인 생활을 하게 된 근본원인이었다.

그들에게는 또 서로 다른 점들도 있다. 팡쉬안춰와 뤼웨이푸는 낡은 사회를 증오하면서도 무기력한 태도로 살아갔다. 그러나 웨이롄수는 낡은 사회를 뼈에 사무치도록 증오하고 모든 수단과 방법을 동원해 앙갚음한 결과, 그 자신마저 혼탁한 암류에 휘말려 침몰하고 말았다. 거지나 다름없던 신세에서 일약 두(杜) 사단장의 고문이 된 웨이롄수는 매달 봉급 80원을 받았으며, 응접실에는 '새로운 손님, 새로운 선물, 새로운 찬사, 새로운 부귀영달과 새로운 인사……'가 가득하게 되었다. 웨이롄수가 편지에서 말한 바와 같이 그는 곧 절망스럽고 정상이 아닌 심리 상태에 빠졌다. "즐겁고 편안하기 그지없습니다. 나는 벌써 전에 나 스스로 증오하고 반대하던 그 모든 것을 몸소 해보았습니다. 그리고 전에 나 자신이 숭배하고 주장하던 그 모든 것을 포기해버렸습니다. 나는 정말 실패한 자입니다. 그렇지만 나는 또한 승리자이기도 합니다."

실패한 웨이롄수는 비참했다. 그것은 개인주의자들이 저항하는 길이 완전히 막혀버렸음을 말해주었다. 웨이롄수의 실패는 한 개인이 낡은 사회에 저항하는 것은 아무런 의미도 없으며 티끌만큼도 바람직한 성과를 거둘 수 없다는 것, 심지어 그와 반대되는 결과, 곧 낡은 사회와 함께 몰락하는 길로 나아가게 될 뿐임을 말해주고 있다.

〈죽음을 슬퍼하다〉는 남자 주인공 쥐안성의 '수기' 형식으로 쓴 소설이다. 작가는 작품 첫머리에 비분에 찬 심정으로 쥐안성이 느끼는 '회한과 슬픔'을 적고 있다. 그것은 비록 몇 마디 안 되는 말이지만, 처음부터 사람들 마음을 사로잡는다.

쥐안성과 쯔쥔은 웨이렌수나 팡쉬안춰, 뤼웨이푸와 다르다. 그들은 5·4신문화운동의 새로운 사조에 충격을 받고 각성한 지식인들이다. 그들에게는 이상도 있고, 희망도 있으며, 미약하나마 저항정신도 있었다. 그들은 현실에 불만을 품고 있었으며, "가정에서 일어나는 봉건 억압을 이야기하고, 낡은 관습을 타파하자고 이야기했으며, 남녀평등, 입센, 타고르, 셸리를 이야기했다……." 특히 쯔쥔은 봉건적인 집안에서 혼인 문제를 두고 어른들이 간섭했을 때, 다음과 같이 대단히 분명히, 그리고 단호하고도 침착하게 말했다. "나는 나 자신의 것이에요. 다른 사람은 아무도 나를 간섭할 권리가 없어요!" 이런 사상은 당시로서는 엄청나게 시대를 앞서가는 것이었다. 자유연애를 금지하는 낡은 사회에 대한 비판, 비웃음과 음탕한 눈길을 멸시하는 용기, '그러한 것에 전혀 아랑곳하지 않고 마치 주위에 아무도 없는 듯 침착하고 태연스럽게 앞으로 걸어가는' 두려움을 모르는 정신, 그리고 사랑을 위해 봉건적인 가정과 단호하게 결별하려는 결심에 대해 사람들은 존경을 금치 못했다.

그렇지만 유감스럽게도 쯔쥔과 쥐안성의 사랑에는 튼튼한

기초가 없었다. 작가는 쥐안성의 입을 빌려 "오로지 사랑을 위해, 맹목적인 사랑을 위해 다른 인생의 의미에 대해서는 전혀 등한시해왔다. 첫째는 생활이다. 사람이란 살아가야 하며, 그래야만 비로소 사랑도 가능하다"라고 말했다. '인생의 다른 의미'에 대해 '완전히 등한시하는' 사랑은 반드시 실패하고 마는 것이다. 결혼한 뒤 얼마 안 되어 쯔쥔은 집을 뛰쳐나올 때의 용기마저 잃었고, 갈수록 생활에 시달리면서 다시 '추상같이 엄격한' 아버지에게 돌아갈 수밖에 없는 처지가 되었다. 쯔쥔은 "공허함이라는 무거운 짐을 짊어지고 추상같은 위엄과 차디찬 뭇시선 속에서 인생의 험한 길을 걸어가야만 했다. 이 얼마나 무서운 일인가! 하물며 그 험한 길 막바지에는 비석조차 없는 무덤이 그를 기다리고 있음에랴."

이러한 인생의 말로는 신사상에 의해 의식은 각성되었으나 낡은 사회 현실 속에서 살아나갈 능력이 없던 당시 프티부르주아 지식인이 필연적으로 맞이할 비참한 결말이었다. 집으로 들어간 쯔쥔은 끝내 자살하고 만다. 작가는 이 소설에서 쥐안성과 쯔쥔에 대해 무한한 동정을 표하면서도 끊임없이 비판을 가했다.

단편소설집 《방황》에 실린 마지막 두 편은 〈형제(兄弟)〉와 〈이혼〉이다. 예술품격과 창작 기법 면에서 〈형제〉가 〈가오 선생〉보다 인물들의 심리를 더 치밀하게 묘사하고 있다. 장페이

쥔(張沛君)에게 잠재된 심리를 묘사함으로써, 작가는 그가 가진 극단적인 사리사욕을 심도 있게 폭로했다. 작가는 장페이쥔의 의식 속에 '언뜻언뜻 떠오르는' '꿈의 토막'들을 통해 거짓된 가면 뒤에 은폐된 그의 정체를 뚜렷하게 드러냈다.

〈이혼〉에 나오는 아이구(愛姑)는 〈풍파〉에 나오는 치진 아주머니보다 더 굳센 듯하다. 아이구는 "웨이(慰) 나리 같은 이는 안중에도 없었다." 그러나 일곱째 나리 앞에서 "자신이 완전히 고립되었음을 깨달았다." 비록 "그녀는 머리가 벙벙해지는 가운데에서도 마지막으로 한번 싸움을 벌일 준비를 하는 듯했으나" 일곱째 나리의 그 흉악한 몰골을 보자 곧 주눅이 들었다. 아이구는 "몸을 한 차례 부르르 떨었으며" "심장의 고동이 멈추었다가 갑자기 세차게 뛰는 것을 느꼈다. 대세는 이미 기울고 상황은 변하는 듯했다."

그저 한 시골 아낙네가 자신의 이혼을 반대하는, 마을의 강대한 봉건 세력에 대항하기에는 너무나 힘이 없었던 것이다. 그러나 이 소설에서 전체 흐름을 보면 아이구는 용기와 결심이 아직 완전히 사라지지 않았다. 그녀의 마음속에는 여전히 의문이 남아 있었다. 왜 '학식이 있고 사리에 밝은' 그런 사람들은 말을 하지 않는단 말인가? 아이구가 궁금해 하던 문제는 아직 풀릴 수 없었으며, 저항하지 못하도록 억압하는 현실 역시 아직은 해결될 수 없었다. 역사의 시간은 느리게 가고 있는 듯했다.

전체적으로 볼 때 《방황》에 실린 작품들에는 작가가 당시 느끼던 무거운 심정이 흐르고 있다. 작가 자신이 말한 바와 같이 그때는 '떠돌아다니는 용사'였으므로 '빈틈없는 진을 칠 수 없었던 것이다.' 그러다 보니 이 소설집은 "기교는 전보다 좋아지고 사상 면에서도 크게 구애되는 것이 없는 듯했다. 그러나 전투적 사기는 적잖게 식어버렸다."(《남강북조집》〈《자선집》서문〉)

그러나 이 시기에 루쉰의 사상과 감정이 그렇게 소침해진 것만은 아니었다. 내면적 갈등과 방황이 있었지만, 한편으로는 그것을 회피하지 않고 그것들과 싸우고 있었다. 작가 자신도 이런 심리 상태를 '바람직하지 않은 것'이라고 생각했다. 루쉰은 이 소설집 속표지에 굴원(屈原)의 《이소(離騷)》 가운데 한 구절을 인용해 자기 심정을 에둘러 표현했다.

길 아득히 멀고 험할지라도
나는 오르락내리락 찾으며 나아가리.

루쉰은 한때 사상적으로 안정되지 못했다. 그러나 그것은 루쉰의 사상에서 주된 측면은 아니었다고 말할 수 있다. 만약 루쉰이 문학을 창작하는 데 있어 중요한 두 형식인 소설과 잡문을 통해서 살펴본다면, 사상과 생활 속에서 굽힘 없이 투쟁한 것이 여전히 그 주된 흐름임을 쉽게 이해할 수 있을 것이다.

《외침》과 《방황》은 서로 다른 상황에서 창작된 것이기 때문에 다른 점이 있지만, 같은 점도 있었다.

'웨이좡'과 '루전(魯鎭)'은 풍경이 대체로 비슷하다. '웨이좡'이 곧 '루전'이라고 할 수도 있다. 거리 쪽으로 기역자 모양으로 큰 술청을 차려놓은 셴헝(咸亨) 술집과 화라오쓘(華老栓)이 차려놓은 찻집에는 늘 그 고장 사람들이 모여들었다.

쿵이지가 이 집 손님이라는 것은 더 말할 나위도 없고, 아큐, 왕후(王胡), 샤오디(小D), 딸기코 라오궁(老拱), 아우(阿五)들도 이 집 단골들이었다. 때때로 성안으로 드나드는 치진도 한가할 때는 이 집에 와서 앉았다 가곤 했다. 이 밖에도 한가한 사람들이 많이 찾아왔다. 그러나 자오 영감, 첸(錢) 영감, 루쓰(魯四) 나리, 가짜 양놈 같은 이 고장 통치자들은 이 집에 드나들지 않았다. 그들에게는 자기 응접실이나 밀실이 있었으며, 그곳에서 재물을 모으거나 사람을 지배할 음모를 꾸몄다.

이 고장 사람들은 그들에 반대할 수 없었다. 그들을 반대하는 사람들은 누구나 '미친 사람'이나 '미치광이'로 취급받았다. 찬쓰 아주머니와 샹린 아주머니는 비록 이 고장에 살고 있었지만, 그들을 알아주거나 안중에 두는 사람은 아무도 없었다. 그들은 아직도 '사람' 축에 들지 못했기 때문에 그들이 느끼는 고통과 슬픔에 아무도 관심을 갖지 않았다. 꽝쉬안춰, 뤼웨이푸, 웨이렌수, 그리고 쯔쥔과 쥐안성은 이 고장 사람들과 더러 연계를 가질 수 있었으나 신사조에 떠밀려 이곳을 떠났고, 살길을 찾아 다른 지방을 '돌고 돌며 떠돌다가' 때때로 이곳에 와서 잠시 머물곤 했으리라. 그러나 이 고장은 그들이 오래 있을 곳이 되지 못했고, 그들은 여기에 뿌리를 내리지 못했다.

《외침》이나 《방황》에서 루쉰이 묘사한 많은 환경들은 대개가 고향인 사오싱의 모습을 벗어나지 않았다. 루쉰이 묘사한 전형적인 인물과 사건 들도 거의 이 고장 사람들이고 사건 또한 대개가 이런 환경에서 발생한 것이었다. 자연경관도 대체로 그러했다. 강 쪽 마당가에는 오구나무가 늘어서 있고, 강에는 사시사철 돛단배들이 오가며, 마을 주변 논밭은 봄이면 온통 푸르게 단장된다. 마을 어귀에는 괴성각(魁星閣)이 서 있어, 길을 가다 멀리서 괴성각의 뾰족한 지붕이 보이면 마을에 다 온 것을 알게 된다. 이 두 소설에서 세세하게 묘사된 부분들도 대체로 사오싱이나 사오싱 부근 농촌 사람들의 생활 풍습과 관습이었다. 요컨대 루쉰이 잘 아는 사오싱 농촌의 생활이 루쉰의 작품에서 가장 중요한 창작 원천이 된 것이다.

사상 면에서도 《외침》과 《방황》은 일치하는 점이 있다. 이 두 작품을 관통하는 중심 사상은 작가가 여러 차례 말한 바와 같이 '단편소설 형식'을 빌려 '타락한 상층 사회'와 '불행한 하층 사회'를 폭로하는 것이다. 루쉰 소설에서 '타락한 상층 사회'와 '불행한 하층 사회'는 필연적 연관이 있는 것으로, 양자는 뚜렷하게 대비된다. '하층 사회'의 '불행'은 '상층 사회'의 타락, 탐욕, 협잡과 약탈에 의해 빚어진 것이었다. 이들을 예술형상으로 묘사함으로써 루쉰은 삶의 참모습을 제시하고 있다. 날카롭고 풍자적인 필치로 '상층 사회'의 부패와 암흑을 파헤치고 '상층 사회' 사람들의 추악한 몰골과 영혼, 그리고 그들의 비열함과 파렴치함을 그려냈다. 한마디로 그들의 '타락'을 여지없이 폭로했다. 그러나 '하층 사회' 사람들의 '불행'에 대해서는 깊은 동정심을 보여주었다. 루쉰은 굴욕적인 노예 처지에서 벗어나도록 불행한 사람들을 격려해주었으며, 그들이 투지를 높여 승리를 확신하면서 '인간'다운 생활과 '인간'다운 지위를 쟁취하기 위하여 투쟁하도록 고무해주었다.

루쉰은 현실 생활에서 적대적인 두 사회역량 사이에 존재하는 복잡다단한 관계와, 그들 사이에 생겨나는 모순과 투쟁을 아주 선명하게 보여주었다. 억압자들은 지위를 공고히 하기 위해 있는 힘을 다해 '사람이 사람을 잡아먹는' 봉건제도를 유지하고자 했으며, 억압받는 자들은 무거운 쇠사슬을 부수기 위해, 다시 말하면 물질적으로 또 정신적으로 짊어진 엄청난 부담을 없애기 위해 커다란 희생과 대가를 치렀다.

　루쉰은 현실에 존재하는 추악한 것들을 투철하게 묘사하고 허위에 찬 억압자들의 면모를 남김없이 폭로함으로써 예술 효과를 더욱 높였으며, 그런 추악한 것들에 대해 멸시하고 증오하도록 독자를 깨우쳐주었다. 루쉰이 묘사한 민중들은 결코 힘없고 나약한 인물들이 아니었다. 그들은 비록 아무런 권리도 없는 처지에 있었지만, 결코 그것을 달가워하지 않았다. 그들은 그들이 겪어보지 못한 새로운 생활, 곧 노예가 주인되는 그런 생활을 갈망했다. 《외침》과《방황》에서는 신해혁명이 실패한 때로부터 1925년에 5·30운동이 일어나기 전까지의, 봉건시대 통치계급들이 몰락해가고 농민들 속에서 혁명의 기운이 번져나가던 상황을 그려냈다.

　독자는 루쉰의 소설들이 가지는 이러한 역사 의의를 과소평가해서는 안 된다. 왜냐하면 루쉰이 펼친 문예활동은 새로운 민중민주주의 혁명시대에 진정으로 시작되었으며, 그 시기는 민중이 이미 각성되고 노동계급이 이미 역사의 무대에 진출해 중요한 역할을 하는 시대이기 때문이다. 그리고 마르크스주의 사상이 이미 중국에 전파되기 시작한 시대이기 때문이다.

　마르크스주의와 노동운동이 결합해 1921년에 중국 공산당이 탄생했는데, 당은 탄생한 그 날부터 민족투쟁과 계급투쟁

최전선에 서서 중국 민중을 해방시키기 위해 있는 힘을 다했다. 광범위한 농민들이 노동계급과 동맹을 맺고 노동계급과 같은 지도자를 찾은 이상 그들은 무궁무진한 힘을 발휘할 것이며, 자신들이 처한 역사적 운명을 바꾸려 할 것이다. 당은 중국 민중이 펼치는 혁명 전반을 지도했으며, 중국 민중의 새로운 문화혁명도 지도했다.

5·4운동 이후 루쉰의 문예활동은 중국 공산당이 지향하는 방향과 일치했다고 할 수 있다. 루쉰은 마르크스주의자도 공산당원도 아니었지만, 문화와 사상 전선에서 당과 민중의 이익을 대변하고 있었다. 당은 그를 간접적으로 지지하고, 모든 진보 세력이 그를 지지했으며, 혁명을 원하는 청년들이 그를 지지했다. 이 모든 것들은 지칠 줄 모르고 용감히 투쟁하도록 루쉰을 고무하는 힘이 되었으며, 루쉰이 작품을 쓸 수 있게 하는 힘의 원천이 되었다. 물론 지난하고 첨예하며 복잡한 투쟁 가운데서 루쉰은 때로 '비관'하기도 했고, 자기의 역량에 대해 '의심'할 때도 있었다. 그러나 이러한 심정과 현상은 일시적인 현상이었다.

33
베이징여사대 사건

중국에서 5·4운동이 계속 발전해가면서 지식층이 분화되기 시작했는데, 이는 피할 수 없는 일이었다. 부르주아 지식인들을 대표하는 후스와 천시잉 부류는 제국주의, 베이양 군벌, 부르주아 계급 동조자로서 그 진면목을 날로 드러냈다. 루쉰은 젊은 새 문화 일꾼들을 거느리고, 이런 어용문인들과 치열하고 복잡한 논쟁을 벌였다. 1925년에 발생한 '베이징여자사범대학' 사건은 이 논쟁에서 매우 중요한 부분이었다. 당시 베이징 사상계에서 펼쳐지던 논쟁은 베이징여자사범대학 사건을 중심으로 여러 분야로 확산되었다.

베이징여자사범대학은 원래 초급사범학교였는데, 뒤에 여자고등사범학교로 되었다. 이 학교 교장은 루쉰과 오랜 친구인 쉬서우창이었다. 쉬서우창은 베이징대학 교장 차이위안페이와 밀접한 관계를 맺고 있었다. 그러므로 쉬서우창은 베이징대학에서 많은 선생들을 여자사범대학에 초청해 강의를 의뢰했는데, 루쉰도 그 가운데 한 사람이었다.

1924년에 쉬서우창이 사직하고, 그 후임으로 양인위(楊蔭

楡)가 교장으로 오게 되었다. 권력을 등에 업고 출세를 보장받은 양인위는, 당시 정권을 잡은 돤치루이(段祺瑞) 정부의 교육총장이며 현대평론파 문인인 천시잉 등과 대단히 가까웠다. 양 교장은 평소에 연회와 사교에 바삐 돌아다니느라 온종일 밖에 나가 있었으며, 학교일에는 거의 관심이 없었을 뿐만 아니라, 더욱이 학생들과는 접촉이 없었다. 학생들 눈에는, 흰 댕기를 매고 검정 비단 치파오(양 옆이 트인 중국 전통 치마―옮긴이)를 입고 그 위에 망토를 걸친 양 교장의 모습이 마치 무서운 유령이 왔다 갔다 하는 것처럼 보였다. 학생들은 양 교장에게 크게 반감을 느꼈다.

양 교장이 학교에서 처리해야 하는 행정사무를 완전히 방임한 것은 아니었다. 양 교장은 자기와 다른 세력을 배척하기 위해 학생들을 탄압했으며, 자기 배를 채우기 위해 학교 규정을 위반하고 학생들에게 별도의 비용을 징수했다. 이런 비열한 행동들을 보면서 학생들은 더는 참을 수 없었다. 마침내 학생들은 양 교장을 교장 지위에서 몰아내기 위해 일어섰다. 만약 양 교장이 지배 세력을 등에 업고 있지 않았더라면 벌써 학교에서 쫓겨났겠지만, 그녀는 지배 세력을 믿고 아무것도 두려워하지 않았다. 양 교장은 학교 밖에서 부지런히 움직이는 한편, 학교 안에 자기편을 배치했다. 낮에는 아무런 움직임도 없던 교장실이 밤이면 등불이 환하게 켜 있고, 사람들 그림자가 쉴 새 없이 어른거렸다. 모든 준비를 마친 뒤 양 교장은 학생들에게 칼을 들이밀기 시작했다.

1925년 5월 7일은 '국치기념일'(1915년 5월 7일에 일본 정부가 베이양 정부를 협박해 21개 조항에 서명하게 하자 거국적으로 반일 애국운동이 일어남. 그 뒤 이날을 국치기념일로 정함—옮긴이)이었다. 이날 베이징 학생계에서는 기념식을 가졌다. 양인위는 이 기회를 이용해 강연회를 열고자 학교 안팎 인사들을 초청해 강연을 의뢰했다. 그리고 자신은 교장 신분으로 이 강연회에서 사회를 맡았다. 이것은 음모였다. 양 교장은 이 기회를 이용해 학생운동을 탄압하려 했다. 만일 이날 학생들 가운데 자신을 반대하는 움직임이 있으면, 국치기념일 행사에서 질서를 지키지 않았다는 구실로 학생들을 엄벌에 처하고자 계획한 것이다. 반대로 이날 학생들이 자신을 반대하는 기미를 보이지 않는다면, 그것은 계속 교장 노릇을 해도 좋다고 묵인하는 것으로 받아들일 계획이었다. 이날 아침 양인위는 회의장으로 나갔다. 양인위가 연사들을 데리고 회의장에 들어서자, 학생들은 양 교장에게 다가가서 회의에 참석하지 말라고 권고했다. 그러나 양인위는 낯빛 하나 변하지 않고 알겠다고 대답하고서는 회의장으로 들어갔다. 그러자 온 회의장이 들끓기 시작했다.

우우하는 소리가 여기저기서 들리는 통에 양인위는 하는

수 없이 회의장을 나서야 했다. 이때 사전에 양인위에게 지시 받은 교원 한 사람이 나서서, 국치기념일에 소란을 일으켰으니 몇몇 학생들은 제적당하게 될 것이지만 구제할 방법이 전혀 없는 것은 아니라고 했다. 그 의미는 학생들이 이 기회에 양인위와 타협하고 양보하면 제적을 면할 수 있다는 뜻이었다. 이러한 위협에도 학생들은 두려워하지 않았다. 오히려 그 발언으로 양인위가 꾸민 음모가 드러났다. 그로 인해 학생들은 더욱더 거세게 양 교장을 배척하게 되었다.

이날은 베이징여자사범대학 말고 다른 대학에서도 국치기념식을 가졌는데, 그들 역시 베이양 정부 군대와 경찰에게 난폭하게 제지당했다. 베이징 학생계에서는 교육총장 집에 대표를 파견해 이 사태에 대해 항의했다. 그러나 학생들 수십 명이 그 자리에서 구타를 당해 부상을 입고, 열여덟 명이 체포되었다. 그 가운데는 열너덧 살밖에 안 되는 어린 학생도 있었다. 이로써 베이양 정부의 교육 당국에서 꾸민 음모가 완전히 폭로되었다. 베이양 정부가 학생들의 애국운동을 탄압한 사실은 당시 진보적인 베이징 문화계 인사들을 분노하게 했다.

베이양 군벌정부의 교육 당국으로부터 지원을 받던 양인위는 이미 계획된 음모대로 학생들을 박해하기 시작했다. 사건이 일어난 이튿날 아침, 학교에는 쉬광핑(許廣平), 류허전(劉和珍) 등을 비롯한 학생자치회 대표 여섯 명을 제명한다는 공고

베이징여사대 학생회 간부들.
뒷줄 가운데 학생이 류허전.

문이 나붙었다. 이렇게 되자 전체 학생들이 술렁거리기 시작
했다. 학생들은 지체 없이 운동장에 모여 대열을 지어 교장실
로 달려가서 양인위가 학생들을 제명한 조치에 대해 항의했
다. 전체 학생들은 학생자치회 대표들과 총간사인 쉬광핑을
한결같이 지지했으며, 교장실을 봉쇄하자고 주장했다. 싸움
은 더욱 첨예화되었다. 양인위가 꾸민 음모는 비록 실현되지
못했지만, 학교는 온통 마비 상태에 빠질 수밖에 없었다. 학
구열에 불타던 학생들은 부득이 여러 곳에 도움을 청했다. 그
들은 먼저 평소에 자신들을 보살펴주고 아껴주던 학교 선생
들에게 도움을 구했다. 루쉰과 쉬서우창, 그리고 몇몇 교수들
이 학생들을 지지하는 편에 참가했다.

5·7사건 이후 양인위는 더욱 활발하게 움직였다. 당시 베이징의 지배 세력들인 베이양 정부의 교육총장, 군벌에 동조하던 현대평론파, 그리고 이른바 교육계 '명사'들과 결탁해 학생들을 탄압했다. 학생자치회에서도 학교 선생들과 사회 인사들에게 학교와 학생들이 누려야 할 정당한 권리를 수호하기 위해 나서줄 것을 호소했다.

5월 21일에 루쉰은 학생자치회에서 회의를 연다는 통지를 받고, 그날 오후에 학교로 갔다.(《화개집》〈'난관에 봉착'한 뒤('碰壁'之後)〉) 네 시 반에 음산한 교문을 지나 교수 휴게실로 들어갔다. 뜻밖에 노무자 한 사람과 선생 둘이 벌써 와서 자리에 앉아 졸고 있었다. 선생들 가운데 한 사람은 루쉰이 몇 번 만난 적이 있었으나, 한 사람은 전혀 안면이 없었다. 루쉰은 그들 옆에 가서 앉았다.

"이 사건에 대해서 선생은 어떻게 생각하십니까?"

안면이 없는 그 선생이 인사를 하고 나서, 루쉰의 눈빛을 주시하면서 물었다.

"그것은 여러 측면으로 말할 수 있습니다. ……당신은 개인 의견을 묻는 것입니까? 개인적으로 나는 양인위가 한 처사에 반대합니다……."

루쉰 말이 채 끝나기도 전에 그는 머리를 돌리며 끝까지 들을 것도 없다는 태도를 취했다. 루쉰은 상관하지 않고 말을 계속했다.

"음, 음" 하며 상대방은 귀찮은 듯 머리만 끄덕였다. 루쉰은 이야기를 멈추고 담배를 피워 물었다.

"내가 보기에는 이 사건에 대해 좀 냉정할 필요가 있을 것 같습니다……."

그 선생은 '냉정할 필요'가 무엇인지 자기 주장을 피력하기 시작했다.

"두고 봅시다."

루쉰도 귀찮은 듯 머리를 끄덕였다. 이때 루쉰은 자기 앞에 놓인 인쇄물을 발견했다. 거기에는 이렇게 찍혀 있었다.

"……이번에 학생자치회 명의로 강사들과 직원들을 지휘해 교무를 유지하기 위한 토론회를 소집하려 하는바, ……지금까지 교육부가 정한 규약을 지켜온 본교로서는 이런 제도가 없을 뿐만 아니라 방법도 없어 근본적으로 성립시킬 수 없습니다. 그런데 학생들이 소동을 일으킨 뒤, ……정당한 해결책을 내리지 않을 수 없고, 또 학교의 다른 일에 대해서도 회의에서 결의해야 하므로, (이달 21일) 오후 7시에 학교 측에서는 전체 담임교수, 전임교수, 평의회 회원들을 초청해서 타이핑후(太平湖) 호텔에서 긴급교무회의를 열기로 했습니다. 그곳에서 중요한 문제들을 해결하고자 하니 반드시 참석해주기 바랍니다!"

그 아래에 '국립베이징여자사범대학'이라고 서명되어 있고, 그 옆에 '알림'이라는 글자가 적혀 있었다. 알고 보니 학교 당국에서도 학생들을 탄압하는 회의를 같은 날 열기로 한 것이다. 크게 분개한 루쉰은 항의할 대상을 찾았다.

조금 뒤에 두 학생이 루쉰을 데리러 왔다. 교장은 이날 나타나지 않았다. 루쉰은 회의장에 들어섰다. 회의장에는 루쉰까지 포함해서 이미 다섯 사람이 와 있었는데, 나중에 일고여덟 명가량이 더 왔다.

회의가 시작된 뒤 루쉰은 자신이 학교에 온 이유를 설명하고, 또 학교에서 벌어진 소동에 대해 학교 당국이 책임질 것을 요구했다. 하지만 아무리 둘러보아도 회의에 참석한 사람들 중에는 학교 책임자들이 보이지 않았으며, 사방이 벽과 창문일 뿐 책임 있게 답변할 만한 위인이라고는 한 명도 없었다. 회의에서 아무런 결과도 얻지 못하자 모두들 흩어졌다. 루쉰이 집으로 돌아와 창가에 앉았을 때는 이미 땅거미가 지기 시작할 때였다.

루쉰은 그날 오후 일을 생각하니 어이가 없었다. 지금쯤 타이핑후 호텔 술자리도 거의 끝나가고, 모두들 아이스크림을 먹었을 테니 그곳이 '좀 냉정해졌을지도' 모르겠다고 생각했다. ……새하얀 식탁보에는 여기저기 간장이 떨어져 있을 테고, 남녀가 한데 어울려 술상 앞에 둘러앉아 아이스크림을 먹는 가운데, 청년 학생들의 앞날이 결정되었을 것이라고 루쉰은 불을 보듯 훤히 생각할 수 있었다.

밝은 전등불빛이 환상적인 호텔에서 이른바 '교육자'들이 술잔을 건네며 학생들을 모해하는 광경을 떠올리니, 살인자들이 웃음 속에서 백성들을 학살하는 장면을 보는 것만 같았다. 루쉰은 담배를 두어 대 피우고 붓을 들어 잡문을 쓰기 시작했다.

그 뒤 며칠이 지나 루쉰과 쉬서우창 등 교수 일곱 명은 5월 27일자 《경보》에 여자사범대학 사건에 대한 성명서를 냈다. 천시잉 등도 30일에 발행된(사실은 29일에 이미 팔기 시작했다) 《현대평론》에 자기들 의견을 발표했다. 그들은 공정함을 가장하면서 유언비어를 퍼뜨렸다.

"이번에 여자사범대학에서 일어난 학생 소동은 베이징 교육계에서 가장 커다란 세력을 가진 아무개 일파가 암암리에 선동했기 때문이라는 말을 종종 들어왔다. 그러나 우리는 그 말을 믿을 수 없다."

천시잉이 말한 '아무개'란 바로 루쉰 등을 가리키는 것이었고, 그들은 그런 말로 루쉰 등을 모함했다. '도덕군자'들이 어떤 유언비어를 퍼뜨려도 루쉰은 "'유언비어'가 결코 나의 입을 틀어막지 못할 것이다"(《화개집》〈결코 한담이 아니다(幷非閑話)〉)라고 분명하게 대답하고, 완강한 태도를 계속 견지했다.

34
베이징여사대 투쟁의 승리

여자사범대학 사건이 계속 확대되고 있던 1925년 5월 30일에 상하이에서 5·30사건이 발생했다. 5·30사건은 일본계 방적공장의 중국 노동자들이 파업을 시작하면서 발단되었다. 영국 제국주의자들은 상하이 난징로에서 시위 행진에 나선 노동자와 민중 들을 학살했다. 그리하여 제국주의와 봉건군벌을 반대하는 운동이 전국 각지에서 일어났으며, 베이징의 애국학생운동 역시 전국 각지에서 기세 높게 일어나던 군중의 애국운동과 결합하게 되었다.

그러자 제국주의와 봉건군벌 편에 선 부르주아 문인들은 당황했다. 그들은 다투어 지배 세력을 변호하고 나섰다. 쉬즈모는 제국주의에 반대해서는 안 되며, '제국주의를 타도하자'라는 구호는 '분열과 시샘의 현상'이라고 했다. 천시잉은 "쳐라, 쳐! 그런 중국인들은 쳐야 한다!"라고 말했다. 천시잉이 보기에 중국 사람은 당연히 매를 맞아야 하며, 맞아도 소리를 내지 말아야 한다는 것 같았다. 제국주의자들에 대해 공포심을 가진 사람들도 우왕좌왕 밖으로 뛰어나왔다. 그들은 제국주의 침략자들에게 달려가 자신들을 변호하기를, 우리는 결코 '적화'되지 않았다고 고백했다. 루쉰은 몹시 격분해 그들을 규탄했다.

중국 사람들이 정말 중국을 적화시키고 중국에서 폭동을 일으켰다면, 어째서 영국 경찰이 중국인을 체포하고 교수형을 집행해야 하는지 나는 이해할 수가 없다. ……러시아는 분명 적화된 지 여러 해가 되었지만, 다른 나라의 총칼에 벌 받은 적이 없다. …… 사실 그 이유는 아주 명백한 것이다. 그것은 바로 우리가 결코 폭도가 아니며 적화되지도 않았기 때문인 것이다.(《화개집》〈'문득 떠오른 생각' 10('忽然想到'十)〉)

루쉰은 세계 제국주의자들뿐만 아니라 중국의 봉건 통치자들 역시 노동 대중들을 살해하는 하수인임을 분명하게 지적했다. 또한 다음과 같이 말했다.

상하이(上海) 영국 경찰이 시민들을 학살했고, 이에 놀란 우리는 분노하여 문명인임을 가장하던 그들의 진상이 백일하에 드러났다고 크게 부르짖었다. 그렇다면 전에는 그들에게 진짜 문명이 있었다고 인정하는 꼴이 된다. 그런데 중국의 총을 가진 계급이 자국 민중들 집을 불사르고 약탈하고 학살하는 것에 대해 항의하는 사람은 지금까지 거의 없었다. 혹시 학살하는 사람들이 '국산품'이어서 학살하는 것도 환영해야 하기 때문은 아닌지? 그렇지 않다면 우리가 원래 진짜 야만인이어서 자기 나라 사람 몇 명 죽이는 것쯤은 이상하게 생각하지 않기 때문은 아닐까? 나는 감히 말하건대 중국 사람 가운데 영국 사람이나 일본 사람보다 더 음흉한 눈길로 성실한 청년들을 노려보는 자들이 있다. '외국 상품 배척'에 반감을 가지는 자가 오히려 외국 사람이 아닐 수도 있다. 중국을 좋게 만들려면 다른 일도 해야 할 것이다!(《화개집》〈'문득 떠오른 생각' 11('忽然想到'十一)〉)

'다른 일'이란 무엇인가? 그것은 바로 중국 민중이 해방을 위해 반드시 중국 노동계급과 연대해서 세계 제국주의자들 및 국내 봉건군벌들과 단호히 싸워나가야 하며, 문화 전선에서는 제국주의와 봉건군벌을 위해 일하는 부르주아 문인들과 완강하게 싸워나가야 한다는 것이다. 그리고 부르주아 계급이 지도하여 실패한 신해혁명의 길을 또다시 걸어서는 안 된다는 것이다.

여자사범대학 사건으로 벌어진 투쟁은 8월 1일부터 더욱 치열해졌다. 양인위는 자기 집 지붕 위에 미국 국기를 내걸었다. 양인위는 제국주의 세력의 보호를 받으며 모든 준비를 마쳤고, 곧바로 학생들에게 또 한 차례 공격을 퍼부었다.(1925년

8월 1일《경보》)

8월 1일 이른 아침, 수많은 무장군인과 경찰 들이 여자사범대학을 포위했다. 그때 학교에 남아 있던 학생들 30여 명은 회의를 열고 상하이 노동자 파업투쟁을 지지하는 문제를 토의하고 있었다. 이른 아침부터 오후 네 시까지 포위되어 있었지만, 학생들은 조금도 굴하지 않았다. 양인위는 학생들이 있는 곳에 전기를 비롯한 모든 물자 공급을 중지하라고 명령했다. 양인위는 무장군인과 경찰 외에도 폭력배들을 고용해 무력으로 학생들을 학교에서 쫓아내려 했다. 그러나 학생들은 용감하게 대항했으며, 따라서 충돌은 더욱 첨예해졌다. 학생회 대표 류허전을 비롯한 몇 사람이 그 자리에서 부상을 입었지만, 학생들은 싸움을 계속했다. 그리하여 서로 대치하는 국면으로 전개됐다.

이렇게 되자 양인위는 전깃줄을 끊고 교문을 봉쇄하고 모든 교통을 차단하라고 명령했다. 양인위는 마치 강적을 만난 듯 '견벽청야주의(堅壁清野主義, 적들이 가져가지 못하게 물건을 모두 땅에 파묻거나 태우는 전술—옮긴이)'를 실시했다. 정세는 대단히 험악해졌다. 이튿날 학생자치회에서는 베이징에 있는 50여 개 학교 대표들을 초청해 베이징대학에서 회의를 열고 이에 대처할 방법을 토의하려고 긴급선언을 발표했다.

베이징대학 등 23개 학교 학생회에서 잇달아 성명을 내서 베이양 정부에 항의서를 제출하고 양인위를 사퇴시키라고 요구했다.

8월 7일에 루쉰과 쉬서우창을 중심으로 하는 '여자사범대학 교무유지회'가 발족되었다. 여자사범대학은 베이양 정부의 교육부와 관계를 끊을 것임을 정식으로 선포했으며, 베이징에 있는 다른 학교와 교육 단체 들도 한결같이 베이양 정부 교육총장 장스자오(章士釗)를 반대한다는 성명을 발표했다. 일반 대중들도 교육 당국과 양인위에 대해 격분했다.

그러나 그들은 여간 완고한 것이 아니었다. 그들은 예정된 절차에 따라 8월 17일에 교육부 회의를 열고 여자사범대학을 '베이징여자대학'으로 개편한다고 선포했으며, 교육총장 자신이 직접 주비위원회(籌備委員會) 회장을 겸임하고 나섰다. 회의를 연 뒤 사흘 만에 교육총장은 자기 밑에 있는 전문교육감 류바이자오(劉百昭)에게 수많은 군인과 경찰, 그리고 여자 폭력배들을 동원해 여자사범대학 교문을 밀고 들어가 학생들을 구타하라고 지시했다. 많은 학생들이 부상을 입고 14명이 체포되어 경찰에 넘겨졌다. 8월 26일, 돤치루이 행정부에서 학생들을 탄압하는 '학풍 정화령'을 공포했다. 이때부터 천시잉 등도 더욱 적극적으로 활동하기 시작했다. 그들은 '교육계 공리유지회'를 조직하고 '공리(公理, 공정한 도리)'를 천명하고 나섰다. 그 뒤 얼마 안 되어 다시 '여자대학 후원회'로 이름을 고치고 장스자오 당국을 후원했다. 그들은 여전히 유언비어를 퍼뜨려서 자신들이 학생들을 폭행한 사실을 은폐했다. 그러나 유언비어도, 무력도, 정의를 위해 싸우는 사람들을 굴복시킬 수는 없었다. 여자사범대학은 비록 불법적으로 해산당했지만, 여자사범대학 학생들은 쭝마오(宗帽) 거리에 자비로 교실을 빌려 자신들에게 동조하는 교원을 초청해 수업을 재개했다. 루쉰은 이러한 교원들 가운데 가장 열성적인 사람이었다.

그때 베이징의 지배자들은 루쉰을 '눈에 든 가시'처럼 여겼다. 교육 당국에서는 여자사범대학의 교무유지회에 참가했다는 구실로 루쉰을 교육부 첨사 자리에서 불법으로 해직시켰다. 이런 비열한 수단도 루쉰의 투지를 꺾지 못했다. 오히려 루쉰은 예리한 필봉을 그들에게 돌려 청년들을 모독하고 억압한 그들의 나쁜 행위를 준열히 규탄했으며, 음흉하고 악랄한 그들의 위선적인 면모와, 청년들을 봉건시대의 노예로 만드는 교육의 해독을 폭로했다.

여자사범대학 학생들이 양인위를 반대해 일으킨 투쟁은 고립무원의 투쟁이 아니었다. 그때 남쪽에서는 혁명 세력이 줄기차게 발전하고 있었으며, 베이양 군벌 돤치루이 정부를 반대하는 베이징 민중들도 기세 높게 투쟁을 전개하고 있었다. 그리하여 여자사범대학 사건은 각계각층 사람들에게 폭넓은 지지와 성원을 받았으며, 마침내 학생들의 승리로 끝났다.

1925년 11월 30일에 여자사범대학은 학교 문을 다시 연다고 선포했다.

교육총장은 톈진으로 도망치고, 양인위는 물러났으며, 베이징여자대학은 자연히 취소되었다. 학생들은 본래 학교로 돌아가 공부하게 되었다. 이리하여 여자사범대학 사건에서 학생들은 완전한 승리를 거두게 되었다.

1926년 1월 13일, 여자사범대학에 새 교장이 부임했다. 루쉰은 교무유지회 이름으로 환영을 표시했으며, 동시에 교무유지회를 해산한다고 선포했다.

35
물에 빠진 개는 두들겨 패라

루쉰이 암흑 세력과 치열하게 투쟁하고 있을 때, 그리고 이 투쟁에서 승리를 거두고 있을 때, 저우쭤런은 '온화'하고 '공정'한 얼굴로 1925년 12월 7일에 출판된 56호 《어사》에 〈제목을 잃고(失題)〉라는 글을 발표했다.

저우쭤런은 교육 당국이 이미 패배한 마당에 '물에 빠진 개를 때릴' 필요가 없다고 주장했다. 저우쭤런이 이렇게 주장하자, 곧바로 린위탕이 찬동했다. 그때까지만 해도 린위탕의 본래 모습은 드러나지 않고 있었다. 린위탕은 자유 부르주아 학자라는 간판을 내걸고 1925년 12월 14일 《어사》 57호에 〈어사의 문체─온건, 욕설 및 페어플레이에 대해〉라는 글을 발표했는데, 이 글에서 "패배한 자들에 대해 더는 공격하지 말아야 한다"라고 주장했다. "우리가 공격해야 하는 것은 사람이아니라 사상이므로" 지배자들에 대해서도 "그 개인을 더는 공격하지 말아야 한다"라고 말했다. 또한 '페어플레이' 정신은 중국에 가장 부족한 정신으로, 지금은 그것을 힘써 제창해야 한다고 했다. 그리고 '물에 빠진 개를 때리지' 않아야 '페어플레이'하는 의의를 충분히 구현할 수 있다고 말했다.

저우쭤런과 린위탕이 주장한 이러한 내용은 제국주의와 봉건군벌들을 내놓고 편드는 현대평론파의 어투와 비슷했다.

루쉰은 〈'페어플레이'는 아직 이르다에 대해(論'費厄潑賴應該緩行')〉라는 글에서 그들을 반박했다. 루쉰은 '물에 빠진 개를 때릴' 것을 완강하게 주장했다. 루쉰은 '물에 빠진 개'를 세 부류로 나누고, 이 세 부류에 속하는 개는 모두 때려야 한다고 했다. 그 세 부류는 하나는 발을 헛디뎌 물에 빠진 개, 둘째는 남이 때려서 물에 빠진 개, 셋째는 자신이 직접 때려서 물에 빠진 개인데, 그 가운데 특히 자신이 직접 때려서 물에 빠진 개는 대나무 몽둥이로 물속에서 호되게 때려도 나무랄 것이 없다고 했다.

루쉰은 다음과 같이 생각했다. "사람들은 '개'를 불쌍히 여기지 말아야 한다. 특히 탐스러운 털을 가진 까닭에 귀여움을 받으며 귀부인들이 거리에 나갈 때 가느다란 줄에 묶여 발꿈치를 졸졸 따라다니는 발바리는 더욱 밉살스럽다. 발바리는 비록 개이긴 하지만 그 모습이 고양이와 비슷해 절충적이고, 공정하고 타협하는 듯하면서도 단정한 것 같은 모양이 참으로 신통하다. 그들은, 남들은 다 과격하고 오직 자신만이 '중용의 도리'를 통달한 듯이 유유한 태도를 취한다." 루쉰은 이런 발바리를 먼저 물속에 처넣고 때려야 한다고 주장했다. 왜냐하면 만약 발바리를 너그럽게 대한다면 다른 개는 더욱 때릴 수 없기 때문인 것이다.

루쉰이 말하는 이러한 귀중한 투쟁경험은 실제 역사에서, 특히 신해혁명에 바친 피의 교훈에서 얻은 것이다. 루쉰은 혁명가들에게 반드시 경각심을 높여야 하며, 적과 투쟁할 때 절대로 타협하거나 너그럽게 대하지 말고 단호하고 철저하게 싸워야 하며, 적들이 꼬이는 데 넘어가거나 기만당하지 말아야 한다고 주장했다. 루쉰은 〈'페어플레이'는 아직 이르다〉라는 글에서 다음과 같이 말했다. "이것은 비록 나의 피로 쓴 것은 아니지만, 내 동년배들과 나보다 어린 청년들의 피를 목격하고 쓴 것이다."(《무덤》《무덤》 후면에 쓰다〉) 루쉰은 또 다음과 같이 말했다.

개의 성질은 좀처럼 고쳐지지 않는다. 가령 1만 년이 지나면 지금과 달라질지 모르지만, 나는 지금을 두고 하는 말이다. 만약 물에 빠졌다고 불쌍히 여긴다면, 사람을 해치는 동물 가운데에서 불쌍히 여겨야 할 것이 참으로 많다. 콜레라균은 번식이 빠르지만, 그 성격이야 얼마나 온순한가. 그러나 의사는 절대로 그것들을 가만 두지 않는다.

오늘날 관료들과 지방 신사나 외국 신사 들은 저희들 마음에 맞지 않는 것은 적화니 공산이니 하며 매도한다. 민국 원년(1911) 전에는 다소 달랐지만, 처음에는 캉유웨이당이라고 하더니 뒤에는 혁명당이라고 비난했으며, 심지어는 관청에 밀고하기까지 했다. 물론 이것은 한편으로 저들이 자기 존엄과 영애를 보전하기 위한 것이었지만, 그것은 이른바 '다른 사람의 피로 모자 끝을 붉게 물들인다' 는 뜻이었다. 그러나 마침내 혁명은 일어나고 말았다. 그래서 거드름 피우던 신사들은 상갓집 개처럼 안절부절 못하며 변발을 틀어 올렸다.

혁명당에도 온통 새로운 풍조, 곧 신사들이 전에는 이를 갈며 증오하던 새로운 풍조가 나타났는데, 이른바 '문명화' 가 그것이다. 그리고 '모두 다 유신을 하는' 판이니, 우리더러는 물에 빠진 개를 때리지 말고 그것들이 제멋대로 기어 올라오도록 내버려두라고 했다. 그리하여 그놈들은 기어 올라왔고, 민국 2년 하반기까지 숨어 있다가 2차 혁명시기에 갑자기 뛰어나와 위안스카이를 도와 숱한 혁명가들을 물어 죽였다. 그리하여 중국은 날로 암흑 속으로 빠져들어 갔으며, 오늘에 이르기까지 전대의 신하는 물론이고 도련님까지도 이처럼 많아졌다. 이것은 선열들이 요귀들에게 선심을 써서 번창하도록 내버려두었기 때문이다. 이 때문에 그 뒤 각성한 청년들이 암흑에 반항하기 위해 더 많은 기력과 생명을 허비하게 되었다.(《무덤》〈 '페어플레이'는 아직 이르다에 대해〉)

루쉰은 '페어플레이'가 심지어 "약점으로 될 수도 있고 악한 세력에게 편의를 제공할 수도 있다"라고 경고했다.

예를 들면《현대평론》에서 류바이자오가 여자사범대학 학생들을 구타한 데 대해서는 일언반구도 하지 않다가, 여자사범대학이 다시 문을 열고 천시잉이 교실을 점거하라고 여자대학의 일부 학생들을 선동하자 "만일 (먼저 점거한─옮긴이) 학생들이 나가려 하지 않으면 어떻게 하겠는가? 어쨌든 그들의 짐을 강제로 들어내기는 미안하지 않겠는가?"라고 했다. 류바이자오가 학생들을 때리고 끌어내고 짐을 들어낸 선례가 있는데 어째서 이번 경우에만 유독 '미안하다'는 말인가? 이것은 바로《현대평론》에서 여자사범대학 측이 조금은 '페어플레이'할 기미가 있음을 알고 이를 악용한 것이다.(《무덤》〈'페어플레이'는 아직 이르다에 대해〉)

루쉰은 반드시 물에 빠진 개는 두들겨 패야 하며, 모든 악한 세력과는 반드시 끝까지 타협하지 말고 끈질기게 투쟁을 벌여야 한다고 단호하게 주장했다.

여자사범대학 사건이 승리로 끝나고 '도덕군자'들이 꾸며낸 유언비어들이 남김없이 밝혀지자, 그들은 다른 수단을 강구할 수밖에 없었다. 천시잉은 1926년 1월 2일에 출판된《현대평론》3권 56호〈한담〉란에 올해부터 '쓸데없는 남의 일에 영원히 간섭하지 않겠다'라고 선포하는 동시에, '학문의 도구가 될 것'이라고 요란하게 떠들었다. 그들은 학식을 갖춘 사람이 되려면 책을 많이 읽어야만 한다고 했다. "《사서(四書)》로 말하자면" "한나라, 송나라, 명나라, 청나라 때 많은 유가들이 남긴 주석 이론을 연구하지 않고서는 《사서》의 참뜻을 이해하기 힘들다"라고 했는데, 이것은 사람을 속이는 연막에 지나지 않는다(한나라 사람이 쓴 《사서》의 주석이 없음은 말할 것도 없거니와, 한나라 때는 《사서》라는 명칭도 없었다). 《현대평론 증간(增刊)》을 펼쳐보기만 하면 그들이 바라는 속셈을 알 수 있다. 거기에는 후스의 '번역시 세 수', 쉬즈모의 '번역시 한 수'라느니 하며, 백 년 뒤에나 발표될 만한 대작을 예고한다느니 하는 글들이 실렸다. 루쉰은 그들의 글을 어린이들이 가지고 노는 '칠색판'(둥근 나무판에 일곱 가지 색을 칠한 놀잇감)에 비유했다. 그것을 돌리지 않을 때는 아주 보기 좋지만 일단 돌리기만 하면 그것은 회색으로 변하는데, 그 회색이 바로 현대 평론파의 보호색이라는 것이었다. 이 '도덕군자'들은 그 회색의 허울 밑에서 별의별 짓을 다했지만, 사실 같은 일을 하고 있었다.(《화개집 속편》〈쓸데없는 참견, 학문을 함, 회색 등(雜論管閑事, 做學問, 灰色等)〉)

그들은 어떤 일을 했는가? 루쉰은 다음과 같이 '비유'했다. "그들은 '산양(山羊)'이 하는 일을 하고 있다."(《화개집 속편》〈한 가지 비유(一點比喩)〉) 이 산양 목에는 작은 방울이 하나 달려 있는데, 그것이 그들 '지식계급'이 내건 휘장이다. 이 산양은 목동을 위해 일하는데, 몽고양 떼 맨 앞에 서서 그것들을 죽음의 길로 끌고 간다. 현대평론파가 바로 사람들 속의 '산양'으로서, 그들은 대중을 타협과 굴욕의 길로, 다시 말하면 죽음의 길로 끌고 가려고 했으며, 외국 침략자들과 국내 봉건 군벌들 그리고 관료들의 '말을 잘 듣는 백성'으로 만들려 했다. 이것이 바로 그들의 목적이었다.

그러나 이 목적은 영원히 달성될 수 없는 것이다!

부르주아 문인 천시잉 등은 '쓸데없는 일에 간섭하지 않겠다'라는 성명을 발표한 뒤에는 감히 드러내놓고 루쉰을 공격하지는 못했다. 그러나 그들은 《신보부간》에 〈쉬즈모에게 보내는 천시잉의 편지〉라는 편지 형식으로 된 글을 실어 루쉰을 '사오싱의 막료'니, '도필리(刀筆吏, 옛날에 서기 같은 낮은 벼슬아치―옮긴이)'니, '배운 도둑'이니 하며 은근히 빙 돌려서 모욕했다. 그들 자신이 온갖 유언비어를 퍼뜨리면서, 오히려 루쉰이 '남에게 죄를 뒤집어씌우고' '사실을 날조하고' '유언비어를 퍼뜨린다'라고 중상했다.

루쉰은 〈편지가 아니다(不是信)〉라는 잡문에서 그들을 준열히 규탄했으며, 그런 인사들이 '촐랑거리는 추태'를 덮어둘 수 없다고 말했다. 루쉰은 자신의 필봉이 '발바리'와 아주 비슷한 몇몇 사람들을 아프게 찔렀기 때문에 '스스로 발바리'

라고 생각하는 자들이 불평을 주절주절 늘어놓고 있다고 했다. 그들은 루쉰이 냉소적인 화살을 날리기 좋아한다고 했다. 그러자 루쉰이 말하길, "그렇다. 몇 차례 냉소적인 화살을 날린 적이 있지. 그러나 그것은 언제나 먼저 '냉소적인 화살을 날린' 천시잉 따위들을 겨냥해서 한 것이다. '그 사람이 쓴 방법으로 그를 대한다'라는 것은 이를 두고 하는 말이다. 앞으로도 계속 '냉소적인 화살'을 날릴 것이며, 그렇게 하는 것에 대해 후회할 생각은 없다"(《화개집 속편》〈편지가 아니다〉)라고 했다.

부르주아 문인들은 자신들이 계획한 졸렬한 전술이 무산되자, 이번에는 다른 수단을 썼다. 쉬즈모는 《신보부간》에 〈실없는 말을 그만두고 쓸데없는 말을 그만두자!(結束閑話, 結束廢話)〉라는 글을 실었다. 이 글에서 말하기를, '청년들을 지도할 중책을 짊어지고 있는 선배들'은 이처럼 '어지럽게 싸움질'하지 말아야 한다느니, '자기 선생들이 이렇게 망신당하는 것을 보고 학생들이 더는 참지 못하고 입을 열게 될 것'이라느니 했다. 쉬즈모는 공정한 태도를 취하는 체하면서, "그만두라! 우리는 싸움질하는 쌍방을 향해 큰소리로 외친다. 그만두라!" "본 간행물은 앞으로 남을 공격하는 글을 싣지 않는다"라고 성명을 발표했다. 이 역시 속임수임은 말할 나위도 없다. 루쉰은 다음과 같이 말했다. "안 된다. 지금은 그만둘 수 없다! 신사복으로 겹겹이 둘러싼 채 실속 없이 뽐내는 추태를 철저히 폭로해야 하며, '청년들을 지도하는 중책을 짊어진 선배'라고 위장한 가면을 찢어버려야만 '그만둘' 수 있다."

루쉰은 또 다음과 같이 말했다.

중국에서 나의 붓이 비교적 날카로운 셈이고 말도 사정없이 할 때가 있음을 나 자신도 알고 있다. 그러나 나는 또한 사람들이 어떻게 공정한 도리와 정의라는 미명으로, 도덕군자라는 간판으로, 부드럽고 후한 체하는 가면으로, 유언비어와 공론을 무기로, 어물어물하면서 빙빙 돌리는 글로 자기의 배를 채우면서, 세력도, 문필도 없는 약자들을 숨도 제대로 쉬지 못하게 하는지를 알고 있다. 가령 나에게 이 붓이 없었다면 수모를 받고도 하소연할 곳조차 없는 사람이 되었을 것이다.

나는 깨달았다. 그래서 나는 늘 이 붓을 사용하고자 하며, 특히 양의 탈을 쓴 늑대의 마각을 폭로하는 데 쓰고자 한다. 만일 그런 위선자들이 조금이라도 괴로움을 느끼고 얼마간 뉘우치는 바가 있게 되면 가면도 덜 쓸 것이다. ……누구든지 자기 진실을 그대로 드러내놓는다면, 그것이 비록 반 푼어치밖에 안 되는 것이라 하더라도 나는 절대로 얕보는 말을 한마디도 하지 못할 것이다. 그러나 연극을 하면서 사람을 속이려 들어서는 절대로 안 된다. 나는 알고 있는 것을 당신들처럼 어물쩍 넘기지 않는다. ……더는 냄새나는 폼을 잡지 않는다면, 당신들이 교수랍시고 청년들을 좌지우지하는 선배가 되지 않는다면, 앞으로는 당신들이 내건 '공정한 도리'의 기치를 '똥수레'에 집어던진다면, 당신들의 신사복을 '구린내 나는 뒷간'에다 던져버린다면, 가면을 벗고 적나라하게 몇 마디 솔직한 말을 하기만 한다면, 그러면 되는 것이다.(《화개집 속편》〈나는 아직 '그만둘' 수 없다(我還不能 '帶住')〉)

누구나 알다시피 이런 신사들은 신사복을 벗어 구린내 나는 뒷간에다 던져버리려 하지 않을 것이며, 가면을 벗어버리고 나서서 몇 마디 솔직한 말을 하려고 하지도 않을 것이다. 물론 루쉰도 그들을 용서하지 않을 것이다. 그것은 이 싸움이 결코 개인에 관한 문제가 아니라, 원칙에 관한 문제이기 때문이다. 당시 지배자들은 무력만으로는 이미 각성되었거나 각성되고 있는 민중들을 통치할 수 없음을 알고 있었다. 그들에게는 자신들을 위해 일하는 '산양형' 문인들이 필요했다. 그리고 이 '산양형' 문인들도 상전에게 의지해야만 했다. 따라서 그들이 서로 결탁해 나쁜 짓을 일삼아온 것이다. 그들이 쓴 가면을 벗겨버리는 것은 당시 사상계에서 실제로 중요한 의미를 지닌 투쟁이었다. 루쉰은 바로 이러한 전투에서 당당한 예술가였으며, 그가 선택한 투쟁 방법은 매우 탁월했다. 현실에서 당면한 문제를 통해 어떤 사상 유형을 대표하는 인물에게 철저하고도 강경하게 타격을 가했다. 이는 그 사상 유형을 대표하는 인물을 직접 타격하는 것일 뿐만 아니라, 그들이 대표하는 계급 전반을 타격하는 것이기도 하다는 것을 그는 누구보다도 똑똑히 알고 있었다.

'발바리'를 때리는 것은 실질적으로 그 주인을 때리는 것이기도 하다. 중국에서 제국주의와 봉건주의의 통치를 뒤엎으려면, 무엇보다도 먼저 그들의 '발바리'를 물에 처넣고 때려야 했다. '몇 가지 사소한 일을 틀어쥐고' 끈기 있는 투쟁을 견지하는 것, 이것이 루쉰이 구상한 현실주의적 작전의 특징이었다. 현실의 문제와 현 사회의 '개인'을 통해 중국 사회와 중국 역사를 해부하고 분석하는 것, 이것이 루쉰이 투쟁할 때 사용한 중요한 방법 가운데 하나였다. 루쉰이 늘 사용한 사상 무기는 전투적 잡문이었다. 잡문집 《화개집(華蓋集)》과 《화개집 속편(華蓋集續編)》, 《무덤》에 실린 대부분이 바로 이 시기 전투에서 거둔 성과이자, 루쉰이 전개한 전투적 예술의 절절한 기록물이다.

36
민국 이래 가장 캄캄한 날

부르주아 문인들이 잠시나마 루쉰의 공격을 늦추게 하려던 졸렬한 계책이 깨어지자, 그들은 또 전술을 바꿨다. 유언비어를 퍼뜨리는 것보다 더욱 음험하고 나쁜, 유인 학살 수단을 사용한 것이다. 1926년 3월 18일에 베이양 군벌 돤치루이 행정부가 국무원 문 앞에서 맨손으로 청원하러 온 군중과 청년 학생을 학살한 3·18참살사건은, 그들이 음모하여 저지른 죄상을 명확히 보여주는 사건이었다.

1924년 봉계(奉系) 군벌과 직계 군벌 사이에 2차 전쟁이 있은 뒤, 봉계 군벌이 우위를 차지하자 장쭤린(張作霖)은 중심 지역에까지 그 세력을 떨쳤다. 이리하여 일본 제국주의를 등에 업은 돤치루이는 통치기반을 더욱 튼튼히 다지게 되었다. 그러나 이때 광저우를 중심으로 한 남방에서는 혁명을 원하는 기세가 날로 고조되고 있었다. 이와 같은 혁명 정세에 영향을 받아 펑위샹(馮玉祥)과 그의 군인들, 곧 국민군도 혁명 진영으로 기울어지게 되었다.

이리하여 봉계 군벌과 직계 군벌의 전쟁 뒤에 국민군도 그 세력을 베이징으로 뻗치게 되었다. 이에 대해 제국주의자들은 잠자코 있지 않았다. 일본 제국주의를 등에 업은 봉계 군벌과 영국 제국주의를 등에 업은 직계 군벌은 상전에게 지시를 받고 단합해서 펑위샹의 국민군에 함께 대처했다. 그들은 국민군 세력을, 혁명적이며 진보적인 세력을 모조리 쫓아버림으로써 자신들의 통치기반을 유지하고자 했다. 그리하여 봉계 군벌 장쭝창(張宗昌)이 먼저 일본 제국주의가 지시한 대로 국민군을 공격했다. 그러나 극도로 부패한 장쭝창 군대는 톈진 남쪽에서 국민군에게 여지없이 깨어지고 말았다. 상황이 이렇게 되자 일본 제국주의가 직접 나서서 국민군에 대처하게 되었다.

3월 12일에 일본 군함 두 척이 다구 항(大沽口)에 들어오더니 국민군에게 포격을 가했다. 13일에 일본 정부는 돤치루이 정부에 항의를 제기하고, 국민군을 철수시키라고 요구했다. 16일에는 영국, 미국, 독일, 이탈리아, 네덜란드, 벨기에, 스페인과 일본 8개국이 또 돤치루이 정부에 최후통첩을 보내어 18일 12시 전까지 답변하라고 강요했다.

이때 베이징 시의 총공회(總工會), 학생회 등 대중단체들이 연합해 긴급통보를 돌려 각계각층에서 국민군을 지지하도록 호소했고, 봉계 군벌을 원조하고 내전을 조장하는 일본 제국주의에 반대해 싸울 것을 호소했다. 18일에 베이징 시민 3만여 명이 8개국 통첩에 반대하는 대중집회를 열고 회의 끝에 시위를 시작했다. 일부 청년 학생과 각계 대표들이 청원하기 위해 돤치루이 행정부 문 앞에 이르렀을 때, 돤치루이는 호위대에 맨손인 청원 군중들을 향해 사격하라고 명령했다. 문 앞에는 순식간에 붉은 피가 낭자했다. 그 자리에서 40여 명이 사망하고 200여 명이 부상을 입었다. 총소리가 10여 분 동안이나 계속된 뒤 이어서 쇠몽둥이와 큰 칼을 든 사병들이 총에 맞아 쓰러진 사람들을 덮쳐 아직 숨이 붙어 있는 사람들을 마구 찌르고 두들겨 팼다. 여자사범대학 학생자치회 회장 류허전과 친구 몇 사람도 이때 그들에게 학살되었다. 혁명 군중을 지도하던 리다자오는 머리에 부상을 입고서도 침착하게 군중들을 퇴각시켰다.

이튿날 돤치루이 정부는 또 '폭도들'의 지도자 리다자오 등을 체포하라는 명령을 내렸다. 그 뒤 얼마 안 되어 베이징 신문에 다시 두 번째 체포자 명단이 공포되었는데, 그 가운데는 루쉰도 있었다. 그런데 '쓸데없는 일에 간여하지 않겠다'라고 떠들어댄 적이 있는 천시잉이 다시 발 벗고 나섰다. 학생들이 국무원 문 앞에서 총에 맞아 쓰러진 것은 학생들 자신이 '스스로 사지로 뛰어든 것이고' '남에게 이용당했으며' 이에 대해 '폭도를 지도한 자들'은 '도의적으로 책임'을 져야 한다고 말했다. 또한 "여성 지사들에게 권고하건대, 앞으로 포화 속

의 위험을 피하고 싶거나 짓밟히고 죽고 부상당하고 싶지 않
거든 되도록이면 군중운동에 참가하지 마시오"라고 설교했
다. 천시잉이 윗사람을 위해 애써 변호하면 할수록 정치 앞잡
이 노릇을 하는 그의 정체가 더욱 분명히 폭로되었다. 루쉰은
더없는 분노를 느끼며 붓을 들었다. 수난 당한 청년들을 애도
하는 한편, 흉악무도한 지배자들과 그 앞잡이들을 규탄했다.

3월 18일, 돤치루이 정부는 호위병들을 시켜 총칼로, 국무원 문
앞에 자주외교를 청원하러 온 맨손의 청년들을 포위하고 학살했
다. 그 수는 무려 수백 명에 이르렀다. 그들은 또 그것도 모자라
'폭도'라는 누명까지 씌웠다!

이처럼 흉악무도한 행위는 짐승들 속에서도 일찍이 보지 못했
을 뿐만 아니라, 인간들 속에서는 극히 보기 드문 일이다. 러시아
황제 니콜라이 2세가 카자크 병사를 동원해서 민중을 학살한 사건
이 이와 조금 비슷할 뿐이다.

범과 이리가 중국을 제멋대로 뜯어먹어도 누구 하나 상관하지
않는다. 상관하는 사람은 몇몇 나이 어린 학생들뿐이다. 그들은 본
래 편안하게 공부해야 하는 학생들인데, 표류하고 있는 시국이 그
들을 불안하게 했다. 만약 당국자들이 조금이라도 양심이 있다면,
스스로를 돌이켜보고 양심적으로 행동해야 할 것이 아닌가?

하지만 끝내 그들을 학살하고 말았다.

만약 이러한 청년들을 모조리 학살해버린다 하더라도, 학살자들은 결코 승리자가 되지 못한다는 것을 알아야 할 것이다.

……만약 중국이 아직 망하지 않은 것이라면, 지나간 역사 사실이 우리에게 가르쳐주듯이 앞으로의 사태는 학살자들이 예상하는 것과 전혀 다르게 전개될 것이다.

지금 벌어진 일은 한 사건의 결말이 아니라 한 사건의 시작이다.

먹으로 쓴 거짓말은 결코 피로 쓰인 사실을 덮어버리지 못한다.

피로 진 빚은 반드시 피로 갚아야 한다. 빚이란 오래 미룰수록 더 많은 대가를 치러야 한다.

……실탄에 맞아 흘러나온 것은 청년들의 피다. 피는 먹으로 쓴 거짓말로는 감춰지지 않을 뿐만 아니라, 먹으로 쓴 만가(挽歌)로도 보상되지 않는다. 어떠한 위력도 그것을 억누를 수 없다. 왜냐하면 그것은 이미 속일 수도 없을 뿐만 아니라, 죽일 수도 없게 되었기 때문이다.(《화개집 속편》〈꽃 없는 장미2(無花的薔薇之二)〉)

루쉰은 청년들이 비참하게 학살당한 데 대해 만감의 비통함을 금치 못했다. 피비린내 나는 이날을 '민국 이래 가장 캄캄한 날'이라고 말했다.

루쉰은 천시잉의 철면피 같은 망발을 겨냥하며 다음과 같이 말했다.

3월 18일에 돤치루이 정부가 맨손으로 청원하러 온 시민들과 학생들을 학살한 사건은 언어도단의 만행으로, 우리가 사는 이곳이 결코 인간세상이 아니라는 느낌을 갖게 한다. …… (그런데) 여러 평론 중에 총칼보다 더 섬뜩한 것이 있다고 나는 생각한다. 그러한 평론에서 몇몇 논객들은 학생들이 사지로 뛰어들지 말았어야 했다고 말한다. 그렇다면 중국 사람은 정말 죽어도 묻힐 곳이 없다는 말이고, 순순히 노예가 되어 사는 것 말고는 '죽어도 원망하지 말아야 할 것이다.' 나는 대다수 중국 사람들 생각은 어떠한지 모르겠다. 가령 그들 역시 이렇게 생각한다면 국무원 앞뿐만 아니라 온 중국에 사지가 아닌 곳이라고는 한 군데도 없게 될 것이다. ……하지만 나는 '청원'이라는 것을 지금부터는 절대로 하지 말 것을 간절히 바란다.(《화개집 속편》〈사지(死地)〉)

"피로 진 빚은 반드시 피로 갚아야 한다." "'청원'이란 것을 지금부터는 절대로 하지 말아야 한다." 이것은 루쉰이 3·18사건에서 얻은 경험을 바탕으로 내린 결론이다. 깊은 의미를 지니고 있는 이 결론은 '물에 빠진 개를 호되게 때려야 하는' 것과 마찬가지로 "이것은 비록 나의 피로 쓴 것은 아니지만, 내 동년배들과 나보다 어린 청년들의 피를 목격하고 쓴 것이다." 이 역사 경험을 얻기 위하여 민중들은 얼마나 큰 대가를 치렀는가!

루쉰은 이 준엄한 투쟁의 격랑 속에서 사상의 변화를 크게 겪고 있었으며, 급속하게 비약할 준비를 하고 있었다.

3월 25일 여자사범대학에서 18일에 돤치루이 행정부 문 앞에서 살해된 류허전 등을 위한 추도회를 열었는데, 루쉰도 여기에 참가했다. 루쉰이 홀로 강당 밖에서 서성이고 있을 때, 한 학생이 다가오며 물었다.

"선생님, 류허전을 위해서 뭔가 쓰신 것이 있습니까?"

"없네."

"선생님, 그래도 뭘 좀 쓰시지요. 류허전은 생전에 선생님 글을 대단히 애독했답니다."

학생은 은근히 재촉하는 뜻을 담아 말했다.

추도회가 끝나고 며칠 지나지 않아 4월 초에 루쉰은 비분에 찬 심정으로 〈류허전 군을 기념하며(紀念劉和珍君)〉라는 글을 썼다.

나는 실로 할 말이 없다. 나는 다만 내가 사는 곳이 결코 인간세상이 아니라고 느낄 뿐이다. 청년들 40여 명의 피가 내 주위에 차고 넘쳐서 숨도 쉬지 못하고 눈도 뜰 수 없는데, 무슨 할 말이 남아 있겠는가? 글을 지어 애도하는 것도 비통이 멎은 다음 일일 것이다. 그런데 그 뒤 몇몇 학자와 문인 들이 발표한 음험한 논조는 나를 더욱 슬프게 했다. 나는 이미 분노에서 벗어났다. 나는 비인간적이며 캄캄한 세상에서 비애와 쓸쓸함을 깊이 음미하고자 한다. 가장 침통한 비애를 인간 아닌 인간들에게 보여줌으로써 그들이 내 고통으로 즐거워하게 하고자 한다. 그리하여 나중에 죽을 사람의 보잘것없는 이 제물로 죽은 이들의 영전에 봉헌하리라.

참된 용사는 참담한 인생을 두려움 없이 마주 대하며 흥건한 피를 직시할 수 있는 용기를 지니고 있다. 이 얼마나 슬픈 일이면서도 행복한 일인가? 하지만 조물주는 늘 평범한 사람들을 위해 시간이 흐름에 따라 낡은 흔적을 씻어버리고 흐리게 변해버린 핏빛과 희미한 슬픔만 남도록 설계한다. 이 흐린 핏빛과 희미한 슬픔 속에서 사람들은 또 잠시나마 삶을 구차하게 이어가면서 인간세상인 것 같지만 인간세상이 아닌 세계를 영위해간다. 이러한 세상이 언제 가야 끝날지 나는 모른다!

우리는 아직까지 이러한 세상에 살고 있다. 나도 오래전부터 뭔가를 써야 할 필요를 느끼고 있었다.

3·18사건 이후 탄압은 날로 심해졌다. 루쉰은 군벌들에게 체포되지 않기 위해 집을 떠나 잠시 다른 곳으로 자리를 옮겼다. 처음에 그는 서성(西城) 구역 스진팡(仟錦坊) 망원사에 있으면서 낮에는 책을 보거나 글을 썼고 밤에는 동성(東城) 구역을 한 바퀴 돌면서 그날 소식을 알아보았다. 루쉰이 망원사에 옮겨간 지 사흘째 되는 날, 낯모를 '청년' 서너 명이 갑자기

망원사를 찾아왔다. 그들 말에 따르면 망원사를 대단히 좋게 생각해 특별히 방문하러 왔다는 것이다. 이 몇 사람은 루쉰을 못 알아보는 듯했다. 루쉰도 짐짓 모르는 척하고 그들 물음에 대답하지 않았다. 그러자 그들은 투덜거리며 가버렸다.

그들이 돌아간 다음, 그들이 변장한 밀정들이 아닌가 하는 의심이 든 루쉰은 이튿날 새벽에 환자로 가장하고 스푸마(石駙馬) 대로에 있는 야마모토(山本) 병원으로 거처를 옮겼다. 거기서 한동안 지내다가 둥자오민 거리(東交民巷)의 동편 어귀에 있는 독일 병원으로 옮겼다. 그런데 이때 루쉰은 정말 위장병에 걸려서, 자그마한 병실에 혼자 입원해 있었다. 며칠 지나 병이 다 낫게 되자, 큰 병실로 옮겨 도피해온 사람들 몇몇과 함께 있었다. 그런데 병원에서 병이 없는 사람을 오래 두려 하지 않았으므로, 루쉰과 친구들은 또 프랑스 병원으로 옮겨야 했다.

그 뒤 검거 선풍도 차차 누그러져갔다. 루쉰은 도피 기간에 빚을 수백 원이나 지게 되어 경제적으로 더는 지탱해나갈 수 없었으므로, 5월 말에 집으로 돌아왔다. 이로써 3·18사건 이후의 도피생활은 끝이 났다. 도피기간에도 루쉰은 계속 글을 썼다. 현대평론파 천시잉 등과 계속 싸운 것 말고도, 그는 지난날을 회상하는 산문을 쓰기 시작했다. 뒤에 인쇄되어 나온 회고록 《아침꽃을 저녁에 줍다(朝花夕拾)》에 실린 글 가운데

세 편이 바로 이때 쓴 작품이다.

불안정한 도피생활에 글까지 쓰느라고 너무 지쳐 있던 루쉰은 거처로 돌아온 지 얼마 안 되어 다시 위장병을 앓게 되었다.

루쉰은 짧은 휴양을 끝낸 뒤 7월 초부터 한 친구와 약속하고 날마다 중산(中山) 공원에 가서 네덜란드 작가 판 에든이 쓴 동화 《작은 요한》을 번역했다.

그리하여 이 무렵 한 달가량 거의 날마다 뙤약볕이 내리쬐는 오후가 되면 옅은 하늘색 옥당목 장삼을 입고 붉고 검은색 바둑판무늬 책보자기를 겨드랑이에 낀, '도덕군자'들에게 눈엣가시인 루쉰이 공원 안 나무 그늘 밑에 나타나곤 했다.

그러나 얼마 안 가서 베이징의 정세가 변했다. 직계 군벌 우두머리인 우페이푸(吳佩孚)와 봉계 군벌 우두머리 장쭤린이 차례로 베이징에 들어오자, 베이징은 살벌한 분위기로 가득 찼다.

루쉰은 하는 수 없이 1926년 8월 26일에 이제는 연인이 된 제자 쉬광핑과 함께 베이징을 떠났다. 그들은 열차를 타고 남하해서 30일에 상하이에 이르렀다.

앞서 루쉰은 일본에 유학 중이던 1906년에 어머니의 권유로 주안(朱安)이라는 여성과 결혼했다. 어머니의 간절한 희망과 당시의 가정형편, 전통적인 혼인 관습에 따라 루쉰의 의사와 전혀 관계없이 진행된 결혼이었다. 귀국한 뒤 사오싱에서,

그리고 베이징으로 이사한 뒤에도 계속 한집에서 같이 살았
으나, 루쉰은 아무런 느낌이 없었다고 나중에 회고했다. 그뿐
만 아니라 루쉰은 둘 다 전통의 희생자라고 말한 바 있다. 제
자인 쉬광핑과의 관계는 둘 사이에 오간 편지를 묶어 출간한
《양지서(兩地書)》에 잘 나타나 있다.

4부

혁명의 질풍노도 속에서

37
샤먼에서 청년들과 잠시

　루쉰은 상하이에 도착하자 쉬광핑과 2년 뒤에 다시 만나기로 약속하고 헤어졌다. 쉬광핑은 상하이에 남아서 친척들을 만나보고, 배편으로 광저우(廣州)로 가서 광저우여자사범학교에서 교편을 잡았다. 샤먼대학(厦門大學)으로부터 연구교수로 초청을 받은 루쉰은 쉬광핑보다 먼저 9월 2일에 상하이를 떠나 샤먼으로 갔다. 그곳에서 루쉰은 중국문학부 교수 겸 국학원 연구교수가 되었다. 9월 4일 오후에 배가 샤먼에 도착하자 루쉰은 곧바로 학교로 갔다.

　학교에서 아직 교원숙사를 짓지 않았기 때문에 루쉰은 생물학원 4층에 묵었는데, 그곳을 한 번 오르내리려면 수많은 층계를 밟아야 했다. 나중에 도서관 위층으로 옮기기는 했으나, 역시 많은 층계를 오르내려야 했다. 식당도 늘 바뀌어 어떤 때는 식사도 제대로 할 수 없었다. 따라서 생활이 대단히 불안정했다. 산을 등지고 바다를 향한 이곳에는 근처에 인가라고는 없었다. 밤에 들리는 것이라고는 윙윙거리는 바람소리뿐이었고, 낮에 보이는 것이라고는 망망한 바다뿐이었다.

잠시 쉴 틈이 생기면 루쉰은 바닷가를 거닐면서 조가비를 줍곤 했다. 사람들은 이곳 풍광이 봄과 가을, 아침과 저녁이 다르고, 바닷가 돌들도 어떤 건 호랑이 같고 어떤 건 개구리 같으며 또 어떤 건 무엇 같다고들 했다. 그러나 루쉰은 이런 것들에 대해 별로 흥미를 가지지 않았다.

처음 이곳에 왔을 때 루쉰은 이 학교에 두 해쯤 있으면서 전에 편집한 《한나라 인물화 고증(漢畫像考)》과 《고소설구침》을 정리해서 인쇄에 넘길 계획이었다. 그러나 얼마 안 가서 루쉰은 형편이 여의치 못함을 느꼈다. 개학이 되자 자질구레한 일들이 어쩌나 많은지 정신없이 바빴다. 강의안을 쓰고 수업을 하는 것 말고도 학교에서 발행하는 분기별 간행물과 국학원의 간행물에 글을 써내야 했고, 연구생을 지도하고 도서목록을 편집하는 일(이 일은 범위가 넓어서 온전히 이 일에만 매달려도 3년 안에 끝날 것 같지 않았다)도 지도해야 했다.

이 학교 교장은 부르주아 사상이 매우 농후한 사람이었으며, 한편으로는 봉건적 복고주의자이기도 했다. 교장은 평소에 말끝마다 공자니, 《대학(大學)》이니, 《중용(中庸)》이니 하고 떠들어댔으며, '집안을 평안하게 꾸리고 나라를 잘 다스리며 천하를 태평하게 해야 한다'라든지 '군자는 자기 수양을 잘해야 한다'라는 도리를 선전했다. 또한 영문으로 공자 이론에 관한 책을 한 권 썼다고도 했다. 비열하고 인색한 인물이었으며, 성미가 급한 사람이었다. 또한 교원들을 마치 젖소 대하듯 했다. 풀을 먹인 만큼 젖을 짜내려고 했다.

교장은 학교에 온 지 얼마 안 된 루쉰을 찾아와서 이전 경력을 묻고, 어떤 저작들을 발표했는가, 앞으로 어떤 계획이 있는가, 연말에 무슨 글을 발표할 계획인가를 물었다. 루쉰은 물론 계획한 대로 이야기했다. 개학한 지 얼마 안 되어 루쉰은 《고소설구침》을 가지고 교장을 찾아가서, "제게 오래 전에 수집해놓은 고소설이 열 권 있는데, 이제 약간만 정리하면 인쇄에 넘길 수 있습니다. 학교에서 그렇게 급히 필요하다면 이 달 안으로 내놓을 수 있습니다"라고 말했다.

그러나 그 뒤 교장에게서 아무런 소식이 없었다. 원고를 보기 전에는 부리나케 독촉하다가 막상 원고를 내놓으니 인쇄에 넘길 생각을 하지 않는 것이었다. 교장은 이런 식으로 교원들을 우롱했다.

교원들도 태반이 무뚝뚝하고 위선적인 사람들이었다. 이를테면 그때 "후스와 천위안(천시잉) 두 사람만 흠모한다"라고 말하는 사람이 있었는데, 그가 학교에 심어놓은 사람만 해도 일곱이나 되었다. 다른 교직원들 중에는 남의 비위를 맞추기 위해 한 통에 9원씩이나 하는 사탕을 여선생에게 갖다 주는 늙은 외국인 교수가 있는가 하면, 이름난 미인과 결혼했다가 석 달도 못 가서 이혼해버린 젊은 교수도 있었다. 이성을 노리

갯감으로 여겨 해마다 한 사람씩 유혹했다가 버리는 여자도 있었으며, 사탕과 과자 같은 먹을 것이 있는 곳을 알아내 떼지어 가서 먹어치우는 무뢰한들도 있었다. 루쉰은 당시 이러한 사람들 속에서 생활했다.(《양지서》 제2집)

투쟁으로 들끓던 베이징을 떠나 이곳에 혼자 정착한 루쉰은 밤에는 도서관 위층에 홀로 기거하고, 낮에는 그러한 사람들 속에서 생활했다. 그러자니 루쉰은 적막한 심정을 참을 길 없었으며, '담담한 애수'를 느낄 수밖에 없었다. 밤 9시가 지나면 사람들이 모두 흩어지고 휑뎅그렁한 3층 도서관 안에 혼자만 남았다. 그럴 때면 자신도 모르게 마음이 고요해지면서 깊이 가라앉는 것을 느꼈다. 나중에 루쉰은 당시 생활을 다음과 같이 회상했다.

(그때 느낀 고요함은) 독한 술처럼 사람을 취하게 했다. 뒤쪽 창문으로 바깥을 내다보노라면 헐벗은 산들 속에 무수히 널린 흰 점들은 무덤이고, 한 점 진노란 불빛은 남보타사(南普陀寺)의 남포등이다. 앞에는 아득히 펼쳐진 바다와 하늘이 희뿌연 경계를 그으면서 만나고 있고, 검은 솜을 깔아놓은 듯한 어둠은 가슴속을 파고드는 것만 같았다. 돌난간에 기대서서 먼 곳을 바라보노라면 자신의 심장 고동소리만 들리는데, 주위는 마치 끝없는 비애와 고뇌와 영락과 사멸이 모두 이 고요함 속에 녹아들어 빛깔과 맛과 향기를 더

해주는 약술로 변하는 듯했다.(《삼한집》〈어떻게 쓰는가(怎麽寫)〉)

　　루쉰은 학교 환경에 신경을 쓰지 않았으며, 그 위선적인 인간들에게 말을 건네지 않았다. 때로는 전혀 내왕하지도 않았다. 그러나 그 방법은 아무런 효과도 보지 못했다. 쓸데없는 일들이 끊임없이 루쉰을 귀찮게 했다.

　　태허(太虛) 스님이 샤먼에 경학을 강의하러 왔을 때 학교 당국이 루쉰에게 스님을 모시고 식사를 하라고 했고, 학교에서 친목회를 열 때도 루쉰을 억지로 참가시켰다. 한번은 친목회에서 한 교원이 일어나더니, 우선 교원들에게 다과를 마련해준 교장에게 감사 인사를 했다. 그러고는 이어서 교원들 식당이 얼마나 좋은가, 숙소는 얼마나 편안한가, 또 월급은 얼마나 후하며, 교장 선생님께서 교원들을 얼마나 친자식같이 살뜰히 보살펴주는가 하면서 아첨 어린 일장 연설을 늘어놓았다. 그런 망언을 듣자니 루쉰은 속이 부글부글 끓어올랐다. 정말 사람이 이렇게도 비열할 수가 있는가! 만약 다른 어떤 교원이 일어나서 반박하지 않았다면, 루쉰은 정말 그 자를 호되게 꾸짖었을 것이다. 그런데 묘하게도 모임에 참가한 한 서양 유학생이 반박하는 교원에게 그래서는 안 된다고 하는 것이었다. 그 유학생은, 서양에서는 부자지간과 친구가 결코 다르지 않아서 아무개와 아무개가 부자지간 같다는 것은 아무개와 아무개가 친구라는 뜻과 같다고 설명했다. 서양에 가서 이처럼 대단한 식견을 배워온 것이다!

유감스러운 것은 이렇게 대단한 식견을 가지고 있는 자가 그 하나만이 아니라는 것이었다. 학교 당국에 아첨함으로써 밥줄을 지키고 지위를 공고히 하려는 자가 아직도 적지 않았다. 심지어는 거리낌 없이 온갖 비열한 수단을 써서 교장에게 환심을 사고 평생 직위를 얻어보려고 꾀하는 자도 있었다. 그들은 학교를 출세와 영달을 위한 장소로 여겼으며, 교장에게 잘 보이기만 하면 샤먼대학이 자신들 세상이 될 것이라고 생각했다. 여기서 루쉰은 '윗물이 더러운데 아랫물이 어찌 맑을 수 있겠는가' 하는 생각이 들었고, 여기서도 싸움을 계속해야 한다는 결론을 얻게 되었다.

오구통상(五口通商, 1842년에 중국과 영국 사이에 체결된 난징조약 제2조항. 중국이 광저우, 샤먼, 푸저우, 닝보, 상하이 5개 항구를 통상을 위해 개방한다는 내용임—옮긴이)이 체결된 뒤 새로 통상항구로 개방된 샤먼은 영광스러운 혁명전통을 가진 신흥도시였다. 외국 자본가들이 경영하는 현대식 기업이 생겨나고 민족공업이 발전함에 따라, 샤먼의 노동계급도 새롭게 형성되고 점차 늘어나기 시작했다.

루쉰이 샤먼대학에 와서 교편을 잡았을 때 이곳에는 벌써 선원, 배수리공, 부두노동자, 전기노동자, 기계조립공, 건축

노동자, 점원, 수공업 노동자 들이 3만여 명이나 되었다. 샤먼의 노동계급은 이미 새롭게 정치무대에 진출했다. 일본 제국주의의 침략을 반대하는 투쟁에서, 특히 영국 제국주의에 반대하는 최근의 5·30운동에서 그들은 커다란 역량을 과시했다. 1925년 무렵 중국 공산당은 샤먼에 당 조직을 세우기 시작했으며, 노동자와 농민 대중 속으로 깊이 들어가 우수한 당원들을 배출했다.

샤먼대학에서 교편을 잡고 있을 때 루쉰이 자주 만나던 학생들 중에는 공산당원들도 있었다. 이 시기에 루쉰의 사상은 계속 새롭게 변화하고 있었다. 그 자신이 《무덤》 후면에 쓰다(寫在《墳》後面)〉에서 말한 바와 같이, 루쉰은 과거를 철저히 부정하고 있었으며 미래를 향한 새로운 길을 모색하고 있었다. 루쉰은 사상적으로 가난한 노동 대중과 더욱 가까워졌으며, '세계는 때로 무지한 사람에 의해 만들어지는 것'이라고 생각했다. 같은 글에서 "나는 확실히 때때로 남을 해부하기도 하지만, 그보다 훨씬 더 자신을 사정없이 해부한다"라고 말한 것처럼, 루쉰은 자신에게 남아 있는 낡은 전통과 낡은 사상과 낡은 세계와 철저히 결별하고자 결심했다. 역시 그 자신이 말한 바와 같이 그는, "낡은 보루에서 나왔기 때문에 그 상황을 더 분명하게 간파해 알 수 있었고, 창끝을 돌려 한 번 반격을 가함으로써 적의 죽은 목숨을 쉬이 제압할 수 있었다." 루쉰

샤먼에서 앙앙사 성원들과 함께.

은 객관세계를 개조하는 동시에 주관세계를 개조하는 일에도 고삐를 늦추지 않았다.

무미건조한 말이나 하고 생김새마저 꼴사나운 사람들과는 전혀 다른 사람들이 이 학교에 있었으니, 그것은 청년들이었다. 그들 가운데는 원래 샤먼대학에서 공부하던 청년들도 있었고, 루쉰이 샤먼대학에 와서 글을 가르친다는 소식을 듣고 멀리서 전학해온 청년들도 있었으며, 사회활동을 하는 청년들도 있었다. 이 청년들은 그들이 유익한 일을 좀 더 많이 할 수 있도록 루쉰이 지도해줄 것을 바라고 있었다.

그들은 자신들이 발간하는 현지 신문에 글을 써달라고 루쉰에게 청했을 뿐만 아니라, 루쉰에게 도움을 받아 《파정(波

艇)》이라는 지면이 많지 않은 문예간행물을 출판했다. 또 앙앙사(泱泱社)라는 문예 단체도 조직했다. 그들은 또 루쉰을 초청해 샤먼 부근에 있는 학교에 가서 공개 강연을 개최한 적도 있었다. 루쉰은 기쁜 마음으로 청년들을 도와주었다. 루쉰은 쉬광핑에게 보내는 편지에 이렇게 썼다.

"전에 내가 베이징에 있을 때 문학청년들에게 심부름을 해주느라 정력을 적지 않게 소모했다는 것을 알고 있소. 그런데 여기에 와보니 또 몇몇 학생들이 《파정》이라는 월간지를 만들고 있소. 그래서 또 전처럼 심부름을 해주고 있소."

청년들을 도와 '심부름'을 해주는 것이 루쉰의 직책이 되다시피 한 것이었다. 루쉰이 그때 쓴 역사소설 〈미간척(眉間尺)〉(나중에 제목을 〈검을 벼리다(鑄劍)〉로 고쳤다)은 원래 《파정》에 실을 계획이었으나, 이 간행물이 정간되는 바람에 《망원(莽原)》에 수록했다. 이 밖에 루쉰은 또 문학청년들을 도와 그곳에서 발간하는 《민종일보(民鐘日報)》에 문예부간 《고랑(鼓浪)》을 냈는데, 역시 독자들에게 환영을 받았다. 이와 함께 고랑사(鼓浪社)라는 문예 단체도 만들었다. 고랑은 샤먼 시와 바다를 사이에 두고 마주해 있는, 작고 아름다운 섬의 이름이다.

샤먼에 머무른 시간은 비록 짧았지만, 루쉰은 그곳 청년들에게 개혁의 분위기를 마련해주었다. 청년들은 낡은 사회를 개조하고 샤먼대학 자체를 개조할 것을 요구하고 나섰다. 그러자 학교 당국이 불편해했으며, 더욱이 학교를 자신들의 출세와 영달의 장소로 여기던 사람들도 불안과 불만을 느끼게 되었다.

그들은 루쉰을 '방화범'이라고 모욕했으며, 뒤에서 별의별 수법으로 유언비어를 퍼뜨렸다. 루쉰이 무슨 '루쉰파'를 이끌고 있다느니, '루쉰파'와 '후스파'가 학교 안에서 서로 배척하고 있다느니 하는 소식을 그곳 신문에 실었다. 루쉰은 그런 뻔한 수법을 수없이 보아왔다. 그런 수법으로는 루쉰을 넘어뜨릴 수 없었으며, 샤먼대학에서 쫓아버릴 수도 없었다. 여기서 루쉰은 또 다른 결론을 하나 얻게 되었다. 그것은 '루쉰이 있는 곳에는 천위안 같은 사람들이 있게 되고' 따라서 그들과의 싸움을 피할 수 없다는 것이다. 루쉰은 정치와 사상의 전선에서 그들과 계속 싸워야 했다.

이때 대혁명을 몰고 오는 폭풍이 남방에서부터 일기 시작했다. 중국 민중은 공산당의 지도에 따라 광둥 성(廣東省)에서 이미 제1차 국내 혁명전쟁을 일으켰다. 북벌전쟁에서 국민혁명군이 승리했다는 소식이 끊임없이 전해오고, 혁명의 폭풍우가 중국 땅을 이미 절반이나 휩쓸었으며, 민중들은 혁명적 행동으로 이 대지를 더럽히던 오물과 피비린내를 씻어가고 있었다. 중국 민중 앞에는 밝은 전망이 펼쳐졌다. 끊임없이 들려오는 승리 소식에서 루쉰은 끝없는 고무와 위안을 받았다.

마침 이때 광저우의 중산대학(中山大學)에서 루쉰을 초빙한다는 전보도 날아왔다. 루쉰은 서슴없이 혁명 진원지인 광저우로 달려가서 '민중에게 유익한 일을 하고자' 결심했다.

샤먼을 떠나기 전에 루쉰은 광저우에 가면 먼저 문예계의 벗들, 특히 창조사 친구들과 힘을 합쳐 새로운 전선을 결성해 낡은 사회를 공격하리라고 마음먹었다. 비록 자신이 여러 방면으로부터 공격받으리라 예상되지만, 그런 것쯤은 대수롭지 않게 생각했다.

옥같이 푸른 바다를 마주하고 섰노라면, 밝은 달빛을 받은 해면이 조각조각 은비늘마냥 반짝이고 있었다. 루쉰은 격앙된 마음으로 어느 날 밤배를 타고 샤먼을 떠나 전쟁터인 광저우로 향했다.

38
혁명의 진원지 광저우로

1927년 1월 18일에 루쉰은 광저우에 도착했다. 그러나 현실은 이상과 달랐다. 루쉰이 광저우에 온 지 얼마 안 되어 혁명 정세가 변화하기 시작했다. 루쉰은 '혁명의 진원지'인 광저우를 날카롭게 관찰했다. 거리마다 온통 붉은 표어들이 나붙어 있었지만, 자세히 보면 그것은 붉은 천에 전부 흰색으로 글씨를 써서 '붉은 것 가운데 흰 것이 섞여 있는' 다소 무서운 느낌을 주었다. 낡은 세력은 여전히 존재했으며, 그들은 단지 잠시 '혁명'이라는 허울을 쓰고 '혁명의 뜻을 받든' 것에 지나지 않았다. 루쉰은 이를 날카롭게 간파했다. 루쉰은 경각심을 높이고 냉정한 태도로 정세가 바뀌어가는 추이를 관찰할 수밖에 없었다.

혁명을 원하는 광저우 청년들은 오래전부터 루쉰을 흠모해왔다. 루쉰이 광저우에 도착하자 청년들 사이에 커다란 격동이 일었다. 어떤 청년들은 신문에 루쉰을 환영하는 글을 실었고, 어떤 청년들은 직접 찾아오기까지 했다. 그때 중산대학 학생이며 공산당원인 비레이(畢磊)는 《무엇을 할 것인가(做什

麼)》라는 간행물 제1호에 〈루쉰을 환영한 뒤(歡迎了魯迅以後)〉
라는 글을 발표하고, "광저우 청년 학생들(특히 중산대학 학생
들)은 문학예술이라는 사명을 짊어져야 한다"라고 호소했다.
그들은 하나같이 루쉰의 지도로 사회를 개조하는 문학예술운
동에 종사할 수 있기를 바랐다.

그때 창조사를 지도하던 궈모뤄(郭沫若)는 이미 광저우를
떠나 전방으로 나갔다. 당시 광저우에서는 아직 문예 전선이
완전히 이루어지지 않은 상태였지만, 루쉰은 청년들이 요구
하는 것을 전적으로 받아들였으며 그들을 도와 함께 낡은 세
력, 낡은 사상과 싸울 준비를 하고 있었다. 청년들은 힘이 아
주 미약했을 뿐만 아니라, 심지어 아주 어리기조차 했다. 그
러나 루쉰은 그들이 어리다고 가소로워하거나 무서워할 것이
아니라, 중요한 것은 청년들이 떨치고 일어서려는 것이며, 새
로운 역량은 반드시 낡은 세력과 싸워야 하며 그 싸움 속에서
자라나는 것이라고 생각했다. 낡은 세력이 필연적으로 멸망
하는 길로 나아가는 것은 새로운 역량이 이미 존재하고 있기
때문이며, 만약 새로운 역량이 떨치고 일어나서 싸우지 않는
다면 낡은 세력은 저절로 멸망하지 않을 것이다.

새롭고 젊은 문학예술은 당면한 혁명투쟁에서 힘을 과시할
때가 되었다. 루쉰은 이렇게 말했다. "나 자신은 결코 방관자
가 아니다. 사회를 변혁하는 실제 투쟁 속에는 방관자가 설 자

1927년 광저우에서 쉬광핑과 함께.

리가 없기 때문이다."(중징원鐘敬文 편집,《광둥에서의 루쉰(魯
迅在廣東)》, 중산대학 학생회가 주최한 환영회에서 루쉰이 한 연설)

중산대학에서 루쉰은 유일한 정교수였으며, 중국문학과 학
과장을 겸임했다. 루쉰이 맡은 과목은 '문학론'과 '중국문학
사'였다. 루쉰은 학교 한가운데 자리 잡은 높은 대종루(大鐘
樓)에 거처를 정했으며, 상하이에서 뒤늦게 달려온 쉬광핑이
조교로서 루쉰을 도왔다. 루쉰이 처음 광저우에 왔을 때는 심
한 사투리 때문에 말이 통하지 않고 길도 익숙하지 못했다. 그
래서 쉬광핑이 길안내를 맡았으며 생활 면에서도 세심하게

배려하고 도움을 주었다. 대종루에서 일한 지 두 달도 안 되어 루쉰은 교무주임까지 겸하게 되었다. 그리고 다른 일상 사무들도 처리해야 했다. 루쉰은 더욱 바빠졌다. 게다가 당시 광저우 정치 정세가 복잡할 대로 복잡해졌으므로 루쉰의 생활도 몹시 불안정했다.

찾아오는 청년들 중에는 루쉰이 어떤 생각을 하는지 정탐하려는 사람도 있었고, 무슨 일을 하고 있는지 알아보려는 사람도 있었다. '청년'이라는 이름을 내세우며 연설을 해달라고 청하러 오는 사람도 있었는데, 사실은 루쉰의 속이야기를 들어보려는 속셈이었다. 루쉰이 가장 두려워한 것은 연설이었다. 연설을 하자면 일정한 범주가 있어야 하고, 일정한 제목이 있어야 하며, 또 시간도 제한되어 있었기 때문이었다. 그들은 루쉰의 의사에 상관하지 않고 청년들을 위해서라며 우격다짐 식으로 요청했다. 루쉰은 마지못해 연단에 올라가 '기승전결' 식으로 간단하게 몇 마디 하는 수밖에 없었고, 그것도 길어야 10분을 넘기지 않았다. 루쉰은 더없는 혐오감을 느꼈다. 그것은 그런 '청년'들에게 억지로 끌려가서 팔고문(八股文, 명나라와 청나라 때 과거시험에 쓰이던 문체로, 형식만 번지르르하고 내용은 텅 빈 문장을 가리킴—옮긴이)을 엮어야 했다는 것 때문이 아니라, 팔고문 같은 강연 제목에 얽매여 생각이 단순한 청년들에게 자신이 하고 싶은 말들을 속 시원히 하지 못했기 때문이었다. 그런데 그런 '청년'들은 바로 이 점을 이용해 일반 청년들을 기만하는 연막으로 사용했다.

1927년에 4·12사변이 일어나기 얼마 전에 광저우의 신문 지상에는, 국민당 문인들이 조직한 혁명문학사의 간행물인 《이렇게 해야 한다(這樣做)》에서 루쉰 이름을 도용해 중국 공산당 광둥구위원회 지도하의 학생운동위원회가 간행하는 《무엇을 할 것인가》를 마구 공격했다는 보도가 실렸다.

투쟁은 갈수록 첨예화되고 복잡해져갔다. 보수 세력들은 기세가 날로 사나워지고, 현대평론파의 '도덕군자'들도 꼬리를 물고 광저우로 내려왔다.

이때 루쉰은 비록 "오색기(紅旗, 공산당기─옮긴이) 아래에서는 '철창과 총칼의 맛'을 피했으나, '청천백일기(靑天白日旗, 국민당기─옮긴이)' 아래에서는 또 '포승에 묶일 우려'가 있음"(《화개집 속편》〈통신(通信)─리샤오펑(李小峰)에게〉)을 깊이 느낄 수밖에 없었다.

3월 29일 국화절(黃花節)에 루쉰은 중산대학의 대종루에서 나와 광저우 동제(東堤) 백운루(白雲樓)에 방을 얻어 그곳으로 옮겼다. 이 첨예하고 복잡한 투쟁 속에서 루쉰을 지지하고 따르던 청년들과 지식인들은 대부분 공산당에 가입하여 활동하고 있었다. 그들은 모두 루쉰을 적극 지지했다. 당시 중국 공산당 광둥구위원회의 서기로 있던 천옌녠(陳延年)은 중산대학과 관련된 업무를 직접 장악하고 있었다. 중산대학에 있던 공산당원 윈다이잉(惲代英) 등이 루쉰을 중산대학으로 초빙해오자고 하자, 천옌녠이 그 의견에 동의했고 학교 당국이 나서서 루쉰을 초청하게끔 한 것이었다. 루쉰이 광저우에 도착하기 전에 천옌녠은 교내의 여러 가지 일을 안배하고, 비레이에게 공개적으로 나서서 루쉰과 연계를 갖게 했다. 루쉰이 학교에 온 뒤 비레이는 자신이 주필을 맡고 있는 당 간행물 《무엇을 할 것인가》와 《소년선봉(少年先鋒)》, 《인민주보(人民周報)》 등 다른 간행물들을 계속해서 루쉰에게 보내주었다. 나중에 루쉰은 비레이에게 안내를 받아 학교에서 그리 멀지 않은 곳에 있는 광둥구 당위원회 기관에 가서 비밀리에 천옌녠과 만나기도 했다.

당은 루쉰에게 세심하게 배려했으며, 루쉰은 당을 믿었다. 국민당 상층 인사들도 루쉰을 끌어들이고자 여러모로 '호감'을 보였다. 그때 중산대학의 교무위원으로 있던 주자화(朱家驊)는 루쉰을 환영하는 모임에서 루쉰을 '투사'요, '사상계의 선구자'요 하며 그럴 듯하게 추켜세웠다. 루쉰은 그 말을 들으면서 매우 불편했고 반감이 들어 몇 마디 반박을 했다.

그 뒤에 천궁보(陳公博), 간나이광(甘乃光), 쿵샹시(孔祥熙), 다이지타오(戴季陶) 등 국민당 관료 정객들도 루쉰에게 계속 초대장을 보내 식사 약속을 하고자 했다. 루쉰은 그때마다 청을 거절했다. 루쉰은 그 초대장들을 몽땅 아래층 접수실로 가져가서 전시하고, 그 옆에 '연회에는 일체 가지 않겠음'이라고 쓴 쪽지를 붙여놓았다. 혁명과 반혁명의 투쟁에서 루쉰은 확고한 입장을 견지했고, 애증을 분명히 했다.

루쉰은 이 첨예하고 복잡한 투쟁 가운데서 어떤 길이 중국 민족을 구하고 하층 민중과 약자를 해방시키는 길인지를 깊이 관찰하고 고민하였다. 그는 이론과 실제를 결부시킴으로써 부단히 자신을 단련하고 변화시켰다.

루쉰은 베이징을 떠나오기 전부터 이미 공산당의 활동에 깊은 관심을 가졌으며, 광저우에 와서는 구체적인 인식을 향해 더욱 멀리 나아가고 있었다. 문화대혁명 이후 지금까지 각지에서 잇달아 발견된 루쉰에 관한 새로운 자료들이 이 점을 잘 설명해준다. 예를 들면 레닌이 《국가와 혁명》에서 천명한 계급투쟁과 프롤레타리아 독재에 관한 이론을 루쉰은 당시에 깊이 체득하고 있었다. 3·18사건 무렵에 루쉰이 쓴 일부 잡문들에서도 이러한 점을 엿볼 수 있다.

4·12정변 전야에 '혁명의 진원지'이며 혁명의 후방이던 광저우에서 루쉰은 끊임없이 전해오는 북벌전쟁의 승리 소식을 들으면서도, 혁명 진영에 숨어든 적들이 이미 칼을 갈고 있으며 혁명을 덮칠 기회를 노리고 있음을 예리하게 간파하고 있었다.

루쉰은 4월 10일에 쓴 〈상하이와 난징 일대의 수복을 경축하며(慶祝滬寧克復的那一邊)〉라는 잡문에서 "첫째는 승리에 도취하지 말고 교만해지지 말 것, 둘째는 승리를 공고히 할 것, 셋째는 철저하게 적을 격멸할 것이다. 왜냐하면 적은 단지 격파되었을 뿐, 완전히 격멸시키려면 아직 멀었기 때문이다"(이 말은 스탈린이 쓴 《레닌론(論列寧)》에 나온다. 이를 번역한 글이 1926년 11월에 광저우에서 출판된 《소년선봉》 제8기에 실렸으며, 비레이를 통해 이 간행물이 루쉰에게 전해진 바 있다)라고 지적했다.

이 잡문에서 루쉰은 자신이 직접 경험하여 얻은 교훈에 비추어 혁명 민중들에게 승리에 다다른 시점에서 적들을 대하는 방법과 혁명에 대한 경각심을 지속시키는 방법을 일깨워 주었다. 또 기회주의자들이 혁명 진영으로 기어들어와 혁명을 파괴할 위험성이 있음을 날카롭게 지적하고 '영원히 진격'해야 한다는 전투적 구호도 내놓았다. 이 잡문은 당시 현실에서 중요한 의의를 지니고 있었을 뿐만 아니라, 오늘날에도 깊은 역사 의의를 지니고 있으며, 앞으로도 그러할 것이다.

39
광저우에서 벌어진 '피의 유희'

루쉰이 〈상하이와 난징 일대 수복을 경축하며〉를 쓴 뒤 얼마 안 되어, 4·12정변이 상하이에서 일어났다. 장제스를 우두머리로 하는 반혁명가들과 그 지지자들이 사람들 앞에서 혁명 군중과 청년 학생 및 공산당원 들을 학살했다. 국민당은 광저우에서도 마찬가지로 4월 15일부터 이들을 무더기로 체포하고 학살하기 시작했다. 중산대학 학생들 수십 명도 그들에게 체포되었다.

루쉰은 그날 비를 무릅쓰고 중산대학에서 열리는 긴급회의에 참가해 체포된 학생들을 구해낼 대책을 세웠다. 그러나 결과는 허사로 돌아갔다. 루쉰은 격분했고, 중산대학에서 하던 모든 일을 사퇴해버렸다. 이 무렵 루쉰에게는 피비린내 나는 마수들이 사방에서 뻗쳐왔다. 루쉰에게 머리말을 써달라고 보내온 책도 핑계를 대고 도로 찾아갔으며, 루쉰이 간행물에 쓴 머리말도 슬그머니 다른 것으로 바뀌곤 했다. 어떤 신문에서는 '루쉰'이라는 이름이 실리는 것을 극구 저지했으며, 또 어떤 신문에서는 루쉰이 이미 한커우(漢口)로 도망쳤다고 떠벌렸다. 그런데 1927년 7월 15일 전까지만 해도 한커우의 국공 통일전선이 아직 공개적으로는 분열되지 않았기 때문에, 루쉰이 속으로 어떻게 생각하는지 알아보려고 오는 사람, 방문하러 오는 사람, 루쉰을 연구하러 오는 사람들이 더욱 많아졌다. 그들은 여전히 상투적인 수법으로 겉으로는 연설을 해달라고 루쉰을 초청하는 식이었지만, 실제로는 그것을 기회로 루쉰의 태도를 알아보려는 것이었다.

루쉰은 '공포'를 느꼈는데 그것은 생명이 위협받는 것 때문이 아니라, '다 같은 청년들이 두 진영으로 나뉘어 투서로 밀고하고 관원을 도와 사람을 체포하는 사실을 목격'했기 때문이었다. 그리하여 루쉰은 '생각이 완전히 헝클어져버리고' 말았다. 얼마 뒤에 한 청년에게 써 보낸 답장에서 말한 대로 그의 '망상이 깨진 것이다.' 루쉰은 이 〈유헝 선생께 답함(答有恒先生)〉이라는 편지에 다음과 같이 썼다.

나는 오늘까지 청년들을 억압하고 죽이는 사람은 거의 노인들일 것이라고 여기고 때로 낙관했습니다. 그러한 노인들이 차차 죽어간다면, 중국은 어쨌든 전보다 생기를 지닐 것이라고 생각한 것입니다. 그런데 이제 저는 그렇지 않다는 것을 알았습니다. 청년들을 살육하는 사람은 대부분 청년들인 듯합니다. 다시 만들어낼 수 없는 다른 사람의 생명과 젊음을 다시 한번 생각해보고 아낄 줄을 너무나 모르고 있습니다. 만일 동물을 그렇게 했다고 하더라도 '포악무도'하다고 해야 할 것입니다. 제가 특히 보기 두려워하는 것은, 승리한 자들이 득의에 찬 필치로 '도끼로 갈라 죽였다'느니, '총검으로 난도질했다'느니 하고 쓰는 것입니다. ……사실 저는 급진적인 개혁론자는 아닙니다. 그렇지만 사형을 반대한 적은 없습니다. 그러나 능지처참을 하거나 멸족을 시키는 것에 대해서는 더없이 증오하고 비통하게 느낍니다. 20세기를 살아가는 사람들에게 있어서는 안 될 일이라고 생각합니다. 도끼로 찍고 총검으로 찌르는 것을 능지처참이라고 말할 수는 없지만, 총알 한 발로 사람 뒤통수를 쏴서 편안하게 죽일 수도 있지 않을까요? 상대를 죽인다는 점에서는 같은 결과이겠지요. 사실은 사실입니다. 피의 유희는 이미 시작되었습니다. 그런데 그 역을 맡은 사람 또한 청년입니다. 게다가 득의에 찬 모습을 하고 있습니다.

이 '피의 유희'가 '생각을 완전히 헝클어버린' 뒤 루쉰은 더는 전처럼 '청년들을 무조건 숭배'하지 않았다. 반혁명의 총칼에 목숨을 바친 공산당원들과 진보적 청년들에게 루쉰은 더없는 비통함을 느꼈다. 어제까지만 해도 루쉰과 만난 많은 청년들이 오늘은 사형장으로 끌려 나갈 수도 있었다. 오늘은 청년들이 보내온 편지를 받았지만, 내일은 그들에게 보내는 답장을 어디로 부쳐야 할지 모를 형편이었다. 이것은 루쉰에게 너무도 큰 충격이었다. 이 첨예하고 복잡한 계급투쟁에서 루쉰의 사상은 근본부터 변화하기 시작했다. 치열한 계급투쟁은 루쉰의 머릿속에 있던 소박한 진화론적 세계관을 '완전히 부숴버렸다.' 루쉰은 생사를 건 투쟁 속에서 '미래가 과거보다 낫고 청년이 노인보다 나을 것'이라는 평화로운 진화론은 연약하고 무력할 뿐만 아니라 완전히 그릇된 것일 수도 있음을 깨달았다.

그래도 루쉰은 싸움을 조금도 늦추지 않았다. 루쉰은 그 시기에 쓴 글이나 연설을 통해 제국주의자들과 그 앞잡이들을 계속 공격했다.

루쉰은 분노의 심정으로, 제국주의자들이 식민지 민중들을 어떻게 기만하는지와 그들의 주구인 대지주와 대부르주아 계급의 비열하고 잔인한 정체를 폭로했다. 그들은 서로 결탁해 정치 면에서는 중국에서 민중혁명을 말살하고자 하며, 문화 면에서는 중국 민중에게 해독을 끼치는 나쁜 사상을 퍼뜨렸다. 루쉰의 가슴속에서는 이들에 대해 민중으로서 느낄 수밖에 없는 끝없는 증오심이 불타고 있었다. 이 시기의 루쉰 작품은 대부분 잡문집 《이이집(而已集)》에 수록되어 있다. 《이이집》〈머리말〉에서 루쉰은 이렇게 썼다.

지난 반년 사이에 나는 또

수많은 피와 눈물을 보았다.

그러나 나에게는 오직 '잡감(雜感)'만 있을 뿐이다.

눈물도 마르고 피도 말랐는데,

시퍼런 칼과 보이지 않는 칼을 든 백정들은

마냥 활개 치며 쏘다니누나.

그러나 나에게는 오직 '잡감'만 있을 뿐이다.

이것은 피의 교훈이며, 루쉰과 중국 민중 가슴에 깊이 새겨진, 지울 수 없는 분노의 기록이다.

그 뒤 광저우에서는 갈수록 반혁명 세력이 불어났고, 그 바람에 갈수록 분위기가 험악해졌다. 루쉰은 여전히 백운루에 거처하고 있었다. 창 밖에는 뙤약볕이 내리쬐다가도, 이따금씩 장대 같은 폭우가 쏟아지곤 했다. 석양빛이 서쪽 창문으로 들이비칠 때면 홑옷을 입고도 견디기 어려울 정도로 무더웠다. 루쉰 책상 위에는 치자나무를 심은 화분 한 개가 놓여 있었는데, 파란 잎사귀들이 탐스럽게 자라났다. 루쉰은 이곳에 계속 거처하면서 산문시집 《들풀》과 회고록 《아침꽃을 저녁에 줍다》를 편집했다.

《들풀》에 수록된 작품들은 루쉰이 1924년부터 1926년 사이에 베이징에서 쓴 것인데, 〈머리말〉은 광저우에 와서 써넣었다. 루쉰은 〈머리말〉에서 '땅속에서 내달리며 용솟음치는' '지천(地泉)의 불'을 찬미하면서, 용암이 솟아 썩어빠진 나무들을 모두 태워버릴 것을 희망했다. 《아침꽃을 저녁에 줍다》에서 처음 다섯 편은 베이징에서 썼고, 뒤의 다섯 편은 샤먼에서 썼다. '기억 속에서 더듬어낸 것들로' 묶은 이 책에서 작가는 자신이 청소년 시절에 본 삶의 정경과 경험을 썼으며, 신해혁명 시기에 얻은 역사 경험과 교훈을 회고하여 정리했다.

이 시기에 루쉰은 역사소설 〈검을 벼리다〉도 계속 수정했다. 이 역사소설에서 작가는 고대로부터 전해오는 전설에 민중들의 가슴속에 불타던 복수의 이야기를 깊이 있게 반영했을 뿐만 아니라, 민중들을 억압하고 학살한 당시 통치계급에 대한 증오심을 신화적 이야기 구조를 통해 보여주었다. 이 시기에 루쉰은 또 《당송전기집》의 편집을 끝냈다. 이 책 〈머리말〉 마지막 부분에 루쉰은 이렇게 썼다. "당시 나는 광저우에 있었다. 캄캄한 밤하늘엔 옥 같은 달이 높이 떠 밝게 비췄고, 게걸스러운 모기떼들이 끊임없이 앵앵거리며 달려들었다."

국민당의 백색 테러도 두려워하지 않는 굳건한 정신과 영웅다운 기개가 루쉰의 붓끝에 도도히 흘렀다. 여러 작업들을 마친 루쉰은 9월 말에 쉬광핑과 함께 광저우를 떠났다. 1927년 10월 초에 그들은 상하이로 갔다.

40
광저우에서 상하이로

1927년에 대혁명이 실패하자 반혁명 세력들이 곳곳에서 날뛰었다.

중국은 온통 암흑에 휩싸이고 말았다. 대지주와 대부르주아 계급들은 외국 제국주의자들에게 아첨하면서 자신들의 기득권과 이익을 지키기 위해 안간힘을 썼고, 국내 혁명군중들을 갈수록 노골적으로 탄압했다. '4·15' 이후 광둥 당국자들은 곧바로 홍콩 총독을 방문했으며, 홍콩 총독도 답례로 '광둥 정부'를 방문했다. "길가의 상점들마다 문어귀에 영국 국기와 청천백일기를 걸어놓았고, 경계가 삼엄했다. '우방교류를 중히 여기고 국빈을 높이 받들기' 위해 군인과 경찰 들이 받들어총을 해 경의를 표시했으며 군악대가 환영곡을 연주했다." 그리하여 광둥 정부에서는 홍콩 총독을 환영하는 연회를 베풀고, 홍콩 총독에게 잔을 올려 건강을 빌었으며, "다행히도 두 나라 사이에 오해가 사라져 쌍방 사이에 우의가 날로 두터워져갔다"(1928년 3월 11일, 국민당 정부의 수도 난징에서 발간한 《중앙일보(中央日報)》 보도)라고 떠벌렸다.

북방에서는 '옌(閻) 총사령관'(옌시산)이 베이징에 입성하더니, 곧바로 "친히 둥자오민 거리에 가서 의례를 갖추어 외국 '공사단'을 방문했다." 외교청사에서 '공사단'을 위해 환영연회를 차린 뒤 총사령관은 곧 '외국인'들이 보면 노여워할 수 있으니 거리에 나붙은 표어들을 모조리 지워버릴 것이며, 특히 '혁명 성공 만세'라고 쓴 표어는 칼로 깨끗이 긁어 없애도록 군대와 경찰에 명령했다. 톈진에서는 전차에 붙인 '제국주의를 타도하자'라는 표어들을 '어느 쪽 명령'에 따라서인지 깨끗이 떼어버렸다. 그런 뒤에야 비로소 '조계지'에 전차를 몰고 들어갈 수 있게 했다.(1928년 6월 27일, 톈진의 《대공보(大公報)》)

제국주의자들에 의해 통제받는 신문들은 이러한 조치에 대해 호평했다. 홍콩 《공상일보(工商日報)》는 6월 21일에 〈베이핑 특별통신(北平特訊)〉란을 실으면서 이렇게 '선전표어를 단속하고 군중운동을 엄금'하는 것은 '대외관계에서 신임을 높이는' 것으로서 '제국주의와 토호열신 그리고 탐관오리를 타도한다는 구실로 질서를 어지럽히는 자는 더욱 강력하게 단속해야 한다'라고 했다.

장제스는 상하이에서 4·12정변을 일으킨 뒤 영국과 미국을 등에 업고 난징과 상하이를 중심으로 피비린내 나는 탄압과 독재 통치를 시작했다. 그들은 공산당원들과 혁명군중들을 대규모로 학살했으며, 전 중국을 초토화하고자 했다. 그러나 중국 공산당원들은 그러한 살육에 놀라지 않았다. "그들은 그 자리에서 일어나 몸에 흐르는 핏자국을 깨끗이 씻고 사랑하는 동지들의 시신을 묻은 뒤 계속 싸워나갔다."

상하이는 영웅의 도시로, 1921년에 이곳에서 중국 공산당이 탄생했다. 상하이 노동계급은 이미 중국 공산당의 지도를 받으며 튼튼한 전투 대오로 신속하게 성장하고 있었다. 이곳에서 중국 노동계급은 1925년에 5·30운동을 일으켰다. 1926년부터 1927년 사이에는 저우언라이(周恩來)의 지도하에 세 차례에 걸쳐 무장봉기를 일으켰다. 비록 이 운동과 봉기가 일시적으로는 실패했고 제국주의자들과 국민당이 노동계급을 혹독하게 박해하면서 온갖 수단으로 노동계급을 분열시키고 와해시키려 했지만, 상하이 노동계급은 제국주의와 봉건주의, 관료자본주의에 반대하며 굽히지 않고 계속 용감하게 싸워나갔다.

1927년 10월부터 루쉰은 상하이에 거주하면서 문화 전선에서 복잡한 사상 논쟁을 전개해나갔다.

광저우에서 상하이로 온 루쉰과 쉬광핑은 처음에 자베이(閘北)에 있는 징윈리(景雲里) 23호에 정착했다가, 뒤에 17호와 18호로 옮겨가서 셋방을 얻었다. 상하이에 정착하면서 루쉰은 쉬광핑과 살림을 꾸렸다.

이때 우한(武漢)에서 살던 마오둔도 상하이로 옮겨와서 루쉰이 살고 있는 골목길 건너 맞은편 집에 묵었다. 유명한 작가이자 문필가인 마오둔은 당시 자유로이 행동할 수 없는 처지였다. 그래서 루쉰은 셋째동생 저우젠런(周建人)과 함께 마오둔 숙소에 찾아가서 만나곤 했다. 이것이 그들의 첫 상봉이었다.(마오둔,《루쉰 선생을 기념하며(紀念魯迅先生)》) 그 전에도 그들은 문학연구회와 관계된 일 때문에 서로 편지를 왕래했지만 만나지는 못했다. 직접 만나본 뒤부터 그들 사이는 우의가 더욱 돈독해졌다.

이때 궈모뤄도 홍콩에서 상하이로 왔다. 궈모뤄도 자유로이 행동할 수 없었으므로, 루쉰과 직접 만나지는 못했다. 다만 장광츠(蔣光慈)와 정보치(鄭伯奇) 등이 소개하여 루쉰과 함께 청년 독자들을 대상으로 혁명 사상을 선전하는《창조주보(創造周報)》를 다시 출판하려고 계획했다. 이에 동의한 루쉰은 신문에 복간(復刊)한다는 광고를 냈는데, 자기 이름을 제일 먼저 밝힌 다음에 궈모뤄를 '마이커양(麥克昂)'이라는 필명으로 두 번째에 적어 넣었다. 그러나 이 계획은 다른 이유로 실현되지 못했다.(궈모뤄,〈루쉰과 왕궈웨이(魯迅與王國維)〉) 루쉰은 또한 창조사의 위다푸(郁達夫)와 더욱 친밀하게 우의를 맺게 되었는데, 둘은 베이징에 있을 때부터 이미 알던 사이였다. 루쉰은 상하이에 온 뒤 많은 청년들 그리고 혁명적이고 진보적인 단체들과 만나기 시작했다.

1927년 상하이에서. 뒷줄 가운데부터 시계 방향으로 린위탕, 쑨푸위안, 루쉰, 쉬광핑, 저우젠런, 쑨푸위안의 동생 쑨푸시.

이때 베이징에서 출판되던 《어사》는 정간당한 지 오래였다. 《어사》를 출판하던 베이신서국(北新書局)은 이 잡지를 상하이에서 출판하기로 하고, 1928년 2월부터 루쉰을 주필로 초청했다. 이 밖에 루쉰과 위다푸는 이해 6월에 창작작품과 번역작품을 주로 싣는 잡지 《분류(奔流)》를 창간했다.

루쉰이 샤먼대학에 있을 때 루쉰에게서 글을 배운 왕팡런(王方仁)과 추이전우(崔眞吾)도 루쉰과 한 골목에서 살게 되었다. 루쉰은 그들에게 소개받아 러우스(柔石)라는 청년을 알게 되었으며, 또 러우스를 통해 펑쉐펑(馮雪峰)을 알게 되었다. 루쉰은 23호에서 17호와 18호로 옮겨오면서 23호 집을 러우스 등에게 넘겨주었다.

거의 매일 저녁마다 루쉰 숙소로 청년들이 모여들었다. 그들은 한자리에 모여 앉아서 정치와 문예와 번역에 대해 이야기했다. 워낙 청년들과 사귀기를 좋아하던 루쉰은 이 시기에 그들을 통해 더욱 많은 청년들과 연계를 갖게 되었다. 청년들도 루쉰에게서 적지 않은 가르침을 받았다. 러우스는 당시 일기에 이렇게 썼다.

나는 꽤 여러 차례 마음 저 밑바닥으로부터 일어나는 이상하리만치 불편한 느낌을 종종 받았다. 나로서도 그 까닭을 알 수 없었다. 그런데 저우 선생 댁에서 식사를 하고 나면 마음이 많이 진정되는 것이었다. 선생님께서 보여주시는 과학자다운 태도와 사고를 대하면, 당시 신경이 날카로워지고 이름 모를 원망만 늘어가던 나는 부끄러움을 느꼈다. 그리고 강인한 정신과 명석한 사상, 해박한 지식을 가지고 늘 차분하게 말씀하시는 선생님을 보면서 스스로를 반성했다. 한편 마음이 어지신 루쉰 선생님이 익살을 섞어 사회를 질책하고 심각하게 비판할 때면 나는 몹시 기뻤으며 지식이 늘어나는 것을 느꼈다.(러우스, 1929년 12월 22일 일기, 베이징 루쉰 박물관 소장)

펑쉐펑은 〈루쉰을 추억하며(回憶魯迅)〉에 다음과 같이 썼다.

내가 루쉰 선생님을 찾아간 데는 두 가지 이유가 있었다. 하나는 러우스와 얘기하면서 루쉰 선생님이 사귀기 쉬울 뿐만 아니라, 진정으로 청년들을 돕고 있음을 느꼈기 때문이었다. 다른 하나는 (내가 그를 만나보려는 주요한 목적이다) 당시 일어로 번역된 마르크스 이론서를 중국어로 번역하고 있었는데, 의문 나는 곳이 있어도 물어볼 데가 없었다. 그런데 루쉰 선생님도 일어로 번역된 책에 근거해 마르크스 문예이론을 중국어로 번역하고 있다는 것이었다. 그래서 선생님에게 가르침을 받는 한편, 선생님과 함께 마르크스 문예이론에 관한 번역총서를 편집해볼까 해서 찾아간 것이다.

러우스, 왕팡런, 추이전우 등 몇몇 청년들은, 루쉰에게 도움을 받아 1929년에 소련, 동유럽, 북유럽 및 서양의 진보적 작가들이 창작한 문학작품과 목판화 등 예술작품을 소개할 목적으로 조화사(朝花社)라는 단체를 조직했다. 이 단체는 얼마 안 되는 자금을 가지고 외국 미술작품을 소개하는 《조화주간(朝花周刊)》, 《조화순간(朝花旬刊)》과 《예원조화(藝苑朝華)》 등의 간행물들을 차례로 출판했다. 이 밖에 세계단편소설집 두 권도 출판했다.

조화사는 당시 적지 않은 영향력을 가지고 있었는데, 특히 목각예술을 소개하여 중국에서 혁명적인 예술 분야가 새롭게 자라날 수 있는 길을 열었다. 그 뒤 새로운 예술 단체들이 각지에서 잇달아 발족되었다. 제일 먼저 발족된 예술 단체는 항저우 시후예술전문학교(西湖藝術專科學校)의 일팔예사(一八藝社)였다. 이 밖에 광저우와 북방에서도 적지 않은 예술 단체들이 차례로 발족되었다. 새로 성장한 청년 예술가들은 점차 부르주아 예술에서 벗어나게 되었으며, 부유층의 심심풀이를 위해 창작하는 예술품과 완전히 다른 새로운 작품을 창작하여 진취적이고 역동적인 예술세계를 열었다. 루쉰이 끊임없이 배려하고 도와준 덕분에 청년 예술가들은 현실주의 작품을 창작하게 되었고, 그렇게 함으로써 현대 중국에서 혁명적 예술, 특히 새로운 목각예술의 기초를 닦아놓았다.

이때부터 루쉰은 마르크스주의 문예이론을 더 체계적으로 중국에 소개하기 시작했다. 루쉰이 책임 편집한 마르크스주의 문예이론서인 '과학적 예술론 총서'가 출판되었으며, 루쉰이 번역한 플레하노프의 《예술론》과 루나차르스키의 《문예와 비평》, 그리고 러시아 공산당(볼셰비키) 중앙위원회의 《문예부문의 당 정책에 관해》가 이 총서에 수록되었다.

이즈음 상하이에 있는 여러 학교의 청년 학생들이, 루쉰이 상하이에 왔다는 소식을 듣고 찾아와 연설을 해달라고 청했다. 어떤 학교에서는 학생들이 강의를 해달라고 루쉰을 초청하기도 했다. 그러나 루쉰은 그러한 요구를 모두 거절했다. 그는 창작과 번역에 모든 심혈을 기울이기로 작정한 것이다.

41
프로메테우스의 불을 훔치다

1928년 초, 루쉰이 상하이에 온 지 얼마 안 되었을 때부터 혁명적 문학 단체인 창조사와 태양사 몇몇 회원들이 자신들이 출판하는 간행물을 통해 혁명문학 문제를 둘러싸고 루쉰과 논쟁을 벌였다. 이 논쟁을 통해 혁명문학은 그 영향력을 넓히게 되었다. 그들은 '무산계급 혁명문학'이라는 기치를 높이 들고, 5·4운동 이래 발전해온 신문학운동을 한 걸음 진전시켰다. 그뿐만 아니라, 그 뒤에 '중국좌익작가연맹'을 건립하고 국민당의 반혁명적 문화 정책에 반대하기 위해 사상과 조직 면에서 준비해나갔다. 이것이 논쟁에서 얻은 성과였다. 그러나 당시 역사 조건에서 좌경 노선에 깊이 영향을 받을 수밖에 없던 그들은 루쉰과 그의 작품에 대해 몇몇 그릇된 분석과 비판을 가했다.

루쉰은 그릇된 의견을 제시하는 그들에게 고도의 원칙성을 견지하면서 동지애를 가지고 진지하게 비판했다. 루쉰은 〈상하이 문예 일별(上海文藝之一瞥)〉이라는 유명한 잡문을 통해 당시 논쟁에서 얻은 경험과 교훈을 다음과 같이 지적했다.

당시 혁명문학운동은 제가 보건대 충분한 계획이 없었으며, 착
오도 적지 않았습니다. 예를 들면 첫째, 그들은 중국 사회를 자세
하게 분석하지 않았으며, 소비에트 정권 아래에서나 가능한 방법
을 그저 똑같이 적용하려 했습니다. 다음으로 그들은…… 일반인
들이 혁명을 아주 무시무시한 일로 생각하게 만들었습니다. 극좌
를 표방하는 흉악한 몰골로 혁명이 닥쳐오기만 하면 모든 비혁명
자들이 다 죽을 것 같은 인상을 줌으로써 사람들에게 혁명에 대한
공포만 가득 심어주었습니다. 그런데 사실 혁명은 사람을 죽이는
것이 아니라 사람을 살리는 것입니다.

루쉰은 〈문예와 혁명(文藝與革命)〉이라는 글에서 다음과 같
이 말하기도 했다.

현재 이른바 혁명문학가라고 부르는 사람들은 시대를 초월하는
것과 싸우고 있습니다. 시대를 초월한다는 것은 사실 도피입니다.
현실을 직시할 용기를 가지고 있지 못하면서 혁명이라는 간판을
내걸고 있으니, 그들이 도피하는 길로 들어가는 것은 자각하든 자
각하지 못하든 필연적인 일입니다. 현실에 발 딛고 살아가는데 어
떻게 떠날 수 있겠습니까? 그것은 손으로 귀를 틀어막고 지구를
떠날 수 있다고 말하는 것처럼 사람을 속이는 일입니다. 사회가 정
체되어 있는 상태에서 문예는 결코 혼자 비약할 수 없습니다.

1928년 3월 서재에서.

　루쉰은 다음과 같이 생각했다. "진보를 위한 싸움은 전적으로 필요한 것이다. 민중이 억압받고 있는데 무엇 때문에 투쟁하지 않겠는가? 문학예술은 곧 이것을 위한 도구가 될 수 있다." 그러나 루쉰은 문학예술을 투쟁의 도구로 단순화시키고 문학예술의 역할을 단지 표어나 구호 같은 것으로 만드는 것은 결단코 반대했다. 루쉰은 이렇게 말했다.

　모든 문학예술이 선전이긴 하지만, 모든 선전이 결코 다 문학예술인 것은 아니다. 그것은 곧 모든 꽃이 다 빛깔을 지니고 있지만(흰색도 빛깔로 간주한다), 빛깔을 지니고 있는 것이라고 해서 반드시 다 꽃이라고 할 수 없는 것과 마찬가지이다. 혁명이 구호나 표어, 포고문, 전보, 교과서 외에 문학예술을 필요로 하는 것은 그것이 문학예술이기 때문이다.(《삼한집》〈문예와 혁명〉)

창조사, 태양사의 젊은 작가들과 논쟁을 벌이면서 루쉰은 깊이 자신을 반성하고 생각을 바꾸어나갔다. 그는 마르크스주의에 관심을 갖기 시작했고, 그들의 문예이론을 읽고 번역하여 소개하는 데 심혈을 기울였다. 루쉰은 뒤에 이렇게 말했다.

나는 창조사에 한 가지 감사하게 생각하고 있는 것이 있다. 그들이 '떠밀어서' 할 수 없이 과학적 문예론을 몇 권 읽었는데, 그 속에서 전날 문학사가들이 많이 거론했으나 잘 풀리지 않던 의문들이 풀렸다. 또 이로 인해 플레하노프의 《예술론》을 번역하기 시작했으며, 그 뒤부터 나와 나로 인해 다른 사람에게까지 영향을 준, 진화론만 믿던 편향을 바로 잡게 되었다.(《삼한집》〈서언〉)

루쉰은 마르크스주의 이론을 소개하는 것을 신화에서 프로메테우스가 불씨를 훔쳐 인류에게 주는 것에 비유했으며, 그 불로 무엇보다 먼저 자신의 살을 굽는 데 사용했다.

그래서 맛이 괜찮다면 그것을 씹는 사람에게도 꽤나 좋은 점이 있을 것이고, 나로서도 헛되이 육신을 낭비하지 않는 것이 될 것이라고 생각했다.(《이심집》〈'딱딱한 번역'과 '문학의 계급성'〉)

루쉰은 번역을 통해 마르크스 문예이론을 중국에 전파하는 데 몸을 아끼지 않았다. 그는 또 이렇게 말했다.

일부러 왜곡되게 번역한 적은 한 번도 없다고 생각한다. (번역의 내용이―옮긴이) 내가 인정하지 않는 비평가들의 아픈 데를 찌를 때는 그저 한번 웃어버렸고, 나의 아픈 데를 찌를 때는 그저 꾹 참았을 뿐, 결코 번역한 글에 더 보태거나 줄이지 않았다.(《이심집》〈'딱딱한 번역'과 '문학의 계급성'〉)

그러나 이 중대한 작업은 당시 사람들에게 충분한 관심과 환영을 받지 못했다. 그들은 루쉰이 이런 책들을 번역하는 것이 '몰락하지 않으려는 것'이며 '투항'하는 것이며 '방향을 바꾸는 것'이라고 빈정거렸다. 루쉰은 이렇게 말했다.

책 한 권을 번역하고 출세할 수 있다면 혁명문학가가 되기는 정말 쉬울 것이다. 나는 결코 그렇게 생각하지 않는다. ……프롤레타리아 문학에 관한 책 한 권을 번역하는 것으로 앞으로 나아갈 방향을 보여주기에는 부족하다. 만일 잘못 번역한 곳이 있다면, 그것은 오히려 사람들을 크게 해롭게 할 것이다. 내가 번역한 책은 그렇게 속단하는 프롤레타리아 문학의 비평가들에게 주려는 것이다. 그것은 그들이 상쾌한 기분을 탐하지 말고 고심하면서 이런 이론을 연구할 의무가 있기 때문이다.(《이심집》〈'딱딱한 번역'과 '문학의 계급성'〉)

그러나 이 작업은 곧바로 반대파들을 주목하게 했으며, 누구보다도 '신월파(新月派)' 량스추(梁實秋)가 반대하고 나섰다.

량스추는 1929년 9월에 출판된 월간지《신월》2권 6, 7호 합본에 실린〈문학에 계급성이 있는가〉라는 글에서 부르주아 '인성론(人性論)'을 주장하고, 마르크스주의 문학이론에 대항하고 나섰다. 량스추는 문학에 계급성이 있음을 부정하고 혁명문학과 민중의 창조 역량을 부인하려 했다.

또한 과학, 예술, 문학, 철학, 그리고 정치, 사회제도 등 모든 문명이 극소수의 천재들에 의해 창조되는 것이라고 하면서, 혁명문학이란 근본에서부터 성립될 수 없는 것으로 위대한 문학은 보편적인 인성 위에 세워질 따름이며, 문학은 바로 이런 인성에 충실해야 한다고 주장했다. 량스추는 다음과 같이 생각했다.

문학은 대다수 사람에게 속하는 것이 아니며, 대다수 사람에게는 문학이 없다. 문학이든지 혁명이든지를 막론하고, 그 중심은 개인이며 대다수 사람과는 관계를 맺지 않는다. 모든 문학은 인성을 근본으로 하고 있기 때문에 절대로 계급에 따른 구별이 있을 수 없다. 문학작품은 몇몇 천재들이 만들어낸 것일 따름이므로, 계급과는 더욱 관계가 없다. 한마디로 말해 문학은 계급성을 지니지 않는다.

이것이 량스추가 말하는 부르주아 문학론이다. 량스추는 또 다음과 같이 주장했다. "프롤레타리아 계급은 본래 계급을 자각할 수 없다. 가령 그가 '싹수 있는' 무산자여서 일생 동안 부지런히 일하기만 한다면 다만 얼마라도 자산을 모을 것이다. 그것이야말로 그들이 살기 위해 '정당'하게 투쟁하는 수단인 것이다. 계급투쟁은 '지나친 동정심과 과격한 태도를 가지고 있는 지도자들이 계급이라는 관념을 그들에게 전수한 데서' 생기게 된 것이다." 량스추는 프롤레타리아 문예이론가들이 문학예술을 투쟁의 무기로 삼는 것을 가장 증오했다. 이것이 바로 량스추가 부르주아 인성론을 제창한 정치적 목적이다.

혁명문예계에서는 프롤레타리아 계급의 혁명문학과 마르크스주의 문예이론을 지키기 위해 이러한 부르주아 문예이론에 곧바로 반격을 가했다. 루쉰은 〈'딱딱한 번역'과 '문학의 계급성'('硬譯'與'文學的階級性')〉에서 마르크스주의에 의거해 계급을 분석함으로써 량스추를 호되게 반박했다. 루쉰은 다음과 같이 주장했다.

문예의 계급성을 말살하려 해서는 안 된다. 계급투쟁은 객관세계에 존재하는 엄연한 사실이기에 아무리 가리려 해도 가릴 수 없다. 무산자는 마땅히 '부지런히' 일해서 유산계급으로 기어 올라가야 하며 그것이 살아가는 '정당한' 방법이라고 말하는 것은, 중국의 돈 있는 나리들이 억압받고 착취당하는 인민들에게 기분 좋게 하는 훈계에 지나지 않는다. 량스추에게 이 '충고'를 듣고 프롤레타리아 계급은 구역질을 할 것이니, 나리들끼리나 서로 기리며 칭찬하는 수밖에 없다.

문학은 인물을 묘사해야 하며, 인물을 묘사하지 않고서는 인성을 보여줄 방법이 없다. 사람은 계급사회에서 사는 한 자신이 속한 계급을 떠날 수 없으며, 따라서 계급성도 없을 수 없다.

물론 '희로애락은 인지상정이다.' 그러나 가난한 사람은 증권거래로 적자가 났다고 고민하지 않을 것이며, 석유왕은 베이징 거리에서 석탄재를 줍는 노파의 사무친 고통을 알 리 만무하다. 흉작

지 난민들은 부잣집 나리들처럼 난초를 심지 않을 것이며, 가씨(賈氏) 집안의 하인 초대(焦大)는 임대옥(林黛玉)을 사랑하지 않을 것이다.(《이심집》〈'딱딱한 번역'과 '문학의 계급성'〉)

한마디로 말해 문학은 계급성을 지닌다. 부르주아 문학가들은 스스로 '자유롭고' 계급을 초월했다고 생각하지만, 실제로 계급사회 속에서는 문학가도 자기가 속한 계급의 의식에 지배받을 수밖에 없으며, 그 작품도 자기 계급을 반영할 수밖에 없다.

량스추를 예로 들어보자. 량스추는 문학이 계급성을 가질 수 없다고 주장했다. 그러나 얼핏 보더라도 그 자신이 부르주아 문학이라는 무기를 사용하고 있다는 것을 알 수 있다. 신월파의 부르주아 계급 비평가인 량스추는 겉으로는 '전 인류'를 위한 '계급 초월'의 문예이론을 제창했지만, 실제로는 국민당 정권이 민중들을 억압하고 탄압하는 통치를 묵인했고 사상적으로는 그러한 '치안 유지' 임무를 돕고 있는 것이다. 인성론은 량스추에게 수단에 지나지 않는다. 루쉰이 마르크스주의자가 된 뒤 견지한 문학예술 관점과 문예 전선에서 반대파와 싸워나간 방향은 프롤레타리아 혁명문예 노선과 일치하고 있었다.

42
좌익작가연맹에 참가해

당시 문예 전선에서 매판부르주아 계급들과 벌인 사상 논쟁은 커다란 역사적 의의를 지니고 있었다. 혁명문학 진영은 다 같이 눈앞의 반대파와 대치하기 위해 점차 굳건히 뭉치게 되었다. 창조사와 태양사가 먼저 루쉰과 논쟁 벌이는 것을 중지했다. 그들은 또 마르크스주의 문예이론을 번역하여 소개함으로써, 혁명문학에 바탕이 되는 이론을 마련했다. 그뿐만 아니라 그들은 현실에서 필요하다는 여러 작가들의 요구에 따라, 1930년 3월에 상하이에서 새로운 혁명문학 단체인 중국 좌익작가연맹을 결성했다.

1930년 3월 2일에 열린 좌익작가연맹 창립대회에서 루쉰은 〈좌익작가연맹에 대한 의견(對于左翼作家聯盟的意見)〉이라는 제목으로 연설을 발표했다. 루쉰은 당시의 중국 사회에 대해 깊이 있게 관찰하고 분석한 뒤 혁명작가들에게 앞으로 나아갈 방향을 제시했다.

첫째, 낡은 사회 및 낡은 세력에 대해 투쟁할 때는 반드시 단호해야 하며, 오랫동안 끊임없이 전개해야 하며, 또한 실력을 키우는 데 주력해야 한다. 왜냐하면 낡은 사회의 기반이 현재까지 여전히 견고하므로 새로운 세력이 한층 더 강대해지지 않고서는 그것을 변화시킬 수 없기 때문이다. 낡은 사회는 또한 새로운 세력을 타협시킬 수 있는 좋은 방법을 가지고 있지만, 그 스스로는 절대 타협하지 않는다.

둘째, 전선을 끊임없이 넓혀야 한다.

셋째, 새 전사들을 많이 육성해내야 한다. 혁명문학 진영은 새 전사들을 대량으로 양성하는 데 박차를 가해야 할 뿐 아니라, 끈기 있게 전투를 해나가야 한다.

루쉰은 또 혁명문학의 통일전선은 공동 목표가 있어야 하며, 목표가 동일해야만 행동이 일치할 수 있다고 주장했다. 이 공동 목표란 바로 노농 대중을 위하는 것이다. 목표가 노농 대중을 위하는 것에 일치되면 전선도 통일될 수 있다. 루쉰은 이 연설에서 당시 활동하던 '좌익' 작가들을 의미심장하게 깨우쳐주면서 이렇게 말했다.

'좌익' 작가는 아주 쉽게 '우익' 작가로 변할 수 있다. 왜 그런가? 첫째, 실제로는 사회 투쟁과 접촉하지 않으면서 단지 유리창 문 안에 틀어박혀 글이나 쓰거나 문제를 연구하는 것이라면 그것이 아무리 격렬하고 '좌'적이라 할지라도 얼마든지 그렇게 될 수 있다. 그렇지만 실제와 부딪치면 그것은 곧 산산이 부서지고 말 것이다. 집안에 문 닫고 앉아서는 철저한 주의니 뭐니 쉽사리 떠들어댈 수 있다. 따라서 이런 사람은 가장 쉽게 '우경'이 될 수도 있는 것이다. 서양에서 말하는 '살롱 사회주의자'라는 것이 바로 이런 사람을 두고 하는 말이다. 살롱은 '응접실'이라는 뜻으로, 응접실에 앉아서 사회주의 운운하는 것은 아주 고상하고 근사해 보이지만, 실제로 그것을 실현하려는 생각은 없는 것이다. 이러한 사회주의자들은 조금도 믿을 바가 못 된다.

루쉰이 제시한 이런 의견들은 당시로서는 대단히 소중한 것이며, 옳은 것이었다.

좌익작가연맹과 혁명적 대중단체인 '중국자유운동대동맹'에 참가한 루쉰은 곧 심각하게 탄압을 받았다. 먼저 국민당 저장 성 당부에서는 '타락한 문인 루쉰'을 체포할 것을 국민당 난징 정부에 요청했다. 루쉰은 하는 수 없이 수시로 다른 곳에 가서 한동안 피해 있곤 했다. 루쉰은 혁명이 긴요한 고비에 이르고 위험에 처할 때일수록 중국 사회의 약자층, 곧 노동자, 농민, 여성, 아이 들의 편에 서서 글을 쓰고 발표하는 일을 조금도 게을리 하지 않았다.

43
루쉰의 사상 변화

루쉰의 사상은 크게 두 단계로 나뉘어 발전해갔다고 볼 수 있는데, 그 중간에 변화하는 과정까지 합치면 세 단계의 발전 과정을 겪었다고 할 수 있다.

두 단계란 첫째, 무술변법으로부터 5·4운동에 이르는 구민주주의 혁명 시기(1898년부터 1919년까지)이고, 둘째 5·4운동으로부터 죽을 때까지의 신민주주의 혁명 시기(1919년부터 1936년까지)이다. 물론 이 두 단계는 완전히 분리할 수 있는 것이 아니라 서로 긴밀하게 연계되어 있다. 삶과 창작활동을 통해 볼 때 루쉰의 사상은 대체로 다음과 같은 세 차례 변화과정을 거쳤다.

첫째는 1898년 무술변법으로부터 5·4운동까지이고, 둘째는 1919년 5·4운동으로부터 대혁명이 실패할 때까지이며, 셋째는 1927년에 대혁명이 실패한 때로부터 그가 죽을 때까지이다.

첫 번째 과정과 두 번째 과정을 가르는 전환점은 5·4운동이고, 두 번째 과정과 세 번째 과정 사이의 전환점은 중국에서 대지주와 대부르주아 계급들이 혁명을 배반하고 농촌과 문화 분야에 혁명이 침투되기 시작한 1927년 4·12쿠데타(광저우는 4월 15일)부터이다.

처음 사회활동을 시작하고 문학활동에 종사한 때부터 1927년 전까지 루쉰의 철학 사상은 그 바탕이 유물론이었고, 정치경향을 보면 혁명적 민주주의자였다. 초기의 사회 사상과 문예 사상에는 중국 민중, 특히 광범위한 농민들의 생각과 정서가 뚜렷하게 반영되어 있다.

루쉰은 외세의 침략과 국내 봉건주의의 억압(1911년 전, 곧 신해혁명 전에는 청나라 정부가 자행하는 인종적 억압에도 반대해야 했다)에 반대해 싸우는 중국 민중들의 입장에서 글을 썼으며, 민족 혁명과 민주주의 혁명을 위해 글을 썼다. 당시 농민들의 혁명운동 자체가 민족민주주의 혁명이라는 임무를 수행할 수 없었던 만큼, 이 혁명운동도 중국 민중들이 처한 반제와 반봉건 문제를 근본부터 해결할 능력이 없었다. 첫 번째 변화과정과 두 번째 변화과정 중에서 특히 1919년 전까지 루쉰의 사상은 비교적 더디게 변모해갔다. 이 시기는 사상이 완만하게 발전해나갔다.

혁명적 민주주의자의 철학 사상은 해방을 요구하는 광범위한 농민 대중의 사상과 정서를 기본 내용으로 하고 있으며, 역사적으로는 마르크스주의 전 시대에 속한다. 5·4운동 이전 루쉰의 사상도 중국 사상사에서 마르크스주의가 아직 중국에 널리 전파되기 전 단계의 시기에 속하며, 혁명적 민주주의 사상이라는 범주에 속한다. 5·4운동 이후 마르크스주의가 중국에 꽤 널리 전파되면서 루쉰의 사상에는 몇 가지 새로운 내용이 추가되었다.

다시 말하면, 이때부터 루쉰의 사상에 사회주의적 사상 요소가 조금씩 생겨났다고 할 수 있다. 그러나 1927년 이전, 곧 루쉰의 사상에 변화가 일어나기 전 단계인 전반기에는 그의 세계관을 아직 마르크스주의적이라고 할 수 없다.

혁명적 민주주의자의 철학 사상이 보여주는 가장 큰 특징은 압제자의 이익을 대표하는 것이 아니라 피압제자의 이익을 대표한다는 점이다. 그것은 프롤레타리아 계급의 철학 사상은 아니지만, 프롤레타리아 계급과 동맹군이 될 수 있는 농민의 사상과 일부 혁명적 프티부르주아 계급의 사상을 반영한다. 그것은 프롤레타리아 계급의 사회주의 사상과 적대적이지 않으며, 사회주의 사상으로 개조될 가능성을 갖고 있다(사실상 받아들인다). 선명한 애국주의의 색채를 지니고 민중을 위해(민족민주주의 혁명투쟁을 위해) 일한다는 태도를 사람들 앞에 떳떳하게 밝히는 것은 혁명적 민주주의자의 철학 사상이 갖는 또 다른 특징이다. 이 모든 것은 초기 루쉰 사상의 특징이었으며, 루쉰이 당시 일반 사상가들보다 앞서 있었음을 말해준다.

루쉰의 초기 사상은 19세기 말과 20세기 초 중국에서 혁명적 민주주의 사상이 도달한 가장 높은 수준이다. 그러나 루쉰은 자신의 신념체계 가운데 하나인 유물론을 정치, 경제, 사회생활과 역사, 문학 등 여러 방면을 이해하는 데 통일적으로 적용하지는 못했다. 초기 작품들에서, 심지어 1927년 전까지도 루쉰의 사상은 아직 과학적 사회주의 사상으로 비약하지 못했다. 그렇지만 중국 근대 혁명운동사에서 루쉰이 보여준 유물론적 혁명적 민주주의 사상의 빛나는 지위와 역할은 결코 부인할 수 없는 것이다. 프롤레타리아 계급이 강력한 계급으로 형성되기 전 단계라는 역사 조건에서, 광범위한 농민 대중은 주로 외래 침략자와 국내 억압 세력에 대해 저항했는데, 이러한 사상 정서를 반영하는 것은 당연한 현상이었으며 그들은 그 단계에서 그들의 임무를 다했다.

1927년 이후, 루쉰은 변화된 현실과 혁명 세력의 구국운동을 예리하게 관찰하면서 조금씩 마르크스주의를 받아들이기 시작했다. 루쉰은 혁명문예운동을 실천해가는 과정에서 진화론자로부터 혁명적 계급론자로 완만하게 옮겨가고 있었으며, 사상적으로는 양적인 변화로부터 질적인 변화로 옮아가고 있었다.

당시 중국 사회에 널리 유포된 마르크스주의 사상, 그 사상에 힘입어 전개되고 있던 혁명운동, 루쉰이 가르치고 사랑한 청년 제자들의 혁명운동에의 투신, 당시 문단의 거두이던 루쉰에 대한 공산당의 존경과 배려, 이 모든 것은 루쉰이 사상을 발전시켜가는 과정에서 중요한 역할을 했다. 루쉰은 이러한 환경에서 자신이 문예운동을 실천해가는 목적을 더욱 명확히 세울 수 있었다.

루쉰은 '신흥 프롤레타리아에게만 장래가 있다'라고 생각했는데, 이는 결코 쉽게 얻은 사상이 아니었다. 이것은 루쉰의 사상이 심각하게 변화하고 있음을 보여준다. 한 계급으로부터 다른 한 계급으로 옮아가는 변화, 곧 혁명적 프티부르주아 계급으로부터 프롤레타리아 계급의 입장으로 전이해가는 근본적 변화라고 할 수 있다. 이처럼 눈에 띄게 사상이 변화해간 것은 루쉰이 1927년에 상하이로 옮겨온 뒤부터다.

중국에서 1927년에 4·12정변이 일어난 뒤 혁명은 새로운 단계에 들어섰다. 대부르주아 계급과 보수주의자들은 제국주의와 봉건 세력 진영에 가담하였고, 장제스를 우두머리로 하는 국민당 정부는 외세의 비호 아래 중국과 전 세계의 반혁명 세력을 동원하여 혁명 근거지와 혁명 대중들을 탄압했다. 그들은 여러 차례에 걸쳐 이른바 '포위토벌', 곧 군사와 문화 면에서 '포위토벌'을 감행했다. 중국 민중은 탄압을 받을수록 더욱더 용감하고 굽힐 줄 모르는 투지를 키워갔으며, 혁명운동은 더 높은 단계로 나아갔다. 농촌에서의 혁명이 심화되었고, 문화혁명도 심화되었다. 그 결과 국민당이 저지른 군사적, 문화적 '포위토벌'은 곳곳에서 실패로 돌아갔고, 공산당의 혁명적 주장은 도시와 농촌에서 폭넓은 사람들의 마음속에 깊이 파고들었다.

루쉰은 국민당의 이러한 문화 '포위토벌' 속에서 힘겹고 어려운 논쟁을 벌이고 있었다. 루쉰은 민중의 이익과 진실의 편에 서서, 기득권 세력의 기만과 허위를 폭로하며 강인하게 설전과 논쟁을 벌였다.

피비린내 나는 군사 통치만으로 민중들의 눈과 귀를 가릴 수 없고 도도하게 번져가는 혁명운동을 저지할 수 없음을 알게 된 국민당은 자신들을 위해 대신 발언하고 선전을 대행할 지식인을 필요로 했다. 이 시기에는 량스추 말고도 후스가 이런 배역을 맡고 나섰다. 후스는 량스추가 주장한 인성론에 호응해 민중들의 투쟁 방향을 다른 곳으로 돌리려 했다.

1929년 12월에 출판된 《신월》 2권 10호에 실린 〈우리는 어느 길로 갈 것인가(我們走那條路)〉라는 글에서 후스는 이른바 '다섯 귀신이 중국을 소란케 하다(五鬼鬧中華)'라는 황당한 주장을 내놓았다. 이 글에서 그는 중국 민중에게 원수는 외세도 아니고 봉건 세력도 아니라고 주장했다. 봉건제도는 이미 이천 년 전에 붕괴되었고, 미국과 일본 제국주의가 중국을 침략한 것은(그의 말로는 '한쪽만 사랑하고 돌보게 된 것은') 바로 중국 민중에게 다섯 악마가 있기 때문이라고 했다. 그 다섯 원수가, 첫째는 가난, 둘째는 질병, 셋째는 어리석음, 넷째는 탐오(貪汚), 다섯째는 문란함이라는 것이다. 후스는 '우리'는 반드시 '사회질서가 평안하고 골고루 번영하며 문명화된 현대적 통일국가'를 세워야 한다고 주장했다. 그러나 실제로 후스가 말하는 이른바 '사회질서'라는 것은 국민당에 의해 유지되는 통치질서를 말하며, '골고루 번영함'이라는 것은 실제로 소수인 대지주와 대부르주아 계급이 부를 축적하는 반면에 수많은 농민들은 파산하고 노동자들은 직장을 잃고 가난하게 되는 것을 결과적으로 개혁하지 못하는 것을 말한다. 이른바 '문명'이란 실제로는 제국주의의 노예교육과 문화 침략이 효과를 발휘하는 것이며, '현대적 통일국가'란 국민당 정부가 민중에 대해 독재 통치를 강화하고 민중들이 제국주의에 순응하는 도구가 되게 하는 국가였다.

후스 같은 지식인들은 반식민지 반봉건의 낡은 중국을 세우려고 했다. 그러면서 겉으로는 온건한 모습으로 "우리는 모두 현재 상태에 불만을 느끼는 사람들이다"라고 말했다. '현재 상태에 불만을 느끼면' 어떻게 할 것인가? 후스는 '중국의 현실적 요구와 세계 속에서의 중국의 위치를 자세히 관찰하면' 중국은 지금 혁명을 필요로 하는 것이 아니라, 하나하나

점진적으로 개량해나가는 것이 필요하다고 주장했다. 후스는 이러한 입장을 대단히 완고하게 주장했는데, 그의 진면목은 여기에서도 드러나고 있다.

후스와 량스추가 일찍이 베이양 군벌정부에 동조하여 제안한, 이른바 '호정부주의(好政府主義)'가 오늘은 또 정권을 잡고 있는 국민당 통치자들을 향해 제안됐다. 후스가 한 말을 빌리면, "전국에서 인재와 지혜를 모으고 세계의 선진 과학지식과 방법을 충분히 받아들여 한 걸음씩 자각적으로 개혁하며, 자각의 지도하에 계속 조금씩 쉼 없이 개혁해나간다. 계속 개혁해서 효과를 보게 되는 그날이 곧 우리의 목적이 달성되는 날이다"라는 것이다.

량스추는 또한 "오늘날 지식인들이 해야 할 책임은 '현 상태의 불만스러움'을 표현하는 조소적이고 풍자적인 잡감만을 써내는 것이 아니라, 한 걸음 더 나아가 '현 상태'를 적극적으로 개선하는 처방을 간절하게 찾는 것이다"라고 말했다. 그들에게 호정부주의는 현재의 상태를 치료하는 훌륭한 처방전이었다.

루쉰은 이러한 주장에 대해 "내 잡감이 끝이 없는 것은 바로 이러한 '현 상태'가 너무 많기 때문이다"라고 신랄하게 풍자했다. 루쉰은 그들이 감추고 있는 위선적인 면모를 폭로하고, 이런 호정부주의자와 개량론자 들이 하고 있는 일들이 본질에서 전에 그들과 동료이던 천시잉 등 산양형 문인들이 한 일과 크게 다를 바 없다고 꼬집었다.

"단지 왕조가 바뀌다 보니 그들이 조금 당황해서 상전을 찾지 못하고 있을 뿐이다(사실은 상전이 있는 것이다)"라고 지적했다. 루쉰은 그들에게 '주인 잃은(喪家的)' '자본가의 가련한 주구(資本家的乏走狗)'라는 아주 적절하고도 특징을 잘 살린 호칭을 붙여주었다. 이에 대해 량스추는 딴청을 부렸다. "내가 자본가의 주구란 말인가? 어느 한 자본가의 주구인가, 아니면 모든 자본가의 주구인가? 나는 아직까지 내 주인이 누구인지 모른다."

루쉰은 "이것이 바로 '자본가의 주구'의 진실한 모습이다. 무릇 주구라는 것은 설사 한 자본가가 길러낸 것이라고 하더라도, 사실은 모든 자본가에게 속한다. 그러므로 권력자를 만나면 고분고분하면서도 가난한 사람들을 보기만 하면 미친 듯이 짖어댄다. 누가 자기 상전인지 모르는 그것이 바로 권세 있는 모든 자들 앞에서 고분고분하는 원인이며, 또한 그가 모든 자본가에게 속한다는 증거이기도 하다. 비록 길러주는 사람이 없어서 굶주리고 앙상하게 뼈만 남은 들개가 된다고 하더라도, 그들은 여전히 모든 권력자들 앞에서는 고분고분한 반면에 가난한 사람들은 보기만 해도 미친 듯이 짖어댄다. 그러나 이쯤 되면 누가 자기 주인인지 더더욱 모르게 된다"(《이심집》

〈 '주인 잃은' '자본가의 가련한 주구들'〉라고 분석했다. 권력가와 그 주구 들의 정체를 폭로함으로써 혁명적 민중들을 지지한 것이다.

44

백색 테러 속에서의 비분과 폭로

1930년 5월에 루쉰은 징윈리를 떠나 그곳에서 멀지 않은 베이쓰촨로(北四川路)에 있는 한 아파트로 숙소를 옮겼다. 상하이 문예계 동지들은 루쉰이 탄생한 지 50주년 되는 이 해를 경축하고 혁명문학운동이 거둔 새로운 승리를 경축하기 위해, 9월 17일 오후에 프랑스 조계지에 있던 한 네덜란드 요릿집에서 조촐한 모임을 가졌다. 루쉰은 대단히 기쁜 마음으로 연회에 참가했다. 그것은 비밀 모임이었다. 많은 청년 작가들이 잇달아 요릿집 작은 정원으로 모여들었다. 루쉰과 부인 쉬광핑은 첫돌 무렵의 하이잉(海嬰)을 안고 정원 안 한 탁자 옆에 자리를 정했다.

그들은 수시로 섰다 앉았다 하며 찾아오는 사람들에게 인사를 했다. 루쉰 얼굴에는 온화한 미소가 흘렀고, 두 눈은 예지로 빛났다. 루쉰은 동지들과 한자리에 모이는 것을 언제나 기쁘게 생각했다. 루쉰 탄생 50주년 경축모임에 참석한 사람들로는 작가들 말고도 미술가, 배우, 신문기자, 학생, 교수, 노농 홍군 대표, 중국 공산당 신문편집인도 있었다. 오후 내내

1930년 9월 17일 모임에서
스메들리가 찍은 사진.

오고 가는 사람들이 끊이지 않았다.

그러나 회장 밖 분위기는 대단히 긴장되어 있었다. 만약 이런 모임이 있다는 것이 알려지면 반대파들이 기관총을 장착한 자동차를 몰고 와서 사람들을 붙잡아갈 것이 틀림없었다. 기념회에 참석한 사람들은 바깥 동정에 귀를 기울이는 한편, 문화 전선에서 벌어지는 투쟁 상황에 대해 이야기를 나누었다.

사람들은 루쉰이 이룬 보람찬 50여 년 삶과 빛나는 여러 업적을 축하했으며, 건강을 빌었다. 또 민중을 위한 혁명운동에 더욱 힘써 줄 것을 희망했다. 루쉰은 조용한 목소리로 이야기했다. 자신이 보낸 청년 시절과 반봉건 반식민지 농촌의 형편, 그리고 일본에 가서 의학을 배우던 시기의 생활과 최초의 문학활동에 대해 이야기했다. 또한 세계의 진보적인 문학과 여러 나라 프롤레타리아 문학에 대해서도 이야기했다. 그는 또 미술에 대해서도 이야기했다. 자신은 계속해서 서구의 진보 작가들이 창작한 그림과 목각을 수집하고 있으며, 그것들을 얼마큼씩 인쇄해 청년 예술가들에게 소개함으로써 그들의 창작에 도움을 주고 싶은 계획이라고 말했다.

이날 루쉰은 거침이 없고 기세가 드높은 모습이었다. 경축 모임에 참가한 사람들은 누구나 다 루쉰에게서 깊이 고무를 받았으며, 자신들과 새로이 일어나는 문학예술이 부단히 성장하고 발전해갈 것임을 느꼈다. 경축모임에 참가한 사람들도 루쉰과 같이 거침없고 격앙된 기분을 느꼈다. 모임은 유쾌한 분위기 속에서 잘 끝났다.

중국에서 좌익작가연맹이 성립되자, 한때 혁명문학이 발전하는 듯했으나 얼마 지나지 않아 심각하게 박해받기 시작했다. 혁명적 문학운동을 헐뜯고 왜곡하던 통치계급의 어용문인인 신월파의 량스추가 주장하던 논조가 깨어지자, 뒤이어 1930년 6월부터는 왕핑링(王平陵)을 비롯한 '민족주의 문학가'들이 혁명적 문학운동을 공격했다. 그들은 '민족주의 문학'이라는 기치를 내걸고 좌익작가연맹이 주장한 프롤레타리아 혁명문학에 대항하려 했다. 그들은 문학예술이 맡은 최고의 사명은 문학예술이 담고 있는 '민족정신과 의식'을 발양하는 것이라고 주장했다. 그들이 말하는 '민족정신과 의식'이라는 것은 결국 어떤 정신과 의식인가? 그들이 말하는 '민족'이란 또 어떠한 민족인가? 그들이 감추고 있던 본래 모습은 9·18사변 뒤에 여지없이 드러나고 말았다. '호정부주의'도 '인성론'도 '민족주의 문학'도 당시 고양되어가는 정세와 발전해 나가는 혁명문학을 가로막을 수 없었다.

그러자 국민당 정부는 곧바로 감옥과 기관총으로 혁명작가들을 진압하려 했다.

1931년 1월, 상하이에서 혁명작가들인 러우스, 후예핀(胡也頻), 리웨이썬(李偉森), 옌푸(殷夫), 펑겅(馮鏗) 다섯 사람이 체포되었다. 그들은 아무런 재판 절차도 거치지 않은 채 2월 7일 밤에 국민당 정부의 룽화(龍華) 경비사령부에 의해 다른 혁명가들 십여 명과 함께 비밀리에 처형됐다!

루쉰도 이때 하는 수 없이 숙소를 떠나 부근에 있는 황루로(黃陸路) 화원장(花園莊)으로 잠시 피신했다. 당시 보수 단체들이 발간하는 신문들에는 별의별 유언비어들이 다 실렸는데, 어떤 신문에서는 루쉰이 체포되었다고 보도하기도 했다. 루쉰을 미워하던 자들은 자기들이 이루지 못한 일이 성사되었다고 쾌재를 불렀다. 그러나 루쉰을 사랑하던 사람들은 근심스러운 나머지 계속 편지와 전보를 보내 소식을 알고자 했다. 분위기는 몹시 긴장되었다. 베이징에 있는 루쉰 어머니도 이 소식을 듣고 아들 신변을 걱정하다가 앓아눕게 되었다.

사람들이 모두 꿈나라로 들어가고 부인과 어린 아들도 잠든 어느 깊은 밤, 루쉰은 온갖 잡동사니들이 지저분하게 쌓여 있는 여인숙 뜰에 홀로 서서 깊은 생각에 잠겼다. 자신은 함께 싸우던 청년 전우들을 잃었고, 중국은 용감한 청년 투사들을 잃었음을 뼈저리게 느꼈다. 루쉰은 비분에 몸을 떨며 침통하게 시 한 수를 써 내려갔다.

기나긴 봄밤 지내기 익숙해져 가는데
처자를 거느리다 귀밑머리 희었구나.
어머님 눈물 꿈속에서 어렴풋한데,
이 도시의 정치 변화 예측하기 어렵구나.
벗들이 죽어감을 차마 볼 수 없노니
칼 든 놈들 향해 분노하며 시 짓는다.
다 읊고 고개 숙이니 써 보낼 곳 없구나.
달빛만 강물처럼 검은 옷 적시네.

당시는 실로 숨을 쉴 수 없을 만큼 혹독하게 혁명문학을 억

백색 테러 속에서 아들 루쉰의 신변을 걱정하는 어머니를 안심시키기 위해 보낸 가족사진

압하고 봉쇄했다. 혁명작가들이 암암리에 살해되어도 신문에 그 기사조차 싣지 못하게 했다.(《남강북조집》〈망각을 위한 기념 (爲了忘却的記念)〉) 좌익작가연맹에서는 희생된 동지들을 기념하기 위해 극비리에 《전초(前哨)》 잡지 1기 '전사자 기념 특집호'를 출판했다. 루쉰은 이 간행물에 〈중국 프롤레타리아 혁명문학과 선구자의 피〉라는 제목으로 잡문을 발표해 국민당 하수인들에게 강력하게 항의했다. 루쉰은 이렇게 썼다.

중국의 프롤레타리아 혁명문학은 근래에 생겨나 온갖 모욕과 억압 속에서 자라났고, 마침내 암흑 속에서 동지들의 붉은 피로 첫 글을 써냈다. ……몇몇 동지들은 이미 암살되었다. 이는 물론 프롤레타리아 혁명문학에는 큰 손실이며, 우리들에게는 커다란 슬픔이다. 그러나 프롤레타리아 혁명문학은 여전히 성장하고 있다. 그것은 프롤레타리아 혁명문학이 폭넓은 혁명적 민중에게 속하는 것이며, 대중이 존재하고 성장하고 있는 한 프롤레타리아 혁명문학도 함께 성장할 것이기 때문이다. 동지들이 흘린 피는, 프롤레타리아 혁명문학이 민중과 함께 억압받고 학살당하고 있으며 그들과 같이 싸우고 같은 운명을 지니고 있으며 그것이 혁명을 원하는 민중의 문학임을 실증해준다. ……우리가 오늘 전사자들을 더없이 애도하고 마음속에 깊이 새겨두고자 하는 것은, 중국 프롤레타리아 혁명문학사의 첫 장이 동지들이 흘린 붉은 피로 기록되었음을 명심하고자 함이며, 비열하게 폭력을 휘두른 적들을 영원히 폭로하여 동지들에게 끊임없이 투쟁할 것을 깨닫게 하기 위함이다.

이 밖에도 루쉰은 〈어두운 중국의 문예계 현상(暗黑中國的文藝界的現狀)〉이라는 글을 써서 당시 중국에 와 있던 진보적인 미국 기자 스메들리 여사에게 그것을 영어로 번역해 의식 있는 미국 간행물에 발표해달라고 부탁했다. 그렇게 함으로써 전 세계 많은 인사들에게 국민당 정부가 얼마나 피비린내 나는 암흑통치를 자행하고 있으며 얼마나 많은 혁명작가들을 처형했는지를 폭로하고자 했다. 루쉰은 다음과 같이 말했다.

오늘 중국에서는 프롤레타리아 계급의 혁명문예운동이 사실상 유일한 문예운동으로 되어가고 있다. 왜냐하면 그것은 거친 들판에서 돋아난 새싹으로, 그것을 빼면 중국에 다른 문예가 전혀 없기 때문이다. 통치계급에 속하는 자칭 '문예가'들은 벌써 오래전에 부패해서 이른바 '예술을 위한 예술'과 '퇴폐적'인 작품마저도 써낼 수 없게 되었다. 지금 그들이 좌익문예를 배척하는 수단은 오직 중상과 억압, 구금과 살육뿐이다. 좌익작가들과 대립하는 자들도 망나니, 스파이, 앞잡이, 살인청부업자 들뿐이다. 이 점은 지난 2년 동안 벌어진 일들로 충분히 증명되고 있다. ……좌익문예는 계속 성장하고 있다. 물론 그것은 커다란 돌 밑에 짓눌린 새싹처럼 이리저리 구부러지며 자라나고 있다.

……사실은 좌익작가들도 마찬가지로 억압받고 학살당하는 프롤레타리아와 같은 운명을 짊어지고 있으며, 오직 좌익문예만이 현재 프롤레타리아와 함께 수난(passion)을 받고 있으며, 앞으로도 프롤레타리아와 함께 떨치고 일어설 것임을 증명해주고 있다. 단순히 사람을 죽이는 일은 아무리 해도 문예가 될 수 없고, 그러한 사람들은 그로써 자신들에게 아무것도 없다는 것을 스스로 선고하고 있는 것이다.(《이심집》〈어두운 중국의 문예계 현상〉)

루쉰이 준 원고를 받아든 스메들리는 한번 읽어보고, 만일 글을 발표하면 반대파들이 루쉰을 살해할지도 모르겠다는 생각이 들어서 루쉰에게 이름을 적어 넣어도 괜찮겠는지 물었다. 루쉰은 조금도 주저하지 않고 대답했다. "그 말들은 꼭 해야 할 말이니 가져다 발표해주십시오."

국민당 정부가 혁명작가들을 비밀리에 살해한 만행은 결코 은폐될 수 없었다. 이 만행은 전 세계 민중들과 진보적인 작가들에게 분노를 불러일으켰다. 소련 작가 파데예프와 프랑스 작가 바르뷔스를 필두로 한 '국제혁명작가연맹'은 전 세계 작가들에게 '국민당이 중국의 혁명작가들을 학살한 것에 대한 선언문'을 발표하고 세계 제국주의와 그들의 주구인 국민당이 저지른 백색 테러를 전 세계 민중들에게 폭로했으며, 전 세계 모든 혁명문학가와 예술가 및 전 세계 민중들이 떨쳐 일어나서 좌익작가들을 박해하는 국민당에게 항의할 것을 호소했다. 이로써 중국 민중의 혁명투쟁과 중국 프롤레타리아 혁명문학운동은 결코 외롭지 않았으며, 전 세계 진보 역량으로부터 지지를 받았다.

루쉰이 이 시기에 창작한 잡문집 《삼한집(三閑集)》과 《이심집(二心集)》은 빛나는 혁명 과정을 기록한 것이다. 그것은 중국 프롤레타리아 계급의 혁명문학이 힘겹게 벌여온 투쟁사이자 최초의 이정표이다. 이 두 권은 아주 풍부한 사상을 담고 있으며, 작가의 사상이 발전해간 과정, 곧 혁명운동을 하면서 다윈의 학설을 따르는 진화론자로부터 마르크스주의의 변증법적 유물론자로 발전해간 과정을 보여주고 있다.

루쉰은 이 과정에서 많은 공산당원들과 긴밀하게 우의를 맺었다. 당시 왕밍(王明)에게 타격당하고 배척받던 취추바이(瞿秋白)는 백색 공포 아래 적들의 추적을 피해가면서 여러 차례 루쉰 집에 머물렀다. 작가이자 낭만주의자이며 공산당 서기를 지낸 취추바이에게 루쉰은 여러 면에서 많은 편의를 제공했다. 루쉰과 가까이 지내는 동안 취추바이는 루쉰의 필명으로 적들을 폭로하는 잡문을 십여 편 공동 발표하기도 했다. 이 잡문들은 《남강북조집(南腔北調集)》과 《위자유서(僞自由書)》, 《준풍월담(准風月談)》 속에 들어 있다. 1935년에 취추바이가 처형당했을 때, 루쉰의 비애와 분노는 형언하기 어려웠다. 루쉰은 자신의 돈으로 그의 유고문집을 만들어 그를 기렸다.

45
일본의 식민정책을 규탄하다

1931년 가을에 9·18사변(일본 관동군이 선양 외곽의 남만철로를 폭파하고는 중국 군대가 파괴한 것이라고 소문을 퍼뜨린 뒤, 이를 빌미로 선양을 폭격한 사건―옮긴이)이 일어났다. 이것은 결코 우연한 사건이 아니었다. 일본 제국주의자들이 중국을 삼키고자 여러 해 동안 꿈꿔오던 계획이 첫 걸음을 내딛은 것이었다. 일본 제국주의자들은 무력으로 중국을 정복하고 중국을 그들의 식민지로 만들려는 헛된 망상을 하고 있었다.

9·18사변 뒤 국민당 정부는 더욱 노골적으로 매국정책을 실시했다. 그들은 기꺼이 국제사회에서 제국주의 국가들이 소련과 공산주의에 반대해 펼치는 정책들의 대리인이 되었다. 나라 안에서는 민중을 억압하고 착취하는 데 박차를 가하면서, 공산당의 홍색 정권 구역에 대해서는 가혹한 '포위토벌'을 여러 차례 감행했다. 그 결과 일본 제국주의는 한 걸음 한 걸음 더욱 깊이 침투해 들어오게 되었다.

평화를 가장한 세계 제국주의자들과 국내 통치계급의 무저항주의를 호도하거나 은폐하기 위해 '민족주의 문학가'들은 격앙하여 강개하거나 대성통곡하면서 더욱 활기를 띠기 시작했다. 그러나 루쉰의 붓끝에서 그들의 진상은 드러나고 말았다. 루쉰은 〈 '민족주의 문학'의 임무와 운명('民族主義文學'的 任務和運命)〉에서 아주 적나라하게 지적했다.

제국주의 식민정책은 반드시 한 무리의 망나니들을 길러낸다. 제국주의자들 눈에는 오직 그들만이 가장 훌륭한 노예이며 가장 쓸모 있는 개나 매로, 상전을 위해 식민지를 진압하는 일을 비롯해 식민지 민중으로서 해야 할 임무를 다할 수 있는 것으로 보인다. '민족주의 문학가'들은 이처럼 제국주의자에게 총애받는 개였다. 문단에 발을 들여놓은 이런 망나니들도 전에는 그 무슨 '예술지상 주의'요, '인류를 위한 예술'이요 하는 각양각색의 주의를 표방한 적이 있었다. ……그런데 지금 그들은 한데 모이게 되었다. 스파이나 순경, 살인청부업자들에 비하면 이들은 물론 손색이 많다. 그들은 둥둥 떠다니는 송장─본래는 상하이 바닷가에 오랫동안 부침하면서 떠돌아다니던 송장─에 지나지 않았는데, 풍랑이 이는 바람에 한곳으로 몰려와서 쌓인 것이다. 게다가 그것들은 하나같이 푹 썩어서 고약한 악취를 풍긴다. 그런데 이런 썩어빠진 송장문학이 제국주의와 국민당이 저지르는 망나니 정치에 쓸모가 있어서 상전에게 환심을 사게 되었다.

그런데 9·18사변은 '민족주의 문학가'들에게도 실로 큰 타격을 주었다. 그리하여 그들 가운데 적지 않은 '용사'들이 '민족주의 문학'이라는 깃발 아래서 처량하게 절규했다. "속히 떨치고 일어나 싸우자! 싸움에서 죽는 것만이 우리의 살길이다!" "벗들이여, 우리의 목을 적들에게 잘릴 각오를 하자!" 같은 영문 모를 아리송한 소리까지 외쳐댔다. 그러자 루쉰은 다음과 같이 지적했다.

이런 것들이 바로 '민족주의 문학'이 해야 할 임무, 곧 곡을 하고 장례를 치르는 임무였다. 그렇게 하지 않으면 국토를 말아먹으며 무저항주의를 주장하는 국민당의 비행이 조용한 가운데 지나치게 노골적으로 드러나기 때문이다. 그러므로 반드시 통곡하고 슬프게 울부짖으면서 격앙하고 강개한 모습을 가장해야 한다. 그래야 그 소란과 잡음으로 사람들을 어리둥절하게 해서 그들이 나라를 팔아버린 죄행도 슬그머니 감출 수 있는 것이다.

루쉰은 이것을 묘한 비유를 들어 설명했다.

장례식 행렬에는 슬픈 곡성과 장엄한 군악소리가 있게 마련인데, 그 임무는 죽은 사람을 땅에 묻으러 가면서 시끌벅적한 분위기로 그 '죽음'을 가려 사람들에게 '망각'을 주려는 데 있는 것이다.

요즈음 '민족주의 문학'이 떨치고 있는 위풍이나 그들이 쓴 비분 강개한 글들이 바로 이와 같은 임무를 다하고 있는 것이다.

루쉰은 또 이렇게 지적했다.

'민족주의 문학'은 그런 임무나 할 수 있는 것이다. 중국에서 민중혁명의 질풍노도가 일어나 강산을 휩쓸 때 그들과 그들 상전은 그 질풍노도에 모두 말끔히 소탕되고 말 것이다.

9·18사변 뒤 얼마 안 되어 일본 제국주의는 중국 동북 3성(지린 성, 랴오닝 성, 헤이룽장 성—옮긴이)을 거의 다 점령했다. 이에 무저항주의자들은 다소 당황했다. 어떻게 할 것인가? 그들은 당시 영국과 프랑스에게 조종되는 국제연맹에 억울함을 하소연했다. 1932년 1월 14일에 국제연맹은 조사단을 결성해 중국에 들어와서 진상을 조사할 준비를 했다. 그런데 조사단이 결성된 지 얼마 안 되는 1월 28일 밤에 일본 제국주의가 또 상하이에서 침략의 포성을 울렸다. 일본 파쇼 군벌들은 국민당 무저항주의자들과 맺은 '친선'을 소중히 여기지 않았다. 생각지도 않게 그들은 국민당 정부 대문으로 직접 쳐들어왔다. 이것이 곧 '1·28' 상하이전쟁이었다. 1월 30일에 베이쓰촨로 일대에서 교전이 계속되자, 루쉰 숙소도 포화의 위협을

받게 되었다. 그는 하는 수 없이 가족들과 함께 싸움터에서 멀리 떨어진 곳으로 피했다가 싸움이 끝난 뒤에야 집으로 되돌아왔다.

일본 제국주의자들은 남방에서 전개하는 군사행동에 발맞추어, 1932년 3월 8일에는 동북에서 만주국을 조작해냈다. 그러고는 퇴위한 지 오래된 청나라 황제 푸이를 데려다가 꼭두각시 정부를 세웠다. 만주국이 성립된 뒤인 3월 14일에야 국제연맹 조사단이 느릿느릿 상하이에 도착했다. 중국에서 일본 제국주의자들이 행한 일련의 침략적인 군사행동을 영국과 프랑스가 지지하고 미국이 묵인했음은 분명했다. 이런 음모와 나라를 팔아버린 국민당 정부의 죄행에 대해 루쉰은 천백만 중국 민중을 대표해 계속 날카롭게 폭로했다. 결국 일본 군대가 중국 동북 지방을 강점했으나, 국민당 정부는 저항도 하지 않고 국제연맹에 애걸했다. 그러자 청년 학생들은 들끓는 애국 열정으로 난징에 있던, 국민당 정부에 항일할 것을 강력하게 요구했다.

그러자 '우방'들은 '놀라움'을 표시했다. 그리하여 국민당 정부는 곧 각지 군정 당국에 전보를 쳐서 애국 학생들에게 '사회질서를 파괴한다'는 죄명을 씌우고 "우방인사들이 영문을 몰라 놀라움을 표시하고 있으므로, 계속 이렇게 나간다면 나라가 나라 같지 않게 될 것이다"라고 했다. 마치 '나라가 나

베이징사범대학에서 연설하는 모습. 몰려든 군중으로 노천에서 강연이 진행되었다.

라 같지 않게 되는 책임'이 청년 학생들에게 있는 것처럼 말이
다. 루쉰은 〈'우방인사의 놀라움'을 논함('友邦驚詫' 論)〉이라는
잡문에서, 이른바 '우방'의 진면목을 폭로하고 분노에 차 다
음과 같이 규탄했다.

아주 훌륭한 '우방인사'들이다! 일본 제국주의의 군대들이 랴
오닝 성(遼寧省)과 지린 성(吉林省)을 강점하고 관공서를 포격하고
있지만 그들은 놀라지 않았으며, 철도를 막고 객차를 포격하고 관
리들을 체포하여 구금하며 민중들을 학살하고 있지만 그들은 놀
라지 않았다. 국민당이 통치하는 중국에서 해마다 내전이 일어나
고 전례 없는 수재를 입어 자식을 팔아 연명해가는 것도, 목을 베

378

어 회술레를 시키고 비밀리에 살육을 일삼고 전기고문으로 자백을 강요하는 데 대해서도 그들은 놀라지 않았다.

그러던 것이 학생들이 청원을 하면서 소란을 좀 피웠다고 해서 그들은 놀라움을 표시하고 있다. 실로 훌륭한 국민당 정부의 '우방인사'들이다! 그들은 대체 어떤 인종들인가!……그러나 '우방인사'들이 놀라움을 표시하자 우리 국민당 정부에서는 질겁해 '이대로 나간다면 나라가 나라 같지 않게 될 것이다'라고 했다. 이는 마치 동북 3성을 잃어야 국민당의 나라가 더욱 나라다워지고, 동북 3성을 잃고도 누구 하나 아무 소리하지 말아야 국민당의 나라가 더욱 나라다워지며, 동북 3성을 잃고도 몇몇 학생들이 '청원서' 몇 장을 내는 정도여야만 국민당의 나라가 더욱 나라다워져서, '우방인사'들에게 두루 칭찬받을 수 있고 영원히 '나라' 구실을 해나갈 수 있다는 것과 같다.

루쉰은 계속해서 다음과 같이 날카롭게 지적했다.

제국주의 '우방'은 "우리 민중들에게 죽어도 끽 소리 없이 가만 있으라 하고 조금만 '탈선'해도 당장 요절을 내는" 그런 '우방'이다. 국민당 정부의 '나라'는 "우리가 이 '우방인사'들의 희망을 좇아가야지 그렇지 않으면 곧 '각지 군정 당국에 전보를 쳐서' '긴급히 처치'해버리는" 그런 '나라'이다. 그들은 완전히 제국주의에 순종하는 노복인 것이다.

루쉰은 제국주의와 국민당을 반대하며 투쟁하는 과정에서 중국 공산당과 당이 지도하는 토지혁명, 무장투쟁, 소비에트 정권의 공고화에 희망을 걸었다. 1932년 여름과 가을 사이에 홍군 지휘관 천경(陳賡)이 부상을 입고 상하이에서 치료하고 있었는데, 이 기회에 루쉰은 지하당원을 통해 천경을 자기 집에 초청해 소비에트 지역의 형편에 대해 여러 가지 질문을 했다. 뒤에 천경은 그때 루쉰과 만난 일을 회상하면서 이렇게 말했다.

그날 루쉰 선생은 기분이 매우 좋았다. 부인 쉬광핑에게 술과 안주를 푸짐하게 장만하도록 했다. 우리는 오후 내내 이야기를 나누었으며 밤이 깊어서야 헤어졌다. 루쉰 선생은 말을 많이 하지 않고 내 이야기에 귀를 기울이다가도 수시로 물어보곤 했다. 나는 우리가 국민당이 네 차례에 걸쳐 자행한 '포위토벌'을 물리친 전투에 대해서, 그리고 소비에트 지역의 민중들이 어떻게 생활하며 새로운 문화를 건설해나가고 있는지에 대한 이야기를 전했다.

루쉰 선생은 당시 소비에트 지역 민중들의 생활에 커다란 관심을 기울였으며, 소비에트 구역에서 진행되고 있는 토지개혁에 대해서도 여러 차례 물어보았다. 농민들 처지를 잘 알고 있는 루쉰 선생은 지난날 온갖 수모와 극심한 고통을 받던 사람들이 모두 허리를 펴고 떨치고 일어나 싸우고 있다는 이야기를 듣고는 대단히 흥분했다. 지주가 어떻게 저항하고 민중들이 어떻게 홍군을 지원하고 있는지도 물어보았다. 나는 민중들이 아들딸들을 홍군에 보내고 있다는 것과 그 열광적인 입대 장면에 대해서도 이야기해주었다. 이런 이야기는 루쉰 선생에게 대단히 신선한 감동을 주었을 것이다.(장자린張佳鄰, 〈천경 장군과 루쉰 선생의 한 차례 면담(陳賡將軍和魯迅先生的一次會見)〉)

천경은 전투 상황을 소개하면서 지도를 한 장 그렸는데, 루쉰은 그 지도를 계속 소중히 간직했다. 루쉰은 당시 홍군에 관한 책을 써서 용감하게 싸우는 홍군의 상황을 중국과 전 세계에 알릴 계획이었다. 그러나 당시 루쉰이 당면한 과제가 너무 많고 무거웠기 때문에 이 계획은 무산되었다.

46
혁명 전사들을 비통 속에 보내며

1933년부터 나라 안팎으로 투쟁이 날이 갈수록 더욱 첨예하고 복잡해졌다. 일본 제국주의가 침략하자 중국 민중들은 바로 생존을 위협당했으며, 민족의 위기는 날로 심각해져갔다. 그러나 국민당 정부는 여전히 대외적으로 매국정책을 실시하고, 대내적으로는 반혁명 '포위토벌'을 감행했다. 중국공산당은 민족과 민중의 이익을 위해 전국에 있는 모든 군대에 연합하여 일본과 싸울 것을 요청했다. 1933년 초에 중국공산당은 다음과 같은 주장을 내놓았다.

첫째, 내전과 소비에트 지역에 대한 공격을 중지할 것.
둘째, 민중의 자유와 민주주의적 권리를 보장할 것.
셋째, 민중을 무장시켜 일본과 맞서 싸우게 할 것.

그리고 이 세 가지 조건 아래에서는 국내에 있는 그 어떤 군대와도 힘을 합쳐 공동으로 항일하고자 한다고 천명했다. 이러한 주장은 민족과 계급의 이익에 완전히 부합되었으며,

전국 민중들로부터 대단히 크게 호응받았다. 정세가 발전해 가면서 민중의 항일 기운도 날로 높아갔으며, 항일 민주주의 운동도 지역에 따라 차이는 있지만 크게 발전하고 있었다.

그러나 국민당 정부는 여전히 매국정책을 바꾸지 않았다. 외국에 대해서 더욱 굴욕스럽고 양보하는 태도를 취했고, 대내적으로는 횟수를 거듭하면서 더욱 큰 규모로 공산당 '포위토벌'을 감행했다. 그들은 전국 각지에서 파쇼 통치를 더욱 강화하고, 민중들을 가혹하게 탄압했다. "백 사람을 죽일지언정 한 사람을 놓쳐서는 안 된다"는 것이 그들의 구호였다. 이리하여 수천, 수만에 이르는, 민족의 주춧돌인 애국지사와 혁명청년, 공산당원 들이 캄캄한 감방 속에 갇히고 사형장으로 끌려가고 비밀리에 총살당했다. 그러나 몇몇 민족의 망나니들, 반역자들, 매국노들은 민중의 머리 위에 올라앉아 유유자적 마음대로 비행을 저질렀다. 민중들은 가장 기본이 되는 인권마저 여지없이 유린당했다.

바로 이때 미국과 국민당에 동조하는 후스가 국민당을 내놓고 변호하고 나섰다. 1933년 2월 15일자 《자림서보(字林西報)》(당시 영국 사람이 상하이에서 발간한 영문판 신문) 〈베이핑통신(北平通信)〉에는, 몇 군데 감옥을 돌아본 후스가 '대단히 친절하게' 이 신문의 기자에게 '그가 면밀하게 조사한 바에 의하면' 국민당이 인권을 유린했다는 '아주 하찮은 증거' 하

나라도 얻어낼 수 없었다고 했다는 기사가 실렸다. 후스 박사
는 '어렵지 않게 죄수들과 이야기를 나누었으며', 한번은 '영
국 말로 그들과 이야기하기까지 했으며', 감옥 안은 아주 '자
유로웠고', 모질게 고문하는 것 같은 '기미라곤 조금도 찾아
볼 수 없었다'라고 전했다.

이에 대해 루쉰은 〈광명이 이르게 되면……(光明所到……)〉이
라는 글에서 날카롭게 폭로하며 풍자했다.

나는 비록 이번에 '면밀하게 조사하는' 데 수행하는 영광을 얻
지 못했지만, 10년 전에 베이징에서 모범감옥을 참관한 적이 있다.
모범감옥이라고는 하지만 죄수들과 만나 이야기하기가 대단히
'자유롭지' 못했다. 철창을 사이에 두고 이야기했는데, 서로의 거
리가 한 석 자가량 되었으며 옆에는 간수가 지키고 서 있었다. 시
간은 제한되어 있고, 이야기할 때도 암호를 쓰지 못하게 했으며,
외국 말 같은 것은 더욱이 쓰지 못하게 했다. 그런데 이번에 후스
박사는 '영국 말로 그들과 이야기하기까지 했다'라고 하니, 그야
말로 아주 특별한 경우라 할 수밖에 없다. 중국 감옥이 그렇게나
개량되고 '자유롭게' 되었는지, 아니면 간수가 '영국 말'에 놀란
것인지…….

다행히 나는 이번에 '초상국(招商局) 3대 사건'에 대해 후스 박
사가 쓴 글을 보게 되었는데, 그는 '공개 검거는 어두운 정치를 타

도하는 유일한 무기이며, 광명이 이르면 어둠은 저절로 없어진다'
라고 썼다. ……나는 그것을 보고 크게 깨달았다. 감옥 안에서는
죄수와 외국 말로 이야기하지 못하게 되어 있는데, 후스 박사는 예
외였다. '공개적으로 검거' 할 수 있다고 했고, 자신은 외국 사람과
'아주 친절하게' 이야기할 수 있었다. 후스 박사가 곧 '광명' 이기
때문에 '광명'이 이르면 '어둠'이 곧 '저절로 없어지기' 때문이었
다. ……그러나 이 '광명' 이라는 분이 돌아간 다음에도 감옥 안에
서 변함없이 다른 사람들도 '영국 말'로 죄수와 말할 수 있었는지
모르겠다. 만일 그렇게 하지 못하게 한다면, 그것은 곧 '광명이 사
라지자 어둠이 다시 오게' 된 형국일 것이다.

이 담화를 발표한 지 한 주일도 안 된 2월 21일에 후스는 다
시 《자림서보》에 담화를 발표했다. 후스는 "어떤 정부라도 자
신을 보호하기 위해 자신들을 위협하는 운동을 탄압할 권리
가 있다" 라고 했다. 후스가 주장한 이른바 '인권 보장'이 얼
마나 허위에 가득 차 있는지 이 담화는 적나라하게 드러냈다.
혁명을 탄압하기 위해 국민당이 저지르는 폭행을 변호했을
뿐만 아니라, 자신의 '일본 친구들'에게 "일본이 중국을 정복
할 수 있는 방법은 오직 한 가지밖에 없는데, 그것은 벼랑에
서 위험하게 행동하는 것을 즉각 그만두고 중국에 대한 침략
을 완전히 중지하는 반면, 중국 민족의 마음을 정복하는 것이

다"라고 계책을 내놓았다. 후스에 의하면 이것이 '중국을 정복하는 유일한 방법'이라는 것이다. 후스는 이처럼 모든 제국주의와 국내 반동들에게 기생하는 매판 부르주아 문인의 산 표본이었다.

이때 루쉰은 다른 잡문들에서도 후스 같은 자들이 감추고 있는 반동적 정체를 폭로했다. 그들의 상전인 국민당이 아무런 저항 없이 나라를 팔아버리는 투항정책을 가차 없이 폭로하고, 민중들을 기만하고 억압하는 그들의 정체를 낱낱이 파헤쳤다.

일본 제국주의 군대가 하루하루 중국 영토 깊숙이 파고 들어왔다. 산하이관(山海關) 북쪽에서부터 산하이관 남쪽으로 쳐들어오고 있으며 러허(熱河)를 강점한 뒤 베이핑(北平, 베이징)을 가까이서 위협하고 있는 것이 눈으로 보듯 뻔했다. 그러나 난징에서 출판되는 국민당 신문 《구국일보(救國日報)》는 "전략상 베이핑을 잠시 내어줌으로써 적을 깊이 유인해야 한다. ……장쉐량(張學良)이 책임을 지고 무력으로 반일운동을 제지하되 유혈사태도 불사해야 한다"라고 주장했다.

이 보도가 발표된 지 두 달도 안 되어 1933년 4월에 일본 군대는 만리장성 근처에서부터 베이핑과 톈진을 포위하기 시작했다. 국민당 정부는 일본 제국주의와 좀 더 타협하기 위해 5월 중순에 친일파로 이름난 황푸(黃郛)를 베이핑 주재 행정원

정무정리위원회 위원장으로 임명한 다음, 황푸를 특별 전세 차로 난징에서 베이핑으로 보내 일본 침략군과 담판하게 했다. 국민당 정부는 황푸를 파견한 매국 행위를 은폐하기 위해 톈진 역에 수류탄을 던지게 하는 음모를 꾸며놓고, "범인은 그 자리에서 체포되었는데, 조사에 의하면 일본 사람이 사주 했다고 한다"라고 발표했다. 열일곱 소년의 목을 잘라 매달아 둠으로써 대중들의 관심을 다른 곳으로 돌리려 했다.

루쉰은 〈보류(保留)〉라는 글에서 이를 엄중하게 항의하고, 그 음모를 낱낱이 폭로했다.

나는 우리가 그 소년에게 뒤집어씌운 죄명을 잠시 보류하고, 다시 한번 사실을 직시하기를 바란다. 이 사실은 3년까지 기다릴 필요도 없고 50년까지 기다릴 필요는 더욱 없다. 매달아놓은 머리가 미처 썩기도 전에 누가 매국노인지 똑똑히 밝혀질 것이다. 우리 아이들과 소년들 머리에 뿌려놓은 개의 피를 말끔히 씻어버리자!

진실은 과연 얼마 안 되어 증명되었다. '일본 사람에게 사주받은' 사람은 열일곱 살 그 소년이 아니라 바로 황푸였다. 얼마 가지 않아 황푸는 사람들 앞에서 매국노가 되었다. 이때 루쉰은 당이 호소하는 바에 따라 공산당원들, 애국적 민주인사들과 함께 인권을 보호하기 위해 싸워나갔다. 1933년에 루

양취안(가운데)과 함께.

쉰은 차이위안페이, 쑹칭링(宋慶齡), 양취안(楊銓) 등이 발기
한, 민중의 권리를 보호하고 체포된 혁명가를 구명하기 위한
대중 단체인 중국민권보장동맹에 참가해 집행위원이 되었다.
이 시기에 루쉰은 또 국제적인 노동자 단체인 국제적색상호구
제회와도 연계를 가졌으며, 세계 민중들이 결성한 반전 단체
에도 참가했다. 1933년 8월에 세계 제국주의전쟁 반대위원회
가 상하이에서 열렸을 때, 루쉰은 회장단원으로 피선되어 2차
세계대전을 도발하려는 제국주의의 음모에 반대해 싸웠다.

중국의 반민족 세력들과 세계 제국주의자들은 한통속이 되
어 온갖 나쁜 짓을 일삼았다. 중국의 혁명적 민중과 세계 민중
은 고락을 같이하며 서로 지지했다. 1933년 2월에 일본에서
혁명작가 고바야시 다키지(小林多喜二)가 일본 정부에 의해
살해되었다. 루쉰은 좌익작가연맹 동지들과 함께 고바야시가
살해된 데 대해 애도하는 뜻을 담은 전보를 보냈다. 루쉰은 전

보에서 이렇게 말했다.

중국과 일본 두 나라 민중은 친형제와 같습니다. 부르주아 계급은 민중을 기만해 우리들 사이에 피로써 장벽을 쌓았을 뿐만 아니라 계속해서 더 높이 쌓아올리고 있습니다. 그러나 프롤레타리아 계급과 그 선봉 부대는 바야흐로 피로써 이 장벽을 짓부수고 있습니다. 고바야시 다키지 동지의 죽음이 바로 그것을 증명하고 있습니다. 우리는 이 모든 것을 알고 있으며, 결코 잊지 않을 것입니다. 우리는 바야흐로 고바야시 다키지 동지의 피로 얼룩진 길을 따라 손에 손을 잡고 굳세게 전진하고 있습니다(1933년 2월 고바야시 다키지의 유가족에게 보낸 조전. 고바야시 다키지는 1903년에 가난한 농촌에서 태어났다. 1931년에 일본 공산당에 가입했고, 일본 프롤레타리아 계급 작가동맹 중앙위원 겸 서기장이었다. 저서로《게잡이 배(蟹工船)》등이 있다. 1933년 2월에 일본 파쇼 정부에 체포되어 모진 매를 맞고 운명했다. 루쉰은 국제 반파시즘 투쟁을 지원해 일본 파시스트에게 항의하고, 고바야시 다키지 유가족에게 드리는 위문 전보를 작성했다─옮긴이).

1933년에 독일에 파쇼정권을 세운 다음에 히틀러는 곧 노동계급을 지도하는 사람들을 미친 듯이 체포하고 학살했다. 또한 수많은 혁명 지식인들을 나치 수용소에 감금했으며, 유

명한 혁명작가와 예술가, 과학자 들을 축출했다. 또 노동계급
에게 출판, 언론, 집회의 자유를 말살했으며, 혁명적이고 진
보적인 서적들과 신문들을 불살라버렸다.

이와 같은 극단적 만행은 진보를 갈망하는 전 세계 인류들
에게 분노와 증오를 불러일으켰다. 루쉰은 〈중국과 독일의 국
수보존 우열론(華德保粹優劣論)〉, 〈중국과 독일의 서적 소각
동이론(華德焚書異同論)〉 등 잡문에서 히틀러의 폭행을 신랄하
게 풍자하고 날카롭게 폭로했다. 루쉰은 중국 민중을 대표해
항의를 제기했다. 5월 13일에 루쉰은 상하이에 주재하던 독일
영사에게 친히 항의서를 전달하고 파쇼 폭행에 항의했다.

반면 독일 파시즘이 저지른 이 모든 폭행은 오히려 중국에
있는 파쇼 통치자들을 크게 고무했다. 그래서 그들은 히틀러
가 저지른 폭행을 그대로 본받아 1933년 6월 18일에 중국민
권보장동맹의 부회장 양취안을 암살했다. 당시 암살자 명단
에는 루쉰 이름도 올라 있었다. 그러나 루쉰은 조금도 망설임
없이 동지들과 함께 양취안을 영결하는 장례에 참가했으며,
집을 나설 때 희생될 각오가 되었다는 표시로 열쇠를 집에 두
고 나갔다. 루쉰은 국민당 특무원의 권총 앞에서도 두려워하
지 않는 영웅 같은 기개를 보여주었으며, 억수같이 쏟아지는
폭우 속에서 장례를 치렀다.

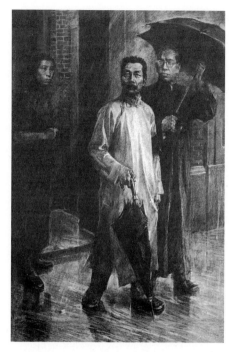

폭우 속에 집을 나서는 루쉰을
묘사한 그림. 뒤에 쉬광핑이
보인다.

늠름한 그 기개 어찌 예전 같으리.

꽃 피고 지는 일 그 알 바 아니었네.

강남의 궂은비도 슬픔에 겨워

민중 위해 쓰러져간 건아를 추모하네.

집으로 돌아온 루쉰은 〈양취안을 추모하며(悼楊銓)〉라는 시
한 수를 써서, 중국 민중의 혁명위업을 달성하기 위해 희생된

애국인사에 대해 침통한 애도를 표시했다.

국민당은 양취안을 암살한 데 이어 진보적 문화 사업을 대규모로 파괴하고, 영화회사를 차압했으며, 서점을 폐쇄했다. 1934년 2월에는 국민당 중앙당부에서 사회과학 서적과 문예 서적을 검열하고 금지시키는 방안을 공포했고, 검열관들을 상하이에 있는 여러 진보적 서점에 파견하여 수많은 책과 간행물 들을 검열하고 압수하여 불살라버렸다. 그 가운데는 루쉰, 궈모뤄, 마오둔 등 여러 작가들의 문예작품과 그 밖에 진보적인 사회과학 서적을 포함해 모두 149종에 이르는 책들이 들어 있었다. 그 뒤에 국민당은 또 도서·잡지심사위원회를 만들었다. 조금이라도 시대를 앞서가는 내용을 담은 출판물 들은 모조리 수난을 당했다. 빼버릴 것은 빼고 고칠 것은 고쳐버렸기 때문에 원래 모습이 제대로 남아 있는 책은 한 권도 없었다. 국민당 검열관들은 대단히 악랄한 수단을 사용했다.

이렇게 말해도 안 된다, 저렇게 말해도 틀렸다고 하면서, 삭제한 곳을 공백으로 놓아두는 것은 또 허용하지 않았다. 어떻게든 이어놓아야 했다. 결국 횡설수설이 되어 무얼 말하는지 알 수 없게 되었는데, 그나마 그것을 작가 자신이 책임을 지게 했다.(《화변문학》〈서문〉)

루쉰의 《이심집》은 모두 삭제당하고 열여섯 편밖에 남지 않았는데, 그것도 서점에서 《습령집(拾零集)》이라고 책이름을 고쳐서 출판했다. 그런데 상하이에서 이미 검열관 나리들에게 검열을 거친 이 책이 항저우에서는 또 몰수당하게 되었다. 신변의 자유는 말할 것도 없고, 혁명작가들이 실종되고 체포되는 일이 끊임없이 일어났다. 광저우에 있을 때 루쉰을 데리고 황푸군관학교(黃埔軍官學校)에 가서 강연을 하도록 주선한 젊은 혁명작가이며 공산당원인 잉슈런(應修人)이, 1933년 5월에 국민당 특무원에게 암살당했다. '중국이 새벽을 앞두고 가장 어두운 시대에 처해 있을 때' 루쉰은 미래에 대한 굳은 믿음으로 〈무제(無題)〉라는 전투적 시를 발표했다.

  만백성 죄수처럼 덤불 속에 파묻히고
  가슴에 맺힌 노래, 땅 꺼질 듯 애달프구나.
  끝없는 근심걱정 광활한 천지에 닿았는데
  조용한 침묵 속에 듣노라, 무서운 우렛소리.

  극심한 억압 아래서도 루쉰은 우렛소리를 듣고 있었다. 그의 마음은 폭넓은 혁명민중들과 긴밀하게 이어져 있었다. 암흑 속에서 광명을 보았으며, 탄압 속에서 번져가고 있는 혁명역량이 반드시 반혁명 세력을 이길 것임을 굳게 믿었다.

다 아는 바와 같이 루쉰은 시간을 몹시 아꼈으며, 귀중한 시간을 헛되이 보내지 않았다. 그러나 이 한 시기 동안 루쉰은 늘 다방에 가서 '차를 마시거나' 커피점에 가서 '커피를 마시곤 했다.' 정말 루쉰에게 차를 마시고 커피를 마실 한가로운 시간이 그렇게 많았던 것일까?

물론 그렇지 않다. 이 무렵 루쉰은 이러한 생활을 가장해 수배와 감시망을 피했고, 그런 상황에서 아는 사람들의 문건과 소식을 대신 전해주었다. 또 어떤 사람들에게는 당과 연결할 수 있는 길을 찾아주기도 했다. 예를 들면 1928년에 혁명문학 문제를 둘러싸고 루쉰과 논쟁을 벌인 적이 있던 청팡우도, 루쉰을 통해 상하이에서 당과 연계를 맺을 수 있었다. 그리고 유명한 공산당원이자 혁명열사인 팡즈민(方志敏)도 희생되기 앞서 옥중에서 쓴 〈사랑스러운 중국(可愛的中國)〉과 〈청빈(淸貧)〉 원고를 다른 사람을 통해 루쉰에게 전했고, 루쉰은 그것을 다시 당에 전해주었다. 루쉰은 공산당에 정식으로 가입한 적이 없었지만, 많은 당원들이 루쉰을 '가장 믿음직한 인물'로 여겼다.

1934년 10월, 중국 공산당이 지도하는 노농 홍군은 국민당 군대가 겹겹으로 쳐놓은 포위망을 뚫고 유명한 2만 5천 리 장정(長征)을 시작해 북으로 올라가는 항일의 길에 올랐다. 공산당의 지도 아래에서 국민당 통치구에 있는 노동자와 농민 들도 점차 투쟁을 벌이기 시작했으며, 상하이 문화계에서도 민주주의운동이 활발하게 전개되었다. 갈수록 많은 사람들이 중국 공산당이 내놓은 항일민족통일전선에 관한 주장을 받아들이고 지지했다. 중국 공산당은 전국 민중에게 일제에 저항하여 나라를 구하러 나설 것을 주장했다. 아울러 내전을 중지하고, 온 나라 역량을 집중시켜 항일구국을 위해 싸우며, 투쟁의 예봉을 현 단계의 가장 큰 적인 일본 제국주의에 돌릴 것을 국민당에 요구하자고 다시 한번 호소했다. 중국 공산당의 이러한 판단은 전국 민중들과 각계 인사들로부터 열렬한 호응을 불러 일으켰다. 1935년 12월, 베이핑 학생들은 화베이(華北)에 세워진 괴뢰정권을 반대해 12·9운동을 일으켰다. 이운동이 널리 퍼지면서 전국은 내전 반대운동과 항일구국의 열기가 고조되어갔다.

47
전진하는 것은 여전히 전진한다

혁명과 반혁명 사이에 벌어진 싸움이 생사를 넘나들며 치열하게 전개되던 시기에 혁명적이고 진보적이던 현대 중국 문단의 작가들은 민중들과 하나가 되어 국민당이 자행하는 문화 '포위토벌'에 반대해 용감히 싸웠다. 그들은 임무를 훌륭하게 완수했으며, 심지어 목숨을 바치기까지 한 사람도 있었다.

그러나 문인으로서 비행을 저지르고 정치와 도덕 면에서 극단적으로 타락한 부끄러운 사람들도 있었다. 그들은 처음에는 혁명과 반혁명 사이에서 갈등하다가 나중에는 반동 진영으로 넘어간 부르주아 계급 및 프티부르주아 계급의 반동 문인들이었으며, '서양 물 먹은 불량소년들', 그리고 '혁명의 장사꾼들'로 불린 사람들이었다. 그들은 이른바 문인의 가치를 땅에 떨어뜨려 놓았다. 루쉰은 이런 '문단의 요괴'들과 여러 면에서 끊임없이 싸우면서 적지 않은 역량을 소모했다. 루쉰은 그의 예리한 무기인 '금불환(金不換, 루쉰이 항상 사용하던 붓 이름)'으로 그들의 추악한 몰골과 부패한 영혼과 본질을 폭로했다.

루쉰은 문인들 가운데 이러한 부류가 있다고 지적했다.

그들은 비열하기 그지없는 자들로 "유언비어를 날조하고 사건을 일으키며 남을 해치고 벗을 팔아먹는 것을 당연한 일로 여기는데" 그런 파렴치한 행위를 '예사로운 일'로 본다. 그들은 흔히 손톱만 한 이익을 위해 다른 사람들 피를 그 대가로 치르는 것을 서슴지 않으면서, "나쁜 짓이라면 한 번도 빠지는 적이 없다." 그들은 어찌나 변덕이 심한지 "때로는 프로를, 때로는 민주주의를, 때로는 민족을 운운하며 '탐욕'에 눈이 어두울 뿐만 아니라 '교활'하다. 이것이 바로 그들의 특징이다."(《루쉰 서신집(魯迅書信集)》 386, 389쪽)

예를 들면 일찍이 '제3의 인사'라 자처하던 인물들은 국민당 정부에 도서와 잡지를 검열할 수 있도록 방침을 만들어주는가 하면, 한편으로는 출판물을 검열하는 것에 반대하는 우스꽝스러운 선언을 요란스럽게 연명으로 발표하기도 했다. 그들은 대중을 기만하여 자신들이 저지른 파렴치한 행위를 은폐하려 했다.(《루쉰 서신집》 431~432쪽) 그들은 '마음은 흉한데 붓대가 약해 글로 싸울 수 없었으며' 그래서 '마구 모함하고 중상하는' 방법을 썼다. 그래도 효력이 없으면 저주하고

1933년 5월.

욕을 해대는 것이었다. 그렇지만 낡은 사회는 결국 붕괴되고 말았다. 이 변덕스럽고 후안무치한 문인들은 비록 현재의 낡은 사회를 유지하려고 애썼지만, 이미 어쩔 수 없는 일이 되었다. 그리하여 이 발바리 같은 지식인들도 하루하루를 지내기 어렵게 되었다. 루쉰은 "개 노릇도 충실하게 하지 못하는 그들에게 무슨 자부심이라는 것이 있겠는가. 변화만 있으면 그들은 면모를 바꾼다"(《루쉰 서신집》 568쪽)라고 했다.

　루쉰은 또 이러한 문인들 부류도 있다고 지적했다. 그들은 '덕행을 갖추지 못했을' 뿐만 아니라 '글재주도 없다.' 예를 들면 당시 '시인'이라고 자처하던 '부잣집 데릴사위' 같은 부류 사람들이 바로 그러한 사람들이다. 그들이 서점을 차리고 잡지를 꾸려 출간한다고 자랑한 것은 모두가 다 장사를 좋아하는 취미에서 비롯된 것이다. 그런데 그런 문인들이 주장하는 논조가 반박을 받게 되자 '부잣집 데릴사위의 숭배자'들이 뛰어나와서 그들을 변호해 말하길, "여우가 포도를 먹을 수 없자 그것이 시다고 말하는 것처럼, 자신이 부유한 아내를 얻지 못하자 부유한 처가를 가지고 있는 모든 사람들을 시기하고 질투하며, 그 질투가 심해져 공격하게 된다"라고 변호했다. 더러운 동전에 영혼을 부식당한 이런 시정배들에 대해 루쉰은 그냥 넘어가는 경우가 없었다. 그는 다음과 같이 풍자했다.

이런 자들은 실로 '옛날 사람들 가운데서도 찾아볼 수 없고 후세 사람들 가운데서도 찾아볼 수 없을 것이다.' 그들은 자신은 쌀밥에 고기반찬을 배불리 먹고 얼굴에 하얀 크림을 바르면서도, 후세 사람들에게 아무것도 남겨놓지 않는다. 나중에 '큰 초상'이나 치르게 될 따름이다.(《루쉰 서신집》 477쪽)

'인기 없고 사람 같지 않은' 이러한 부잣집 데릴사위들까지도 '시인'으로 자처하고 '작가'로 자처하면서 끝내는 문단에 얼굴을 내민다. 그러므로 이 모욕받은 '작가'라는 칭호는 "앞으로 자신을 조금이라도 아낄 줄 아는 사람들이 받아들이기에는 그다지 달갑지 않은 것이 될 것이다. 이는 하나도 이상

할 것이 없다."

루쉰은 또 이러한 문인들 부류가 있다고 지적했다. 기이한 논리를 가진 문인들인데, 그들은 남들이 혁명을 하지 않는다고 욕하면서, 자신들만이 대단한 '혁명가'인 양 행세한다. 만일 그들과 진지하게 논쟁을 벌이면 그들은 빈말만 끊임없이 늘어놓아 논쟁이 끝이 나지 않는다. 결국은 입이 닳도록 말해봤자 아무런 결과도 얻지 못하고 만다. 당시 린위탕 같은 문인들이 그러했다. 그들이 제창한 유머 소품(小品, 서정적이고 철학적인 짧은 산문 양식—옮긴이)은 청년들을, 현실투쟁에서 벗어나 의식적이거나 무의식적으로 우스운 이야기나 하고 즐거움이나 찾는 미궁으로 빠져들어 가도록 이끌었다. 그들이 청년들 사상에 끼친 해독은 대단히 심했다. 루쉰은 다음과 같이 지적했다.

《논어(論語)》나 《인간세상(人間世)》(린위탕이 주관한 간행물들—옮긴이)을 한두 해 동안 읽고서도 폐물이 되지 않는다면, 그야말로 아주 희귀한 일일 것이다!(《루쉰 서신집》 722쪽)

루쉰은 또 이러한 부류의 문인들이 있다고 지적했다. '뺨을 얻어맞고도 기뻐하는 자'들이다. 예를 들면 프티부르주아 문학의 깃발을 치켜들었다고 자처하는 양춘런(楊邨人) 같은 사람들은 늘 도전하는 듯한 글을 루쉰에게 써보내곤 했다. 루쉰은 이러한 편지에 회답하지 않았다. 오랫동안 기다려도 회답이 없자, 그들은 도처를 돌아다니며 소식을 알아보면서 "왜 아직도 욕설이 날아오지 않지?" 하며 매우 초조해했다. 욕설도 그들에게는 '명예와 이익을 얻을 수 있는' 한 방법이었다. 그러나 유감스럽게도 그들은 일단 욕을 먹으면 그때부터 기세가 꺾여 민중들 앞에 정체를 드러낼 수밖에 없었다.

루쉰은 또 이러한 문인들 부류도 있다고 지적했다. 본래는 '좌익'에 속했으나 기회주의적인 사람들이다. 예를 들면 '사인방(四人幇)'의 일원이던 야오원위안(姚文元)의 아버지, 야오펑쯔(姚蓬子)가 바로 그러한 인물이었다.(《루쉰 서신집》 660, 663, 685쪽)

그들은 혁명문학이 줄기차게 발전할 때는 격렬하게 발언하지만, 혁명문학이 일단 탄압을 받으면 신속하게 태도를 바꾸었다. 앞뒤를 대비해보면 판이하게 다른 두 사람으로 되어버리는 것이다. 그들은 국민당에게 체포당한 뒤 곧바로 국민당에게 빌붙어서 혁명을 팔아먹는 반역자가 되었으며, 그들에게 동조했다. 이런 문인에 대해 루쉰은 몹시 증오하고 더없이 경멸했다. 이러한 인물들이 어떻게 변하든지 간에 루쉰은 날카로운 붓으로 그들의 추악한 정체를 하나하나 밝혀냈다.

이것이 바로 형형색색 부르주아 계급과 프티부르주아 계급의 가지각색 문인들이 당시의 어두운 반식민지 반봉건 사회를 살아가는 모습이었다. 루쉰은 이러한 문인들에 대해 언급하면서 이렇게 말한 적이 있다.

상하이 문인들은 아주 괴이한 사람들인데, 평론가들은 나를 지독하다고 한다. 그런데 많은 사실들이 나에 대해 악의적으로 추측하는 것을 넘어섰으니 어찌 개탄하지 않을 수 있겠는가!

이것이 바로 어두운 반식민 반봉건 사회에서 부르주아 계급과 프티부르주아 문인들이 보여주는 타락한 모습이다. 이에 대해서도 루쉰은 개탄해 마지않았다.

실로 문단은 전에 볼 수 없던 정도로 타락했는데, 이제 더는 타락할 수도 없을 것 같다.(《루쉰 서신집》 567쪽)

이들 타락한 문인들과 끝까지 투쟁하는 것 말고 또 무슨 방법이 있겠는가? 루쉰은 "그들과 싸우는 것 외에는 달리 방법이 없다"라고 했다.
이것은 지난하고 복잡하며 힘겨운 싸움이었다.
루쉰은 이렇게 말했다.

이런 전투는 매우 오래 계속될 것이다. 그러므로 지금은 용감하고 명석한 투사들을 길러내는 것이 급선무이다. 나는 전부터 늘 이 점에 주의를 기울여왔다.(《루쉰 서신집》 682쪽)

중국에서 혁명문학이 발전해온 길은 루쉰의 말이 전적으로 옳았음을 증명해준다. 중국의 혁명문학 대오는 밖으로 드러난 적들과 싸워야 했을 뿐만 아니라, 여러 모습으로 변장하고 숨어 있는 적들과도 싸워야 했다. 또 혁명 진영 내부에서 입장이 굳건하지 못한 일부 프티부르주아 작가들과도 사상투쟁을 벌여야 했다. 루쉰은 일찍이 다음과 같이 지적한 바 있다. 문단에 이런 현상들이 나타났다고 해서 비관해서는 안된다. 왜냐하면 그것은 "배반자가 있으면 다른 한편 새로운 역군들도 일어설 것이므로, 전진하는 것은 여전히 전진할 것"(《루쉰 서신집》 506쪽)이기 때문이다.

루쉰은 "역사는 결코 뒷걸음질하지 않을 것이므로 문단에 대해 비관할 필요는 없다. 비관하는 이유는 자기는 일하지 않고 시비를 가리지 않으면서, 지나치게 문단에만 관심을 돌리거나 또는 홀로 몰락한 병영 안에 들어앉아 있기만 하기 때문이다"(《준풍월담》〈중국 문단의 비관(中國文壇的悲觀)〉)라고 여겼다.

루쉰은 민중이 가진 역량을 충분히 평가했다.

우리나라에는 예로부터 일에 몰두한 사람, 목숨을 내걸고 싸운 사람, 백성들이 겪는 고통을 알아준 사람, 희생을 두려워하지 않고 진리를 추구한 사람이 있었다. ……제왕과 장군, 그리고 재상 들의 족보에 지나지 않는, 이른바 '정사(正史)'도 그들이 발하고 있는 빛을 왕왕 은폐할 수 없었으니, 이런 사람들이야말로 중국을 떠받치는 기둥들이다. 지금도 어찌 이런 사람들이 적다고 할 수 있겠는가? 그들은 확신을 가지고 있으며, 자신을 속이지 않는다. 앞사람이 쓰러지면, 그 뒤를 이어가며 싸우고 있다. 다만 그들은 늘 유린당하고 말살당하며 암흑 속에서 소멸되어가기 때문에 사람들에게 알려질 수 없을 뿐이다. 중국 사람들이 자신감을 잃어버렸다는 말이 몇몇 사람을 가리켜 한 말이라면 괜찮지만, 만약 전체를 두고 한 말이라면 그것은 그야말로 모독이다.(《차개정 잡문》〈중국인은 자신감을 잃어버렸는가?(中國人失掉自信力了嗎?)〉)

이 글은 혁명문학이 중국에서 한편으로 투쟁하고 한편으로 유린당하면서도, 계속 투쟁하면서 발전하며 전진하고 있음을 생동적으로 그려냈다.

루쉰은 부르주아 계급과 프티부르주아 문인들을 비판하는 한편, 혁명 지식인들과 작가들이 짊어져야 할 역사 임무도 거론했다. 루쉰은 이렇게 말했다.

역사가 가르쳐주는 바와 같이 개혁이란 처음에는 각성한 지식인들이 짊어진다. 그러나 이런 지식인들도 반드시 연구해야 하며, 사색할 줄 알아야 하며, 결단성과 굳센 의지를 지녀야 한다. 그들도 권리를 행사하지만 사람을 속이지는 말아야 하며, 남을 잘 인도하지만 영합하지는 말아야 한다. 그들은 자신을 여러 사람들이 가지고 노는 노리개로 인정해 스스로 얕보지 않아야 하거니와, 또 다른 사람을 자기 졸개로 보아 업신여기지도 말아야 한다. 그들은 대중 가운데 한 사람에 지나지 않는다. 그렇게 해야 비로소 대중을 위해 일할 수 있다고 나는 생각한다.(《차개정 잡문》〈문외문담(門外文談)〉)

루쉰은 이 시기에 잡문집 《남강북조집》, 《위자유서》, 《준풍월담》, 《화변문학(花邊文學)》 등에서 나라 밖에서는 나라를 팔아먹고 투항하며 나라 안에서는 민중들을 탄압하는 국민당의 기만적인 정책을 직접적으로 또는 우회적으로 폭로했으며, 그 밖에 당시 '문단의 요괴'들에게 대처하기 위한 글들도 써내었다. 이 시기에 루쉰이 쓴 '편지 속'에는 루쉰의 분명한 애증이 보이고 있으며, 나쁜 것을 원수처럼 미워하는 마음이 불길처럼 타오르고 있다.

48
역사소설과 잡문을 비판의 무기로 삼아

민중들이 지닌 역량을 믿고 모든 적대 세력을 거침없이 공격하는 혁명정신은 루쉰이 쓴 잡문과 서한에 표현되었을 뿐만 아니라, 역사소설에도 마찬가지로 표현되었다.

루쉰은 오래전부터 역사소설을 쓰기 시작했다. 〈하늘을 땜질하다(補天)〉(원제는 〈부주산(不周山)〉)는 1922년 겨울에, 〈달나라로(奔月)〉와 〈검을 벼리다〉는 1926년에서 1927년 사이에, 그리고 역사소설집 《고사신편(故事新編)》 중 나머지 다섯 편 〈치지 말라(非攻)〉, 〈치수(理水)〉 등은 1934년에서 1935년 사이에 쓴 것이다. 이 역사소설집은 비록 역사 이야기와 신화, 전설 들을 줄거리의 골격으로 삼고 있지만, 그 속에 담긴 현실적 의미는 대단히 풍부하다.

작가는 첫 번째 역사소설을 쓸 때 이미 "고대와 현대 양쪽에서 다 소재를 취하려고 생각하고 있었다." 이런 창작 의도는 갈수록 더욱 발휘되었는데, 작가가 이 역사소설집 〈머리말〉에서 말한 바와 같이 "소설을 쓸 때 얼마간 옛날 서적을 이야기 근거로 취한 것도 있지만, 때로는 내키는 대로 자유롭게 썼으며" 현실 생활에서 만난 몇몇 인물들의 개성을 살려 이야기 속에 묘사해 넣기도 했다. 〈하늘을 땜질하다〉에서 창조신 여와(女媧)의 가랑이 사이에 등장하는 것으로 묘사된 '옛 관복 차림의 사내'는 '눈물을 머금은 비평가'인 거짓된 위도 선생(衛道先生, 옛날 지배계급의 사상을 수호하는 사람—옮긴이)을 풍자한 것임을 작가가 밝힌 바 있다. 〈달나라로〉에 나오는 봉몽(逢蒙)에게서도 당시 현실에 존재하던 망령된 개인주의 야심가들의 그림자를 엿볼 수 있다. 〈치수〉에서 학자들이 문화산(文化山) 위에 모여 분별없이 떠드는 주장들은 당시 신문에 실린 일부 학자들의 주장과 다를 바 없었다. 또한 하(夏)나라를 세운 우왕(禹王)이 벌레라고 이야기한 부분은 분명 자기 민족문화를 얕보는 어느 부르주아 역사학자를 풍자한 것이며, '넋'을 주장한 복고주의 소품문 작가도 분명 어떤 작가를 가리키는 것이다. 〈고비를 캐다(采薇)〉에 나오는 백이(伯夷)와 숙제(叔齊)는 모든 유신(遺臣)들과 식객문인들을 아주 묘한 방법으로 풍자한 것이다. 이것이 루쉰 역사소설의 한 측면이다.

다른 한 측면, 더욱 중요한 측면은 작가가 이 역사소설집에서 혁명적 낭만주의 색채가 짙은 예술수법으로, 중국 고대 민중들과 그들의 뛰어난 지도자들이 발휘한 커다란 창조력을 보여주고, 원수를 갚고 치욕을 씻으려는 민중들의 굳은 결심과 의지를 강렬하게 보여주고 있다는 점이다. 이를 통해 루쉰은 어느 누구도 정복할 수 없는 평범한 하층 민중의 잠재력을 보여주고 있다. 이러한 작품은 자기 근본을 잊고 나라를 팔아 영화를 누리려는, '서양 얼굴'을 한 매판 부르주아 학자와 문인 들을 가장 불편하게 했다.

〈검을 벼리다〉에 나오는 미간척과 '시커먼 사람' 연지오(宴之敖)의 형상은 대단히 생동적이다. 불구대천 원수가 누구인지를 알았을 때 미간척은 "별안간 전신이 활활 타오르는 듯했고 머리카락 한올 한올에서 불꽃이 튀어나오는 듯한 기분을 느꼈다. 어둠 속에서 으스러질 만큼 불끈 쥔 두 주먹에서는 뿌드득 소리가 났다." 눈물로는 결코 슬픈 운명을 바꿀 수 없음을 알았을 때, 미간척은 침대 밑 땅속에 묻어둔 시퍼런 복수의 검을 파내어 들고는 어머니에게 맹세했다.

"저는 이미 유순하던 제 성격을 바꾸었어요. 이 검을 가지고 원수를 갚으러 가겠어요!"

미간척은 자기 혼자 아버지의 원수를 갚기에는 힘이 부족하다는 것을 알았기에, 믿음직한 '시커먼 사람' 연지오를 만나자 가장 귀중하게 여기던 검과 머리까지도 서슴없이 바쳤다. "손을 들어 등에 진 푸른 검을 뽑으면서 자기 뒷덜미를 앞으로 내리쳤다. 머리가 땅바닥 푸른 이끼 위에 떨어지는 순간 그는 시커먼 사람에게 검을 넘겨주었다."

연지오는 미간척이 부탁한 것을 저버리지 않고, 기회를 틈타 미간척 아버지를 참혹하게 죽인 국왕 머리를 베어 그것을 솥 안으로 떨어뜨렸다. "원수끼리 만나면 특히 눈이 밝아지는 법인데, 하물며 외나무다리에서 만났음에랴." 원래 솥 안에 들어 있던 미간척 머리는 "왕 머리가 물 위로 떨어지자마자 맞받아 올라와서 왕의 귓바퀴를 한입 힘껏 물었다. 곧 물이 솥 안에서 소리를 내며 부글부글 끓기 시작했다. 두 머리는 물속에서 결사전을 벌였다. 스무 번쯤 싸우고 나니 왕 머리는 다섯 군데, 미간척 머리는 일곱 군데에 상처를 입었다. 교활한 왕은 언제나 빙 돌아가서 상대방 뒤에서 덤벼들곤 했다. 잠시 소홀한 틈에 미간척은 마침내 왕에게 뒷덜미를 물려 움직일 수 없게 되었다."

왕 머리가 미간척 머리를 물고 놓아주지 않자, 아파서 절규하는 아이의 울음소리가 솥 밖에서도 들리는 것 같았다. 그 시커먼 사람도 적이 놀라고 당황한 듯했으나, 안색은 변하지 않았다.

"그는 보이지 않는 푸른 검을 거머쥔 팔을 마른 막대기처럼 태연스럽게 앞으로 내리고, 목을 내밀어 솥 안을 자세히 들여다보는 것 같았다. 그러더니 펴고 있던 팔을 갑작스레 굽혀 푸른 검을 날쌔게 날려 그의 뒷덜미를 내리쳤다. 검이 닿자 그의 머리는 솥 안으로 떨어졌다. 풍덩하는 소리와 함께 물안개가 공중에서 사방으로 튀었다. 그의 머리는 물에 떨어지자마자 바로 왕 머리에 달려들어 코를 물었는데, 거의 떼어낼 기세였다. 왕은 참지 못하고 '아이쿠!' 하며 입을 벌렸다. 미간척 머리가 이 틈에 빠져나와 휙 돌아서면서 사력을 다해 왕의 턱을 물고 늘어졌다. 그들이 놓지 않고 있는 힘을 다해 아래위에서 찢어놓는 바람에 왕 머리는 다시는 입을 다물지 못하게 되었다. 그리하여 그들은 마치 굶주린 닭들이 모이를 쪼아 먹듯 한바탕 마구 물어놓았다. 왕 머리는 눈이 찌그러지고 코가 납작해져서 성한 데라고는 없었다. 처음에는 그래도 솥 안에서 이리저리 뒹굴었으나, 나중에는 누워서 신음소리만 냈다. 마지막에는 아무 소리도 못 냈고, 숨도 내쉬기만 할 뿐 들이쉬지 못했다."

이처럼 자세하고 생생하게 묘사함으로써, 압제자에게 복수하고자 하는 민중의 굳은 결심과, 적이 살면 내가 죽고 내가 살면 적이 죽는 그야말로 생사를 건, 심지어 압제자와 함께 파멸하는 것조차도 서슴지 않는 복수를 이야기했다.

사서에는 미간척의 복수에 대해 아주 간단하게 기록되어 있다. 조비(曹丕)가 지었다고 전해지는 《열이전(列異傳)》에 이러한 기록이 있다.

명장 막야(莫邪)가 초왕(楚王)을 위해 검을 벼렸는데, 꼬박 3년이 걸렸다. 검은 수검과 암검 두 자루였는데, 천하 명검이었다. 막야는 암검만 왕에게 바치고 수검은 숨겨두었다. 그는 아내에게 이렇게 말했다.

"내가 검을 남산 음지와 북산 양지 사이 바위 위에 자라고 있는 소나무 밑에 묻어두었으니, 왕이 만일 암검만 바친 것을 알고 나를 죽이면 당신이 아들을 낳아 길러서 그 일을 아들아이한테 알려주오."

수검을 바치지 않았음을 안 왕은 마침내 막야를 죽여버렸다. 뒤에 막야의 아내가 아들을 낳아 이름을 '적비(赤鼻)'라고 짓고, 그 일을 아들에게 알려주었다. 적비는 남산 소나무 밑을 파보았으나 검을 찾지 못하고, 뜻밖에 집 기둥 밑에서 검을 찾아냈다.

초왕은 미간이 세 치나 되는 한 사나이가 복수를 하겠다고 덤벼드는 꿈을 꾸었다. 왕이 자신을 잡으려 한다는 말을 듣고 급해진 적비는 주흥산(朱興山) 속으로 도망쳤다. 그곳에서 한 나그네를 만났는데 적비가 아버지 원수를 갚고자 한다고 하니까, 나그네는 적비의 머리를 베어 초왕에게 바쳐야 복수할 수 있다는 것이었다. 나그네는 희귀한 놀음을 좋아하는 왕 앞에 나아가 적비의 머리를 솥에 넣고 사흘 낮 사흘 밤을 삶았으나, 머리가 이리저리 뒹굴면서 삶아지지 않았다. 이상하게 여긴 왕이 다가가서 들여다보는데, 나그네가 수검으로 왕의 뒷덜미를 내리쳤다. 왕 머리는 솥 안으로 떨어졌다. 나그네가 또 스스로 머리를 베자, 비로소 머리 세 개가 다 삶아졌다. 그런데 나중에 머리를 분간할 수 없어 분장하지 못하고

합장했다. 이를 사람들은 '삼왕총(三王塚)'이라고 했다.(루쉰이 읽은 《고소설구침》)

이 밖에 진(晉)나라 때 간보(干寶)가 쓴 《수신기(搜神記)》에도 이와 비슷한 기록이 있다. 중국 고대 민간에 널리 전해지던 전설로, 민중들이 자신들을 억압하는 통치자들에 저항해 싸우는 이야기이다. 그 줄거리는 위와 같은 것이다. 루쉰은 역사소설을 그 전설의 줄거리를 따라 썼다. 그러나 작가는 소설 속에서 창조성을 발휘해 미간척과 시커먼 사람의 형상을 선명하게 그려냈다. 미간척과 시커먼 사람의 형상은 그 원형을 고대 전설에서 취했지만, 억압받는 민중이 압제자에게 복수하고자 굳센 의지를 불태운다는 기본 정신은 당시의 민중 정서와 일치했다. 작가는 엄격한 현실주의적 예술수법으로 미간척과 시커먼 사람의 형상을 진실하면서도 감동적으로 그려냈다. 견결하며 정의로운 그들의 행동, 불요불굴의 강인한 의지, 압제자에 대한 비타협적인 증오, 죽음을 두려워하지 않고 희생하려는 결심 등은 사람들을 매우 감동시킨다.

소설에서 묘사하는 환경과 분위기도 풍부한 설득력을 가지고 있다. 작가는 이 부분에서 현실주의 창작방법을 충분히 발휘하고 있다. 그뿐만 아니라 작가는 전설을 바탕으로 하되 많은 허구적 요소와 적지 않은 과장법을 사용했다. 그리하여 예술성과 감동을 더욱 풍부하게 하며, 민중들의 마음속에 간직된 복수의 정신을 선명하게 드러냈다. 이것은 작가가 낭만주의적 예술수법을 탁월하게 운용하고 있음을 보여준다. 현실주의와 낭만주의의 결합은 루쉰이 쓴 역사소설의 가장 기본이 되는 창작 특색이다. 〈하늘을 땜질하다〉의 여와, 〈달나라로〉의 예(羿), 〈치수〉의 우, 〈치지 말라〉의 묵자(墨子) 등 예술 형상들은 모두 현실주의와 낭만주의가 결합된 창작방법을 성공적으로 운용함으로써 창조된 것이다.

루쉰은 만년에 노농 홍군을 소재로 한 장편소설을 쓰려 했다. 국민당이 극심하게 탄압하는 중에 당시 소비에트 지구 민중들, 특히 농민들은 어떻게 생활하는지에 대해 그는 깊은 관심을 가지고 있었다. 과거 수많은 세월 동안 소나 돼지처럼 억압받으면서 굴욕적으로 생활해오던 사람들이 떨치고 일어섰으며 홍군에 다투어 참가하고 있다는 이야기를 전해 듣고 깊이 감동받았다.

또 그는 중국 지식인들이 변화해가는 모습을 소재로 하는 장편소설도 쓰려 했다. 지식인들 중에는 장타이옌 같은 구세대 인물도 있고, 자신과 같은 세대의 사람도 있었으며, 자신보다 젊은 세대도 있었다. 이러한 지식인들을 묘사함으로써 지난 수십 년 동안 중국 사회가 변화해온 과정을 반영하고자 했다. 그는 중국 문학사를 쓸 계획도 세웠다. 대략 장과 절도 나누고 자료도 어느 정도 수집해놓았다. 그러나 현실에서 벌어지는 빈번한 논쟁으로 인해 루쉰은 이러한 계획들을 실천에 옮기지 못했다. 더 많은 시간을 잡문을 쓰는 데 할애했다. 이것이 전적으로 필요하다고 여겼기 때문이다.

지금은 아주 절박한 시기이다. 작가는 해로운 사물에 대해 즉각 반응하거나 항의하고 투쟁하는, 느낌과 반응의 신경, 공격과 방어의 수족이 되어야 하는 것이다. 장편 대작에 마음을 두고 앞으로 세워야 할 문화를 설계하는 것도 물론 좋은 일이지만, 현재를 위해 항쟁하는 것 역시 현재와 미래를 위해 싸우는 것이다. 현재를 잃는다면 미래도 존재할 수 없기 때문이다.(《차개정 잡문》〈서문〉)

루쉰은 자신이 쓴 잡문이 지니는 커다란 의의를 충분히 인식한 것이다. 일부 문인들이 루쉰의 잡문을 두려워하고 미워할 때 루쉰은 이렇게 말했다.

그것은 확실히 사람들에게 미움을 사고 있다. 그러나 그로 인해 그것이 중요하다는 것을 더욱 분명히 알 수 있다. 왜냐하면 '중국 민중의 영혼'이 지금 내 잡문에 반영되어 있기 때문이다.(《준풍월담》〈후기(後記)〉)

루쉰은 시와 정론이 서로 결합된 빛나는 잡문을 무기로 삼아 혁명과 당과 민중의 이익을 수호하는 글을 썼고, 적들과 비타협적으로 싸웠다.

49

두 가지 구호 논쟁 속에서 붓을 무기로 싸우다

1935년 1월 준의회의(遵義會議)에서 마오쩌둥은 당 내에서 지도적 지위를 확립하고, 왕밍의 '좌경 기회주의 노선'을 마감했다. 그 뒤 국내 정세는 급속하게 새로운 앙양기로 접어들었다. 홍군이 장정하는 도중에 열린 준의회의에서는 당시 가장 절박한 과제이던 군사와 조직에 관한 문제만 해결하고, 왕밍의 좌경 폐쇄주의는 미처 철저히 청산하지 못했다. 홍군이 2만 5천 리 장정을 거쳐 산시 성(陝西省) 북부에 도착하자 당 중앙과 마오쩌둥은 곧 정치노선 문제를 체계적으로 해결하고, 좌경 폐쇄주의의 오류를 바로 잡았다.

1935년 10월, 노농 홍군은 수많은 난관을 극복하고 인적이 드문 설산과 초원지대를 지나 대장정을 성공적으로 완수했다. 산시 성 북부에 이른 그들은 그곳에 있던 홍군과 함께 항일민주의 근거지를 세웠다. 이로써 민중들은 혁명과 항일구국이 승리하리라는 것을 더욱 확신할 수 있게 되었다. 홍군이 장정을 마치고 산시 성 북부에 이르렀을 때 루쉰은 당에 축전을 보냈다.

"당신들에게 인류와 중국의 미래가 달려 있습니다."

이것은 수억 중국 민중의 염원을 나타내는 말이다. 1935년 12월 27일에 마오쩌둥이 와야오바오(瓦窯堡) 회의에서 〈일본 제국주의를 반대하는 전술에 대해〉라는 보고를 했다. 마오쩌둥은 이 보고에서 항일민족 통일전선을 건설하는 문제에 대해 가장 정확하게 분석했으며, 항일을 위해 민족 부르주아와 또다시 통일전선을 결성할 수 있는 가능성과 그 중요성, 그리고 공산당이 이 통일전선을 주도하는 것에 대해 설명했다. 그뿐만 아니라 "공산당과 홍군은 지금 항일민족 통일전선의 발기인 역할을 할 뿐 아니라, 앞으로 항일 정부와 항일 군대 안에서도 필연코 튼튼한 기둥이 될 것이다"라고 강조했다. 마오쩌둥은 또한 통일전선 전술이 있어야만 마르크스·레닌주의 전술이라 할 수 있으며, 통일전선을 결성함으로써 공산당이 "동맹자를 비판하고 가짜 혁명을 폭로하며 지도권을 쟁취해야 할 책임이 가중되었다"라고 지적했다.

루쉰은 마오쩌둥이 호소하는 내용에 호응해 항일민족 통일전선을 지지했다. 공산당과 공산당이 지도하는 군대만이 중화민족을 망국의 위험으로부터 구할 수 있는 유일한 길이라고 그는 믿었다.

당이 항일민족 통일전선을 결성해야 한다고 주장하자 전국 민중들은 열렬하게 지지했다. 곳곳에서 항일투쟁의 간절한 염원이 불타올랐다. 따라서 상하이 문예계로서는 가장 커다란 관심사가 항일민족 통일전선을 널리 선전하고 조직하는 일이었다. 당시 당 내에서는 왕밍 노선을 둘러싸고 대립이 있었는데, 당이 제안한 항일민족 통일전선의 총체적 방향에 대해서 일치한다는 전제 아래 혁명문학 진영 내부에서는 '국방문학'과 '민족혁명전쟁의 대중문학'이라는 두 구호를 중심으로 논쟁이 벌어졌다. '민족혁명전쟁의 대중문학'이라는 구호는 루쉰이 제기한 것이다.

좌익작가연맹은 지난 오륙 년 동안 프롤레타리아 혁명문학운동을 지도하고 이를 위해 싸워왔다. 이 문학과 운동은 계속 발전하고 있다. 오늘에 와서 그것은 더욱 뚜렷하고 실제 투쟁에 맞게 민족혁명전쟁의 대중문학으로 발전했다. 민족혁명전쟁의 대중문학은 프롤레타리아 혁명문학이 한 단계 더 발전한 것이며, 현 시기 프롤레타리아 계급에 관해 더 진실하고 더 광범한 내용을 지니고 있다. ……새로운 구호가 제기되었다고 해서 혁명문학운동이 정지되었다거나, '이 길이 막혔다'라고 생각해서는 안 된다. 그러므로 지난 시절 파시즘과 모든 반동들에 반대해온 피의 투쟁은 결코 중지해서는 안 된다. 그 투쟁을 더욱 심화하여 확대시키고 더욱 현실에 맞게 더욱 자세하고 우회적으로 유도하여 항일투쟁으로, 그리고 매국역적을 반대하는 투쟁으로 구체화시켜가야 한다. 모든 투쟁을 항일투쟁과 매국역적 반대 투쟁이라는 총체적 흐름 속에 합류시켜야 한다. 혁명문학은 결코 자신의 계급적, 지도적 책임을 포기해서는 안 되며 더 무겁고 큰 책임을 져야 한다. 계급과 당파를 가리지 않고 전 민족이 다 같이 침략자에 대처하도록 더 무겁고 큰 책임을 져야 한다. 이처럼 민족의 입장에 서는 것이야말로 진정 계급을 앞세우는 입장이라고 할 수 있다.(〈현재 우리 문학운동을 논함(論現在我們的文學運動)〉)

루쉰은 〈쉬마오융에게 회답하면서 항일 통일전선 문제를 논함(答徐懋庸幷關於抗日統一戰線問題)〉이라는 글에서 항일민족 통일전선에 대한 태도와 문예의 통일전선에 대한 태도, '국방문학'의 구호에 대한 태도를 더욱 자세하게 천명했다.

오늘 나는 중국 혁명정당이 전국 민중에게 내놓은 항일 통일전선정책을 보았으며 그것을 지지한다. 나는 이 전선에 무조건 가입할 것이다. 그 이유는 내가 한 사람의 작가일 뿐만 아니라 중국 사람의 하나이기 때문이다. 나는 이 정책이 매우 정확하다고 생각한다.

다음으로 문예계에서 어떻게 통일전선을 구축할 것인지에 대한 내 생각이다. 나는 모든 문학가들, 어떤 유파의 문학가들이든지 항일이라는 구호 아래 통일하자는 주장을 찬성한다.

　나는 항일문제를 중심으로 해서 문학예술가들이 무조건 연합해야 한다고 생각한다. 그가 매국노가 아니라면 항일하고자 하거나 찬성하기만 한다면 오빠이건 누이이건, '가라사대' 하는 사람이건 원앙호접(鴛鴦蝴蝶, 남녀간 애정문제를 주로 다루던 대중문학 유파—옮긴이)이건 다 무방하다고 본다. 그러나 문학 문제에서는 여전히 서로 비판할 수 있다.

　루쉰은 또 '국방문학'과 '민족혁명전쟁의 대중문학'을 둘러싸고 벌어진 논쟁은 혁명문학 진영 내부에서 의견이 서로 달라 일어난 논쟁이므로 항일문제에 대해 의견이 일치하더라도 문학 문제에서는 '서로 비판할 수 있다'라고 주장했다.

　"작가들이 '항일' 깃발이나 '국방' 깃발 아래 연합해야 한다고 말해서는 안 된다고 생각한다. 그것은 '국방을 주제'로 하는 작품을 쓰지 않는 작가들일지라도 여러 가지 방면으로 항일 연합전선에 참가할 수 있기 때문이다." "나는 〈병석에서 방문자에게〉라는 글(〈현재 우리 문학운동을 논함〉을 가리킴)에서 결코 그것들을 서로 다른 것으로 보지 않았다"라고 루쉰은 말했다. 루쉰은 이 두 구호가 병존할 수 있다고 여겼다.

　루쉰은 다음과 같이 말했다.

1935년 상하이에서.

'민족혁명전쟁의 대중문학'이라는 말은 그 자체로 '국방문학'이라는 말보다 뜻이 더 분명하고 깊으며 내용이 있다. '민족혁명전쟁의 대중문학'은 주로 전진하고 있는, 줄곧 좌익이라 부르는 작가들에게 제창하는 것으로서 이런 작가들이 계속 전진하기를 바란다. …… '민족혁명전쟁의 대중문학'은 또한 일반 작가나 여러 계파 작가들을 향해 제창하고 희망할 수 있는 것으로, 그들도 계속 전진하기를 희망한다. ……내가 '국방문학'이 우리가 당면한 문학운동을 더 있는 그대로 보여주는 구호라고 말하는 것은, '국방문학'이라는 구호가 이제 아주 흔해졌고 많은 사람들에게 익숙하여 정치와 문학에서 폭넓게 영향을 미칠 수 있고, 더욱이 작가들이 '국방'이라는 깃발 아래 연합할 수 있으며 넓은 의미에서 애국주의 문학이 될 수 있다고 해석하기 때문이었다.

그러므로 그것이 비록 정확하게 해석되지 못하고 그 말이 포함하고 있는 뜻에 부족함이 있다고 할지라도, 그것은 항일운동에 도움이 되기 때문에 여전히 병존해야 한다.

루쉰은 만년에 날이 갈수록 민족이 위태로워지던 상황에서, 점점 더 복잡해진 문화 전선에서 붓을 들고 나라 안팎의 모든 반민족주의자들과 용감히 싸워나갔다. 당이 결정한 항일민족 통일전선정책을 강력히 옹호했으며, 민족과 계급의 적대 세력인 일본 제국주의와 그 주구인 친일파, 매국노, 트로츠키파에 대항해 싸워나갔다. 친일파들은 사력을 다해 항일민족 통일전선을 파괴하고자 했으며, 중국 공산당이 제기한 이 정책에 대해 중상모략했다. 그들은 중국 민중들이 항전하지 못하도록 방해했으며, 일본 제국주의는 중국을 멸망시키려고 있는 힘을 다했다. 이때 중국에 있던 트로츠키 일파들도 미친 듯이 떠들어대기 시작했다. 그들은 루쉰에게 편지를 보내 자신들의 '정치노선과 사업 방법이 정확'하다고 주장하면서, 중국 공산당과 마오쩌둥을 공격했다. 이 편지는 루쉰을 더없이 분노하게 했다. 그때 루쉰은 중병에 걸려 병상에 누워 있었지만, 트로츠키파의 망언에 대해 준열하게 꾸짖었다.

루쉰은 이렇게 풍자했다.

당신들이 말한 '이론'은 확실히 마오쩌둥 선생들보다 훨씬 훌륭합니다. 어찌 훨씬 훌륭하기만 하겠습니까. 그야말로 하늘과 땅 차이입니다. 훌륭한 것은 물론 존경할 만한 것이지만, 그 훌륭함이 공교롭게도 일본 침략자들에게 환영받으니, 그 훌륭함은 그만 하늘에서 떨어져 땅 위 가장 더러운 곳에 가 처박힐 수밖에 없게 되었습니다. 당신들이 말한 훌륭한 이론이 일본에게 환영받고 있기 때문에…… 그 훌륭한 이론은 장차 중국 민중에게 환영받지 못할 것이며, 당신들의 행동은 오늘 중국 사람들이 갖추어야 할 도덕과는 어긋날 것입니다.(《차개정 잡문 말편》〈트로츠키 파에게 답함(答托洛茨基派的信)〉)

루쉰은 중국 공산당과 마오쩌둥에 대해 깊은 신뢰를 가졌으며, 당이 내리는 노선과 정책에 대해 관심과 지지를 보냈다.

착실하게 땅 위에 든든하게 발붙이고 서서, 오늘 중국 사람의 생존을 위해 피 흘리며 싸우는 사람들을 동지로 삼는 것에 대하여 나는 영광으로 생각합니다.(《차개정 잡문 말편》〈트로츠키 파에게 답함〉)

루쉰이 당시에 주장한 정치와 문학예술에 대한 이러한 주장들은 당이 말하는 통일전선정책의 기본 정신에 부합하는 것들이다. 그것은 당과 민중의 이익에 부합하는 것이기도 했다.

　루쉰은 다음과 같이 인정했다.

　　이 민족적 입장이야말로 진정한 계급적 입장이다. ……왜냐하
　면 오늘 중국에서 가장 큰 문제, 사람마다 공감하는 문제는 민족이
　생존하느냐 마느냐에 관한 문제이기 때문이며, ……또한 중국이
　앞으로 나갈 수 있는 유일한 출로는 전국이 일치단결해 일본에 대
　항하는 민족혁명전쟁이기 때문이다.

　당이 내린 항일민족 통일전선의 기본 정책은 이 시기 혁명
문예운동의 지침이 되었다.

　루쉰의 문예 사상도 발전해가는 혁명 정세를 깊이 반영하
고 있었고 당과 민중을 위해 가장 바탕이 되는 이익에 부합했
기 때문에, 그의 문학 재능이 빛나는 수준에 도달할 수 있다.
또한 혁명가이며 사상가이자 문학가로서 다방면에 걸쳐 재능
을 더욱 충분히 발휘할 수 있었다. 루쉰은 열정이 넘치는 정론
가이자 서정시인이었으며, 불후의 소설가인 동시에 훌륭한
풍자산문작가였다. 루쉰의 문학작품은 혁명적인 정치내용과
뛰어난 예술형식이 긴밀하게 결합되어 있다. 사상과 예술이
찬란하게 빛을 발하는 《차개정 잡문(且介亭雜文)》, 《차개정 잡
문 2집(且介亭雜文二集)》과 《차개정 잡문 말편(且介亭雜文末

編)》은 루쉰이 만년에 완성한 걸작품들이다.

유감스러운 것은 이 위대한 작가가 커다란 보폭으로 힘차게 전진하고 있을 때 죽음이 그 발걸음을 멈추게 하고 만 것이다.

5부

한 사람이 조국과 민중을 위해
얼마나 일할 수 있는가

50
엄격한 창작 태도와 건강의 악화

1933년부터 루쉰은 건강 상태가 점차 나빠졌다. 그러나 여전히 해야 할 많은 일들을 처리해나갔다. 건강 상태가 하루하루 나빠져 갈수록, 일을 하루하루 더 긴박하게 처리했다. "빨리 해야 한다." 이는 루쉰이 자신의 건강 상태가 나쁘다는 것을 깨달은 뒤부터 질병과 싸워나가는 방법이 되었다. 병마가 생명을 빼앗아가려 하자, 루쉰은 일에 박차를 가함으로써 생명을 연장하려고 했다.

루쉰은 갈수록 더 많은 글을 썼다. 1918년에 《신청년》 잡지에 〈수감록〉을 싣기 시작했을 때부터 1935년 연말까지 18년 창작생활 동안 잡문만 해도 80만 자를 써냈다. 그런데 그 시기 가운데 후기 9년 동안 쓴 잡문이 전기 9년에 비해 두 배가 넘었으며, 이 후기 9년 중에서 마지막 3년 동안 쓴 글자 수는 전 6년 동안 쓴 글자 수와 맞먹었다. 이 잡문들은 대부분 긴장된 환경에서 쓴 것이다. 여러 시기의 긴박한 상황에 대응하기 위해 루쉰은 너무나 커다란 대가를 치를 수밖에 없었다. 자신을 돌보지 않고 잠을 줄여 일한 결과 루쉰은 건강을 크게 해치게 되었다.

많이 알려져 있듯이 루쉰은 창작에 대한 태도가 매우 엄격했다. 그때그때 마음 내키는 대로, 아무렇게나 글을 쓰지 않았다. 많은 간행물 담당자들이 루쉰에게 글을 써달라고 청탁했고, 루쉰은 제한된 짧은 시간 안에 그것들을 써서 보내야 했다. 그러나 그런 상황에서도 루쉰은 절대로 성의 없이 대충대충 써 보내지 않았다. 시간이 모자라 더 생각할 수 없는 경우에는 차라리 적합한 외국 단편을 찾아 번역해 보냄으로써 급한 요구에 부응했다. 그러나 번역하기 전에 먼저 자료를 선택할 때도 심혈을 기울였으며, 적당한 자료를 하나 얻기 위해서 꽤 여러 날 동안 많은 외국 작품들을 읽어야 할 때도 자주 있었다. 루쉰은 "음, 번역도 쉬운 일이 아니군" 하고 개탄할 때도 있었다. 이런 일에 대비해 루쉰은 늘 새로운 외국 책과 신문, 잡지 들을 사다가 살펴보면서 번역할 만한 자료를 찾아 미리 준비해두곤 했다.

물론 루쉰은 창작하는 데 더 많은 심혈을 기울여야 했다. 루쉰은 삼사오백 자밖에 안 되는 짤막한 글이라 할지라도 종이를 펼치자마자 곧바로 붓을 움직이지 않았다. 지금까지 보존된 일부 잡문 원고들에서도 루쉰이 붓을 놀리기 전에 얼마나 심사숙고했는지를 살펴볼 수 있다. 그러나 일단 붓을 대기만 하면 단숨에 써 내려갔다.

침실 겸 사무실로 쓰는 2층 방 창가에는 책상 옆에 등나무로 된 긴 침대의자가 놓여 있는데, 루쉰은 거기에 묻혀 구상하기를 좋아했다. 식사 전후 휴식시간에 말없이 그 침대의자에 비스듬히 누워서 다음에 쓸 작품의 틀을 잡아놓곤 했다. 이처럼 식사 전후에도 머리를 쉬지 않았기 때문에 위에 나쁜 영향을 끼치게 되었다. 좀 긴 글을 쓸 경우에는 책상 앞에 앉아머리를 드는 일도 거의 없이, 저녁식사가 끝난 뒤부터 이튿날아침에 날이 뿌옇게 밝을 때까지 밤새도록 글을 썼다. 글을 다쓴 뒤 녹차를 한 컵 마시거나 간단히 요기를 하고 나면, 날이환히 밝았다. 날이 밝고 사람들이 다 일어나면 자리에 누워 휴식을 취했다.

주지하다시피 루쉰은 대단히 해박한 지식을 가지고 있었다. 그런데도 늘 배우는 것에 열심이었다. 일이 아무리 바빠도 결코 학습을 게을리 하지 않았다. 조금이라도 짬이 나면책을 가져다 읽고, 나라 안팎에서 출판되는 신문과 잡지 들을열람했다. 정말 '손에서 책을 놓지 못했다.' 특히 철학과 사회과학에 관한 책들을 아주 자세하게 읽었다. 변증법적 유물론과 사적 유물론에 관해 당시에 출판된 책들은 아무리 쉽게쓴 책이라 하더라도 여러 가지를 사다가 서로 비교해가며 연구했다.

루쉰은 역사책에 관심이 많았다. 더욱이 중국 역사에, 그

중에서도 특히 '야사(野史)' 같은 역사책에 흥미가 더 많았다. 책을 읽을 때면 책에 표시를 해놓거나 책갈피에 종이쪽지 같은 것을 끼워놓기를 좋아했다. 때로 어떤 자료는 아무 때나 인용할 수 있게 발췌해 기록해두곤 했다.

더욱이 루쉰은 당면한 사회현상에 대해 특별히 관심이 많았다. 일반 서적과 신문, 잡지는 죽 한번 훑어보거나 몇 편을 골라보는 정도로 그쳤지만, 특별하고 쓸모 있는 자료가 있으면 결코 가벼이 넘겨버리지 않았다. 예를 들면 현재 베이징 루쉰 박물관과 상하이 루쉰 기념관에 보존되어 있는, 루쉰이 손수 오려낸 신문들에서, 우리는 루쉰이 노동자, 농민 들이 생활하고 투쟁하는 모습을 보도한 기사에 매우 관심이 많았음을 알 수 있다. 이런 자료들을 오려내어 꼼꼼하게 읽고 정리했으며, 부정적인 글과 사소한 기록들 속에서 당면한 정세를 추측하곤 했다. 특히 각지 농민들이 세금과 조세에 반대해 이른바 '폭동' 또는 '소동'을 일으켰다는 보도에 대해 루쉰은 각별한 관심을 기울였다. 이런 자료에 붉은 연필로 표시해놓고 발행 날짜를 적어놓기도 했다. 특이한 '사회 소식'이나 아주 괴이한 현상을 보도한 기사가 있으면 발췌해두었다가 잡문을 쓸 때 공격하는 대상으로 삼았다.

루쉰이 가장 주의를 기울인 것은 신문에 빙산의 일각처럼 드러난, 적들이 혁명 세력을 박해하려는 조치와 그로부터 추측해낼 수 있는 적들의 음모 등이었다. 루쉰은 이 오려낸 신문에 날짜뿐만 아니라 어느 신문사 보도라는 것까지 밝혀놓음으로써 그것에 근거해 적대 세력의 동정과 반대파 내부의 모순과 약점 등등을 관찰했다.

루쉰은 천재라는 존재를 인정하지 않았다. "당신이 비록 천재라고 하더라도 정성을 다해야 한다. 열심히 배우고 끊임없이 일해야 한다"라고 말했다.

루쉰은 글을 쓸 때 습관에 대해 이야기한 적이 있다.

글을 다 쓴 뒤에 적어도 두 번은 읽어봐야 한다. 있으나 마나 상관없는 글자와 구절, 단락 들은 조금도 연연해하지 말고 삭제해버려야 한다.

현재 보존되어 있는 루쉰의 원고들을 보면 루쉰이 실제로 이렇게 했음을 알 수 있다. 현재까지 보존된 원고와 신문, 잡지 들에 발표된 루쉰의 작품을 대조해보면 일부 다른 글귀들을 찾아낼 수 있다. 인쇄된 책(이런 책들은 모두 루쉰이 직접 교열한 것들이다)과 그 원고 및 신문, 잡지 들에 실린 작품을 대조해보아도 글귀들이 조금씩 다르다. 비록 내용상으로는 큰 차이가 없기는 하지만, 루쉰의 꼼꼼한 성격과 수정한 흔적들을 찾아볼 수 있다.

루쉰은 작품을 쓸 때 세세한 부분을 묘사하는 데도 주의를 기울였다. 소설 《외침》과 《방황》의 원고는 찾아볼 수 없지만, 역사소설 《고사신편》에 실린 〈치수〉를 예로 들면 그것을 알 수 있다.

　　이를테면 〈치수〉 원고 3절 첫 단락에는 이런 구절이 있다.

　　이날은 정말 마차들이 대단히 빈번하게 오갔다. 황혼 무렵에는 주객이 다 모였다. 정원에는 화톳불이 타오르고 있었고, 가마솥에서 삶는 쇠고기 냄새는 문밖에 있는 문지기들 코앞까지 번져 모두가 군침을 삼켰다.

　　그런데 책으로 인쇄되었을 때는 이러했다.

　　이날은 정말 마차들이 대단히 빈번하게 오갔다. 황혼이 되기 전에 주객이 다 모이게 되었다. 정원에는 벌써 화톳불이 지펴져 있었고, 솥에서 삶는 쇠고기 냄새는 문밖에 있는 문지기들 코앞까지 번져와 모두가 군침을 삼켰다.

　　여기에서 '황혼 무렵'을 '황혼이 되기 전'으로, '주객이 다 모였다'를 '주객이 다 모이게 되었다'로, '화톳불이 타오르고'를 '벌써 화톳불이 지펴져 있었고'로 고쳤다. 이렇게 고치고 나니 구어에 더욱 가깝게 되었고 읽기에도 자연스럽다. 이 가운데 '화톳불이 지펴져 있었고'라는 말은 처음에는 '아직 피우지 않은 화톳불 장작이 가지런히 꽂혀 있었고'라고 했다가, 두 번째 고칠 때 지금과 같이 수정했다. 이렇게 수정한 것이 정원의 분위기를 훨씬 선명하게 해준다.

또 예를 들면, 역시 이 구절 세 번째 단락 '문지기들은 큰소리를 지르며'에서 '큰소리를 지르며'가 원고에서는 '크게 놀라며'로 되어 있다. 이렇게 수정한 것이 더 생생한 느낌을 준다. 그 다음에 '문지기들은 어둠 속에서 그를 찬찬히 보더니'라는 구절에서 '어둠 속에서'는 원래 '횃불 빛 속에서'로 되어 있었다. 이 문장 마지막에 '짙은 남색 삼베옷을 입고 어린애를 안은 여자'라는 구절에서 '어린애를 안은'이라는 말은 본래 원고에 없던 말이다. 이러한 글들은, 있어도 되고 없어도 되는 중요하지 않은 문장 수식어로 볼 수 없다. 이런 부분에서 우리들은 작가가 얼마나 정성을 기울여 글을 다듬었는지를 알 수 있다.

루쉰은 다른 사람들이 자기 작품을 평론한 글들을 보는 경우도 있었고, 보지 않는 경우도 있었다. 그러나 평론가들이 애매모호하게 하는 말에 따라 자신이 이미 확고하게 가지고 있던 주장을 바꾸거나 하지는 않았다. 또한 그는 '소설작법(小說作法)' 같은 말을 믿지 않았다. 논쟁하는 적수들이 자신을 공격하는 글을 보내와 그 편지가 책상 위에 놓여 있어도 읽기를 서두르지 않았다. 그것은 그들과 논쟁에 휘말리는 것이 때로 아무런 가치가 없다는 것을 알고 있기 때문이었다. 언제나 이런 자료들을 한쪽에 쌓아두었다가 반격할 필요가 있을 때 들춰보곤 했다.

그럴 때면 루쉰은 매우 냉정했고 진지하게 연구하는 태도를 취했다. 아무리 비열하고 가소롭기 짝이 없는 졸렬한 논적이라 하더라도, 결코 경솔하게 넘겨버리지 않았다. 그들이 숨기고 있는 보수적인 사회관과 계급 본질을 깊이 파헤쳤고, 그들을 아우르는 한 부류를 설정하여 통렬하게 꾸짖었다. 현재까지 보존된 루쉰 장서 가운데는 루쉰을 공격할 목적으로 보내온 반대파의 잡지들이 있는데, 이런 잡지들에는 루쉰이 그것을 살펴본 여러 흔적들이 고스란히 남아 있다.

51

청년 작가와 미술가 들을 가르치고 기르다

청년들을 가르치고 기르는 것은 루쉰이 평생 동안 해온 중요한 일이었다. 밤 새워 일하는 것이 습관이 되고 건강도 좋지 못하던 루쉰은 청년들과 자유롭게 만날 수 없었다. 또한 국민당 정부가 오랜 기간 갖은 박해를 가했으므로, 루쉰과 청년들, 특히 청년 노동자와 농민과 만나기는 더욱 어려웠다. 그렇지만 루쉰은 여러 방법을 동원해 많은 청년 대중들과 여전히 밀접하게 관계를 유지하고 있었다.

이런 만남은 대부분 편지 왕래로 이뤄졌다. 젊은 작가, 예술가, 목각판화가, 학생, 직장인 들은 편지를 통해 루쉰에게서 많은 것을 배웠다. 청년들이 보내온 편지에 대해 루쉰은 빠짐없이 답장을 보내주었는데, 회답은 언제나 받는 대로 곧 쓰곤 했다. 청년들이 제기한 문제들에 대해서도 반드시 답을 해주려고 노력했다. 청년들이 열렬히 요구하는 것에 대해 할 수 있는 한 언제나 방법을 강구해 충족시켜주었다. 위험을 무릅쓰고 찾아와 간절하게 자문을 구하는 청년들에게 루쉰은 언제 어디서라도, 자기 일이 아무리 바쁘더라도 그들을 따뜻하게 맞이했다. 때로는 청년들과 이야기를 나누느라 정신이 팔려 식사시간을 잊어버리기까지 했다. 청년들이 오랫동안 찾아오지 않으면 루쉰은 그들에게 무슨 예기치 못한 사고가 생긴 것 아닌가 하고 불안해했다. 밖에서 문 두드리는 소리가 나기만 하면 얼른 열어주었다. 창밖에서 귀에 익은 걸음소리가 들려오면 곧 자리에서 일어나 창문가로 다가가 누가 오는지 내려다보곤 했다.

루쉰은 자신이 아끼는 예술작품들, 특히 국내 혁명전쟁과 1차 5개년 계획을 반영한 소련의 목각화 같은 것을 얻게 되면 반드시 여러 방법을 동원해 그것들을 편집하여 인쇄했고, 예술을 즐기는 청년들에게 보내주곤 했다. 이런 예술작품을 인쇄해 책으로 만드는 것은 인쇄비가 아주 비쌀 뿐만 아니라, 당시에는 사는 사람도 많지 않았기 때문에 출판업자들이 쉽게 출판하려 들지 않았다. 그리하여 루쉰은 때로 자기 돈을 들여 그것을 찍었고, 그것을 청년 예술가들에게 보내주기도 했다. 루쉰은 늘 이런 진귀한 선물을 전람회에 가지고 가서 예술을 애호하는 상하이 젊은이들에게 나눠주었으며, 먼 곳에 있는 청년들에게는 잘 포장해서 우체국을 통해 보내주었다. 남들이 보기에는 자질구레한 일이라고 할 수 있지만, 루쉰은 이런 일을 하고 나면 마음이 흐뭇해져서 등나무 의자에 누워 청년들이 언제 그림책을 받아볼 수 있을 것인가를 손꼽아보곤

1936년 임종 11일 전 전국목각순회전람회에서 청년 예술가들과 함께.

했다. 이처럼 루쉰에게 꾸준히 지도받는 가운데 청년 목각화가와 예술가 들이 끊임없이 육성되었다.

또한 루쉰은 그들이 창작한 작품의 가장 열성적인 감상자였다. 루쉰은 많은 독자를 가지고 있던 진보적 간행물에 그들의 작품을 추천하는 일 말고도, 그들의 신작을 특집이나, 합본, 또는 선집으로 출판할 수 있도록 주선해주고 전람회를 개최할 수 있도록 대책을 마련해주었다. 그리하여 이런 작품들과 일반 사람들이 만날 수 있는 기회를 넓혀주었다. 다루신춘(大陸新村) 9호 3층에 있는 루쉰의 창고에는 늘 크고 작은 액자들이 가득 쌓여 있었는데, 그것들은 청년 목각화가들이 전람회를 열 수 있게 준비해둔 것들이었다. 루쉰은 가난한 그들에게 이런 것들을 사들일 여유가 없다는 것을 알고 있었기 때문에 미리 사두어 준비해두는 것이었다.

루쉰은 만년에 신인 청년 목각화가들에게 적지 않은 편지를 써 보냈다. 그는 이러한 편지에서 그들에게 당시 국민당 정부가 진보적 예술가들에 대해 여러 면으로 박해를 가하고 있지만, 생활 속에 깊이 파고 들어가 생활의 여러 측면, 특히 민중들의 생활상에 주의를 돌려야 한다고 늘 깨우쳐주었다. 루쉰은 더욱 세련된 기교로 민중들의 형상을 표현해야 한다고 주장했다. 진보적인 세계 예술가들을 따라 배워야 하며, 특히 그들에게 정교하고 독특한 기법을 배우되 이런 기교를 반드시 혁명 사상 및 민족의 전통과 훌륭하게 결합시켜야만 한다고 주장했다. 또한 서양 회화에서 소묘법을 배워야 한다고 주장했으며, 신인 목각화가들에게 데생 기초를 잘 닦아놓아야 한다고 엄하게 충고했다. 그는 또 중국 고대 회화의 생생하고 발랄한 선에 대해서도 배울 가치가 있다고 했다.

루쉰은 케테 콜비츠(모성애를 중심으로 가난, 기아, 질병 등에서 주로 소재를 취한 독일 출신의 진보적인 여류 판화가―옮긴이)의 판화 같은 진보적인 외국 화가들의 작품을 적지 않게 소개하는 동시에, 중국 고대 미술유산을 가려 뽑아 거울로 삼았다. 예를 들면 《베이핑 전보(北平箋譜)》(1933년 12월에 간행된,

중국 고대의 인물, 산수, 화조에 관련된 그림 322점을 수록한 화보집—옮긴이)를 인쇄하고 발행한 것은 대단히 의의를 지니는 작업이다.

루쉰은 만년에 청년 작가들을 위해 원고를 봐주고 그것을 수정해주며 머리말을 써주는 일들에 더 많은 시간을 기울였다. 이런 일들이 그의 일상생활에서 중요한 의미를 가졌다. 루쉰이 주관하던 간행물에 두각을 나타내기 시작한 청년 작가들에게서 조금이라도 취할 만한 점이 있기만 하면, 그는 그들을 내버려두지 않았다. 얼마 안 되는 자기 원고료에서 돈을 떼어 청년 작가들과 번역가들을 위해 그들 일생의 첫 작품 또는 첫 번역물을 여러 차례 출판해주기도 했다.

52
루쉰의 죽음

1935년 말경 루쉰은 건강 상태가 더욱 악화되었다. 이를 걱정하던 많은 친구들이 루쉰을 소련으로 보내 치료받을 수 있게 하자고 의견을 모았다. 그러면 휴양 기간에 《중국 문학사》를 탈고할 수도 있을 것이라고 생각했다. 그러나 루쉰은 병이 아직 그렇게까지 심하지 않다고 여겼고, 또 당장에 눈앞에서 벌어지는 투쟁 상황을 고려해 조국을 떠나려 하지 않았다. 그리하여 병 치료는 잠시 미뤄지게 되었다. 일본에 가서 병을 치료하라고 권하는 사람도 있었으나, 루쉰은 응하지 않았다. 바로 이때 반대파들이 루쉰이 곧 출국할 것이라는 소문을 사방에 퍼뜨렸다. 이 소식을 들은 루쉰은 다른 나라에 가서 병을 치료하려던 계획을 아예 단념해버리고 말았다.

루쉰은 이렇게 말했다.

"내가 갈 것이라고 그들이 예상하고 있는 모양인데, 나는 가지 않겠다. 그래서 그들을 좀 불편하게 만들어보고 싶다."

친구들이 거듭 권고하자, 루쉰은 이듬해 여름이 지난 다음에나 다시 이야기해보자고 했다. 출국해서 휴양한다고 하더

1936년 들어 건강이 악화된 뒤 처음으로 호전되었을 무렵.

라도 손에 잡고 있던 일은 끝내야겠다고 했다. 1936년 3월에 몸져누울 줄을 아무도 몰랐던 것이다. 4월 초에 병세가 좀 호전되자 루쉰은 또 일을 시작했다. 5월 중순에 병이 다시 도졌으나, 여전히 일을 계속했다. 그러나 그 뒤로 병세가 나날이 심각해져갔다. 5월 말부터 루쉰은 온종일 등나무 침대의자에 비스듬히 누워 있을 수밖에 없었으며, 걷는 것조차 불편할 정도가 되었다. 나중에는 말하는 것조차 힘들게 되었다. 몇몇 가까운 친구들이 스메들리에게 부탁해서 상하이에 와 있는 유명한 폐질환 전문의 토머스 던을 불러오자고 상의했다.

던은 병이 매우 위급하다고 진단했다. 루쉰이 만일 유럽 사람이었다면 5년 전에 벌써 죽었을 것이라고 의사는 말했다. 그리하여 벗들은 루쉰에게 우선 상하이에서 삼 개월 정도 치료한 다음, 다시 다른 곳으로 옮겨 요양하라고 강력하게 권했다. 그러나 루쉰은 여전히 자신의 참호를 떠나려 하지 않았고, 치열한 투쟁이 벌어지고 있는 상하이를 떠나려 하지 않았으며, 위급한 상황에 처한 조국과 민중을 떠나려 하지 않았다. 6월에는 아주 몸져눕게 되었다. 그 뒤로 병세가 날로 악화되어 일어나 앉는 것조차도 힘들게 되었다.

가을이 되자 루쉰은 병이 잠시 호전되었다. 8월 초에 다시 일에 몰두하기 시작했다. 그러나 루쉰은 자신의 몸이 더는 지탱해나갈 수 없음을 확실히 느꼈으며, '죽음의 예감' 같은 것이 마음속에 자리 잡기 시작했다.

10월 초에 갑자기 병이 거의 나은 듯했다. 체중도 조금 불었다. 때로 밖에 나가 거닐 수도 있었으며, 영화 구경도 하고, 친구들을 찾아가서 잠시 동안 앉아 있기도 했다. 10월 8일에는 팔선교(八仙橋)에 있는 청년회관에 가서 제2회 전국목각순회전람회를 참관하고 청년 목각화가들과 오랫동안 목각 창작에 대해 의견을 나누기까지 했다. 16일에는 차오징화(曹靖華)가 번역한 《소련 작가 7인집》에 머리말을 썼고, 17일에는 가족들과 이사하는 것에 대해 상의하기까지 했다. 이사 문제가 거론된 것은 당시 루쉰이 거주하던 다루신춘 부근에 일본 해군 사령부가 있었기에 늘 전쟁 분위기가 짙었기 때문이다. 그런데 17일 밤에 루쉰은 다시 몸져누웠다. 18일에는 숨 쉬는 것조차 힘겨워했다. 그러한 상태가 지속되더니 19일 아침 5시 25분, 숨 가쁜 싸움으로 고동치던 그의 심장은 마침내 멈추고 말았다.

　루쉰은 끝내 폐병으로 자신이 사랑한 조국과 민중의 곁을 떠날 수밖에 없었다. 아직 다하지 못한 일들을 두고 세상을 하직했다.

한 사람이 조국과 민중을 위해 얼마나 일할 수 있는가

루쉰은 세상을 떠났지만, 그가 남긴 업적은 살아 있다. 민중들이 루쉰이 남긴 혁명적 업적과 문학활동의 계승자다.

한 사람이 도대체 조국과 민중을 위해 얼마나 일할 수 있는가? 이것은 청년들이 선배들을 기억하면서 늘 자신에게 던지는 질문이다. 이 질문에 대해 루쉰이 이룬 혁명적이고 빛나는 일생은 우리들에게 많은 계시를 준다.

부지런한 농민은 자기 손으로 땅에 수많은 씨앗을 뿌린다. 부지런한 광부는 수없이 많은 광석을 캐낸다. 문화 전선에서 앞장서 싸운 위대한 투사 루쉰은 한평생 혁명 사상과 문화의 동산에 많은 씨앗을 뿌렸으며, 민족문화에서 진귀한 보물을 수없이 많이 캐냈다. 그리고 민중들이 사람답게 살 권리를 찾기 위해 싸우는 초소에서 마치 명사수처럼 수없이 많은 탄알로 적들의 급소를 무섭게 명중시켰다. 루쉰은 일생 동안 민중을 위해 헤아릴 수 없이 많은 공헌을 했다. 아래에 든 몇 가지 수치들은 완전하지 못할 뿐만 아니라, 정확하지도 않다. 그것은 루쉰이 일생 동안 해낸 모든 일들을 모아 나타낼 수 없기 때문이다. 다만 1907년부터 1936년까지 짧은 30년 동안에 루쉰이 어떤 중요한 일들을 했는가 하는 것을 대략 거칠게 기록한 것에 지나지 않는다.

간추린 통계에 따르면, 소설 3권, 산문회고록 1권, 산문시 1권이 모두 합해 약 35만 자에 이르고, 잡문 16권이 650여 편, 135만 자에 이른다.

중국 고전문학 작품을 수집, 기록, 교열하여 중국 고전문학을 연구한 저작으로 이미 출판된 것이 약 80만 자이고, 아직 정리가 되지 않은 것들도 있다.

러시아, 프랑스, 독일, 일본 고전작가들의 작품과 소련, 불가리아, 루마니아, 체코슬로바키아, 헝가리, 핀란드, 네덜란드, 스페인 등 십여 개국 현대 작가들의 작품을 번역해 소개한 것으로 중장편소설과 동화가 모두 9권, 그 밖에 단편소설과 동화가 78편, 희곡이 2권, 문예이론 저서가 8권, 단편논문이 50편으로 모두 합해 310여만 자에 이른다.

루쉰은 청년들 500여 명을 친히 접대했으며, 전국 각지에서 그리고 해외에서 청년들 2200여 명(아는 사람과 모르는 사람을 포함해)이 보내온 편지를 손수 읽어보고 3500여 통의 답장을 썼다. 유감스럽게도 이런 편지들은 지금 다 흩어져 있다. 지금 수집할 수 있는 것으로는 1300여 통(《양지서》는 계산에 넣지 않았음)밖에 안 되는데, 이것만도 90만 자가 넘는다. 그 중 대부분은 청년들에게 보낸 것이다.

여기까지가 루쉰이 우리에게 남겨놓은 문학유산을 간단히 정리한 내용이다.

중국 공산당 중앙위원회 기관지인 《인민일보(人民日報)》는 일찍이 루쉰 서거 16돌을 기념해 〈루쉰의 혁명적 애국주의 정신유산을 계승하자〉라는 사설을 발표한 적이 있다.

사설에는 이렇게 씌어 있었다.

위대한 루쉰은 일생 동안 지칠 줄 모르는 투쟁 속에서 중국 민중들을 위해 불멸의 혁명 업적을 쌓았으며, 풍부한 문화 사상의 유산을 창조했다. 이 유산은 이전의 모든 민족유산을 초월하는 것으로, 우리가 그것을 계승해야 하는 것은 의심할 나위 없다. 이 유산을 받아들이면서 루쉰의 저작을 꾸준히 학습, 연구, 선전하는 것은 결코 문예계만의 임무이거나 청년 지식인들만의 임무가 아니라, 모든 혁명적 민중들, 누구보다도 모든 공산당원들과 공산당 간부들의 임무이기도 하다.(1952년 10월 19일 《인민일보》)

이는 루쉰이 남긴 문학유산에 대한 가장 정확한 평가이다.

루쉰이 창조한 문화 사상에 대한 유산은 중국 민족의 가장 귀중한 문화유산이며, 프롤레타리아 문학예술과 가장 직접적인 관계를 가지고 있는 문화유산이며, 혁명성과 전투성을 가장 풍부하게 가지고 있는 문화유산이기도 하다.

민중들은 루쉰의 빛나는 일생과 그가 남긴 불멸의 업적을 대단히 높이 평가했다. 루쉰에 대한 마오쩌둥의 평가가 바로 그러하다.

루쉰은 중국 문화혁명의 우두머리 장수였다. 위대한 문학가였을 뿐만 아니라, 위대한 사상가였으며, 위대한 혁명가였다. 루쉰의 정신은 굽힐 줄 몰랐으며(원문: 루쉰의 뼈가 가장 강직했으며), 노예 근성과 아첨하는 태도가 조금도 없었다. 이 점은 식민지 또는 반식민지 민중에게 가장 고귀하고 소중한 품성이다. 루쉰은 문화 전선에서 전체 민족을 대표하여 적진을 향해 돌진한, 가장 정확하고 가장 용감하며 가장 견결하고 가장 충직하고 가장 정열적인 절세의 민족 영웅이었다. 루쉰이 나아간 방향이 바로 중화민족이 새로운 문화를 세워나갈 방향이다.

반식민지 반봉건 국가에서 압박받는 민중들을 구하고자 일어선 루쉰은 용감하고 거침없는 발걸음으로 뒤도 돌아보지 않고 한 걸음 한 걸음 앞을 향해 매진했다. 루쉰은 자신이 속한 계급을 몹시 증오했으며, 그 계급이 사멸되는 것을 조금도 아쉬워하지 않았다. 오로지 노동자, 농민에게 미래가 있음을 굳게 믿었다. 세찬 바람이 휘몰아치고 사나운 짐승이 울부짖는 험난하고도 긴 도정에서 그는 가시덤불 길을 헤치며 용감하게 전진했다. 루쉰은 민중 편에 서서 모든 정력과 생명을 민중들에게 바쳤다.

'많은 사람들의 손가락질에는 쌀쌀하게 눈썹 치켜세워 응대하지만, 아이들을 위해선 기꺼이 머리 숙여 소가 되리라(橫眉冷對千夫指, 俯首甘爲孺子牛)'라고 한 루쉰의 시는 우리에게 좌우명이 되어야 할 것이다. '많은 사람들'이란 여기서 민중의 적을 가리킨다. 그 어떤 흉악한 적 앞에서도 우리는 결코 굴복하지 않을 것이다. '아이들'이란 여기서 노동자, 농민 계급과 민중을 가리키는 것이다.

루쉰의 혁명적 투쟁정신은 영원히 우리와 함께할 것이며, 루쉰은 영원히 우리들에게 위대한 본보기가 될 것이다.

잠든 대륙의 혼을 소리쳐 일깨운 루쉰

만약 나 같은 이런 하찮은 일생을 가지고도 전기를 쓸 수 있다고 한다면, 중국에는 한꺼번에 4억 권이나 되는 전기가 쏟아져 나올 것이고, 그렇게 되면 도서관들은 미어터질 것입니다.(1936년 5월 8일 루쉰의 편지)

중국 현대사에서 나라와 민중을 사랑하는 정신으로 격동과 암흑의 1920년대와 1930년대를 온몸으로 맞서며 살다 간 루쉰은 우리 독서계에 그리 잘 알려지지 않은 인물이다. 사상가로서, 대문호로서, 혁명가로서의 루쉰에 대한 그간의 무관심은 우리 근현대사의 정치성격과, 이에서 비롯된 문화와 가치의 편향 현상과 무관하지 않겠지만 무엇보다도 중국 연구에 종사하는 사람들의 게으름 탓도 있으리라.

오래전부터 루쉰의 일생을 우리나라의 독자들에게도 소개해야겠다고 생각해온 옮긴이들은 우중제(吳中杰)의 《루쉰약

전(魯迅傳略)》(1981년 6월, 상하이문예출판사)과 왕스징(王士菁)의 《루쉰전(魯迅傳)》(1979년 2월, 중국청년출판사) 및 왕스징본을 베이징에서 조선어로 번역한 《로신전》(1981년 9월, 베이징민족출판사)을 동시에 얻게 되었다. 우중제본과 왕스징본을 비교하여 검토한 뒤 왕스징본을 번역의 저본으로 택하기로 했는데, 이는 무엇보다도 전기는 독자가 읽기에 지루하지 않고 재미있어야 한다는 생각에서였다. 재미를 위해 한 인간의 삶을 허구화시켜도 된다는 것은 물론 아니다. 그러나 인간의 삶이라는 그 자체가 본래 구체적이고 생동적이지 않은가? 살아 있는 개별자로서의 인간이 가질 수 있는 희로와 애락을 사상시킨 채 산문적인 어투로 어떤 이론에 따라 학술적으로만 기술하고 있는 전기는, 몇몇 지적 욕구가 강한 독자들을 제외하면 일반 독자들에게는 가까이 가기 어려운 것이 되기 십상이다.

루쉰의 삶을 객관 자료에 근거해 진실하게 그리되 소설 형식으로 재구성한 전기가 되어야 한다는 평소의 생각에 따라 왕스징본으로 정했다. 루쉰에 대해 학문적으로 정리된 평전으로서 국내에 소개된 것에는 《노신평전(魯迅評傳)》(마루야마 노보루丸山昇 지음, 한무희 옮김, 일월서각)이 있다. 이 책은 루쉰의 문학활동과 사상가로서의 면모에 치중해 쓴 저서로서 학술적으로는 가치가 있는 책이다.

왕스징의 《루쉰전》은 몇몇 단점도 있지만, 중국인에 의해 최초로 완전하게 기술된 루쉰 전기라는 점에서 그 역사적 의의를 지니며 그 뒤에 출간된 루쉰에 관한 수많은 전기물에 상당한 영향을 주었다. 특히 루쉰의 유년기와 청년기의 성장과정을 실감 있게 묘사하고 있는 것과 중국 사회의 정치적 소용돌이 한가운데에서 루쉰이 겪은 개인적 좌절과 일어섬, 희로와 애락이 문학적으로 재구성되어 생동적으로 그려져 있는 것이 이 책의 커다란 장점이라고 할 수 있겠다.

왕스징의 《루쉰전》은 1948년 1월 상하이 신즈서점(新知書店)에서 출판된 뒤 인쇄를 거듭하면서 여러 차례 수정되었고, 1981년 4월에는 7차 수정본이 나오기에 이르렀다. 원본으로 택한 《루쉰전》은 1979년 2월에 나온 6차 수정본이었으며, 조선어로 번역된 《로신전》은 1981년 4월의 7차 수정본을 저본으로 한 것이다. 이 책은 앞에서 말한 6차 수정본을 저본으로 하면서 조선어 번역본을 참고로 했다.

그런데 왕스징본이 지닌 몇 가지 단점들, 이를테면 마르크시즘에 입각한 교조적이고 기계적인 정치적 단죄에 가까운 비판들이 사람이나 사건을 묘사하는 중에 갑자기 등장한다든가 루쉰을 이해하는 데 직접적으로 도움이 되지 않는 정치적 설명이 장황하고 선언적으로 서술되는 경우가 가끔 보이는데, 이러한 것들은 앞뒤 맥락을 이해하는 데 지장을 주지 않는 범위에서 과감하게 삭제했다.

왕스징본은 중국인에 의해 쓰인 최초의 루쉰 전기라는 점ー1941년 3월 일본인 오다 다케오(小田嶽夫)가 쓴, 일본에서 출판된《루쉰전(魯迅傳)》을 최초의 루쉰 전기로 본다. 물론 그 전에 루쉰이 생존해 있을 때에 출판된, 일본인이 쓴《루쉰전》도 있지만, 이는 방문록 내지 개인 회고록의 성격이 짙어 완전한 형태를 갖춘 전기로 보지 않는 것이 통례다ー에서 그 역사적 의의와 영향력이 크다.

그러나 책이 쓰인 연대가 1940년대였기 때문에 당시의 정치적 영향력을 깊게 받을 수밖에 없었고, 아직 루쉰에 대한 객관적 평가라든가 관련 자료의 발굴이 충분히 이루어지지 않은 시기였기 때문에 내용상 몇 가지 한계를 갖지 않을 수 없었다. 1980년대에 이르기까지 저자 자신이 여러 차례 수정을 했지만, 원본의 기본 구도에서 크게 벗어날 수가 없었기 때문에 보완된 내용에도 여전히 한계가 있을 수밖에 없다. 이러한 왕스징본의 미흡한 내용을 보완하기 위해 왕스징본이 출간된 뒤에 나온 루쉰 전기들, 특히 1980년대에 나온 전기물들을 중심으로 루쉰의 생애 연구가 어떻게 변천해왔는지와 학문적으로 아직 논쟁이 되고 있는 부분들에 대해 간단히 살펴보고자 한다.

중국 현대 문학사에서 루쉰이 차지하는 지위의 중요성에

대해서는 중국뿐만 아니라 세계적으로도 널리 인식이 되어
있다. 그러나 중국의 사상사, 혁명사, 학술사에서 그가 어떠
한 지위에 있는지에 대해서는 문학가로서의 명성만큼 충분하
게 인식되어 있지는 않았다. 이러한 것은 루쉰 연구의 역사가
쌓이고 시간이 흐르면서 루쉰을 여러 각도에서 다룸에 따라
극복되어갔다.

　왕스징의《루쉰전》이 출간된 뒤 1940, 50년대에 이루어진
루쉰 생애에 대한 연구는 오다본의 중국어 번역본과 1951년
중쯔망(鍾子芒)의《루쉰전(魯迅傳)》, 1956년에 나온 주정(朱正)
의《루쉰약전(魯迅傳略)》이 모두였다. 이들 전기는 서로 단점
을 보완하면서 문학가로서, 혁명가이자 사상가로서의 루쉰의
면모와 그의 역사적 공적을 기술한 책으로, 당시 독자들이 루
쉰을 총체적으로 이해하는 데에 어느 정도 공헌을 했다. 루쉰
전기의 변천과 발전이라는 관점에서 볼 때 이들은 그 뒤에 출
간된 루쉰 전기의 질적 향상과 더 풍부하고 더 완전한 루쉰 연
구를 위해 확실한 기초를 마련하고 있지만, 사료(史料)를 객관
적으로 소개하는 데 충실한 나머지 이론적이며 종합적으로 루
쉰을 분석하지는 못했다고 평가되고 있다.

　1960, 70년대는 중국의 정치상황이 상당한 우여곡절을 겪
은 때문이기도 하겠지만, 루쉰의 생애 연구가 거의 없었다.
천바이천(陳白塵)이 집필한 영화대본인《루쉰전(魯迅傳)》의 상

편(上篇) 정도와 사인방이 정치 음모의 일환으로 만든《루쉰전(魯迅傳)》의 일부가 고작이었는데, 내용이 빈약할 뿐만 아니라 정치적으로 이용되었기 때문에 생애 연구다운 연구라고 할 수가 없다. 그러한 과정 속에서 왕스징본은 몇 차례 수정판 출간을 거듭했는데, 이렇게 볼 때 1980년대에 이르기까지 루쉰 연구에서 왕스징본이 차지하는 영향력은 대단히 컸다고 할 수 있다.

사인방이 몰락한 뒤 다른 학문 연구에서 자유화와 개방이 이뤄지면서 루쉰 연구에서도 새로운 국면이 전개되었다. 그러한 결과 새로운 각도와 풍부해진 자료에 근거한 루쉰의 전기가 6, 7종 간행되었는데 대표적인 것들을 꼽아보면, 린즈하오(林志浩)의《루쉰전(魯迅傳)》(이하 임본), 린페이(林非)와 류짜이푸(劉再復)의《루쉰전(魯迅傳)》(이하 임유본), 천수위(陳漱渝)의《민족혼(民族魂)》(이하 진본), 쩡칭루이(曾慶瑞)의《루쉰평전(魯迅評傳)》(이하 중본), 펑딩안(彭定安)의《루쉰평전(魯迅評傳)》(이하 팽본), 우중제의《루쉰약전》(이하 오본)이 있고, 왕스징《루쉰전》의 수정본과 주정《루쉰약전》의 수정본(이하 주본)이 있다.

임본과 팽본, 증본이 이론과 논리에 치중한 전기라고 한다면, 임유본과 진본은 학술적이면서 문학성을 띤 전기의 중간에 해당한다고 할 수 있다. 전기나 회록(回錄)의 저작은 작가의 주관적 요소가 농후하게 개입될 여지가 많으며, 작가가 처한 환경과 시대조류에 영향을 받기 쉽다. 그러나 1980년대 초반에 나온 이들 전기는 '여실한 묘사'를 원칙으로 하면서 루쉰의 진실에 접근하려 했다는 점에서 루쉰 연구의 새로운 단계를 열었다.

예를 들면 신해혁명에서 1918년에 이르는 루쉰의 사상에 대해 앞선 논자들은 대개 소극적이고 의기소침했다는 식으로 간단하게 기술하고 있는 데 비해, 팽본은 더 진전된 연구를 통해 위안스카이 사후와 장쉰의 왕정복고 실패 후 루쉰의 심경이 이전과 달라졌다고 분석하면서, 첸쉬안퉁의 '충고와 독려'가 루쉰에게 곧바로 효과가 있을 수 있었던 것은 루쉰의 내면에 이미 '소리 높여 외치고자(呐喊)' 하는 욕구가 있었기 때문이라고 분석했다. 더 타당한 해석이라고 할 수 있다.

1926년에 루쉰이 베이징을 떠나 샤먼으로 간 것에 대해 이전 사람들은 루쉰이 우연히 한 몇 마디 말에 근거해 당시 베이양 정부의 박해를 피하기 위해서였다고 오랫동안 해석해왔다. 왕스징본도 그러하다. 그러나 주본은 당시 베이양 정부의 상황을 자세히 분석해 루쉰이 우리가 생각하듯 그렇게 '황망하게 도피'한 것이 아니라고 보고 있다. 또한 루쉰과 쉬광핑이 당시에 주고받은 편지와 그 뒤에 이루어진 쉬광핑의 회고를 분석해 루쉰의 샤먼행에는 '그와 쉬광핑의 관계가 그 원인 중하나였음'이 분명하다고 보았다. 이는 충분히 가능한 해석이라고 할 수 있다.

　루쉰이 1927년에 광저우를 떠난 것에 대해서도, 전에는 전적으로 쉬서우창이 《루쉰연보(魯迅年譜)》에서 '체포당한 학생들을 석방시키고자 백방으로 노력했으나 효력이 없자 사표를 냈다'라고 말한 것에 근거해 국민당의 반혁명정변에 항의하다가 떠난 것으로 해석해왔다. 왕스징본 역시 그처럼 해석하고 있는데, 이에 대해 진본은 당시 자료를 정밀하게 고증해 루쉰이 광저우를 떠나기 전에 구제강(顧詰剛)이 광저우에 내려왔으며 루쉰은 그와 함께 일하는 것을 원치 않았다는 관점에서 재해석하고 있다. 그가 광저우에 오기 전에 루쉰은 '그가 오면 내가 떠난다'고 말한 적이 있었으며, 국민당의 반혁명정변은 '루쉰의 사직 결심을 굳히게 한' 계기가 된 셈이었을 뿐이라고 분석했다. 이에 대해 주본도 구제강과 후스의 서신을 분석해 같은 결론에 도달하고 있다. 물론 이러한 사실들이 이미 인식되어진 루쉰의 전모에 커다란 변화를 주는 것은 아니지만, 루쉰 개인의 미세한 부분에 대해 더 정확하게 이해하게 해준다는 점에서 주의 깊게 살펴볼 가치가 있다.

　루쉰이 광저우에서 공산당원인 천옌녠과 만난 일이 있는데, 이것에 대해 천과의 한 차례 만남이 마치 루쉰의 인식을 제고시키는 데에 대단한 역할을 한 것처럼 대서특필됐고 그 뒤의 전기에서도 그러한 것처럼 무비판적으로 기록된 경우가 많았다. 이처럼 해석하는 태도들에 대해 임유본은 다음과 같이 찬물을 끼얹는 듯한 냉정한 해석을 내리고 있다.

중국 공산당 광둥구위원회의 서기였던 천옌녠이 일찍이 루쉰과 흉금을 털어놓고 이야기한 적이 있다고 하는데, 이 일은 지금 확실하게 조사할 방법이 없다. 루쉰이 당시 당의 어떤 책임 있는 인물과 회담을 했는지 어떤지는 몰라도, 그와 무관하게 그는 이미 당에 대해서 깊은 인상을 마음속에 간직하고 있었으며, 그의 행동은 이미 당이 전진해가고 있는 방향과 혼연일체가 되고 있었다. 이것이 가장 중요한 점이라는 것을 알 필요가 있다.

루쉰과 천의 아버지인 천두슈(陳獨秀) 그리고 리다자오는 대단히 친숙한 사이였으며 전우(戰友)이기도 하다. 그러나 중국 공산당의 이 두 창시자들이 루쉰의 생애에 직접적으로 영향을 미친 적은 없으며 설혹 있다 해도 간접적인 영향일 것이다. 루쉰은 생각과 판단의 태도가 대단히 신중하고 주도면밀했기 때문에 무엇을 쉽게 받아들이고 쉽게 변하는 그런 기질이 아니었다. 그러므로 그가 삶에서 취한 어떠한 방향이나 영향도 모두 그 자신의 관찰과 사색을 통한 선택에서 비롯되었다.

루쉰이 나중에 공산주의자의 대오에 참가한 것은 누구나가

인정하는 것이지만, 그가 어떠한 발전과정을 거쳐 그렇게 되었는가를 살피는 것이 루쉰 연구의 중요한 과제가 될 것이다. 그러나 루쉰의 모든 전후 활동을 일률적으로 마치 공산주의자가 되기 위한 과정인 것처럼 해석하는 것은 결과를 목적으로 삼아 해석하려는 비과학적인 연구방법이다. 이러한 좌편향적 연구방법으로 루쉰의 사상적 변천을 쉽게 정리하려는 과거의 태도는 지양되어야 한다는 것이 1980년대 이후 루쉰 연구의 큰 변화 가운데 하나이다. 마찬가지로 10월 혁명과 레닌 정부, 국제프롤레타리아의 사회주의운동에 대해 루쉰이 가진 긍정적이고 호의적인 태도에 대해서도 정치적으로 예단된 목적에 견강부회하는 식으로 짜맞추어 해석하는 것이 아니라, 루쉰이 평생 동안 견지한 현실주의적 자세와 그것에서 출발한 반봉건 정신, 나아가 그가 '혁명의 길을 탐색하는 데 중심 과제'로 놓은 '국민성의 개조'와 '피압박 민중의 해방'이라는 루쉰 고유의 사상체계와 연관된 것으로 유연하게 재해석하고 있다.

또한 루쉰 연구에서 루쉰의 개인생활과 성격에 대해서는 상당히 오랜 기간 동안 관심을 기울이지 않았다. 중국에서 나온 여러 종류의 회고록 역시 이 방면에는 자료가 빈약하다. 자연히 연구도 충분하게 이루어질 수 없었다. 한 사람의 인품과 인생관 등을 이해하기 위해서는 그의 사생활에 주목할 수밖에 없다. 1980년대에 나온, 앞서 거론한 전기들은 이 부분에 어느 정도의 지면을 할애해 기술하고 있다.

임유본은 〈초혼〉, 〈애정〉 등의 장을 별도로 두어 루쉰과 첫 부인 주안의 관계, 루쉰의 제자이자 동지이면서 나중에 부인 이 된 쉬광핑과의 관계, 그 사이에 태어난 아들에 대해 상세 하게 기록하고 있다. 특히 진본은 루쉰과 쉬광핑이 연애할 때 두 사람의 성격이 비슷한 점과 다른 점을 대조하면서 '겉으로 는 루쉰의 성격이 냉정하고 강인하며 내향적 성향이 짙었지 만' 다른 면에서는 잠재되어 있던 온화하고 따뜻한 성품이 용솟음쳐 흘러나오기'도 했다고 하여, 루쉰 성격의 다른 면을 조명하고 있다. 임유본과 주본은 루쉰과 주안의 혼인이 봉건 시대 예교에 의해 강제된 결혼이었음을 설명하면서, 이에 대 한 루쉰의 내면 갈등과 심리적 모순을 그의 문학작품 등을 통 해 예리하게 분석하고 있다. 임유본은 그들의 관계가 '애정이 없었으며 미움도 없었다. 기쁨이 없었던 것처럼 싸움도 없었' 으며, 그들은 단지 '한 시대에 희생당한' 부부였을 뿐이라고 했다.

루쉰의 성격에 대해 마오쩌둥이 언급한 '노예적 근성과 아 첨기가 조금도 없다'라는 평은 루쉰의 정신세계를 가장 집약 적으로 설명하고 있는 말이라고 할 수 있다. 한 사람의 성격은 그의 사상과 밀접한 연관을 가지지 않을 수 없다. 루쉰의 이러한 성격과 정신자세는 그로 하여금 제국주의와 봉건제도에 반대하는 민족 염원을 철두철미하게 견지할 수 있게 했으며, 죽을 때까지 민족의 이익을 반영하는 편에서 한 치의 굴함도 없이 싸워나갈 수 있게 한 힘이 되었다. 루쉰의 개인 성격과 기질 및 내면세계, 그러한 것들과 그의 사상체계의 관계에 대한 연구는 방법론적으로 좀 더 다양한 접근이 필요한 과제로 남아 있다.

루쉰과 청년들의 관계에 대해서는 루쉰의 생애에서 가장 중요한 지위를 차지하는 까닭에 여러 전기들이 모두 충분한 주의를 기울여 논술하고 있다. 루쉰과 다른 동시대 사람들의 인간관계, 교우관계에 대해서도 전기마다 강약을 달리해 설명하고 있다. 쉬서우창, 취추바이, 첸쉬안퉁, 판아이눙, 차이위안페이, 저우쭤런, 후스, 위다푸, 린위탕, 펑쉐펑 등이 중심인물이 되겠는데, 임유본에서는 루쉰과 취추바이의 깊은 우정에 대해 문학적으로 해설하고 있다.

험난한 인생의 길에서 피와 살을 서로 나눌 수 있는 지기(知己)를 찾는다는 것은 결코 쉬운 일이 아니다. 지음(知音)과 문경지교(刎頸之交)의 옛이야기가 오랜 세월을 내려오면서 인구에 회자되는 것도 이 때문일 것이다. 그러나 숭고한 우정은 있게 마련이다. 그것은 사람을 감동시키는 시적 정취와 찬란한 빛을 인간의 삶에

던진다. 순결하고 고결한 빛을 섬광처럼 발산하고 있는 루쉰과 취추바이의 우정처럼 그들이 함께 지녔던 성실하고 진지하며 열정적인 품성에서 나오는 광채와 더불어, 그들이 혁명의 이상에 고무되어 함께 맺었던 애정의 광채로서.

취추바이와 나눈 생사를 같이한 우정에 대해 이처럼 정감 어린 필치로 묘사하고 있다. 이러한 부분들은 왕스징본에 결여되어 있는 것으로서 재음미해볼 만한 것이다.

지금까지 다른 전기들을 중심으로 루쉰에 대한 다른 연구의 성과를 간단히 살펴보았다. 이는 이 책이 저본으로 택한 왕스징본이 지닌 내용상의 부족한 점을 보충해보고자 하는 뜻에서였으며, 이를 통해 더 정확히 '루쉰의 본질에 다가가기' 위해서였다. 어느 전기도 다 나름의 장단점을 가질 수밖에 없다. 휘트먼은 "존재하는 인물은 어떤 인물화보다 훨씬 훌륭하며, 존재하는 산수(山水)는 어떤 산수화보다 훨씬 훌륭하다"라고 말했다. 어떤 전기도 존재로서의 '루쉰의 본질'에 다가가기에는 부족함이 있을 수밖에 없다. 모쪼록 이 책이 소개됨으로써 루쉰에 관한 다른 전기들이 국내에 활발하게 소개되어 일반 독자들이 루쉰을 더 총체적으로 이해하는 데 서로 도움이 될 수 있기 바란다.

(위 해설은 《중국현대문학 연구총간(中國現代文學硏究叢刊)》 1984년 2집 서평란에 실린 〈루쉰 전기 50주년 종횡담(魯迅傳記五十 年縱橫談)〉 외에 관련 논문 다섯 편과 《문학평론(文學評論)》 1983년 5기에 실린 〈루쉰 연구와 루쉰 전기의 창작(魯迅硏究與魯迅傳記的寫 作)〉을 참고로 했다.)

1992년 1월
옮긴이

궈모뤄(郭沫若, 1892~1978) 학자, 소설가, 시인, 극작가. 본명은 카이전(開貞).
　　1920년대 중요한 문학 단체인 창조사(創造社) 동인으로 활동했으
　　며, 공산당 정권이 성립한 뒤에도 계속해서 창작활동과 정치활동을
　　함. 중화전국문학예술계 연합회 주석, 중국과학원 원장 등을 겸임.

돤치루이(段祺瑞, 1865~1936) 자는 즈취안(芝泉). 프랑스에서 군사학습을 받
　　았고, 위안스카이를 도와 신식 군대를 양성함. 위안스카이가 죽은
　　뒤 베이양 정부를 장악했고, 일본에 의지해 권력을 장악하여 3·18
　　사건을 일으킴.

량스추(梁實秋, 1902~1988) 문학평론가, 번역가, 영문학 교수. 본명은 량즈화
　　(梁治華), 스추는 자. 1920년대에 잡지《신월》,《자유평론》등을 펴
　　냄. 문학의 초계급성을 주장해 좌익 문예운동과 루쉰을 비판함.

량치차오(梁啓超, 1873~1929) 자는 쥐루(卓如), 호는 런궁(任公), 별호가 음빙
　　실주인(飮氷室主人). 근대 자산계급 개량운동의 유명한 선전가이
　　자 문학가이며, 변법자강운동을 주도함. 시, 소설 등에서 옛 형식
　　을 타파하고 새로운 시대에 맞는 신형식으로 창작할 것을 주장하
　　는 등 근대 문예 발전에 많은 공헌을 함.

러우스(柔石, 1902~1931) 본명은 자오핑푸(趙平復). 시인. 1920년대 문학 단체
　　신광사(晨光社)에 참가. 진보적 문학활동에 종사했고, 루쉰과 함께
　　중국자유운동대동맹, 좌익작가연맹을 발기하여 성립시킴. 국민당

에 의해 살해당한 '좌련5열사(左聯五烈士)' 가운데 한 사람임.

리다자오(李大釗, 1889~1927) 마르크스주의자, 혁명활동가, 시인, 학자. 자는 서우창(守常). 잡지 《신청년》을 편집했고, 《매주평론》을 창간함. 중국 공산당 창시자 중 한 사람으로, 중국 무산계급 신문학이론의 선구적 인물임.

린수(林紓, 1852~1924) 자는 친난(琴南), 호는 웨이루(畏盧). 근대 문학기에 서양 소설을 번역하여 문예 발전에 크게 기여함. 옛 문학을 옹호해 백화문 사용을 반대하고 문언문 사용을 주장함.

린위탕(林語堂, 1895~1976) 수필작가, 언어학자, 교수. 원명은 린허러(林和樂), 린위탕(林玉堂)이다. 《어사(語絲)》 《논어(論語)》 등의 잡지를 주간했으며, 유머 소품을 널리 보급했음. 오랫동안 미국에 유학했고, 중국 공산당 정권이 성립한 뒤 미국, 타이완 등지에서 중국 역사와 철학에 대해 많은 책을 썼음.

마오쩌둥(毛澤東, 1893~1976) 마르크스주의자, 프롤레타리아 계급의 혁명가이며 전술전략가이자 이론가. 중국 공산당, 인민해방군과 민중의 지도자. 자는 룬즈(潤芝). 중국 공산당을 창건해 사회주의 혁명을 지도함. 국민당과의 싸움에서 승리해 중화인민공화국을 수립함.

쉬서우창(許壽裳, 1883~1948) 자는 지푸(季茀), 호는 상쑤이(上遂). 루쉰과 함께 일본에 유학했고, 매우 절친한 사이였음. 베이징대학 교수, 타이완대학 교수 등을 역임. 1948년 국민당 특무대에 의해 살해당함.

쉬시린(徐錫麟, 1873~1907) 근대 민주혁명열사. 자는 보쑨(伯蓀). 상하이 광복회에 참가하는 등 청나라 정부 내에서 혁명 활동을 함. 추진과 함께 저장 성 등지에서 봉기를 주도. 뒤에 국민당에 의해 체포, 살해됨.

쉬즈모(徐志摩, 1896~1931) 시인, 교수. 필명은 윈중허(雲中鶴), 난후(南湖).

1920년대 미국, 영국 등에 유학해 유미주의, 상징주의 문예 사상에 영향을 받았고, 신시와 희극을 적극적으로 제창함. 신월파의 대표 이론가이며 작가임.

쑨원(孫文, 1866~1925) 공화주의 혁명가. 이름은 원(文), 자는 이셴(逸仙) 또는 중산(中山). 1911년에 신해혁명을 주도했고, 삼민주의(三民主義)를 제창함. 1912년 난징 중화민국정부 대총통이 되었고, 일본 제국주의와 베이양 군벌의 돤치루이, 장쭤린 등과 투쟁함.

쑹칭링(宋慶齡, 1893~1981) 애국주의자, 민주주의자이며 공산주의자. 쑨원의 부인으로 미국에서 대학을 졸업함. 쑨원의 훌륭한 동조자였고, 쑨원이 사망한 뒤 국민당 중앙집행위원회 일원으로 일했고, 좌파 입장에서 쑨원의 원칙들을 해결함. 중국 공산당 정책을 지지했고, 장제스의 정책에 반대함.

옌시산(閻錫山, 1883~1960) 자는 바이촨(百川). 일본사관학교를 졸업했고, 오랫동안 산시(山西) 지역을 점거하면서 베이양 군벌에 의존함. 항일전쟁 초기에는 공산당의 지휘 아래 항일에 참여했으나, 1939년에 장제스와 결탁해 반공정책에 가담, 산시의 민주정권을 탄압했음. 암암리에 일본과도 결탁해 소극적으로 항일하고, 적극적으로 반공정책을 폄.

옌푸(嚴復, 1854~1921) 근대 계몽사상가, 번역가. 본명은 촨추(傳初)였으나, 뒤에 푸(復)로 고침. 영국에 유학해 서양 문물에 깊이 영향을 받음. 많은 서양 학설과 이름난 문학작품들을 번역함. 그러나 5·4시기의 신문화운동에는 반대를 표명한 보수파이기도 함.

왕밍(王明, 1904~1974) 본명은 천사오위(陳紹禹). 소련에 유학함. 볼셰비키의 지도자로서 중국 공산당의 총서기가 되었고, 마오쩌둥에 반대하는 정치 체제를 구축함. 소련 코민테른의 지시 아래 활동하면서 중국 공산당을 공격했다가, 당내에서 비판을 받음. 준의회의 이후 당권이 마오쩌둥에게 넘어감.

왕진파(王金發, 1883~1915) 근대 민주혁명열사. 자는 지가오(季高). 일본에 유학했고, 광복회에 참가함. 쉬시린과 함께 안칭(安慶) 봉기를 일으키는 등, 수많은 봉기에 참여함. 1913년에 2차 혁명에 참가했다가 실패해 일본에 은거했고, 귀국하자 체포되어 살해당함.

우페이푸(吳佩孚, 1874~1939) 베이양 군벌 직계파의 우두머리. 자는 쯔위(子玉). 1923년 2·7사변 때 노동운동과 농민운동을 잔혹하게 진압했으며, 영국과 미국의 지지를 등에 업고 국내전쟁을 일으켰음. 장쭤린과 연합해 평위샹 국민군을 공격했다가 실패함. 북벌군의 공격을 받고 도주, 항일전쟁 뒤에 병사함.

위다푸(郁達夫, 1896~1944) 본명은 위원(郁文). 저명한 현대 작가. 궈모뤄, 청팡우 등과 함께 창조사를 조직함. 1930년대 루쉰과 함께 잡지《분류(奔流)》를 펴냈으며, 좌익작가연맹에 참여했고, 항일전쟁 때 구국운동에 참여함. 풍부한 창작활동으로 중국 신문학사에서 중요한 위치를 차지함.

위안스카이(袁世凱, 1859~1916) 베이양 군벌의 우두머리. 자는 웨이팅(慰亭). 별명은 룽안(容庵). 제국주의 세력과 결탁해 의화단운동을 잔혹하게 진압했고, 신해혁명 후 군벌과 제국주의 세력에 힘입어 청 왕조에서 내각총리를 역임했다. 쑨원이 지도한 혁명을 진압하고 강압적으로 청나라 황제를 퇴위시킨 뒤, 스스로 대총통이 되었다가 쫓겨남.

장광츠(蔣光慈, 1901~1931) 시인, 소설가. 원명은 장광츠(蔣光赤). 중국 공산당 초기 당원. 소련에 유학했고, 신시를 창작했음. 최초로 '혁명문학'을 제창한 작가 중 한 사람.

장쉰(張勛, 1854~1923) 베이양 군벌. 자는 사오쉬안(紹軒). 위안스카이에 의해 임관됨. 캉유웨이와 함께 푸이 황제를 복벽(復辟)시키려고 하던 중 군벌 돤치루이에게 체포되었음. 뒤에 톈진에서 병사함.

장제스(蔣介石, 1887~1975) 본명은 루이위안(瑞元), 국민혁명군 총사령관이 되어 혁명군을 탄압함. 난징 정부가 수립된 뒤 국민당 주석이 되었으며, 소극적 항일, 적극적 반공정책을 실시해 공산당 해방구를 공격했음. 1948년에 총통이 되었다가, 1949년에 중국 공산당에 밀려 타이완으로 퇴거함.

장쭝창(張宗昌, 1881~1932) 베이양 군벌. 자는 샤오쿤(效坤). 위안스카이 휘하에 있었고, 북벌전쟁 시기에 국민혁명군에 대항해 싸웠음. 1927년에 노동자와 농민 들이 3차 무장봉기를 일으키자 산둥에서 상하이로 쫓겨났다가, 1932년에 살해당했음.

장쭤린(張作霖, 1875~1928) 베이양 군벌의 우두머리. 자는 위팅(雨亭). 일본 제국주의의 지지를 받으며 동북 지역을 거점으로 군벌을 장악했음. 반공정책에 따라 공산당원 리다자오 등 20여 명을 체포하고 살해했음.

장타이옌(章太炎, 1869~1936) 본명은 장빙린(章炳麟), 타이옌은 호. 근대 민주혁명가, 사상가, 학자. 차이위안페이 등과 함께 광복회를 세웠고, 쑨원과 일본에서 만나 동맹회에도 참가했음. 서구의 자산계급 유심주의에 영향을 받았고, 문학예술 면에서도 공헌한 바가 컸으며, 혁명적인 시문(詩文)을 지었음.

저우언라이(周恩來, 1898~1976) 마르크스주의자. 중국 공산당과 중화인민공화국의 지도자이자 중국 인민해방군 창시자. 자는 샹위(翔宇). 사오산(少山)이라는 조직명을 주로 사용함. 마오쩌둥이 실제로 영향력을 행사하는 데 보좌하는 역할을 함. 1949년 중화인민공화국이 성립된 뒤 줄곧 정부총리를 역임했고, 외교부장을 겸하는 등 많은 직책을 맡았음.

저우젠런(周建人, 1888~1984) 원명은 저우쑹서우(周松壽), 자는 차오펑(喬峰). 루쉰의 셋째 동생. 루쉰의 영향으로 생물학을 가르침. 1948년에 중국 공산당에 입당했고, 1949년 이후 고등교육부 등에 근무함. 과학에 대한 수필을 많이 남김.

저우쭤런(周作人, 1885~1967) 현대 산문가, 시인, 번역문학가. 루쉰의 둘째 동생. 원명은 저우쿠이서우(周櫆壽), 자는 치멍(啓孟), 치밍(啓明), 호는 즈탕(知堂) 또는 쭤런(作人). 5·4문학혁명 시기에 인도주의 문학을 주장함. 신청년, 문학연구회와 어사사 등의 문예 단체에서 활동함.

정보치(鄭伯奇, 1895~1979) 작가. 원명은 룽진(隆謹), 보치는 자. 1911년에 신해혁명에 참가했고, 1921년에 창조사에 가입해 창작활동함. 뒤에 영화사업에도 종사하다 옥사함.

쩌우룽(鄒容, 1885~1905) 근대 민주혁명열사. 본명은 사오타오(紹陶), 자는 웨이단(蔚丹). 일본 유학 시절에 유학생 애국운동에 참가했고, 상하이에서 애국단체 간행물인《혁명군》을 편집함. 청조의 통치를 반대하고, 중화공화국의 건설을 주장함.

차오징화(曹靖華, 1897~1987) 유명한 번역문학가, 산문가, 교수. 원명은 차오롄야(曹聯亞). 1920년대 초에 소련에서 유학했고, 그 뒤로 소련의 진보적인 작품을 번역함. 루쉰과 편지를 교환하면서 두터운 우의를 다졌음. 루쉰과 교류하는 가운데 외국의 혁명문학을 소개했고, 우수한 판화와 간행물을 수집해 루쉰에게 보내주거나 국내에 소개했음.

차이위안페이(蔡元培, 1868~1940) 근대 교육가, 사상가, 애국주의자. 영향력

있는 미학사상가로, 중국 미학교육의 창시자. 미학사상사, 철학, 논리학, 심리학 등을 연구해 많은 철학논문을 썼으며, 서양 근대의 미학사상을 중국에 소개함. 5·4시기 베이징대학교 총장 역임.

천시잉(陳西瀅, 1896~1970) 문학평론가. 원명은 천위안(陳源), 시잉은 필명. 영국에 유학했고, 1920년대 잡지《현대평론》창간자 중 한 사람.

청팡우(成仿吾, 1897~1984) 작가, 문예이론가, 교육가. 일찍이 일본에 유학했으며, 창조사 설립자 중 한 사람. 1927년부터 중국 공산당에 들어가 활동. 항일전쟁 이후에는 문학가이기보다 정치가가 되어 글을 많이 쓰지 않았음. 둥베이사범대학 교장 역임.

첸쉬안퉁(錢玄同, 1887~1939) 문학이론가, 문자학자, 음운학자, 교수. 원명은 첸푸(錢復), 자는 중지(中季).《신청년》편집인으로, 5·4문학혁명 초기에 신문학과 신문화운동을 적극적으로 실천함.

추진(秋瑾, 1875~1907) 근대 민주혁명가. 자는 쉬안칭(璿卿), 호는 징슝(竟雄), 감호여협(鑑湖女俠). 쑨원과 사귀게 되어 동맹회에 가입했고,《중국여보(中國女報)》를 창간함. 청 정부의 전복과 여권(女權)을 제창하고 혁명을 기도하다 실패, 살해되었음.

취추바이(瞿秋白, 1899~1935) 중국 공산당 초기 지도자 중 한 사람이며, 신문학운동의 지도자. 작가, 문예이론가, 번역문학가. 원명은 솽(雙), 또는 솽(爽), 솽(霜). 1930년대 루쉰과 함께 좌익문학운동을 지도함. 루쉰과 매우 친밀한 사이로, 루쉰이 사상을 발전시켜가는 과정, 창작 방향, 잡문에서 거둔 성취 등을 맨 먼저 인정하고《루쉰 잡감 선집》을 편집·출판함. 중국 혁명과 혁명문학을 위해 많은 공헌을 함. 국민당에 체포되어 사형당함.

캉유웨이(康有爲, 1858~1927) 자는 광샤(廣廈), 호는 장쑤(長素). 근대 자산계급 개량운동인 변법자강운동의 지도자. 뒤에 보황파(保皇派)에 속해 입헌군주제를 옹호함. 신문학 초기의 형식주의적 시풍에 대해 강한 불만을 표시했음.

탄스퉁(譚嗣同, 1865~1898) 정치가, 사상가. 본명은 푸성(復生), 호는 좡페이(壯飛). 변법파로 캉유웨이와 함께 변법자강운동을 전개함. 옛 정치제도를 공격하고, 서양의 자본주의를 배워 중국에 적용시킬 것을 주장함.

팡즈민(方志敏, 1900~1935) 본명은 위안전(遠鎭). 중국 사회주의청년단과 공산당에 참가해 국민당 우파와 투쟁했으며, 토지혁명과 농민봉기를 주도함. 장정에 이르기까지 모든 활동을 마오쩌둥과 함께함. 국민당과 전투하다 체포되어 사망함.

펑쉐펑(馮雪峰, 1902~1967) 문예이론가, 작가, 시인, 번역문학가, 공산당원. 마르크스주의 문예이론을 소개하고 번역했으며, 1930년에 루쉰, 러우스, 위다푸 등과 함께 중국자유운동대동맹을 설립함.

펑위샹(馮玉祥, 1882~1948) 유명한 애국주의 장군. 자는 환장(煥章). 위안스카이의 칭제(稱帝)와 장쉰의 복벽에 반대함. 베이양 군벌에서 이탈하여 국민혁명에 참가했고, 장제스 정권에 반대하는 봉기를 일으킴. 공산당과 협력해 항일활동에 참가함.

후스(胡適, 1891~1962) 학자, 시인. 본명은 후훙싱(胡洪騂), 자는 스즈(適之). 중국 근대 문학 초창기의 기수이며, 백화문학의 제창자. 서구의 실용주의를 수용해 제창했고, 항일전쟁기에 장제스 정부에서 미국 대사를 지냈음. 베이징대학 교장을 역임함.

루쉰전
– 기꺼이 아이들의 소가 되리라

개정판 1쇄 펴낸 날 ㅣ 2007년 9월 15일
개정판 3쇄 펴낸 날 ㅣ 2016년 12월 5일

지은이 ㅣ 왕스징
옮긴이 ㅣ 신영복 · 유세종
펴낸이 ㅣ 김태진
펴낸곳 ㅣ 도서출판 다섯수레
등록일자 ㅣ 1988년 10월 13일
등록번호 ㅣ 제 3-213호
주소 ㅣ 경기도 파주시 광인사길 193(문발동) (우 10881)
전화 ㅣ 02)3142-6611(서울 사무소) 팩스 ㅣ 02)3142-6615
홈페이지 ㅣ www.daseossure.co.kr

표지 글씨 ㅣ 신영복
인쇄 · 제본 ㅣ (주) 상지사피앤비

ISBN 978-89-7478-281-8 03820

이 도서의 국립중앙도서관 출판시도서목록(CIP)은
e-CIP홈페이지(http://www.nl.go.kr/ecip)와
국가자료공동목록시스템(http://www.nl.go.kr/kolisnet)에서
이용하실 수 있습니다.(CIP제어번호: CIP2007002444)